설득

Persuasion
by Jane Austen
1818

설득

제인 오스틴

송제훈 옮김

연암서가

옮긴이 송제훈
서울에서 태어나 한양대학교 영어교육학과를 졸업하고 줄곧 교직에 몸담고 있다. 다음 세대에도 쓸모와 가치를 인정받을 수 있는 책을 옮기려 노력하고 있다. 『유년기와 사회』, 『간디의 진리』, 『아버지의 손』(문화체육관광부 우수교양도서), 『러셀 베이커 자서전: 성장』(한국간행물윤리위원회 추천도서), 『옥토버 스카이』, 『만만한 노엄 촘스키』, 『만만한 하워드 진』, 『인생의 아홉 단계』(세종도서 학술부문 선정도서), 『읽어도 도대체 무슨 소린지』, 『이성과 감성』, 『오만과 편견』 등을 번역했다.

설득

2025년 8월 20일 초판 1쇄 인쇄
2025년 8월 25일 초판 1쇄 발행

지은이 | 제인 오스틴
옮긴이 | 송제훈
펴낸이 | 권오상
펴낸곳 | 연암서가

등록 2007년 10월 8일(제396-2007-00107호)
주소 경기도 고양시 일산서구 호수로 896, 402-1101
전화 031-907-3010
팩스 031-912-3012
이메일 yeonamseoga@naver.com
ISBN 979-11-6087-144-9 03840

값 16,000원

옮긴이의 글

2022년 넷플릭스가 공개한 <설득>의 오프닝 시퀀스에서 앤 엘리엇으로 분한 다코타 존슨은 포도주를 병째로 들이켜며 카메라를 응시한 채 대사를 읊는다. 이 흥미로운 장면은 <브리짓 존스의 일기>를 떠올리게 하는데, 이 영화의 오프닝 시퀀스에서도 브리짓 존스는 파자마 차림으로 혼자 포도주를 마시다가 배경음악으로 흐르는 <All By Myself>를 따라 부른다. 이 영화에서 마크 다아시 역을 맡은 콜린 퍼스가 BBC의 <오만과 편견>에서 다아시를 연기했다는 사실도 흥미롭다. 이 영화가 『오만과 편견』의 현대적 각색임은 널리 알려진 사실인데, 이쯤 되면 오스틴의 원작을 현대적으로 각색한 작품을 또 다른 작품이 오마주하고 이 작품들 사이의 메타 캐스팅으로 오스틴의 원작이 더 주목받는 명백한 순환 구조는 거의 장난기가 느껴질 정도이다.

한국 영화가 할리우드에서 리메이크되어 화제가 된 <레이크 하우스>에는 케이트(샌드라 블록 분)가 알렉스(키아누 리브스 분)에게 자신이 잃어버린 책을 찾아달라고 부탁하는 장면이 나온다. 그런데 그녀가 잃어버린 책이 바로 『설득』이었으며, 알렉스가 그 책을 찾아 케이트에게 전달함으로써 '시간을 초월하는 사랑'이라는 영화와 책의 주제는 직접적으로 연결된다. 소설 『제인 오스틴 북클럽』에서도 그렇다. 북클럽 회원들이 마지막으로 읽는 작품이 『설득』인데, 아쉽게 놓친 사랑과 재회, 감정의 회복과 내적 변화 등 『설득』의 중심 주제는 북클럽 회원 조슬린의 이야기를 통해 그대로 재현된다. 이처럼 오스틴이 200년 전에 쓴 소설은 꼬리에 꼬리를 물고 지금도 다양하게 변주되며, 오늘의 독자들은 여전히 그 변주의 영원한 원형인 제인 오스틴을 읽는다.

아마 제인 오스틴의 『설득』을 읽기 시작한 독자라면 『오만과 편견』, 『이성과 감성』 그리고 『에마』를 먼저 접했을 것이다. 출간 순서나 대중적 인지도를 고려할 때 이는 자연스러운 흐름이다. 상대적으로 밝고 경쾌한 분위기의 초기 작품을 통해 오스틴 특유의 문체와 인물 묘사에 익숙해진 독자가 『설득』의 보다 차분하고 사려 깊은 분위기를 새롭게 받아들이게 되는 과정 역시 자연스럽다고 하겠다.

비평가들도 『설득』의 이러한 성격에 주목해 왔다. 해럴드 블룸은 앤 엘리엇을 "셰익스피어적인 내면성"을 지닌 인물이라 평했고, 마릴린 버틀러는 그녀가 "위험할 정도로 완벽"하다며 서사적 긴장감의 결핍을 지적했는데, 관점에는 차이가 있으나 『설득』이 인물의 심리 변화에 좀 더 세밀하게 접근한다는 데에는 대체로 공감대가 형성되어 있다고 하겠다. 그리고 이러한 평가는 『설득』이 다른 작품들과 확연히 다른 서사 구조로 쓰인 것으로 이해되기보다 오스틴의 내면 탐구가 더 정교한 방식으로 이루어졌음을 강조하는 것으로 읽혀야 한다. 어느 호주 작가는 『오만과 편견』을 초콜릿 브라우니에, 『설득』을 "고르곤졸라 크림과 올로로소 아이스크림을 얹은 구운 무화과"에 비유했는데, 이는 오스틴 작품 세계의 다양성과 변화 양상을 잘 보여주는 탁월한 비유라고 생각된다. 초콜릿 브라우니의 단맛을 좋아하던 입맛이 점차 섬세하고 깊이 있는 풍미를 찾게 되는 것은 당연한 일이다.

『설득』의 분위기를 형성하는 몇 가지 요소를 꼽자면, 우선 여주인공 앤 엘리엇의 나이를 들 수 있다. 오스틴은 다른 모든 소설에서 주인공의 나이를 20세 전후로 설정한 반면, 『설득』에서는 27세의 앤을 중심에 두고 성숙해진 인물의 정서와 '두 번째 기회'라는 주제를 탐색한다. 여기에는 작가 자신의 삶과 당시의 심리 상태가 반영되어 있을 것이다. 이처럼 감정의 미묘한 변화와 주체성의 내면적 성장을 중심으로 한 서사는 이 작품을 특별하게 만드는 요소인데, 물론 오스틴 특유의 풍자와 능청스러운 유머는 『설득』에서도 여전히 중요한 역할을 한다. 그러나 전반적으로 이 작품은 인물 간의 내면적 거리와 감정의 변화에 더 섬세하게 접근하며, 여성 인물이 주체성을 획득해 가는 과정을 외적 행동보다는 내적 변화 중심으로 그려낸다. 『오만과 편견』의 엘리자베스 베넷이나 『에마』의 에마 우드하우스가 처음부터 강한 개성과 자율성을 지닌 인물로 설정되어 있다면, 앤 엘리엇은 과거에는 수동적인 태도로 순응적인 삶을 살다가 점차 내면의 힘을 회복해 가는 모습으로 그려진다. 이러한 서사적 전개는 오스틴이 후기 작품 들어서며 인물의 내면 변화에 더욱 깊은 관심을 기울였음을 보여주는 예라고 하겠다.

일부 비평가는 『설득』에서 사회 분석적인 태도가 약해졌다고 평가하지만, 사실 오스틴은 사회의 구조적 변화도 놓치지 않는다. 월터 경이 크로프트 제독에게 켈린치 홀을 임대하고 떠나는 장면은 지주 귀족의 몰락과 새로운 계급의 등장을 상징적으로 보여주며, 윌리엄 엘리엇과 웬트워스 대령에 대한 상반된 묘사에서도 이는 분명히 드러난다. 크로프트 부인이 남편과 마차를 타고 가다가 직접 고삐를 잡는 장면에서는 고정된 성역할에서 벗어난 새로운 성평등 질서가 제시되기도 한다.

『설득』은 오스틴의 이전 작품들보다 덜 달콤하고 더 신중하다. 감정의 분출은 덜 격렬하되 내적 갈등은 더 깊다. 제인 오스틴도, 앤 엘리엇도 (당대의 기준으로) 젊지 않았지만, 그들은 성장하고 성숙해졌다. 제인 오스틴의 독서 여정을 계속하는 독자들도 그러할 것이다.

제인 오스틴 탄생 250주년이기도 한 올해 새로 출간되는 이 책이 기존의 번역서들과 비교되는 것은 당연한 일이며, 설레는 마음으로 역자가 기대하는 일이기도 하다. 독자들의 의견과 비판을 겸허히 기다리겠다. 『이성과 감성』, 『오만과 편견』에 이어 역자에게 제인 오스틴의 작품을 맡기고 한결같은 신뢰로 응원해 준 연암서가 권오상 사장에게 깊은 감사를 전한다. 아울러 오스틴이 자신의 모든 여주인공 중 유일하게 생일을 귀띔해 준 앤 엘리엇의 생일(1787년 8월 9일생)을 맞아 모든 제인아이트와 더불어 축하의 인사를 보낸다!

2025년 7월
송제훈

차례

옮긴이의 글 ⋯ 005
설득 ⋯ 011

1

월터 엘리엇 경은 서머싯셔의 켈린치 홀 저택에서 지내며 펼쳐보는 책이라고는 『준남작 명부』밖에 없는 사람이었다. 그에게 이 명부는 무료한 시간의 소일거리였으며 괴로운 시간의 위로였다. 아주 오래전 소수에게만 하사된 특권의 흔적을 살피며 그의 마음에는 선대에 대한 찬탄과 존경이 우러났고, 지난 세기에 헤아릴 수 없이 많은 이들에게 수여된 작위의 기록을 넘길 때는 집안의 이런저런 일로 언짢았던 기분이 자연스럽게 연민과 경멸로 바뀌었다*. 다른 모든 페이지가 시시해질 때 그는 자신의 기록이 수록된 페이지를 읽었고 그 대목은 언제 읽어도 질리지 않았다. 그가 즐겨 펼친 페이지의 내용은 이러했다.

켈린치 홀의 엘리엇

월터 엘리엇, 1760년 3월 1일생. 글로스터 주 사우스파크의 제임스 스티븐슨 향사의 딸 엘리자베스와 1784년 7월 15일 결혼. 부인과의 사이에 1785년 6월 1일생 엘리자베스, 1787년 8월 9일생 앤, 1789년 11월 5일생 사산된 남아, 1791년 11월 20일생 메리를 자녀로 둠. 1800년 부인 사망.

---

* 『오만과 편견』의 첫 문장에서 그랬던 것처럼 제인 오스틴은 이 작품의 도입부에서도 특유의 반어법을 사용한다. 월터 엘리엇 경은 자신의 작위를 매우 자랑스럽게 여기지만 사실 준남작은 세습 작위 중 제일 낮은 지위였으며 엄밀히 따지면 귀족 계급에 속하지도 않았다.

명부에 인쇄된 내용은 정확히 이와 같았으나 월터 경은 여기에 자신과 가족의 정보를 친필로 추가했다. 메리의 이름 뒤에는 '서머싯셔 어퍼크로스의 찰스 머스그로브 향사의 아들이자 상속자인 찰스*와 1810년 12월 16일 결혼'이라는 문구를 써넣었고, 아내의 사망 연도 뒤에는 정확한 사망 일자까지 적어 두었다.

이어서 명부에는 이 유서 깊은 명문가의 기원과 역사가 통상적인 문구로 기술되어 있었다. 처음에 체셔에 어떻게 정착했고, 주 장관과 한 선거구에서 세 번 연속으로 하원의원을 역임한 사실이 더그데일의 책**에 어떻게 언급되어 있는지, 그리고 국왕에게 충성을 다하여 찰스 2세의 즉위 첫해에 준남작 작위를 하사받았다는 사실과 이 가문에 시집온 모든 메리와 엘리자베스의 이름들까지 12절판 두 페이지를 가득 채운 기록은 문장(紋章)과 함께 '서머싯 주에 위치한 켈린치 홀에 거주'라는 문구로 끝났고, 월터 경은 마지막 부분에 친필로 다음의 문구를 남겼다.

'상속 예정자, 월터 2세 경의 증손자 윌리엄 월터 엘리엇 향사.'

외모와 지위에 대한 자부심은 월터 엘리엇 경을 말해주는 전부였다. 젊은 시절 눈부셨던 그의 외모는 54세에 이르러서도 여전히 번듯했다. 그는 어떤 여성보다도 자신의 외모에 신경을 썼고, 새로 작위를 받은 어떤 귀족의 시종보다도 자신의 지위에 만족했다. 그는 빛나는 외모보다 더 값진 축

---

* 19세기 영국 상류층에서는 가문의 전통을 잇는다는 의미로 아버지의 이름이 아들, 심지어는 손자에게까지 붙여지곤 했다. 머스그로브 가문도 삼대가 같은 이름을 가지고 있다.

** 『The Baronage of England』, 5세기부터 13세기까지 잉글랜드의 주요한 역사적 인물들의 행적을 기록한 책.

복은 준남작 작위밖에 없다고 생각했다. 그러므로 이 두 가지 축복을 모두 받은 월터 엘리엇 경 자신은 최고의 존경과 헌신을 받아 마땅한 대상이었다.

그가 외모와 작위에 집착하면서도 그나마 큰소리칠 수 있었던 한 가지 이유는 그 덕분에 자신에게 과분할 만큼 훌륭한 아내를 얻었기 때문이다. 엘리엇 부인은 현명하고 상냥한 여성이었다. 젊은 시절 사랑의 열병으로 월터 경과 결혼했다는 사실만 제외하면 그녀의 판단력과 품행 중에 용서받아야 할 것은 아무것도 없었다. 그녀는 남편의 단점을 감싸고 허물을 덮어주며 17년 동안 그를 남부끄럽지 않은 사람으로 만들려고 애썼다. 비록 세상에서 가장 행복한 사람은 아니었을지언정 그녀는 자신에게 주어진 일과 벗들 그리고 자녀들을 통해 인생의 의미를 넉넉히 찾았고, 이 모든 것을 놓아버려야 했을 때 결코 마음이 가벼울 수 없었다. 열여섯 살 된 첫째와 열네 살 된 둘째를 포함한 세 딸은 어떤 어머니라도 남겨두고 싶지 않은 유산이자 어리석고 허영심 많은 아비의 권위와 가르침을 믿고 맡기기에는 너무나 큰 짐이었다. 하지만 그녀에게는 지혜롭고 훌륭한 친구가 한 사람 있었다. 그 친구는 그녀와 가까운 곳에 살기 위해 켈린치 마을에 정착했을 만큼 깊은 우애를 나누는 사이였다. 딸들에게 올바른 원칙과 교훈을 가르치기 위해 애쓴 엘리엇 부인은 이 친구의 도움과 조언에 힘입은 바가 컸다.

주변의 기대가 어떠했든 간에 이 친구와 월터 경은 결혼하지 않았다. 엘리엇 부인이 세상을 떠난 지 13년이 지났지만 한 사람은 홀아비로, 다른 한 사람은 과부로 그들은 여전히 가까운 이웃이자 절친한 친구로 남아 있었다.

재정적으로 여유가 있고 성품도 좋은 중년의 러셀 부인이 재혼을 생각하지 않은 이유는 굳이 설명할 필요가 없겠다. 이상하게도 사람들은 재혼하지 않은 여성보다 재혼한 여성을 못마땅하게 여기는 경향이 있기 때문이다. 하지만 월터 경이 계속 독신으로 남은 이유는 설명이 필요하다. 월터 경이 (한두 차례 어이없는 구혼을 했다가 혼자 낙담한 적은 있으나) 좋은 아버지답게 사랑하는 딸들을 위해 독신으로 지내는 것을 자랑스럽게 여기고 있었다는 점은 분명하다. 그는 특히 맏딸을 위해서라면 무엇이든 포기할 생각이 있었는데, 실제로 그가 뭔가를 포기해야 하는 상황은 별로 생기지 않았다. 엘리자베스는 열여섯 살의 나이에 어머니의 권한과 지위를 고스란히 물려받았다. 빼어난 외모에 아버지의 성정을 많이 닮은 그녀는 아버지에 대한 영향력이 컸고 두 사람은 뜻이 잘 통하기도 했다. 다른 두 딸은 별로 중요한 존재가 아니었다. 그나마 메리는 찰스 머스그로브 부인이 되면서 어느 정도의 지위를 얻었지만 앤은 그러지도 못했다. 분별력 있는 사람들이라면 기품 있고 상냥한 그녀를 높이 평가했겠지만, 아버지에게나 언니에게 그녀는 하찮은 존재에 불과했다. 그녀의 말은 무시되기 일쑤였고 그녀의 편의는 항상 다른 가족들을 위해 뒤로 밀렸다. 그녀는 그냥 앤일 뿐이었다.

러셀 부인에게는 앤이 가장 사랑스럽고 귀한 대녀이자 소중한 벗이었다. 러셀 부인은 세 자매 모두를 좋아했으나 그들의 어머니를 보는 듯한 느낌은 오로지 앤을 통해서만 가능했다.

몇 년 전까지만 해도 앤 엘리엇은 미모가 출중했으나 그녀의 아름다움은 일찍 시들고 말았다. 그녀가 가장 아름다웠을 때조차 아버지는 (부드러운 이목구비와 온화한 검은 눈동자에서 그를 닮은 데라고는 전혀 없었으므로) 그녀의 외모를 대단치 않게 여겼으니 이제 시들고 야윈 그녀의 모습에서는 더더욱 칭찬할 만한 구석을 찾을 수 없었다. 그는 이전에도 자신이 즐겨 읽는 명부의 다른 페이지 어딘가에서 앤의 이름을 보게 되리라는 희망을 품은 적이 없었지만, 이제는 일말의 기대도 하고 있지 않았다. 평판이 괜찮은 시골의 부유한 집안과 연을 맺은 메리는 그 집안에 명예를 내어주고도 얻은 것은 전혀 없었기 때문에 격에 맞는 집안과 연을 맺는 일은 이제 온전히 엘리자베스의 몫이었다. 엘리자베스라면 언젠가 어울리는 가문과 인연을 맺게 될 것이었다.

 스물아홉 살의 여성이 십 년 전보다 더 아름다운 경우도 더러 있거니와 일반적으로 몸이 아프거나 마음고생이 심하지 않은 한 그 나이에 매력이 사라지는 일은 없다. 엘리자베스의 경우가 그러했다. 그녀는 13년 전에 그랬던 것처럼 여전히 아름다운 엘리엇 양이었다. 그러므로 월터 경이 엘리자베스의 나이를 잊고 지내는 것도 이해할 만했다. 적어도 모든 이의 외모가 시들어 가는 중에도 자신과 엘리자베스만큼은 예전의 모습 그대로라고 여기는 것을 완전한 착각이라고 할 수만은 없었다. 가족과 지인들이 나이를 먹는 모습이 그의 눈에는 선명하게 보였다. 초췌해진 앤과 볼품없어진 메리, 하나같이 얼굴이 삭아가는 이웃들, 그리고 눈꼬리의 주름이 빠르게 늘어나고 있는 러셀 부인의 모습에 그가 심란해진 지도 오래되었다.

 엘리자베스의 개인적인 만족감은 아버지가 느끼는 만족감에는 미치지 못했다. 그녀는 13년 동안 사람들에게 어리다는 인상을 주지 않으며 침착하고 결단력 있게 켈린치 홀의 안주인 역할을 해왔다. 13년 동안 그녀는 안주인으로서 집안의 규칙을 정했고 마차에 가장 먼저 올랐으며 이웃의 응접실과 만찬장에서 러셀 부인 다음으로 걸어 나왔다. 열세 번의 겨울이 서리를 내릴 때마다 그녀는 이웃에서 열리는 빈약한 무도회에서 가장 먼저 춤을 추었고, 열세 번의 봄이 꽃을 피울 때마다 그녀는 더 넓은 세상을 즐기기 위해 아버지와 함께 몇 주간 런던을 방문했다. 그녀는 이 모든 일들을 기억했고 스물아홉의 나이를 의식하며 후회와 불안감을 느끼기도 했다. 그녀는 자신이 여전히 아름답다는 사실에 흡족해하면서도 위험한 시기가 다가오고 있음을 의식했고, 일이 년 안에 준남작 정도의 혈통을 가진 적당한 사람이 구혼하리라고 확신할 수 있다면 더 바랄 게 없을 것이었다. 그렇게만 된다면 그녀는 한창때처럼 저 책 중의 책, 『준남작 명부』를 기쁜 마음으로 집어들 수 있을 것이었다. 하지만 지금은 그럴 생각이 없었다. 늘 자신의 출생 일자만 눈에 들어올 뿐 막냇동생의 결혼 이후로 그 어떤 결혼의 기록도 추가되지 않은 그 명부가 그녀에게는 해악이었다. 그녀는 아버지가 탁자 위에 펼쳐둔 명부를 눈길도 안 주고 덮어서 치워버린 게 한두 번이 아니었다.

더욱이 그 명부 가운데 그녀의 가족에 관해 기록된 부분은 그녀에게 한 가지 실망스러운 기억을 떠올리게 했다. 아버지의 너그러운 배려로 상속권을 인정받은 상속 예정자 윌리엄 월터 엘리엇 향사가 그녀를 낙담하게 한 장본인이었다.

그는 엘리자베스에게 남동생이 생기지 않을 경우 준남작이 되기로 예정되어 있었고 어린 시절 이 사실을 알게 되자마자 그녀는 그와 결혼하겠다고 마음먹었다. 그녀의 아버지 역시 마땅히 그래야 한다고 생각했다. 어렸을 때 그들은 서로 알 기회가 없었다. 엘리엇 부인이 세상을 떠난 직후 월터 경은 그와 친분을 쌓아보려 했는데, 월터 경의 제안은 화답을 받지 못했다. 하지만 젊은이가 예의상 나서지 않은 것이라고 너그럽게 이해한 월터 경은 그에게 만남을 계속해서 제안했고, 이제 막 피어나기 시작한 엘리자베스와 런던 여행에 나선 어느 해 봄 엘리엇 씨를 만나고야 말았다.

당시 그는 법학 공부를 막 시작한 풋풋한 젊은이였다. 엘리자베스는 그가 무척 마음에 들었고 그의 호감을 얻기 위한 모든 계획이 확고히 세워졌다. 그는 켈린치 홀에 초대되었고 그해 내내 그녀는 그에 관한 이야기를 하며 그의 방문을 기다렸다. 하지만 그는 끝내 오지 않았다. 이듬해 여름 런던에서 다시 마주친 그는 여전히 그녀의 마음에 들었다. 그는 켈린치 홀에 다시 초대되었으나 이번에도 기다리고 기다리던 그는 오지 않았다. 그러던 중 그가 결혼했다는 소식이 들려왔다. 그는 엘리엇 가문의 상속자로서 자신의 운을 걸어보기보다는 신분은 낮아도 재산이 많은 여자와 결혼함으로써 윤택한 삶을 얻은 것이었다.

월터 경은 분개했다. 그런 결정은 마땅히 가문의 어른인 자신과 상의해야 했으며, 자신이 공공연하게 그에게 손을 내민 이상 더더욱 그래야 했다. "그동안 함께 있는 모습을 본 사람들이 있을 거란 말이야." 그가 말했다. "태터솔스 경주마 경매장에서 한 번, 그리고 하원 의사당에서 두 번 같이 있었으니까." 그는 불쾌한 심기를 표출했지만 엘리엇 씨는 별로 신경을 쓰지 않은 것이 분명했다. 엘리엇 씨는 사과하려는 시도조차 하지 않았고, 월터 경이 그를 가문의 수치로 여기는 것만큼이나 그 역시 가문의 일원으로 인정받고 싶은 뜻이 없음을 분명히 했다. 이것으로 그들 사이의 교류는 끝났다.

여러 해가 지났음에도 엘리자베스는 엘리엇 씨와 있었던 이 불편한 일을 떠올릴 때면 여전히 화가 치밀었다. 그녀는 개인적으로도 그가 마음에 들었거니와 아버지의 상속인으로서는 더더욱 그러했다. 자랑스러운 가문의 일원이자 월터 엘리엇 경의 장녀인 자신에게 그는 잘 어울리는 짝이었으며, 이모저모 따져봐도 세상의 모든 준남작 중에서 그만한 사람은 없었다. 하지만 그의 처신은 너무나 형편없었고 그런 까닭에 엘리자베스는 이제(1814년 여름) 그의 죽은 아내를 위해 상장(喪章)을 달기는 했으나 그에 대해 다시 생각해 볼 여지는 없었다. 초혼에서 얻은 자식이 없었으므로 그가 더 나쁘게 처신하지만 않았다면 그의 불명예는 지속될 이유가 없었다. 그러나 여느 때처럼 친절한 지인들이 전해준 바에 따르면 그는 그녀의 가족 모두를 향해 무례한 언사를 일삼았고 그 자신이 속한 가문과 장차 물려받게 될 작위에 대해서도 모욕적이고 경멸적인 말을 서슴지 않았다. 이는 용서할 수 없는 일이었다.

엘리자베스 엘리엇은 고상하지만 단조로운 일상에서 얻는 행복감과 공허함 같은 감정과 기분으로 자신의 걱정을 덜고 불안을 달랬다. 이런 감정들은 한곳에서 오랫동안 이어온 시골 생활의 낙이었으며 밖에서 시간을 보낼 유익한 습관도, 집에서 소일할 재능이나 기예도 없는 그녀의 공허함을 채워주었다.

그런데 이제 그녀가 신경 쓰고 살펴야 할 일이 하나 더 생기고 있었다. 아버지의 재정 문제가 점점 골칫거리가 되었다. 그즈음 아버지가 『준남작 명부』를 집어 드는 까닭이 소매상에서 날아든 고액의 청구서와 재산 관리인 셰퍼드 씨의 달갑지 않은 조언을 머리에서 떨쳐내기 위함임을 그녀는 알고 있었다. 켈린치의 자산은 상당했으나 자신의 지위에 합당한 정도는 아니라는 게 소유주의 생각이었다. 엘리엇 부인의 생전에는 절제와 절약으로 그의 수입에 맞는 규모 있는 생활이 가능했으나 그녀의 죽음과 함께 그런 반듯한 태도도 사라졌고 그때부터 그의 지출은 줄곧 수입을 초과했다. 그가 지출을 줄이는 것은 불가능했다. 그는 스스로 자신의 지위에 꼭 필요한 일만 하고 있다고 생각했다. 설령 그에게 아무 잘못이 없다고 해도 어쨌든 그의 부채는 무섭게 늘어났고 이에 관한 경고도 자주 들었기 때문에 이제는 그것을 더는 감출 수 없었고 딸에게도 부분적으로나마 털어놓을 수밖에 없었다. 그는 지난봄 런던에 동행한 딸에게 이를 넌지시 언급하며 이런 말을 건네기도 했다. "지출을 좀 줄일 방법이 있을까? 어떤 데서 지출을 줄일 수 있을까?" 그녀의 편에서 이야기하자면 엘리자베스는 여자만의 경각심으로 이 문제의 대처 방안을 진지하게 고민하기 시작했고 마침내 불필요한 기부를 줄이고 응접실의 가구 교체를 포기하자는 두 가지 비용 절감 방안을 내놓았다. 이어서 매년 런던에서 집으로 돌아가기 전에 앤의 선물을 사던 습관도 버리자고 했다. 이런 방법들은 그 자체로는 훌륭했을지 모르나 곧바로 월터 경이 전모를 털어놓을 수밖에 없었던 재정 상황의 심각성에 비추어 보면 충분하지 못했다. 엘리자베스는 그 이상의 효과적인 방법은 내놓을 수 없었다. 그녀는 아버지와 마찬가지로 자신의 처지가 부당하고 불운하다고 느꼈다. 그러므로 두 사람 모두 체면이 깎이거나 참기 어려운 방식으로 안락함을 포기해 가며 지출을 줄일 방법을 생각해낼 수는 없었다.

월터 경의 소유지 가운데 그가 임의로 처분할 수 있는 토지는 극히 일부에 불과했다. 하지만 토지 전체의 매각이 가능했다고 해도 달라질 것은 없었다. 그는 체면 불고하고 자신이 권리를 행사할 수 있는 토지를 일부 저당 잡히기는 했으나 땅을 매각할 뜻은 없었다. 그 정도까지 체면을 구길 수는 없었다. 켈린치의 토지는 그가 물려받은 그대로 물려주어야 했다.

그들은 믿을 수 있는 두 친구, 셰퍼드 씨와 러셀 부인의 조언을 들어보기로 했다. 아버지와 딸은 자신들의 고상한 취미와 자부심을 해치는 일 없이 지출을 줄이고 재정적 어려움을 해결할 수 있는 묘안을 두 친구 중 누군가가 내놓을 수 있기를 기대하는 듯했다.

2

 셰퍼드 씨는 예의가 바르고 조심성이 많은 변호사였다. 그는 월터 경에 대한 자신의 영향력이나 견해야 어떻든 곤란한 애기는 남이 해주길 바라며 자기 생각은 조금도 내비치지 않은 채 러셀 부인의 탁월한 판단을 전적으로 추천한다는 뜻을 밝혔다. 분별력이 있는 러셀 부인이라면 단호한 조치를 권고할 것임이 분명했고 자신은 그 권고가 받아들여지는 것을 지켜보기만 하면 되는 것이었다.
 러셀 부인은 이 문제를 두고 고심에 고심을 거듭했다. 두뇌 회전이 빠르다기보다는 사리 분별이 분명하다고 해야 할 그녀는 두 가지 주요 원칙이 상충하는 이 문제에 관해 어떤 결정을 내리기가 무척 힘들었다. 그녀는 꼿꼿하고 명예를 중시하는 사람이었으나 월터 경의 감정을 상하게 하고 싶지는 않았다. 분별력 있고 반듯한 사람들이 으레 그렇듯 그녀 역시 월터 경의 가족이 마땅히 누려야 할 것들에 대해 스스로 귀족적인 기준을 가지고 있었고 이 가족의 평판에 대한 염려도 컸다. 그녀는 관대하고 친절하며 정이 많았다. 동시에 품행이 바르고 예법에 엄격했으며 교양의 표본이라 할 만한 태도를 지니고 있었다. 그녀는 교양 있는 사람이었고 대체로 이성적이며 일관성이 있었으나 혈통의 문제에 대해서는 편견이 있었다. 스스로 신분과 지위에 높은 가치를 부여한 탓에 그것들을 소유한 사람들의 허물을 제대로 보지 못한 것이다. 기사 작위에 머물렀던 남편을 떠나보낸 그녀는 준남작에게 합당한 위엄을 부여했다. 월터 경은 오랜 지인이자 친절한 이웃이며 너그러운 지주였다. 둘도 없는 친구의 남편이자 앤을 비롯한 자매들의 아버지이기도 했다. 그러나 이 모든 것과 상관없이 준남작이라는 이유만으로 그는 당면한 곤경에 대해 깊은 동정과 배려를 받을 자격이 있었다.

월터 경의 가족은 지출을 줄여야만 했다. 그것은 두말할 나위가 없었다. 하지만 그녀는 월터 경과 엘리자베스가 고통을 가장 적게 겪으면서 그것이 가능해지기를 바랐다. 그녀는 지출을 줄일 계획을 세우고 절감할 수 있는 비용을 정확하게 계산한 뒤 다른 사람은 생각지도 못한 일을 했다. 그것은 이 문제의 당사자 중 한 사람으로 고려조차 되지 않은 앤과 상의하는 것이었다. 그녀는 앤의 의견이 어느 정도 반영된 지출 절감 계획을 작성한 뒤 이를 월터 경에게 내밀었다. 앤이 수정한 부분은 모두 허식이 아닌 내실을 위한 것이었다. 앤은 좀 더 과감한 조치와 철저한 개선책 그리고 빠른 부채 상환을 원했고 공정과 정의 외에는 어떤 것에도 관심이 없었다.

"이 모든 것을 하시도록 네 아버지를 설득할 수만 있다면," 러셀 부인이 서류를 훑어보며 말했다. "많은 문제가 해결될 거다. 이 계획을 받아들이신다면 7년 이내에 부채를 완전히 갚을 수 있을 거야. 이렇게 지출을 줄여도 켈린치 홀의 명성은 영향을 받지 않을 것이고, 지각 있는 사람들의 눈에 월터 엘리엇 경이 원칙을 지키는 사람처럼 행동한다고 해서 체면이 손상될 리도 없다는 점을 네 아버지와 언니가 받아들일 수 있었으면 좋겠구나. 사실 네 아버지께서 하실 일은 최고의 명문가들도 해왔고 또 해야 하는 그런 일이야. 이런 일을 그분만 겪는 게 아니라는 거지. 흔히 고통을 감내하기가 힘든 이유는 자기만 그런 일을 겪는다고 여기기 때문이거든. 아무쪼록 일이 잘 풀리기를 바란다. 그러기 위해서는 우리가 진지하고 단호해야 해. 어쨌든 빚은 갚아야 하니까. 네 아버지처럼 한 가문의 어른인 신사분의 심기를 살피는 것도 중요하겠지만 그보다 더 중요한 건 신뢰할 만한 분이라는 평판을 지키는 거야."

앤은 이것이 아버지의 행동 원칙이 되기를 바랐고 아버지의 곁에 있는 지인들로부터도 비슷한 충고가 나오기를 바랐다. 포괄적인 지출 절감을 통해 이룰 수 있는 신속한 부채 상환이야말로 중차대한 의무이며, 이런 노력이 부족하다면 가문의 품격 따위는 논할 수 없다는 게 그녀의 생각이었다. 그녀는 그런 처방이 내려지기를 원했고 그것이 도리라고 믿었다. 그녀는 러셀 부인의 영향력을 높이 평가했고, 양심에 따른 자신의 제안을 아버지와 언니가 온전히 따르든 절반만 따르든 엄격한 절제가 필요하기는 마찬가지라는 점에서 설득에 큰 어려움이 없으리라 생각했다. 말을 두 마리 포기하든 네 마리 포기하든 아버지와 언니는 똑같이 괴로워할 사람들이었는데, 지출 절감을 위해 러셀 부인이 작성한 목록의 기준은 전반적으로 너그러웠다.

더 엄격한 앤의 요구가 계획에 반영되었다면 아버지와 엘리자베스의 반응이 어땠을까 추측하는 것은 별 의미가 없겠다. 러셀 부인의 계획조차 받아들여지지 않았기 때문이다. 월터 경에게 그것은 감내할 수도, 감내해야 할 이유도 없는 일이었다. "이봐요! 사는 낙을 전부 끊으라는 말씀입니까? 여행도, 런던도, 하인과 마차에 손님 초대까지 전부 줄이고 제한하라는 말씀 아니십니까? 그 정도는 일개 신사도 다 누리고 사는 건데, 그런 치욕스러운 조건을 받아들이고 사느니 차라리 켈린치 홀을 포기하고 말겠소."

셰퍼드 씨는 '켈린치 홀을 포기'하겠다는 말에서 실마리를 찾았다. 월터 경의 지출 절감 계획에 골몰하고 있던 그로서는 월터 경이 거처를 옮기지 않고서는 어떤 일도 이뤄지지 않을 거라는 확신이 있었다. "가장 결정적인 부분의 이야기가 나왔으니," 그가 말했다. "저도 그 의견에 동의하기를 주저하지 않겠다는 말씀을 드립니다. 후한 접대와 오랜 명성을 자랑하는 저택에 사시는 한 월터 경께서 그동안의 생활방식을 실질적으로 바꾸시기란 어려워 보입니다. 거처를 다른 곳으로 옮기신다면 월터 경께서는 자신만을 위한 판단을 내리실 수 있을 것이고 집안을 어떤 방식으로 꾸려 나가시든 그에 따라 생활을 영위하신다면 그곳에서도 존경을 받게 되실 겁니다."

월터 경은 켈린치 홀을 떠나기로 했다. 불확실성과 망설임 속에서 며칠을 보낸 뒤 마침내 어디로 가야 하느냐 하는 이 중대한 변화의 초안이 마련되었다.

세 가지 선택이 놓여 있었다. 런던으로 가든가 바스로 가든가 아니면 현재 거주하는 지역에서 다른 저택을 알아보는 것이었다. 앤은 세 번째가 선택되기를 바랐다. 인근의 작은 저택에 살게 된다면 러셀 부인과 계속 교류할 수 있고 메리와도 가까이에서 지낼 수 있으며 이따금 켈린치 홀의 잔디밭과 숲길을 둘러보는 기쁨도 누릴 수 있을 것이었다. 하지만 앤의 운명이 늘 그랬듯이 그녀가 바라던 바와 정반대의 결정이 내려졌다. 그녀는 바스가 마음에 들지 않았고 자신과는 맞지 않다고 생각했으나 이제 바스는 그녀가 살아가야 할 곳이 되었다.

월터 경은 처음에는 런던을 마음에 두고 있었으나 그가 런던에서 생활하는 것이 미덥지 않았던 셰퍼드 씨는 런던 대신 바스를 선택하도록 월터 경을 영리하게 설득했다. 이런 곤경에 처한 신사에게는 바스가 훨씬 더 안전한 곳이며 그곳에서는 상대적으로 적은 비용으로도 중요 인물이 될 수 있었다. 런던보다 바스에 무게가 실린 데에는 두 가지 결정적인 이점이 있었다. 바스는 켈린치 홀에서 50마일밖에 떨어지지 않아 왕래가 더 쉬웠고 매년 러셀 부인이 겨울을 보내는 곳*이기도 했다. 월터 경과 엘리자베스는 바스에 정착하더라도 평판이나 재밋거리를 잃는 일은 없으리라 믿게 되었고 처음부터 바스를 선호했던 러셀 부인으로서는 이 결정이 더할 나위 없이 만족스러웠다.

러셀 부인은 총애하는 앤의 바람을 저버릴 수밖에 없었다. 월터 경은 같은 지역의 작은 집으로 거처를 옮기는 것을 순순히 받아들일 사람이 아니었다. 앤도 실제로 그 상황에 맞닥뜨리면 굴욕감을 느낄 법한데 월터 경이 느끼게 될 감정은 그야말로 끔찍할 게 분명했다. 러셀 부인은 앤이 바스를 싫어하는 이유가 선입견과 안 좋은 기억 때문이라고 생각했다. 앤은 어머니를 여읜 뒤 바스의 기숙학교에서 3년을 보냈고 이후 그녀와 함께 그곳에 머물렀던 겨울에는 몸 상태가 좋지 않았기 때문이다.

요컨대 러셀 부인은 바스가 마음에 들었고 모두에게 그곳이 적합하다고 생각했다. 앤의 기운을 북돋아 주기 위해서라면 날씨가 따뜻할 때 켈린치에 있는 자신의 집에 그녀를 와 있게 하면 될 일이었다. 사실 이런 변화는 앤의 건강과 정신에도 도움이 될 것이었다. 앤은 집 밖에서 사람들과 교류할 기회가 너무나 적었다. 활달하지 못한 그녀의 성격도 더 큰 지역사회에서는 나아질 것이었다. 러셀 부인은 앤이 사람들과 더 많이 교류하기를 바랐다.

지출 절감 계획 중 결정적인 한 대목은 같은 지역에서 옮길 집을 알아보는 것이 탐탁지 않았던 월터 경의 마음을 더 확실히 굳혀 주었다. 그는 자신의 저택을 비워야 할 뿐만 아니라 다른 사람이 그곳에 들어와 사는 것을 보아야 했다. 이는 월터 경보다 의지가 강한 사람도 견디기 힘든 시련이었다. 켈린치 홀은 임대될 예정이었으나 이 사실은 밖으로 알려져서는

---

* 온천 도시 바스는 영국 상류층의 겨울철 휴양지로 인기가 있었다.

안 될 비밀이었다.

월터 경은 자신의 집을 임대한다는 사실이 세상에 알려지는 수모를 견딜 수 있는 사람이 아니었다. 셰퍼드 씨는 '광고'라는 말을 무심코 꺼냈다가 그 단어를 다시는 입에 올리지 못하게 되었다. 월터 경은 그런 제안을 일축했고 자신에게 그럴 의향이 조금이라도 있다는 사실을 흘리는 것조차 용납하지 않았다. 다만 대단히 훌륭한 사람이 자발적으로 집을 빌리겠다고 간곡하게 청한다면 자신이 제시하는 조건으로 호의를 베풀 의향은 있었다.

누군가 바라던 일이 옳았음을 입증해 주는 근거는 얼마나 쉽게 얻어지던가! 러셀 부인은 월터 경과 그의 가족이 이 지역을 떠나야만 하는 또 하나의 이유를 찾아냈다. 그녀는 그즈음 엘리자베스와 부쩍 가까워진 어느 친구를 떼어놓고 싶었다. 셰퍼드 씨의 딸이기도 한 그 여성은 바람직하지 못한 결혼 생활 끝에 두 아이를 데리고 친정에 돌아와 있었다. 젊고 영리한 그녀는 다른 사람의 호감을 사는 방법을 알았고, 적어도 켈린치 홀에서 그 방법은 통하는 것 같았다. 둘의 관계가 부적절하다고 생각한 러셀 부인이 엘리자베스에게 주의하고 근신할 것을 완곡하게 당부했음에도 그 친구는 얼마나 엘리엇 양의 마음에 들었던지, 벌써 한두 차례 켈린치 홀에서 묵고 가기까지 했다.

사실 러셀 부인은 엘리자베스에게 영향력이 있는 사람이 아니었다. 그녀가 엘리자베스에게 애착이 있는 것처럼 보인 것은 그러려고 노력했기 때문이지, 엘리자베스가 사랑받을 만한 구석이 있기 때문이 아니었다. 엘리자베스는 겉으로는 공손한 태도를 보였으나 그녀의 말을 귀담아듣지는 않았다. 러셀 부인은 엘리자베스에게 앤을 빼놓고 런던을 방문하는 것은 이기적이고 불공평하며 부끄러운 일이니 앤을 데리고 가라고 거듭 당부했고, 이보다 사소한 온갖 일들에 대해서도 자신의 판단과 경험을 들려주려 애썼으나 모두 허사였다. 엘리자베스는 늘 자기 생각을 고집했다. 그리고 클레이 부인과의 교류는 러셀 부인의 뜻을 가장 확실히 거스르는 일이었다. 엘리자베스는 자신의 애정과 신뢰를 받을 자격이 충분한 동생 대신에 예의만 갖추고 거리를 두어야 할 사람을 가까이했다.

러셀 부인의 눈에 클레이 부인은 전혀 격이 맞지 않았고 기질적으로도 벗으로 삼기에는 위험해 보였다. 따라서 엘리엇 양이 클레이 부인으로부터 멀리 떠나 좀 더 격이 맞는 이들과 교류하도록 하는 일이 무엇보다도 중요한 목표가 되었다.

3

"월터 경께 저의 소견을 말씀드리자면," 어느 날 아침 켈린치 저택에서 셰퍼드 씨가 신문을 내려놓으며 말했다. "현재 돌아가는 상황이 우리에게 대단히 유리하다고 하겠습니다. 전쟁이 끝나고 돈 많은 해군 장교들이 돌아오고 있습니다. 그 사람들이 모두 집을 구할 텐데 믿을 만한 임차인을 고르기에 이보다 더 좋은 기회가 어디 있겠습니까? 이번 전쟁* 중 다들 돈을 제법 모았을 겁니다. 월터 경, 만일 어느 돈 많은 제독이 이곳에 오게 된다면,"

"그 사람은 운이 정말 좋은 거지." 월터 경이 말했다. "무슨 다른 말이 필요하겠나. 그 사람에게 켈린치 홀은 큰 상이나 다름없을 걸세. 아마 이제껏 받아본 상 가운데 가장 큰 상일걸, 그렇지 않겠나, 셰퍼드?"

이런 익살에는 적당히 웃어줘야 한다는 것을 알고 있는 셰퍼드 씨가 크게 웃음소리를 내며 덧붙였다.

"이런 말씀을 드려도 될지 모르겠지만, 사업적인 면에서는 해군의 신사들이 상대하기가 쉽습니다. 그 사람들이 거래하는 방식을 제가 좀 아는데, 다들 통이 커서 그 사람들보다 나은 임차인은 어디에서도 찾을 수 없을 겁니다. 제가 드리고 싶은 말씀은, 혹시라도 경의 의중이 소문으로 퍼진다면, 다시 말씀드리면 무슨 행동이나 계획이라는 게 사람들의 이목이나 호기심을 피하기 어렵다는 건 모두가 아는 사실 아닙니까? 그러니 소문은 날

---

* 영국이 승리를 거둔 나폴레옹 전쟁을 가리킨다.

수도 있고, 아무래도 사회적 지위가 높은 분들에게는 이런 고충이 따르기 마련입니다. 저 같은 사람은 주시하는 눈이 없으니 어떤 가정사든 숨길 수 있습니다만, 월터 엘리엇 경이라면 사람들의 시선을 피한다는 게 무척 어려운 일이겠지요. 그래서 감히 말씀드리자면 우리가 그렇게나 조심했음에도 소문이 퍼졌다면 그건 놀랄 일이 아니라는 겁니다. 그리고 어떻게든 소문이 났다고 가정하면 집을 구하는 사람이 틀림없이 나타날 것이고, 돈이 많은 해군 장교라면 특히 관심을 가질 만하다는 것입니다. 한 말씀 더 드리자면, 경께서 직접 응대하는 수고를 덜어드리기 위해 저는 언제든 두 시간 안에 달려올 수 있습니다."

월터 경은 고개를 끄덕였다. 하지만 그는 잠시 후 자리에서 일어나 방 안을 서성이더니 시큰둥하게 말했다.

"이렇게 훌륭한 집을 보고 어느 해군 장교가 놀라지 않겠나."

"온 사방을 뒤져도 이런 집은 찾을 수 없을 거예요." 클레이 부인이 말했다. 셰퍼드 씨는 마차를 타고 켈린치 홀에 오는 것만큼 건강에 도움이 되는 일이 없다며 딸을 데리고 온 터였다. "저의 아버지께서 해군 장교가 임차인으로 적격이라고 하신 말씀에 저도 동의해요. 제가 그쪽에 있는 사람들을 좀 아는데요, 다들 통이 크고 아주 깔끔한 데다가 매사에 신중하기까지 하답니다. 경께서 가지고 계신 이 귀한 그림들을 그냥 두고 가셔도 걱정할 필요가 전혀 없으실 거예요. 저택 안팎에 있는 모든 게 아주 잘 관리될 겁니다. 대정원이나 개인 정원도 지금처럼 잘 가꿔질 것이고요. 엘리엇 양도 예쁜 화단이 소홀히 취급되지 않을까 걱정하실 필요가 없어요."

"그 점에 관해서라면," 월터 경이 냉랭하게 대답했다. "설령 집을 빌려준다고 해도 그런 특혜까지 베풀지는 결정하지 않았소. 임차인을 특별 대우할 생각은 없으니까. 물론 대정원은 사용하게 해줘야겠지요. 해군 장교가 됐든 누가 됐든 그 정도 규모의 대정원은 아마 본 적이 없을 거요. 다만 개인 정원의 사용에 어떤 제한을 둘지는 또 다른 문제라고 해야겠군요. 내 개인 정원에 사람들이 들락거리는 건 달갑지 않은 일이니까. 엘리엇 양에게도 화단을 잘 지켜야 할 거라고 충고해야겠군. 나는 해군이든 육군이든 켈린치 홀의 세입자에게 특혜를 베풀 생각은 전혀 없습니다."

짧은 침묵이 흐른 뒤 셰퍼드 씨가 조심스럽게 입을 열었다.

"이런 일에는 임대인과 임차인 간의 모든 문제를 확실하고 깔끔하게 처리하는 정해진 절차가 있습니다. 월터 경의 권리는 제가 확실하게 지켜드리겠습니다. 어떤 임차인도 정당한 권리를 넘어서는 주장을 하지 못하도록 잘 살필 테니 저만 믿으십시오. 감히 말씀드리건대, 권리를 지키는 문제에 관해서라면 월터 엘리엇 경도 존 셰퍼드를 따라오지는 못하실 겁니다."

여기에서 앤이 말했다.

"저는 해군에 복무하시는 분들이 우리를 위해 많은 일을 해왔다고 생각해요. 그러니 다른 직업에 종사하시는 분들이 누리는 편의와 혜택을 그분들도 똑같이 누릴 자격이 있어요. 우리는 해군 장병들이 안락함을 누려도 될 만큼 그동안 애를 많이 썼다는 사실을 인정해야 해요."

"옳으신 말씀입니다. 앤 양께서 하신 말씀이 백번 천번 옳습니다." 셰퍼드 씨가 대답하자 그의 딸도 거들었다. "정말 맞는 말이에요." 하지만 월터 경의 반응은 이러했다.

"그 직업도 나름의 쓸모는 있겠지만 내 친구 중에 그 직업을 가진 사람이 있다면 정말 딱하다는 생각이 들 것 같네."

"그러십니까?" 셰퍼드 씨가 놀란 표정으로 대답했다.

"그렇다네. 두 가지가 마음에 안 들어. 그 직업이 싫은 두 가지 이유가 있다는 말일세. 첫 번째 이유는 출신이 미천한 자들이 자신의 부친이나 조부는 꿈도 못 꾸었을 과분한 명예를 그 직업을 통해 얻기 때문이고, 두 번째 이유는 그 일이 사람의 젊음과 활력을 끔찍하게 갉아먹기 때문이네. 배를 타면 사람이 빨리 늙지. 나는 평생 그런 사람들을 보아왔어. 해군에서 근무하다 보면 자신의 아버지는 말도 섞지 않았을 사람의 아들이 승승장구하는 꼴을 보게 되는 일이 다른 어떤 직업에서보다 많지. 그러는 본인도 남들 눈에 혐오스러울 만큼 빨리 늙고 말이야. 지난봄 런던에 갔을 때 내가 방금 언급한 부류의 사람을 둘이나 만났는데, 알다시피 세인트 아이브스 경은 그 부친이 먹을 빵조차 부족한 시골 교회 부목사였는데 그런 사람에게 내가 자리를 양보해야 했다네. 볼드윈 제독이라는 사람도 만났는데, 그 외모가 참담했지. 낯빛은 칙칙한 적갈색이고 피부는 매우 거친 데다 주름이 깊게 파인 얼굴에 머리카락은 하얗게 세어서 아홉 가닥밖에 남지 않았는데 정수리에 분을 바르고 있더란 말일세. 가까이에 있던 친구에게 '저 늙은이는 도대체 누구인가?' 하고 물어봤는데, 배즐 몰리 경이 대답하더군. '늙은이라니! 저 사람은 볼드윈 제독일세. 저 사람 나이가 얼마나 되어 보이는가?' 그래서 내가 '예순? 아니면 예순둘?'하고 말했더니 배즐 경이 대답하더군. '마흔일세. 정확하게 마흔.' 내가 얼마나 놀랐을지 상상해보게나. 볼드윈 제독이라는 사람은 쉽게 잊을 수 없을 거야. 배를 타는 직업이 사람을 어떻게 만드는지 그보다 더 비참한 예는 본 적이 없으니까. 하지만 그 직업을 가진 사람들은 다 비슷하다는 건 알고 있네. 그 사람들은 거친 바다의 온갖 기후와 날씨를 겪으면서 외모가 못 봐줄 지경이 되고 마는 거지. 볼드윈 제독의 나이가 되도록 그 일을 그만두지 못하는 게 딱할 뿐이야."

"너무 하세요, 월터 경." 클레이 부인이 말했다. "너무 가혹한 말씀이세요. 그 불쌍한 사람들을 좀 가엾게 여겨주세요. 모든 사람이 훌륭한 외모를 가지고 태어나는 건 아니잖아요. 바다가 외모에 좋을 게 없고 배를 타는 사람들이 확실히 빨리 늙긴 하죠. 제가 봐도 그래요. 그들은 젊음을 너무 일찍 잃어버려요. 하지만 그건 다른 직업들도 마찬가지 아닌가요? 육군에 복무 중인 사람들도 나을 건 하나도 없어요, 좀 더 편한 직업이라고 해도 몸이 아닌 마음의 고생이 심하면 시간의 흐름대로 자연스럽게 늙기란 힘들죠. 변호사는 걱정에 찌들어 꾸역꾸역 살고 외과 의사는 한밤중에 아무리 날씨가 궂어도 왕진 가방을 챙겨서 길을 나서야 해요. 목사들은," 그녀는 말을 멈추고 목사들을 겉늙게 만드는 게 무엇인지 잠시 생각했다. "심지어 목사들은 감염된 환자의 방에 들어가서 자신의 건강과 외모를 위험한 환경에 고스란히 노출해야 하잖아요. 사실 저는 모든 직업이 나름 필요하고 훌륭하다고 생각하지만, 건강과 훌륭한 외모를 축복으로 누릴 수 있는 사람은 따로 있다는 생각이 들어요. 직업을 가지거나 더 많은 걸 얻으려고 아등바등할 필요 없이 이미 가지고 있는 것만으로 전원생활을 하며 자신이 하고 싶은 일을, 하고 싶은 시간에 하는 그런 사람들 말이죠. 한창때가 지난 나이에도 매력적인 외모를 잃지 않은 부류는 그런 사람들밖에 없더라고요."

셰퍼드 씨는 해군 장교를 임차인으로 들이는 것을 월터 경이 호의적으로 받아들이기를 바랐는데 어쩌면 그에게 예지력이 있었던 것 같다. 저택의 임차 의사를 처음으로 밝힌 이는 크로프트 제독이라는 사람이었다. 셰퍼드 씨는 톤턴의 지방법원에 가는 길에 그를 만났는데, 알고 보니 그 제독은 이미 런던의 지인이 귀띔한 적이 있는 사람이었다. 셰퍼드 씨가 켈린치에 급히 돌아와 보고한 바에 따르면, 크로프트 제독은 서머싯셔 출신이었고 상당한 재산을 모은 뒤 고향에 정착하고 싶어 했다. 그는 톤턴에 내려와 임대 광고가 실린 주택 몇 채를 둘러보았으나 마음에 드는 집을 찾지 못했다. 그러다 우연히 켈린치 홀이 임대될 수 있다는 소식을 듣게 되었고 (셰퍼드 씨의 예상대로 월터 경의 중대사는 비밀로 유지되지 못했다) 셰퍼드 씨와 집주인의 관계를 알게 된 뒤 자세한 문의를 위해 셰퍼드 씨를 찾아와 자신을 소개했다. 그는 긴 이야기를 나누는 동안 그저 말로만 전해 들은 그 저택에 대해 큰 관심을 표했고 자신이 매우 책임감 있는 최적의 임차인임을 분명히 보여주었다.

"그래서 크로프트 제독이 어떤 사람이라는 말인가?" 월터 경은 차가운 어조로 물었다.

셰퍼드 씨는 그가 신사 가문의 일원이라며 그의 출신 지역을 언급했다. 잠시 침묵이 흐른 뒤 앤이 덧붙였다.

"그분은 왕립 해군 소장이에요. 트라팔가르 해전에 참전하셨고 이후에는 줄곧 동인도에 계셨죠. 그곳에서 여러 해 동안 근무하셨던 것으로 알고 있어요."

"그렇다면," 월터 경이 말했다. "그 사람의 낯빛도 내 하인들의 옷 소매처럼 오렌지색이겠군."

셰퍼드 씨는 월터 경에게 크로프트 제독은 건강과 활력이 넘치고 외모도 출중한 사람이라며, 비록 햇볕에 피부가 그을리기는 했으나 아주 심하지는 않다고 말했다. 그는 월터 경을 안심시키기 위해 크로프트 제독을 이렇게 묘사했다. 생각과 행동의 모든 면이 신사답고 그저 안락한 집을 빨리 구하고 싶어 할 뿐 계약 조건에 대해서는 까다롭게 굴지 않을 것 같으며, 안락함을 누리려면 그에 상응하는 대가를 당연히 치러야 하고 이렇게 훌륭한 가구가 갖춰진 집을 얻으려면 임차 비용을 얼마나 내야 하는지 잘 알고 있을 뿐 아니라, 월터 경이 더 높은 금액을 요구하더라도 놀라지 않을 듯하고 사유지 내에서 수렵이 허락된다면 좋겠지만 아무래도 상관없다는 뜻을 밝히면서 자신은 가끔 사냥총을 꺼내 손질은 하되 실제로 사냥에 나서지는 않는다고 말하는, 꽤 신사다운 사람이었다.

셰퍼드 씨는 크로프트 제독이 임차인으로서 더할 나위 없는 좋은 조건을 갖추고 있다고 말했는데, 이는 기혼이되 자녀가 없는 제독의 가족 관계를 가리키는 것이었다. 그는 안주인이 없으면 저택이 제대로 관리되지 않는 법이고, 임차인에게 자녀가 많은 경우에도 가구와 집기가 손상될 위험은 똑같이 크다고 말했다. 자녀가 없는 여자야말로 세상에서 가구를 가장 잘 관리할 수 있는 사람이었다. 그러면서 그는 크로프트 부인을 직접 만나본 소감을 밝혔는데, 제독과 함께 톤턴에 온 그녀는 그가 제독과 이야기를 나누는 동안 줄곧 곁에 있었다.

"부인은 세련된 말씨에 고상함과 영민함을 두루 갖춘 분 같았습니다." 셰퍼드 씨가 말을 이어나갔다. "부인은 저택과 계약 조건, 세금 문제 등에 대해 제독보다 더 많은 걸 물었고 이런 일에 꽤 익숙해 보였습니다. 더욱이 부인은 이 지역에 남편분 못지않은 연고도 있었습니다. 예전에 이곳에 살았던 어느 신사의 누님이라고 하더군요. 그 신사분은 몇 년 전에 몽포드에 살았다고 하는데, 이런, 그분의 이름이 갑자기 기억나지 않네요. 얘야, 페넬로페, 몽포드에 살았다는 그 신사분의 이름이 뭐였지, 크로프트 부인의 남동생 말이다."

하지만 클레이 부인은 엘리엇 양과 이야기를 나누는 데 정신이 팔려 그의 말을 듣지 못했다.

"나는 자네가 누구 얘기를 하는 건지 모르겠어. 예전 트렌트 지사 시절 이후 몽포드에 거주하는 신사라고는 아는 사람이 없네."

"이거 참, 이렇게 깜빡깜빡하다가는 조만간 제 이름도 잊어버리겠습니다. 제가 평소 잘 아는 이름이고 백 번은 족히 만난 신사분인데 도대체 이름이 떠오르지 않네요. 전에 그분이 무단 침입을 당해서 법률 상담차 저를 찾아온 일도 있었죠. 이웃 농장의 일꾼이 그분의 과수원에 울타리를 훼손하고 들어와서 사과를 훔치다가 현장에서 붙잡힌 사건이었는데 나중에 저의 조언과는 반대로 너그럽게 합의해준 사실까지 다 기억납니다. 그런데 어쩌면 이름이 이렇게 기억나지 않는지 모르겠습니다."

"아마 웬트워스 씨를 말씀하시는 것 같은데요." 지켜보고 있던 앤이 말했다.

"맞아요, 웬트워스 씨요!" 셰퍼드 씨는 앤에게 감사를 표하며 말을 이었다. "웬트워스 씨가 바로 그 신사분입니다. 몽포드 교구 부목사였죠. 1805년경에 부임했으니까 월터 경께서도 기억하실 겁니다."

"웬트워스? 아, 몽포드 교구 부목사 웬트워스 씨? 자네가 신사라고 칭하길래 누군가 했네. 무슨 대단한 자산가를 두고 이야기하는 줄 알았지. 웬트워스 씨라면 그저 그런 사람 아닌가. 스트래퍼드 가문과도 아무 상관이 없는데 요즘은 어쩌다 귀족의 이름이 이렇게 흔해졌는지 모르겠네."

셰퍼드 씨는 이 지역에 크로프트 씨의 처남이 연고가 있음을 강조하는 것이 아무 도움이 되지 않는다는 사실을 깨닫고 이 점에 대해 더 언급하지 않았다. 대신 이들 부부의 나이, 재산, 가족 구성, 켈린치 홀에 대한 높은 평가 그리고 이 저택을 임차하고자 하는 열망 등 이견이 있을 수 없는 좋은 점들만 나열하면서 마치 그들이 월터 경의 임차인이 되는 것을 최고의 행복으로 여기고 있는 것처럼 이야기했다. 만일 이런 것들이 월터 경으로부터 합당한 임차인으로 평가받는 비결임을 그들이 알고 있었다면 그들의 안목은 남다르다고 할 수 있었다.

셰퍼드 씨의 방법은 성공을 거두었다. 월터 경으로서는 자신의 저택을 임차하려는 사람이 누가 되었든 마뜩잖게 보일 수밖에 없었다. 그러면서 계약 조건이 아무리 까다로워도 임차를 허락받았다는 사실만으로도 임차인은 최고의 행운을 얻은 줄 알아야 한다고 생각했는데, 결국 그는 셰퍼드 씨에게 계약을 진행하고 톤턴에 체류 중인 크로프트 제독을 만나 저택을 보러 올 날짜를 정하도록 했다.

월터 경은 대단히 현명한 사람은 아니었으나 그래도 모든 면에서 크로프트 제독보다 더 나은 임차인을 구하기가 어렵다는 사실 정도는 판단할 수 있었다. 여기까지 생각이 미쳤을 때 추가적인 사실 하나가 그의 허영심을 달래주었다. 그것은 바로 너무 높지 않고 딱 적당한 제독의 신분이었다. '크로프트 제독을 임차인으로 들였다'라는 말은 그냥 아무개 씨에게 세를 놓았다는 말보다 훨씬 괜찮게 들렸다. (아마 전국에서 몇 명을 제외하고) 모든 아무개 씨에게는 언제나 설명이 붙어야 했다. 그러나 제독은 나름의 지위를 가지고 있으면서도 준남작에는 미치지 못했다. 두 사람이 마주치고 교류할 일이 있다면 월터 경은 언제나 우위에 있을 수 있었다.

엘리자베스의 의견을 구하지 않고 결정될 수 있는 일은 아무것도 없었다. 하지만 그녀 역시 켈린치 홀을 떠나고 싶은 생각이 점점 강해진 까닭에 이 임차인과 기꺼이 계약을 체결하고 싶었고, 결정이 늦춰지게 될 만한 말은 한마디도 하지 않았다.

계약을 위한 전권이 셰퍼드 씨에게 위임되었다. 일이 이렇게 마무리되자 논의의 전 과정을 경청하고 있던 앤은 달아오른 뺨을 차가운 공기로 식히기 위해 곧바로 저택을 나섰다. 그녀는 자신이 좋아하는 숲길을 걸으며 나지막한 한숨을 내뱉었다. "몇 달 후면 그 사람이 이 길을 걷고 있을지도 모르겠네."

4

 오해의 여지가 있는데, 그 사람은 몽포드의 부목사였던 웬트워스 씨가 아니라 그의 동생 웬트워스 대령이었다. 산토도밍고 해전에서 공을 세워 중령으로 진급한 그는 다음 근무지 배속이 즉시 이루어지지 않아 1806년 여름 서머싯셔에 왔다. 양친이 모두 돌아가신 까닭에 그는 몽포드에서 혼자 집을 얻어 반년간 지냈다. 당시의 그는 지성과 활력과 명민함을 갖춘 훌륭한 청년이었고 앤 역시 온화하고 겸손하며 교양과 감수성을 겸비한 남다른 미모의 소유자였다. 그는 할 일이 없었고 그녀는 사랑하는 사람이 없었으므로 각자가 지닌 매력의 절반만 있었다고 해도 둘에게는 충분했을 것이다. 그런데 이처럼 장점이 넘치기까지 하니 두 사람의 만남은 어긋날 수가 없었다. 그들은 서서히 가까워졌으나 일단 서로를 잘 알게 되자 이내 깊은 사랑에 빠졌다. 두 사람 중 누가 더 이상적인 짝을 만난 것인지, 누가 더 행복했는지 가리기는 어려울 것이다. 그녀는 사랑의 고백과 청혼을 받으며, 그는 자신의 사랑이 받아들여지며 무척 행복했을 것이다.
 짧은 시간 더없는 행복이 이어졌다. 하지만 그 시간은 짧았다. 곧 문제가 생겼다. 결혼을 허락해 달라고 청하는 두 사람에게 월터 경은 허락을 보류하거나 명시적으로 반대의 뜻을 밝히지는 않았다. 다만 그는 극도로 경악하고 극도로 냉정하며 극도로 침묵하는 부정적인 태도로 딸에게 아무것도 해주지 않겠다는 확고한 뜻을 내비쳤을 뿐이다. 그는 둘의 결합이 격이 맞지 않는다고 생각했고, 비록 자존심을 들먹이지는 않았으나 러셀 부인 역시 그들의 결합을 매우 불행한 일로 여겼다.

가문과 미모와 지성을 모두 갖추고 있는 앤 엘리엇이 열아홉의 나이에 아무것도 내세울 게 없는 남자와 약혼함으로써 그 모든 것을 내던진다는 사실이 러셀 부인을 괴롭게 했다. 그 남자는 미래가 불확실한 직업에 운을 걸어볼 뿐 풍요로움을 얻을 희망도, 진급을 도와줄 인맥도 없었다. 너무나 젊고 아직 사람들에게 제대로 알려질 기회가 없었던 앤 엘리엇을 변변한 친척이나 재산도 없는 낯선 사내가 낚아채 간다는 것은, 아니 그런 사내 때문에 앤이 고단하고 불안하며 젊음을 갉아먹는 곤궁함에 떨어진다는 것은 있을 수 없는 일이었다. 우정에서 우러나온 정당한 간섭으로든 아니면 어머니 같은 심정과 권리로 확실한 의사를 나타내든 그것만은 막아야 했다.

웬트워스 대령은 가진 게 없었다. 해군에서 운 좋게 일이 잘 풀렸으나 쉽게 번 돈은 쉽게 나갔고 모인 돈은 없었다. 하지만 그는 머지않아 부자가 될 수 있다는 자신감이 있었다. 활력과 의욕이 넘쳤고 곧 함장이 되고 근무지가 결정되면 원하는 모든 것을 얻게 될 것임을 알았다. 그는 항상 운이 좋았고 늘 그러하리라 믿었다. 그런 자신감은 그 자체로 강력했고 이를 표현하는 위트로 인해 더 매력적으로 보였다. 앤에게는 그것으로 충분했다. 하지만 러셀 부인은 그것을 다르게 보았다. 그의 낙천적인 기질과 거침없는 성격은 그의 나쁜 점을 더 나쁘게 만들었다. 그저 위험한 성격만 더해진 셈이었기 때문이다. 그는 재치가 넘치는 데다 고집까지 셌다. 러셀 부인은 위트와 거리가 먼 사람이었고 경솔하다 싶은 모든 것을 끔찍하게 여겼다. 그녀는 둘의 결합을 모든 면에서 반대했다.

그런 반감과 반대에 맞서기란 너무나 어려웠다. 어리고 온순하긴 해도 그녀는 아버지의 반대는 버틸 수 있었을지 모른다. 언니가 따뜻한 말 한마디나 친절한 눈길 한번 주지 않아도 상관없었다. 하지만 그녀가 항상 따르고 의지했던 러셀 부인의 부드러우면서도 끈질긴 충고는 물리치기가 쉽지 않았다. 그녀는 결국 그 약혼이 경솔하고 부적절한 실수였으며 결혼에 이를 가능성도, 그럴 가치도 없다고 설득당하게 되었다. 그러나 앤이 그를 포기한 것은 단순히 이기적인 생각 때문이 아니었다. 자신보다 그를 위한 결정이라는 생각이 없었다면 그녀는 그를 포기하지 않았을 것이다. 그를 위해 신중한 결정을 내렸고 자신이 희생하는 것이라는 믿음은 이별의 고통 속에서도 위안이 되었다. 하지만 그녀에게 더 큰 위안이 필요했던 이유는, 이 상황을 받아들이지 못한 채 어쩌면 자신에게 이토록 모질게 굴 수 있느냐는 그의 항변이 더 고통스러웠기 때문이다. 그렇게 해서 그는 서머싯셔를 떠났다.

  둘의 시작과 끝은 몇 달이 채 되지 않았다. 하지만 그로 인한 앤의 고통은 몇 달로 끝나지 않았다. 그녀의 지나간 사랑과 회한은 청춘의 모든 희열에 오랫동안 먹구름을 드리웠고, 일찍 시든 꽃처럼 잃어버린 생기는 오래도록 되살아나지 않았다.

  이 작은 슬픈 이야기도 벌써 7년 전의 일이 되었다. 시간은 그를 향한 특별한 애정의 많은 부분을, 어쩌면 거의 전부를 무뎌지게 해주었으나 문제는 그녀가 오로지 시간에만 의존하고 있었다는 것이다. (이별 직후 한 차례 바스를 방문한 때를 제외하고) 그녀는 다른 지방에 머무르거나 새로운 경험 또는 폭넓은 인간관계를 가져본 일이 없었다. 그녀의 기억에 남아 있는 프레더릭 웬트워스와 견줄 남자가 켈린치의 사교계에는 없었다. 그녀의 섬세한 지성과 취향에 어울리는 사람을 주변의 좁은 사교계에서는 찾을 수 없었기 때문에 그녀의 나이에 비추어 지극히 자연스럽고도 행복한 치유법이라 할 두 번째 사랑은 찾아오지 않았다. 그녀는 스물두 살 되던 해에 한 청년의 청혼을 받아 성이 바뀔 뻔했으나 그 남자는 곧 그녀의 여동생에게 눈을 돌렸다. 러셀 부인은 앤이 그의 청혼을 거절한 일을 무척 아쉬워했다. 찰스 머스그로브는 소유한 땅이나 지위로 볼 때 그 지역에서 엘리엇 가에 버금가는 가문의 장남인데다 성품과 용모도 괜찮았기 때문이다. 앤이 열아홉 살이었다면 러셀 부인도 더 많은 걸 기대했을지 모르지만 앤의 나이가 이미 스물둘이었음을 고려할 때 그녀가 아버지의 부당한 차별 대우에서 벗어나 가까운 곳에 정착할 수 있다면 그것만으로도 기뻐할 일이었다. 그런데 앤은 이번에는 아무런 상의 없이 혼자 결정을 내렸다. 러셀 부인은 자신의 판단이 옳았다고 믿었고 지난 일을 돌이키고 싶은 생각도 없었으나 이제 다정하고 가정적인 앤이 재능과 경제력을 갖춘 남자의 구애를 받을 희망이 사라져간다는 불안감을 느끼지 않을 수 없었다.

러셀 부인과 앤은 지나간 일에 대한 서로의 생각이 여전히 같은지 아니면 달라졌는지 알지 못했다. 그 일에 대해서는 서로 언급을 피했기 때문이다. 하지만 스물일곱 살의 앤은 다른 사람에 의해 쉽게 설득당한 열아홉 살 때의 앤과 달라져 있었다. 그녀는 러셀 부인을 원망하지도, 러셀 부인에게 설득당한 자신을 탓하지도 않았다. 다만 비슷한 상황에 있는 젊은이가 그녀에게 조언을 구한다면 확실하지도 않은 미래를 위해 당장 닥칠 불행을 받아들이라고 권고하고 싶지는 않았다. 주위의 반대와 그의 직업적 불안정성 그리고 지연되는 발령으로 인한 걱정과 실망 속에서 결국 설득당하고 말았지만, 그녀는 그 모든 것에도 불구하고 만일 약혼을 유지했더라면 자신이 훨씬 더 행복했으리라 생각했다. 두 사람의 걱정과 불안이 보통 사람들의 그것과 비슷했다면, 아니 그보다 훨씬 더 컸다고 해도 그는 이성적으로 예상할 수 있었던 것보다 더 일찍 성공을 거두었을 것이고 실제로도 그러했다. 그의 낙관적인 예상과 자신감은 타당했다. 그의 재능과 열정은 마치 자신의 앞날을 내다본 듯했다. 파혼 후 얼마 지나지 않아 그는 발령을 받았고 그가 그녀에게 장담했던 모든 일이 그대로 이루어졌다. 그는 전공을 세워 일찍 진급했고 적함을 연이어 포획함으로써 상당한 부를 축적한 것으로 보였다. 이는 그녀가 해군 요람과 신문을 보고 추측한 것이었지만 그가 부유하다는 사실만큼은 의심의 여지가 없었다. 그리고 마음을 쉽게 주지 않는 그의 성격으로 보아 그사이 그가 결혼했으리라 믿기도 힘들었다.

인간의 노력을 폄훼하고 신의 섭리를 불신하는 지나친 걱정과 신중함에 맞서 젊은 날의 강렬한 사랑과 미래에 대한 유쾌한 확신을 옹호할 수 있었다면 그런 앤 엘리엇의 모습이 얼마나 감동적이었을까. 젊은 시절 신중함을 강요받았던 그녀가 나이가 들어가면서 낭만적인 사랑을 알게 되었으니, 처음의 부자연스러움이 시간이 지나서야 자연스러워진 셈이다.

이 모든 상황과 기억 그리고 감정을 간직하고 있던 앤은 웬트워스 대령의 누이가 켈린치에서 살게 될 것 같다는 사실에 지난날의 고통이 되살아나는 것을 느끼지 않을 수 없었다. 그녀는 연거푸 한숨을 쉬며 어지러운 생각을 떨치기 위해 산책길을 거닐었다. 그녀는 다 부질없는 일이라고 혼자 되뇌고 또 되뇌며 점차 크로프트 부부의 임차에 관한 이야기를 덤덤하게 들을 수 있게 되었다. 그녀는 과거의 비밀을 알고 있는 세 사람의 도움을 받기도 했다. 그들은 완벽하게 무관심했고 어쩌면 그 일을 기억조차 못하는 것 같았다. 하지만 그녀는 러셀 부인의 침묵에는 아버지나 언니의 의도와는 다른 선의가 있음을 알았고 그런 점에서 고마움을 느꼈다. 어쨌든 그들의 의도와 상관없이 지난 일을 망각한 듯한 분위기는 그녀에게 도움이 되었다. 실제로 크로프트 제독의 임차가 확정되었을 때 그녀는 주위에서 과거의 일을 알고 있는 사람이 그들 셋밖에 없다는 사실에 새삼 안도했다. 그들 중에는 과거의 일을 발설할 사람이 없었다. 웬트워스 대령의 주변 인물 가운데에는 함께 살았던 형이 유일하게 두 사람의 짧은 약혼에 대해 들었을 수 있지만, 그 형은 이 지역을 떠난 지 오래되었고 분별 있는 사람이었으므로 누군가에게 그 일을 이야기하지 않았으리라고 그녀는 믿었다.

당시 그의 누이인 크로프트 부인은 남편을 따라 영국을 떠나 해외의 주둔지에 머무르고 있었고 앤의 동생 메리는 기숙학교에 있었으므로 한 사람은 자존심으로, 다른 한 사람은 세심한 배려로 그러했겠으나 이후로 그 일은 다른 사람들에게 알려지지 않을 수 있었다.

이런 근거로 그녀는 러셀 부인이 여전히 켈린치에 살고 있고 메리도 3마일밖에 떨어지지 않은 곳에 정착해 있음에도 특별히 거북해할 필요 없이 크로프트 제독 부부와 교류할 수 있으리라 기대했다.

5

 크로프트 제독 부부가 켈린치 홀을 보러 오기로 한 날 아침, 그녀로서는 여느 때처럼 러셀 부인의 집까지 산책하며 그들의 방문이 끝날 때까지 자리를 피하는 게 자연스러운 일이었다. 그리고 그들을 볼 기회를 놓친 것을 아쉬워한 것도 그녀로서는 자연스러운 일이었다.
 계약 당사자들은 매우 만족스러운 만남을 가졌고 그 자리에서 모든 일이 결정되었다. 계약의 성사를 처음부터 기대하고 있던 크로프트 부인과 엘리자베스에게 상대방은 예법을 잘 아는 사람으로 보였다. 두 신사도 마찬가지였다. 제독의 유쾌하고 솔직하며 대범한 모습은 월터 경에게 좋은 인상을 줄 수밖에 없었고, 여기에 셰퍼드 씨의 전언으로 제독이 예법의 본보기로 자신을 칭송했다는 사실을 알고 있던 월터 경은 그에게 최고의 세련된 예법을 아낌없이 보여줄 수 있었다.
 저택과 부지와 가구 모두가 크로프트 부부의 마음에 들었고, 크로프트 부부는 월터 경의 마음에 들었다. 모든 계약 조건이 모두의 마음에 들었다. 셰퍼드 씨의 서기는 곧바로 계약서를 작성하기 시작했고 '본 계약의 내용은 아래와 같다'에서 고칠 항목은 하나도 없었다.
 월터 경은 자신이 만나본 해군 장교 중 웬트워스 제독의 외모가 가장 빼어나다고 주저 없이 말했다. 그는 자신의 하인을 시켜 제독의 머리를 조금 손봐줄 수만 있다면 그를 어디에 데리고 가도 부끄럽지 않겠다는 말까지 했다. 제독 역시 마차를 타고 돌아가는 길에 그의 아내에게 말했다. "톤턴에서는 다들 말이 많았지만 나는 계약이 바로 체결될 줄 알았다오. 직접 만나보니 월터 경은 뭐 대단한 일을 할 것 같지는 않고 그저 남들에게 해를 끼치지는 않을 인물로 보이는구려." 두 사람은 이처럼 서로에 대한 칭찬에서도 엇비슷했다.

크로프트 부부는 성 미카엘 축일*에 이사하기로 했고 월터 경은 그보다 한 달 앞서 바스로 거처를 옮기기로 했으므로 이에 필요한 준비를 마치려면 지체할 시간이 없었다.

바스에서 새로운 거처를 정하는 데 앤에게는 어떤 역할도 주어지지 않을 것임을 알고 있던 러셀 부인은 그녀를 너무 일찍 보내고 싶지 않았고 성탄절이 지나 자신이 직접 그녀를 바스에 데리고 가기를 원했다. 하지만 러셀 부인 자신이 몇 주 동안 켈린치를 비워야 할 용무가 있었기 때문에 앤에게 남아 달라고 청하기가 쉽지 않았다. 앤 역시 9월의 바스에 쏟아질 뜨거운 햇빛과 더위가 걱정이었고 그토록 달콤하고 처연한 켈린치의 가을을 포기해야 한다는 것도 슬펐으나 모든 것을 고려할 때 이곳에 남아 있기를 바라기가 어려웠으므로 식구들과 함께 출발하는 것이 가장 옳고 가장 현명하며 가장 덜 고통스러우리라 생각했다.

그러던 중 앤이 맡아야 할 일이 생겼다. 몸이 종종 좋지 않고 그럴 때마다 큰 병이라도 생긴 것처럼 앤을 불러대던 메리가 또 아프다는 소식이 들렸다. 이번엔 가을 내내 회복되지 않을 거라고까지 예상하며 메리는 앤에게 바스에 가지 말고 어퍼크로스 코티지**에 와서 자신이 원하는 만큼

---

* 9월 29일.

** Uppercross Cottage, 19세기 초 영국에서는 낭만주의의 영향으로 상류층 사이에 시골 생활의 단순함을 이상화한 별장이 인기를 끌었는데, 이러한 형태의 주택을 가리키는 코티지는 제인 오스틴의 소설에서 상류층과 중산층의 생활을 묘사하는 공간으로 등장한다. 『이성과 감성』에서 대시우드 가족이 거주하는 바튼 코티지가 이전의 풍족한 생활과 대비되는 소박한 주거 환경을 상징한다면, 『설득』의 어퍼크로스 코티지는 머스그로브 집안의 풍요로움을 반영한다.

옆에 있어 달라고 간청을, 아니 간청이라기보다는 요구를 했다.

"나는 작은언니가 없으면 안 될 것 같아"가 메리의 주장이었고, "그러면 네가 바스에 꼭 있어야 할 이유가 없으니까 여기 남아 있어"가 엘리자베스의 대답이었다.

앤은 흔쾌히 남기로 했다. 아무짝에 쓸모없다고 배척당하는 것보다는 방식이 적절하지 않을지언정 어쨌든 도움이 되는 사람으로 여겨지는 것이 나았다. 앤은 자신의 역할을 인정해 주는 사람이 있어서 기뻤고, 더욱이 그 역할을 정든 고향에 남아서 해야 한다면 마다할 이유가 없었다.

메리의 초대로 러셀 부인의 고민은 해결되었다. 이에 따라 앤은 러셀 부인이 동행해줄 때까지 바스에 가지 않고 그사이 어퍼크로스 코티지와 켈린치 별채를 오가며 지내기로 했다.

여기까지는 모든 일이 완벽했다. 하지만 켈린치 홀에서 추진하는 계획의 일부를 알게 된 러셀 부인은 경악했다. 클레이 부인이 월터 경 부녀와 바스에 가서 엘리자베스의 일을 돕는 중요한 조력자 역할을 하게 된 것이었다. 러셀 부인은 그런 결정이 내려졌다는 사실이 너무나 유감스러웠다. 의아하고 서글프고 두렵기까지 했다. 앤은 전혀 쓸모가 없는 반면에 클레이 부인은 도움이 되리라는 발상에 담긴 앤에 대한 지독한 모욕에 그녀는 머리끝까지 화가 났다.

정작 앤은 이런 모욕에도 아무렇지 않았다. 다만 그 결정이 신중하지 못했다는 점은 러셀 부인 못지않게 분명히 의식하고 있었다. 오랫동안 지켜보기도 했거니와 가끔은 그렇게 많이 알고 싶지 않다는 생각이 들 만큼 아버지의 성격을 잘 아는 앤은 클레이 부인과의 친밀한 관계가 장차 가족에 미칠 심각한 영향의 가능성을 감지했다. 당장은 아버지에게 그런 생각이 있으리라고 상상하기는 힘들었다. 클레이 부인은 주근깨와 뻐드렁니에

손목도 매끈하지 않았는데, 그녀가 옆에 없을 때 아버지는 그런 특징들을 심하게 흉보곤 했다. 하지만 그녀는 젊었고 전체적인 외모는 괜찮았으며 눈치가 빠르고 다른 사람의 기분을 맞추는 데 주도면밀했기 때문에 다른 사람보다 훨씬 더 위험한 매력이 있었다. 이를 감지하고 있던 앤은 언니에게 그런 위험을 인식시키려 노력하지 않을 수 없었다. 언니가 귀담아들을 가능성은 별로 없었으나 그런 불행한 일이 벌어져서 자신보다 언니의 처지가 훨씬 딱해질 경우 왜 미리 경고해주지 않았느냐고 원망할 여지를 주고 싶지는 않았다.

앤은 말을 꺼냈고 언니는 화를 냈다. 엘리자베스는 어떻게 그런 터무니없는 의심을 할 수 있느냐며 아버지나 클레이 부인 모두 각자의 상황을 잘 알고 있으니 걱정하지 말라고 쏘아붙였다.

"클레이 부인은 말이야," 언니는 흥분해서 말했다. "자기 주제를 잘 알아. 그리고 너보다는 내가 클레이 부인을 잘 알아서 하는 말인데, 결혼에 대한 생각이 아주 엄격해서 지위와 조건이 맞지 않는 결혼에 대해서는 누구보다도 반대할 사람이야. 그리고 아버지처럼 우리를 위해 이렇게나 오래 독신으로 지내신 분을 이제 와서 의심한다는 것도 말이 안 된다고 생각해. 만일 클레이 부인이 엄청난 미인이라면 네 말대로 곁에 두는 게 잘못일지도 몰라. 하지만 아버지는 체면을 훼손하는 결혼은 결단코 하실 분이 아니야. 불행해지실 게 뻔하니까. 불쌍한 사람은 클레이 부인이야. 장점이 꽤 많은데 예쁘다고 할 수는 없잖아. 그런 불쌍한 사람이 우리와 같이 지낸다고 해서 무슨 일이 생기겠니. 너도 오십 번은 넘게 들었을 텐데, 다른 사람이 보면 아버지가 부인의 불운한 외모에 대해 말씀하시는 걸 네가 한 번도 못 들어본 줄 알겠다. 그 뻐드렁니와 주근깨 말이야. 나는 아버지만큼 주근깨를 싫어하지는 않아. 주근깨가 조금 있어도 보기 싫을 정도는 아닌 사람이 있거든. 그런데 아버지는 정말 싫어하셔. 아버지가 클레이 부인의 주근깨를 보고 뭐라고 하시는지 너도 분명히 들었을 거야."

"상냥하고 싹싹한 태도는," 앤이 대답했다. "외모의 약점을 가릴 수 있어."

"내 생각은 달라." 엘리자베스가 말했다. "상냥하고 싹싹한 태도가 외모를 더 빛나게 해줄 수 있을지는 몰라도 볼품없는 외모를 바꿔주진 않아. 그리고 이 문제에 관해서라면 누구보다도 내가 잃을 게 많은 사람이니까 괜히 네가 나서서 충고할 필요는 없어."

앤은 할 일을 다 했다는 생각에, 그리고 도움이 전혀 되지 않은 것은 아니리라는 희망에 만족하기로 했다. 그런 의심에 엘리자베스가 발끈하기는 했으나 앞으로 주의를 기울일 수도 있을 테니까.

사두마차의 마지막 임무는 월터 경과 엘리엇 양 그리고 클레이 부인을 바스까지 태우고 가는 것이었다. 일행은 매우 유쾌한 기분으로 출발했다. 월터 경은 슬픔에 빠진 소작인들이 송별을 위해 모습을 드러낼까 싶어 기꺼이 인사를 건넬 준비가 되어 있었고, 같은 시각 앤은 쓸쓸한 평온 속에서 그녀가 첫 주를 보내기로 한 별채를 향해 걸음을 옮겼다.

러셀 부인의 기분도 앤과 다를 바 없었다. 그녀는 이 가족이 떨어지게 된 상황이 몹시 서글펐다. 그들의 체면은 그녀 자신의 체면만큼이나 중요했고 그들과의 교류는 어느새 그녀에게 너무나 소중한 일상이 되어 있었다. 주인이 떠난 저택의 정원을 바라보는 것도 괴로웠고 낯선 사람들의 손에 그 정원이 넘어간다고 생각하는 것은 더 괴로웠다. 그녀는 이렇듯 쓸쓸하고 울적해진 분위기를 피하려고, 그리고 크로프트 제독 내외가 도착하는 모습을 보지 않으려고 앤을 보낼 때 자신도 집에서 떠나 있기로 마음먹었다. 이렇게 해서 두 사람은 동시에 떠나게 되었고 러셀 부인은 여정의 초반에 앤을 어퍼크로스 코티지에 내려주었다.

어퍼크로스는 몇 년 전까지만 해도 옛 영국의 정취가 그대로 남아 있는 중간 크기의 시골 마을이었다. 원래 이곳에는 외관상 농민과 노동자들의 집과 확연히 구별되는 두 채의 집이 있었다. 높은 담장과 커다란 정문 그리고 고목으로 둘러싸인 견고하고 고풍스러운 저택은 이 마을 지주의 소유였고, 깔끔한 정원이 딸려 있고 포도나무와 배나무가 여닫이창 주위를 휘감고 있는 아담한 건물은 목사관이었다. 그런데 지주의 아들이 결혼하며 신혼집으로 사용하기 위해 농가 한 채를 베란다와 프랑스식 창문 등을 갖춘 매력적인 코티지로 개조했고, 비록 4분의 1마일 떨어져 있는 그의 본가 그레이트 하우스*의 외관과 규모에는 미치지 못했으나 이 코티지로 인해 마을에는 여행자들의 눈을 사로잡는 집이 한 채 늘어나게 되었다.

앤은 이곳에 자주 머물렀다. 그녀는 어퍼크로스의 생활방식을 켈린치만큼이나 잘 알고 있었다. 본가와 아들네 식구들은 문턱이 닳도록 서로 왕래하며 지냈기 때문에 앤은 메리가 혼자 있는 모습을 보고 조금 놀랐다. 혼자 있는 메리가 몸도 안 좋고 기분도 안 좋을 것임은 거의 확실했다. 메리는 언니보다 부유했으나 앤의 분별력이나 성품을 갖고 있지는 못했다. 그녀는 몸 상태가 좋고 대접을 잘 받을 때는 매우 유쾌했지만, 뭔가 편치 않은 일이 있으면 기분이 완전히 가라앉곤 했다. 메리는 혼자 시간을 보낼 줄 몰랐고 엘리엇 가문의 자존심을 상당 부분 물려받은 까닭에 자신이 소외되고 부당하게 대우받고 있다고 상상하는 것만으로도 모든 불행에 더 많은 고통을 더하곤 했다. 그녀의 외모는 두 언니보다 못해서 가장 예쁠

---

* Great House, 19세기 영국 농촌에서는 그 지역에서 가장 크고 권위 있는 가문의 집 또는 대지주의 저택에 '그레이트 하우스'라는 이름이 붙여지곤 했다.

나이에도 고작 '참한 아가씨'라는 말을 들은 것이 전부였다. 그녀는 작고 예쁜 응접실에서 한때 우아했으나 네 번의 여름을 보내고 두 아이의 손을 타며 서서히 낡아가고 있는 빛바랜 소파에 누워 있었다. 앤이 모습을 드러내자 메리가 인사를 건넸다.

"드디어 왔네. 언니를 영영 못 보게 되는 줄 알았어. 나는 너무 아파서 말도 제대로 못 하고 있었는데 오전 내내 누구 하나 들여다보는 사람이 없었어."

"몸이 아프다니 안됐구나." 앤이 말했다. "목요일에 보낸 편지에서는 괜찮다고 하더니."

"그랬지, 그게 내 나름으로는 안간힘을 쓴 거야. 내가 원래 그렇잖아. 그때도 몸이 별로 안 좋기는 했어. 하지만 오늘 아침처럼 아프지는 않았지. 정말이지 혼자 있으면 안 되는 상태였다고. 갑자기 쓰러져서 종을 울릴 수도 없는 끔찍한 상황이 벌어졌다고 생각해봐. 러셀 부인은 같이 올 생각이 없었나 보네. 이번 여름엔 이곳에 세 번도 안 온 것 같아."

앤은 적당히 대답하며 제부의 안부를 물었다. "아, 찰스는 사냥하러 갔어. 아침 7시에 나가더니 코빼기도 안 보이네. 내가 얼마나 아픈지 얘기했는데도 그냥 나가더라고. 금방 돌아오겠다더니 여태 안 오는 것 좀 봐. 벌써 1시잖아. 나는 오전 내내 사람 그림자도 못 보고 있었는데 말이야."

"애들은 같이 있었잖아."

"애들 떠드는 소리를 억지로 참고 있었던 거야. 애들이 감당이 안 되어서 옆에 있어 봐야 도움은커녕 정신만 사나워. 큰애는 도대체 말을 안 듣고 월터도 점점 형을 닮아가는 중이야."

"자, 괜찮아질 거야." 앤이 쾌활하게 말했다. "내가 오면 너는 늘 몸이 좋아졌잖아. 시댁 식구들은 다 안녕하시지?"

"안녕한지 어떤지 모르겠어. 오늘 아무도 못 봤고, 머스그로브 씨가 잠시 들러서 창문 너머로 몇 마디 했는데 말에서 내리지도 않더라고. 내가 얼마나 아픈지 얘기했는데도 누구 하나 와서 들여다보는 사람이 없는 거야. 시누이들도 마찬가지이고. 원래 내키지 않는 일은 안 하는 사람들이니까."

"오전이 지나기 전에 볼 수 있을지도 모르지. 아직 시간이 이르잖아."

"시누이들을 보고 싶은 생각은 전혀 없어. 말이 너무 많고 시끄럽게 웃어대서 옆에 있으면 피곤하기만 해. 아, 너무 아파. 언니, 목요일에 안 오고 이제야 오다니 정말 너무했어."

"메리, 네가 편지에 몸 상태가 좋다고 했잖니. 너는 아주 기분 좋게 편지를 썼고 몸 상태는 완벽하니까 나한테 서두를 필요가 없다고 했어. 그러니 나는 러셀 부인과 좀 더 오래 같이 있고 싶은 마음을 네가 헤아려 준다고 생각했지. 그리고 내가 정말 바쁘기도 했어. 할 일이 너무 많아서 켈린치에서 더 일찍 출발하기는 힘들었어."

"언니가 무슨 할 일이 많아?"

"정말 많지. 다 떠올리기도 힘들 만큼 많지만 몇 가지는 얘기해줄 수 있어. 우선 아버지께서 소장하신 도서와 그림의 목록 사본을 만들었고, 매킨지와 정원에 여러 차례 나가서 큰언니의 화초 중에서 러셀 부인께 드릴 것을 구분하고 설명해 주어야 했어. 내 짐도 정리해야 했지. 책과 악보를 분류하고, 마차에 짐을 어떻게 실을 건지 미리 듣지 못해서 짐을 다시 싸는 일도 있었어. 그런데, 메리, 정말 힘들었던 일은 교구의 거의 모든 집을 일일이 찾아가서 인사를 드리는 것이었어. 사람들이 그러기를 바란다고 해서 말이야. 이런 일들을 다 하려니 시간이 꽤 걸렸지."

"아, 그래." 메리는 심드렁한 반응을 보이고는 잠시 후 말을 이었다. "그런데 어제 푸울 씨 댁 만찬에 대해서는 왜 한 마디도 안 물어봐?"

"갔었어? 나는 네가 몸이 안 좋아서 당연히 못 갔으려니 했지."

"갔어. 어제는 몸 상태가 좋았으니까. 오늘 아침만 해도 멀쩡했어. 내가 어제 안 갔으면 그게 더 이상했을 거야."

"몸 상태가 좋았다니 다행이구나. 가서 좋은 시간 보냈겠네."

"아니, 별로였어. 만찬이라는 게 무슨 음식이 나올지, 누가 참석할지가 뻔하잖아. 그리고 전용 마차가 없으니까 진짜 불편한 게 많아. 어제 시댁 어른들의 마차를 같이 타고 갔는데 얼마나 좁았는지 몰라. 두 분 모두 덩치가 커서 안 그래도 자리를 많이 차지하는데 꼭 앞에 앉으려고만 해서 나는 뒷좌석에서 헨리에타와 루이자 사이에 끼어 앉아야 했어. 오늘 아침 아픈 것도 다 그 때문일 거야."

애써 쾌활한 표정을 짓는 앤의 인내가 메리에게는 치료제가 된 듯했다. 메리는 곧 소파에 똑바로 앉을 수 있었고 저녁 식사 시간까지는 완전히 나아지리라 기대하기 시작했다. 그러고는 자신이 아팠다는 사실을 잊기라도 한 듯 방 한쪽 구석에 있는 꽃다발을 정리한 뒤 냉육을 먹고는 몸 상태가 좋아졌다며 산책을 하러 나가자고 했다.

"어디로 갈까?" 나갈 준비를 마친 그녀가 물었다. "그레이트 하우스의 시댁 식구들이 언니를 보러 오기 전에 먼저 찾아가긴 싫지?"

"나는 아무래도 상관없어." 앤이 대답했다. "머스그로브 부인이나 그분의 두 따님처럼 가까운 사람들과 그런 격식을 따지고 싶지는 않아."

"아니, 그래도 그쪽에서 먼저 언니를 보러 오는 게 도리잖아. 사돈아가씨가 왔는데 그에 합당한 예우를 해야지. 하지만 우리가 가서 잠깐 앉아 있다 나오는 것도 괜찮을 것 같아. 그러고 나서 산책을 하러 가면 되겠네."

앤은 늘 그런 식의 왕래는 배려 없는 행동이라고 생각했으나 그것을 말리려는 노력은 진작에 그만두었다. 양쪽 모두 서로를 불편하게 여기고 있음에도 이제는 어느 쪽도 그런 왕래가 없이는 지내지 못할 것 같았기 때문이다. 결국 두 사람은 그레이트 하우스를 찾았고, 고풍스러운 양식의 응접실에서 반 시간을 앉아 있었다. 반짝반짝 윤이 나는 마루에 작은 카펫이 깔린 응접실은 두 딸의 그랜드피아노, 하프, 꽃 받침대 그리고 작은 탁자가 들어차면서 그 분위기가 점차 어수선해지는 중이었다. 아, 벽면에 걸린 옛 초상화 속의 주인공들이, 갈색 벨벳 옷을 입은 신사들과 푸른색 비단 드레스를 입은 숙녀들이 이 광경을 보았다면, 응접실의 질서와 깔끔함이 이토록 망가진 모습을 보았다면 뭐라고 했을까! 어쩐지 초상화 속의 인물들이 경악한 표정으로 내려다보고 있는 느낌이었다.

머스그로브 집안 식구들도 그들의 저택처럼 변하고 있었는데, 그것을 나아지고 있었다고 해야 할지는 모르겠다. 아버지와 어머니는 옛 잉글랜드 양식을, 그리고 젊은 세대는 새로운 양식을 따르고 있었다. 머스그로브 부부는 선량하고 친절하며 호의적이었으나 교양이 있거나 세련된 사람들은 아니었다. 그들과 달리 자녀들은 좀 더 현대적인 사고방식과 태도를 가지고 있었다. 자녀가 많았으나 찰스를 제외하면 성인은 헨리에타와 루이자 둘뿐이었다. 열아홉과 스무 살이 된 두 젊은 숙녀는 엑서터에 있는 학교에서 그리 대단할 게 없는 교양을 익히고 돌아와 이제 수많은 다른 숙녀들처럼 유행을 따르며 즐겁고 행복하게 살고 있었다. 그들은 무척 잘 차려입었고 얼굴은 꽤 예뻤으며 활기찬 성격에 여유로우며 상냥한 태도를 가지고 있었다. 그들은 집안에서 중요한 존재였고 밖에서도 인기가 많았다. 앤은 자신이 알고 지내는 사람들 가운데 이들이 가장 행복해 보인다고 늘 생각했다. 하지만 우리는 모두 나름의 우월감으로 타인의 삶과 자신의 삶을 바꾸고 싶어 하지 않는다. 그녀는 그들이 누리는 모든 즐거움과 자신의 우아하고 교양 있는 정신을 바꿀 생각이 없었다. 다만 그들이 서로를 너무나 아끼고 온전히 이해하는 것처럼 보인다는 사실만큼은 부러웠는데, 이는 그녀 자신이 언니나 동생 사이에서 경험해보지 못한 것이었다.

 앤과 메리는 따뜻한 환대를 받았다. 그레이트 하우스의 가족에게 뭔가 잘못된 점이 있어 보이지는 않았다. 사실 그들을 탓할 일이 거의 없다는 사실은 앤 스스로 잘 알고 있었다. 반갑게 이야기를 나누며 반시간이 지나갔다. 대화가 끝나갈 즈음 메리는 머스그로브 자매에게 산책을 함께 하자고 다정하게 제안했는데 그런 상황이 앤에게는 그리 놀랍지 않았다.

6

겨우 3마일 떨어져 있는 곳에서 대화와 의견과 사고방식이 이렇게 달라질 수 있음을 확인하는 것이 앤의 방문 목적은 아니었다. 하지만 그녀는 어퍼크로스에 올 때마다 켈린치 홀에서 모두가 주목하는 일이 이곳에서는 아예 관심 밖이라는 사실을 다른 가족들도 알았으면 좋겠다고 생각했다. 이번에도 그녀는 누구든 좁은 울타리를 벗어나면 자신의 존재가 얼마나 보잘것없는지 깨닫게 된다는 교훈을 받아들일 수밖에 없었다. 몇 주 동안 켈린치에서 골몰하던 일이 여전히 머릿속에 가득했던 그녀는 이곳에서도 어느 정도의 호기심과 공감을 기대했으나 사람들의 반응은 그녀의 기대에 미치지 못했다. 머스그로브 씨와 머스그로브 부인은 "그러니까 월터 경과 앤 양의 언니는 먼저 떠나셨다는 말이군요. 바스에서는 어느 지역에 정착하신답니까?"라고 말했고, 젊은 숙녀들은 대답을 기다리지도 않고 "아빠, 우리도 겨울에 바스에 갔으면 좋겠어요. 그리고 바스에 가면 좀 좋은 곳에 머물러요. 퀸 스퀘어 같은 데는 정말 싫다고요."라고 덧붙였다. 여기에 메리가 불안한 목소리로 한마디 보탰다. "그래요, 다들 좋은 시간 보내러 바스로 떠나도 나는 여기에서 잘 지낼 수 있어요."

앤은 이런 자기연민을 반면교사로 삼아야겠다고 다짐하며 러셀 부인처럼 진심으로 공감해주는 벗이 있다는 사실에 새삼 감사를 느꼈다.

머스그로브 씨 부자는 사냥터를 관리하고 사냥감을 잡아 죽이며 말과 사냥개와 신문 따위에 빠져 있었고, 머스그로브 부인과 딸들은 집안일, 이웃집, 옷, 춤, 음악 같은 공통관심사에 열중했다. 앤은 이처럼 작은 집단이 저마다의 이야깃거리를 가지고 있는 것은 당연하다고 생각하며, 자신도 겉돌지 않고 하루빨리 그곳의 일원이 되길 바랐다. 어퍼크로스에서 적어도 두 달을 머물 예정이었으므로 그녀는 자신의 생각과 기억과 상상에 어퍼크로스의 방식을 입혀야 했다.

두 달이라는 시간이 걱정되지는 않았다. 메리는 엘리자베스처럼 무심하거나 쌀쌀맞지 않았고 말이 전혀 안 통하는 것도 아니었다. 그리고 코티지의 식구들 가운데 그녀를 불편하게 하는 사람은 없었다. 그녀는 제부와 늘 좋은 관계를 유지했고, 아이들도 어머니만큼이나 이모를 좋아하고 잘 따랐기 때문에 그녀에게 아이들은 관심과 즐거움을 느끼며 기꺼이 돌봐 줄 대상이었다.

찰스 머스그로브는 예의 바르고 붙임성 있는 사람이었다. 지성과 성격 면에서 아내보다는 나았으나 그렇다고 해서 앤이 그와 관련된 과거를 떠올리며 아쉬움을 느낄 만큼 그의 지적 능력이나 대화의 수준, 품격이 대단한 것은 아니었다. 다만 앤은 그가 더 어울리는 짝과 결혼했다면 훨씬 더 나은 사람이 되었을 것이고, 분별력이 있는 여성이 곁에 있었다면 그가 지금보다는 더 기품 있고 유용하며 합리적인 생활 태도와 취미를 갖게 되었으리라는 러셀 부인의 의견에는 동의할 수 있었다. 하지만 현재의 그는 사냥 외에는 열정적으로 하는 일이 없었고 나머지 시간을 독서나 다른 유익한 활동 없이 허비하고 있었다. 그래도 유쾌한 성격 덕분에 이따금 우울해지는 아내의 기분에 별 영향을 받지 않았고 아내의 변덕을 워낙 잘 참아내서 종종 앤을 경탄하게 만들기도 했다. 자주 사소한 불화가 있었으나 (원치 않게 양쪽의 말을 다 들어주어야 하는 앤의 고충이 있었거니와) 그들은 대체로 행복한 부부라 할 수 있었다. 두 사람은 돈이 더 필요하다는 점과 그의 아버지로부터 큰 선물을 기대한다는 점에서는 완전히 의견이 일치했으나 다른 문제들에서처럼 이 문제에서도 찰스가 메리보다 나았다. 메리는 큰 도움을 주지 않는 시댁을 원망했으나 찰스는 아버지가 돈을 쓸 곳이 많고 돈을 어떻게 쓰든 그것은 아버지의 권리라고 주장했기 때문이다.

자녀 양육 문제에서도 그는 아내보다 더 나은 원칙을 가지고 있었고 실천의 측면에서도 그리 나쁘지 않았다. "메리가 끼어들지만 않으면 제가 아이들을 잘 감당할 수 있거든요." 찰스가 이렇게 말할 때 앤은 그의 말을 수긍했다. 반면 "찰스가 애들을 망쳐놔서 도대체 애들이 내 말을 듣지를 않아."라며 남편을 탓하는 메리의 말에는 "정말 그래."라고 호응해줄 생각이 없었다.

앤이 어퍼크로스에서 지내며 가장 불편했던 점 중 하나는 모든 이가 그녀에게 속내를 너무 많이 털어놓는다는 것이었다. 양쪽의 불만을 모두 헤아려야 하는 처지에 놓인 것이다. 그녀가 동생에게 어느 정도 영향력이 있음을 알게 된 머스그로브 집안에서는 그녀가 할 수 있는 이상의 일을 요청하거나 최소한 그렇게 해주었으면 하는 암시를 넌지시 보내곤 했다. "메리는 늘 자기가 아프다고 상상하는데 제발 그러지 말라고 얘기 좀 해주세요." 찰스는 그렇게 부탁하는데 메리는 시무룩한 어조로 이렇게 말하는 것이다. "찰스는 내가 아파서 곧 죽을 지경이 돼도 눈 하나 깜짝하지 않을걸. 언니라면 내가 진짜로 아프다고 대신 얘기해 줄 수 있을 거야. 내가 하소연하는 것보다 실제 상태는 훨씬 안 좋다고 말이야."

메리는 이렇게 주장하기도 했다. "애들 할머니는 손주들을 늘 보고 싶어 하는데 나는 애들이 그 집에 가는 게 너무 싫어. 응석을 다 받아줘서 애들의 버릇만 나빠지는데 거기에 몸에 안 좋은 음식이나 단 것을 잔뜩 줘서 애들이 그 집만 다녀오면 온종일 속이 안 좋다고 짜증만 내거든." 한편 머스그로브 부인은 앤과 단둘이 있을 기회가 생기자 이렇게 말했다. "앤 양,

정말이지 우리 며느리가 앤 양처럼 애들을 잘 볼 수 있다면 얼마나 좋겠습니까. 앤 양과 함께 있을 때는 그렇게나 얌전한 애들이 다른 곳에서는 너무 버릇이 없답니다. 앤 양이 동생에게 아이들 다루는 법을 알려주지 못한다는 게 그저 안타까울 따름이에요. 내 손주들이어서 하는 말이 아니라 그렇게 착하고 튼튼한 애들이 어디 있겠어요? 그런데도 우리 며느리는 그런 애들을 다룰 줄을 모른다니까요. 아이고, 애들이 가끔은 천방지축이죠. 내가 애들을 자주 봐주고 싶어도 그러지 못하는 이유가 그것 때문이랍니다. 내가 아이들을 자주 봐주지 못해서 며느리가 섭섭해한다는 걸 나도 알아요. 하지만 앤 양도 알다시피 시도 때도 없이 '이거 하지 마라, 저거 하지 마라.' 잔소리해야 하고 몸에 안 좋은 케이크를 잔뜩 줘야 간신히 진정되는 아이들을 데리고 있어야 한다는 게 정말 힘든 일이잖아요."

앤은 메리로부터 이런 말도 들었다. "머스그로브 부인은 자기 하인들이 다 착한 줄로만 알아서 누가 그걸 의심하기라도 하면 아마 대역죄인 취급할걸. 내가 전혀 과장하지 않고 얘기하는 건데, 그 집에서 서열이 제일 높은 하녀와 빨래 담당 하녀는 자기들 할 일은 안 하고 온종일 밖으로만 돌아다닌다고. 어딜 가든 그 둘은 꼭 보여. 그리고 내가 애들 유모의 방에 들를 때마다 그 하녀들에 관한 얘기를 듣지 않은 때가 없어. 우리 집에서 일하는 제마이머가 워낙 믿음직하고 착실해서 그렇지 안 그랬으면 벌써 못된 습관을 배웠을 거야. 제마이머 말로는 그 집 하녀들이 매번 산책하러 가자고 꼬드긴대." 반면 머스그로브 부인은 이렇게 말했다. "나는 며느리의 일에 일절 관여하지 않겠다고 다짐한 사람이에요. 간섭해봐야 소용이 없다는 걸 아니까. 그래도 앤 양이 상황을 좀 바로잡을 수 있을지도 모르니 내가 그 집 하녀를 안 좋게 생각한다는 얘기는 꼭 해야겠네요. 그 애가 항상 밖으로 나돈다는 이상한 얘기가 들린답니다. 내 생각에는 그 애의 치장이 너무 요란해서 주변의 하녀들이 죄다 나쁜 물이 들 것 같아요. 며느리는 그 애를 철석같이 믿는가 본데, 앤 양이라도 뭔가 잘못된 걸 보게 되면 따끔하게 한마디 하시라는 뜻에서 내가 이렇게 얘기를 하는 겁니다."

그레이트 하우스에서 만찬을 할 때 자신의 격에 맞는 자리에 앉지 못한다는 것이 메리의 또 다른 불만이었다. 그녀는 한낱 편한 손님 취급을 받으며 자기 몫의 자리를 내주어야 하는 이유를 이해할 수 없었다. 어느 날 앤은 머스그로브 자매와 산책에 나섰는데 자매 중 한 사람이 지위와 신분, 그리고 지위에 대한 시샘을 화제에 올리더니 이렇게 말을 이었다. "쓸데없이 자기 자리에 집착하는 사람들이 있는데, 제가 이런 얘기를 편하게 하는 이유는 앤 양은 그런 걸 신경 쓰는 분이 아니라는 걸 알기 때문이에요. 그래서 말인데요, 누가 좀 나서서 메리에게 얘기해주었으면 좋겠어요. 특히 우리 엄마의 자리를 차지하려고 그렇게 나서지 않았으면 좋겠어요. 메리가 엄마보다 상석에 앉을 권리*가 있다는 걸 의심하는 사람은 없어요. 그래도 매번 상석에 앉겠다고 고집을 부리는 건 도리가 아니죠. 엄마는 전혀 신경 쓰지 않으시지만, 다른 사람들은 그걸 유심히 지켜보거든요."

앤은 이 모든 문제를 어떻게 풀어나가야 했을까? 그녀가 할 수 있는 일은 이야기를 가만히 들어주고 불만을 다독거리며 상대방의 입장을 변호해주는 것이 전부였다. 아울러 가까운 사이일수록 필요한 관용을 모두에게 넌지시 권고하되 메리에게는 좀 더 직설적으로 충고했다.

다른 측면에서라면 앤의 체류는 줄곧 평온한 편이었다. 켈린치에서 3마일 떨어진 곳으로 장소와 환경이 바뀌면서 그녀의 기분은 한결 나아졌고,

---

* 19세기 영국의 중상류층에서 맏며느리가 시어머니보다 높은 지위를 차지했다고 일반화하기는 어렵다. 가족 내 지위는 출신 가문이나 재산 등에 따라 달라졌는데, 설령 맏며느리가 유력 가문 출신이거나 상당한 재산을 소유했다고 해도 시어머니와의 관계에서는 당연히 예의와 겸손이 기대되었다.

늘 곁에 있는 사람이 생기면서 메리의 잔병치레도 줄어들었다. 따뜻한 사랑이나 깊은 신뢰, 생산적인 일 따위가 코티지에 있다고 할 수는 없었으므로 오히려 그레이트 하우스를 오가는 이런 일상적인 왕래가 더 이로운 면이 있었다. 본가의 식구들과 아들 내외 가족은 거의 매일 아침 만나고 저녁에도 떨어져 지내는 법이 없었으니 이런 왕래는 확실히 지나치다고 할 만했다. 하지만 앤은 한결같은 모습의 머스그로브 씨 내외나 웃고 떠들며 노래 부르는 그들의 두 딸이 없었다면 그들이 그렇게 잘 지내지는 못했으리라 생각했다.

앤은 머스그로브 자매보다 피아노를 잘 쳤으나 가창이나 하프 연주는 잘하지 못했고 곁에 앉아 피아노 연주를 흐뭇하게 들어줄 부모도 없었기 때문에 예의상 혹은 머스그로브 자매가 잠시 쉬는 동안이 아니라면 그녀에게 연주를 청하는 사람이 거의 없었다. 그녀는 자신의 연주를 통해 즐거움을 얻는 이가 오직 자신밖에 없음을 잘 알고 있었고 이런 감정은 새삼스러울 게 없었다. 그녀는 열네 살 때 사랑하는 어머니를 여읜 이후 아주 짧은 시기를 제외하고는 누군가 그녀의 연주를 진정한 음악적 취향으로 감상하고 정당한 평가와 격려를 보내주는 행복을 누려보지 못했다. 음악이란 그녀에게 늘 세상에서의 고립을 실감케 하는 것이었다. 딸들의 연주에 대한 머스그로브 씨 부부의 다정한 편애와 다른 이들의 연주에 대한 철저한 무관심에도 앤은 서운함을 느끼기보다 그들 부부의 즐거움을 흐뭇하게 헤아렸다.

그레이트 하우스의 모임에 때때로 다른 손님들이 찾아오기도 했다. 이웃이라 해봐야 얼마 되지는 않았으나 머스그로브 집안은 모든 이웃의 방문을 받았고 어느 집보다 많은 만찬을 베풀었으며 어느 집보다 많은 손님을 맞이했다. 그들은 가장 인기 있는 가족이었다.

머스그로브 자매는 춤에 열광했고, 저녁 모임은 때때로 계획에 없던 작은 무도회로 마무리되곤 했다. 어퍼크로스에서 도보로 닿을 거리에 그리 넉넉지 않은 형편 때문에 모든 여흥을 머스그로브 집안에 의존하는 그들의 친척 일가가 살고 있었다. 그들은 아무 때나 찾아와 놀이와 춤이라면 종류와 장소를 가리지 않고 즐겼고, 앤은 그들과 적극적으로 어울리기보다 연주자의 역할을 선호해서 그들을 위해 끝없이 춤곡을 연주해 주었다. 머스그로브 부부는 그녀의 음악적 재능보다 이런 친절을 높이 평가했으나 종종 이런 찬사를 보내기도 했다. "앤 양, 정말 연주가 훌륭하네요. 정말 잘하셨어요. 어쩌면 저 작은 손가락들이 저리도 빨리 움직일까!"

그렇게 3주가 지나고 성 미카엘 대축일이 다가왔다. 앤의 마음은 다시 켈린치를 향하고 있었다. 정든 집은 이제 다른 사람의 거처가 되었고, 소중했던 방들과 가구와 숲길과 풍경은 이제 낯선 이들의 것이 되었다. 9월 29일이 되자 그녀는 다른 생각을 할 수 없었다. 그날 저녁, 무심코 날짜를 적고 있던 메리가 갑자기 소리쳤다. "어머, 크로프트 부부가 켈린치에 들어오는 날이 오늘이잖아! 더 일찍 생각나지 않아서 다행이야. 기분 진짜 안 좋네."

크로프트 부부는 해군다운 민첩함으로 저택을 접수한 뒤 방문객을 맞아들였다. 메리는 예법상 방문해야만 하는 자신의 처지를 한탄했다. "내 마음이 얼마나 아픈지 아무도 몰라. 가능한 한 방문을 미뤄야겠어." 하지만 그녀는 안절부절못하다가 결국 켈린치 홀에 데려다줄 것을 남편에게 부탁했고, 다녀와서는 마음이 아팠다면서도 오히려 생기가 넘치고 편안해 보였다. 한편 앤은 마차에 자신이 탈 자리가 없다는 사실에 진심으로 감사했다. 하지만 크로프트 부부를 만나보고 싶은 마음은 있었기 때문에 그들이 답방했을 때 집에 있었던 것을 다행으로 여겼다. 그들이 찾아왔을 때 집주인은 나가고 없었지만 두 자매는 함께 있었다. 어쩌다 메리 옆에 앉게 된 제독이 특유의 유쾌함으로 아이들의 기분을 맞추는 동안 크로프트 부인을 응대하는 것은 앤의 몫이 되었다. 앤은 크로프트 부인의 외모에서 남동생의 모습을 찾을 수 없어 목소리나 감정 표현 방식 혹은 말투에서라도 닮은 점을 찾아보려 했다.

크로프트 부인은 체구가 크지는 않았으나 단단한 몸매와 꼿꼿한 자세 덕분에 위엄이 느껴졌다. 햇볕에 탄 붉은 피부는 그녀가 남편만큼이나 바다에서 오래 생활했음을 보여주는 동시에 서른여덟의 실제 나이보다 그녀를 더 나이 들어 보이게 했다. 하지만 반짝이는 검은 눈동자와 가지런한 치아 덕분에 그녀의 얼굴은 전체적으로 보기 좋았다. 솔직하고 여유로우며 확신에 찬 그녀의 태도에서 자신의 능력을 불신하거나 무엇을 해야 할지 망설이는 기색은 전혀 없었고 품위와 유쾌함도 부족해 보이지 않았다. 앤은 켈린치와 관련된 모든 일에서 크로프트 부인이 자신을 깊이 배려한다는 느낌이 들어 기뻤다. 특히 첫인사를 주고받았을 때 자신에 대해 선입견을 품을 만한 뭔가를 크로프트 부인이 알고 있거나 의심하는 기색이 보이지 않아 마음이 놓였다. 앤이 편안한 마음으로 힘과 용기를 되찾으려 할 때 크로프트 부인이 불쑥 꺼낸 말이 그녀를 깜짝 놀라게 했다.

"예전에 제 남동생이 이곳에서 알고 지내던 분이 당신이셨군요, 동생분이 아니라."

앤은 얼굴이 빨개질 나이는 지났다고 생각했으나 감정은 나이를 먹고 있지 않았다.

"동생의 결혼 소식을 들으셨는지 모르겠네요." 크로프트 부인이 말했다.

크로프트 부인의 말을 듣고서야 앤은 적절한 대답을 할 수 있었다. 크로프트 부인이 어느 동생을 언급한 것인지 이제 분명해졌으므로 두 형제 중 어느 쪽이 되었든 이상하게 들리지 않았을 대답을 했다는 사실에 앤은 내심 안도했다. 앤은 크로프트 부인이 프레더릭이 아니라 에드워드를 언급한 것이 당연했음을 깨닫고는 자신의 망각에 부끄러움을 느꼈으나 이내 옛 이웃 에드워드의 근황을 물으며 이야기에 집중했다.

이후의 대화는 편안하게 이어졌다. 그러다 크로프트 부부가 자리에서 일어나려 할 때 제독이 메리에게 하는 말이 들렸다.

"아내의 동생이 곧 이곳에 올 예정입니다. 이름은 아실 겁니다."

그때 아이들이 달려와 제독에게 매달리며 가지 말라고 떼를 쓰는 바람에 그의 말은 중단되고 말았다. 아이들이 그의 외투 호주머니에 자신들을 넣고 데려가 달라고 조르며 정신을 쏙 빼놓은 탓에 그는 하던 말을 마무리 짓지 못했다. 앤은 그가 계속해서 같은 동생을 언급했으리라 믿고 싶었으나 확신할 수는 없었다. 그녀는 크로프트 부부가 먼저 들른 그레이트 하우스에서 이 얘기가 오갔는지 궁금한 마음을 떨칠 수 없었다.

그날 저녁은 그레이트 하우스의 가족이 코티지에 오기로 되어 있었다. 걸어서 오기에는 너무 추운 계절이라 마차 소리가 들리기를 모두가 기다리고 있었는데 불쑥 루이자 머스그로브 양이 혼자 나타났다. 그녀는 그레이트 하우스의 가족이 올 수 없게 되었다는 나쁜 소식과 함께 이에 대한 사과의 뜻을 전하러 온 것이었다. 메리는 곧장 불쾌한 감정을 드러낼 태세였으나 마차가 하프를 실어 오기 위해 다른 곳에 가 있어서 자신은 이곳까지 걸어왔다는 루이자의 말에 기분을 풀었다.

"사정을 모두 말씀드릴게요." 루이자가 말했다. "저는 오늘 저녁 엄마, 아빠의 기분이 좋지 않다는 걸 알리려고 온 건데요, 특히 엄마의 기분이 별로예요. 가엾은 리처드 생각이 많이 나시나 봐요. 그래서 우리는 하프를 실어 오는 게 좋겠다고 생각했어요. 엄마가 피아노보다 하프를 더 좋아하시니까요. 이제 엄마의 기분이 왜 안 좋아졌는지 말씀드릴게요. 오늘 아침에 크로프트 부부가 찾아왔거든요. 여기에도 들르셨죠? 어쩌다 보니 크로프트 부인의 동생인 웬트워스 대령 이야기가 나왔는데, 해군에서 큰 공을 세우고 곧 크로프트 부부를 보러 온대요. 그런데 그분들이 가신 다음에 하필이면 웬트워스인가 뭔가 하는 사람이 예전에 가엾은 리처드가 탔던 배의 함장이었다는 걸 엄마가 기억하신 거예요. 정확하게 어디에서 근무했을 때였는지는 모르겠지만 어쨌든 리처드가 죽기 한참 전이었던 것 같아요. 엄마가 리처드의 편지와 유품들을 뒤져보셨는데 그 사람이 맞더라고요. 그때부터 엄마는 가엾은 리처드 생각만 하고 있어요. 그러니 엄마가 그런 침울한 생각에 오래 빠져 있지 않도록 지금은 엄마를 최대한 즐겁게 해드려야 해요."

이 가족사의 애처로운 사연은 이러했다. 불운하게도 머스그로브 집안에는 손쓸 수 없을 만큼 막돼먹은 아들이 하나 있었다. 그리고 다행히도 그 아들은 스무 살이 되기 전에 세상을 떠났다. 부모는 감당할 수 없는 아들을 해군에 입대시켰는데, 그가 가족의 관심을 거의 받지 못한 것은 자업자득이었고 그 역시 가족에게 거의 소식을 전하지 않았다. 2년 전 그가 타국에서 사망했다는 소식이 어퍼크로스에 전해졌을 때도 애도하는 가족은 없었다.

누이들은 이제 그를 '가엾은 리처드'라 부르며 그를 위해 할 수 있는 일을 다 하고 있었지만, 사실 그는 생전에는 물론이고 사후에도 이름이 약칭으로 불리는 이상의 대접을 받을 수 없는 어리석고 냉정하며 쓸모없는 딕 머스그로브일 뿐이었다.

그는 여러 해 동안 배를 탔다. 모든 해군 사관후보생, 특히 모든 함장이 꺼리는 사관후보생들이 그러하듯 그 역시 이 함대 저 함대를 전전하다가 프레더릭 웬트워스 대령이 지휘하는 프리깃함 라코니아호에 승선하여 6개월을 근무했다. 이 배에서 그는 함장의 권고로 두 통의 편지를 부모에게 보냈는데, 복무 기간 중 그가 편지다운 편지를 쓴 것은 이때가 유일했다. 나머지 편지들은 모두 돈을 보내달라는 내용밖에 없었다.

두 통의 편지에서 그는 자신의 상관인 함장을 칭찬했다. 하지만 머스그로브 부부는 그런 일에 거의 신경을 쓰지 않았고 사람이나 배의 이름에 무관심했기 때문에 당시에는 별다른 인상을 받지 못했다. 그러므로 이날 머스그로브 부인이 아들과 관련하여 웬트워스라는 이름을 기억에서 건져 올린 것은 어쩌다 한번 일어나는 놀라운 정신적 각성 같은 것이었다.

부인은 편지를 꺼내 모든 것이 자신의 기억과 일치한다는 것을 확인했다. 오랜 시간이 지나 모든 잘못이 잊힌 뒤 죽은 아들의 편지를 읽는 일이 그녀의 마음을 뒤흔들었다. 그녀는 아들의 사망 소식을 처음 들었을 때보다 더 큰 슬픔에 휩싸였다. 머스그로브 씨 역시 조금 덜하긴 했으나 비슷한 감정을 느꼈다. 그들이 마음을 바꿔 코티지에 왔을 때, 그들은 그 이야기를 누군가 처음부터 다시 들어주기를 바랐고 이어서 주위 사람들이 줄 수 있는 모든 위로를 간절히 원했다.

그들이 웬트워스 대령의 이름을 연거푸 입에 올리며 과거의 실타래를 풀어내다 마침내 클리프턴에서 돌아와 한두 차례 만난 기억이 있는 그 사람이 웬트워스 대령인 것 같다고 떠올리는 과정은 앤의 신경을 짓누르는 새로운 종류의 시련이었다. 그들은 그 만남이 7년 전인지 8년 전인지 정확하게 기억하지 못했으나 그가 '매우 훌륭한 젊은이'였다는 사실은 분명히 떠올렸다. 앤은 앞으로 이런 상황에 익숙해져야 함을 깨달았다. 그가 이곳에 오기로 한 이상 이런 상황에 무덤덤해지는 법을 익혀야만 했다. 그는 가까운 시일 내에 도착할 것으로 예상되었고, 머스그로브 부부는 가엾은 딕에게 보여준 그의 친절에 깊이 감사하는 마음과 그의 인품에 대한 높은 존경심을 품고 있었다. 가엾은 딕이 6개월 동안 그의 보호를 받았고, 비록 맞춤법이 조금 틀리기는 했으나 딕이 함장을 가리켜 '쫌 꼰대 같아도 진짜 조은 분'이라고 칭찬한 점을 근거로 그들은 웬트워스 대령이 도착하면 가능한 한 빨리 그를 만나 인사를 나누고 친분을 쌓기로 마음먹었다.

그들은 저녁 내내 이런 결심을 마음의 위안으로 삼았다.

7

며칠 후 웬트워스 대령이 켈린치에 도착했다는 소식이 전해졌다. 인사차 그를 찾아간 머스그로브 씨는 돌아와서도 그에 대한 칭찬을 아끼지 않았다. 웬트워스 대령은 일주일 후 크로프트 부부와 함께 어퍼크로스를 찾아와 만찬을 함께하기로 했다. 대령을 자택으로 초대해서 포도주 저장고에 있는 최고의 포도주를 대접하며 감사를 표하고 싶은 마음이 간절했던 머스그로브 씨는 약속을 좀 더 일찍 잡지 못해 무척 아쉬워했다. 일주일은 너무 길었다. 하지만 앤은 그렇게 느끼지 않았다. 불과 일주일 후에는 그를 만나야 하는 것이었다. 어쩔 수 없는 일이라는 생각에 그녀는 일주일 동안이라도 마음이 편할 수 있기를 빌었다.

웬트워스 대령은 머스그로브 씨의 정중한 방문에 빠른 답방으로 예의를 다했다. 그런데 그가 머스그로브 씨의 저택에 머무르고 있던 바로 그 시각에 앤도 그곳을 찾아갈 뻔했다. 나중에 알게 된 사실이지만, 앤이 메리와 함께 그레이트 하우스로 막 출발하려던 순간 메리의 큰아들 찰스가 밖에서 넘어져 업혀 들어오지 않았다면 그녀는 틀림없이 그와 마주쳤을 것이다. 아이의 부상으로 예정된 방문은 무산되었으나 그녀는 아이의 상태를 걱정스럽게 살피는 와중에도 하마터면 그와 마주칠 뻔했다는 얘기를 무심코 흘려들을 수 없었다.

아이는 쇄골이 탈구되고 등에도 심한 상처를 입어 매우 우려되는 상황이었다. 이 심란한 오후에 앤은 한꺼번에 모든 일을 해내야 했다. 그녀는 약제사*를 불러오게 하고 아이의 아버지에게 소식을 전하게 했으며 아이의 엄마가 히스테리 상태에 빠지지 않도록 보살펴야 했다. 하인들에게 이런저런 지시를 내리며 둘째 아이를 밖으로 내보낸 다음 아파하는 가엾은 아이를 돌보는 한편, 아이의 조부모를 떠올리고는 그레이트 하우스에도 전갈을 보냈다. 사색이 되어 달려온 머스그로브 씨 부부는 어떻게 된 일이냐고 질문을 쏟아낼 뿐 별다른 도움은 되지 않았다.

찰스가 돌아오면서 그녀는 처음으로 안도할 수 있었다. 그는 메리를 가장 잘 돌볼 수 있는 사람이었기 때문이다. 그다음 축복은 약제사의 도착이었다. 그가 와서 아이의 상태를 살펴보기 전까지 그들의 불안은 막연했기에 더 컸다. 큰 부상이라고 짐작되었으나 다친 부위를 정확하게 알 수는 없었다. 로빈슨 씨는 쇄골을 제자리에 맞춘 다음 아이의 몸 이곳저곳을 심각한 표정으로 만져보며 아이의 아버지와 이모에게 낮은 목소리로 몇 마디를 건넸는데, 다른 이들은 최상의 결과를 기대하며 진정된 마음으로 저녁 식사를 할 수 있기를 바랐다. 그리고 집으로 돌아가기 직전, 두 젊은 고모는 조카의 상태 이외의 이야기를 꺼낼 여유가 생기자 웬트워스 대령의 방문 소식을 전했다. 그들은 아버지와 어머니가 돌아간 뒤 5분 더 머무르며 그와 함께 시간을 보낼 수 있어서 얼마나 기뻤는지, 그가 얼마나 잘 생기고 매력적인지, 아버지가 그를 만찬에 정식으로 초대했을 때 얼마나 기뻤는지, 그가 시간이 없다며 거절했을 때 얼마나 아쉬웠는지, 그리고 아버지와 어머니의 거듭된 간청에 그가 다음 날 와서 만찬을 같이하겠다고 다시 약속했을 때 얼마나 기뻤는지 전했다. 바로 다음 날 말이다! 그는 그들의 호의에 담긴 의도를 모두 이해하고 있다는 듯 매우 유쾌한 태도로 약속

---

* apothecary, 약제사는 약을 지을 뿐만 아니라 종종 왕진을 다니며 환자를 진단하고 치료하는 역할도 수행했는데, 특히 시골에서는 약제사가 의사의 역할을 대신하는 경우가 많았다.

했고, 두 자매는 그의 말투와 행동에 완전히 매료되고 말았다. 그들은 사랑의 감정과 환희에 벅차올라 조카보다 웬트워스 대령에 대한 이야기로 더 많은 시간을 보낸 뒤 즐거운 발걸음으로 떠났다.

저녁 어스름에 아이의 상태가 궁금해서 아버지와 함께 다시 찾아온 두 자매는 들뜬 표정으로 같은 이야기를 반복했다. 어린 상속자에 대한 걱정을 덜어낸 머스그로브 씨도 딸들의 말에 동감하며 칭찬을 보탰다. 그는 웬트워스 대령과의 만찬 약속을 미루지 않게 되기를 바란다면서, 코티지 식구들이 아픈 아이를 집에 두고 그를 만나러 올 것 같지는 않으니 그게 유감일 뿐이라고 말했다. "그럼요, 절대로 애를 두고 갈 수는 없죠." 많이 놀란 아이의 부모는 만찬에 갈 생각이 전혀 없었고, 그 상황을 피할 수 있어서 내심 기뻤던 앤 역시 조카를 돌봐야 해서 만찬에 갈 수 없다고 말했다.

그런데 찰스 머스그로브는 시간이 조금 지나면서 생각이 바뀐 듯했다. "아이 상태가 아주 좋아졌고, 나도 웬트워스 대령에게 인사는 해야 하니까 저녁에 잠깐 들러서 앉아 있다가 올까 해요. 식사는 안 할 거고 반시간 남짓 산책 삼아 다녀올게요." 하지만 그의 아내는 강력하게 반대했다. "안 돼요. 어떻게 집을 비울 생각을 해요? 당신이 나간 사이에 무슨 일이라도 생기면 어떡하려고 그래요?"

아이는 밤에 푹 잤고 다음 날 아침에도 상태는 좋아지고 있었다. 척추가 손상되었는지 확인하려면 시간이 좀 걸리겠지만 로빈슨 씨는 걱정할 어떤 징후도 발견하지 못했다. 이에 따라 찰스 머스그로브는 자신이 집에 더 갇혀 있을 이유가 없다고 생각하기 시작했다. 아이는 침대에 누운 채 옆에서 누가 조용히 놀아주기만 하면 되는데 거기에 아버지가 할 일이 뭐가 있단 말인가? 그것은 여성의 일이었고, 아무 도움도 안 되는 사람이 집에만 있는 것은 정말 어리석은 일이었다. 게다가 그의 아버지도 그가 웬트워스 대령을 만나 인사를 나누기를 바랐고, 그 뜻을 거스를 이유는 전혀 없었으므로 그는 가야 했다. 결국 사냥을 마치고 돌아온 그는 곧바로 옷을 갈아입고 그레이트 하우스의 만찬에 참석하러 가겠다고 선언했다.

"아이의 상태는 더할 나위 없이 좋고," 그가 말했다. "조금 전 가겠다고 말씀을 드렸더니 아버지께서도 잘 생각했다고 하시더군. 처형이 당신 곁에 있으니 나는 아무 걱정 없이 다녀오겠소. 아이 곁을 지키겠다는 당신의 뜻은 알겠는데, 나는 여기에 있어도 아무 도움이 안 되잖소. 무슨 일이 생기면 사람을 보내도록 해요."

일반적으로 부부는 상대가 하려는 일에 반대해 봐야 아무 소용이 없을 때를 서로 잘 안다. 메리 역시 남편의 말투에서 그가 가기로 완전히 마음을 굳혔으며 그를 더 귀찮게 해봐야 아무 소용이 없다는 것을 알았다. 그녀는 남편이 나갈 때까지 입을 다물고 있다가 앤과 둘이 남게 되자 참았던 말을 쏟아냈다.

"그래, 언니랑 나 둘이 교대로 아픈 아이를 돌보라 이거지. 저녁 내내 우리를 찾는 사람은 아무도 없을 테고 말이야. 내가 이럴 줄 알았어. 힘든 일은 항상 내 몫이지. 성가신 일이 생기면 남자들은 항상 이렇게 빠져나간다니까. 찰스도 다른 남자들과 똑같아. 정말 너무해. 아픈 아이를 놔두고 이렇게 가버리다니 너무한 거 아니냐고. 아이의 상태가 아주 좋다고? 그걸 자기가 어떻게 알아? 30분 후에 상태가 갑자기 나빠지면 어떡하려고? 나는 찰스가 이렇게 매정한 사람인지 몰랐어. 자기는 나가서 즐기고 나는 엄마라는 이유로 꼼짝도 하지 말라는 거잖아. 그런데 나야말로 아이 옆에 있으면 절대로 안 되는 사람이야. 엄마이기 때문에 감정적으로 훨씬 취약하단 말이야. 난 감당할 자신이 없어. 언니도 어제 내 상태가 얼마나 안 좋았는지 봤잖아."

"그건 갑작스러운 일에 놀라고 충격을 받았기 때문일 거야. 이제 그런 일은 없겠지. 우리가 불안해할 일은 절대로 일어나지 않을 거야. 로빈슨 씨가 당부한 것들은 내가 완전히 이해하고 있으니까 걱정하지 마. 그리고 사실 네 남편의 행동은 그리 이상하지 않아. 남자들이 병간호를 잘하는 건 아니잖아. 아픈 아이는 엄마가 돌보는 게 나아. 엄마의 마음이 그렇기도 하고."

"아이를 생각하는 마음은 나도 여느 엄마와 다르지 않다고 생각해. 그런데 병상을 지키는 일이라면 내가 찰스보다 나은 게 있는지 모르겠어. 아픈 아이한테 계속 잔소리를 늘어놓을 수도 없고. 오늘 아침에 언니도 봤잖아. 내가 조용히 좀 하라고 그러면 애가 나한테 발길질을 한다니까. 나는 그런 게 감당이 안 돼."

"하지만 아픈 애를 놔두고 저녁 내내 나가 있으면 네 마음이 편하겠어?"

"애 아빠도 마음 편히 나가는데 나는 그러면 안 돼? 그리고 꼼꼼한 제마이머가 있잖아. 제마이머가 매시간 사람을 보내서 우리한테 아이의 상태를 알려주면 돼. 찰스가 자기 아버지한테 우리도 같이 간다고 얘기했으면 좋았을 텐데. 아이의 상태에 대해서는 나도 이제 애 아빠만큼이나 걱정이 안 돼. 어제는 정말 놀랐지만, 오늘은 상태가 좋아졌잖아."

"네 생각이 그렇다면 연락을 드리기에 너무 늦은 건 아닐 테니 너도 네 남편과 같이 가도록 해. 아이는 내가 보고 있을게. 내가 남아서 아이 곁에 있으면 머스그로브 씨 내외분도 걱정하지 않으실 거야."

"진짜?" 메리가 눈을 반짝이며 소리쳤다. "어머, 그렇게 하면 되겠네. 왜 그 생각을 못 했을까? 정말 좋은 생각이야. 어차피 나는 집에 있어도 별 도움이 안 되니까 가는 게 낫기는 해, 그렇지? 집에 있어 봐야 심란하기만 하지. 이런 상황에서는 엄마가 되어본 적이 없는 언니가 적임자야. 아이도 언니 말은 잘 듣잖아. 말만 하면 바로 따라주니까. 제마이머 혼자서 애를 보는 것보다는 훨씬 낫겠지. 아, 나는 꼭 가야 해. 찰스처럼 나도 가야 할 이유는 충분해. 시댁에서도 내가 웬트워스 대령과 잘 알고 지내기를 바라시거든. 언니는 그냥 집에 남아 있어도 괜찮다고 생각하는 것 같으니까 나는 찰스한테 가서 얘기하고 바로 준비할게. 무슨 일이 생기면 바로 사람을 보내. 별일 없겠지만 말이야. 내가 마음이 놓이지 않는다면 갈 리가 없잖아, 알지?"

메리는 바로 남편이 있는 옷방으로 향했다. 앤도 그녀를 따라 위층으로 올라가서 동생 내외의 대화를 들을 수 있었다. 메리가 먼저 들뜬 목소리로 말했다.

"여보, 나도 같이 가기로 했어요. 당신처럼 나도 집에 있어 봐야 아무 도움이 안 되잖아요. 온종일 집에 있으면서 애가 싫어하는 걸 억지로 시킬 수도 없고 말이에요. 언니가 남아 있을 거예요. 남아서 애를 봐주겠다고 언니가 먼저 얘기했어요. 나도 같이 가니까 잘됐죠? 나는 화요일 이후로 그 집 만찬에 계속 못 갔다고요."

"처형께 감사할 뿐입니다." 찰스가 말했다. "당신이 가서 나도 기쁘긴 한데, 처형께서 혼자 아이를 보려면 너무 힘드시지 않겠어요?"

앤은 직접 자신이 남고자 하는 이유를 밝혔다. 그는 그녀의 진심 어린 태도에 마음을 편히 먹었고 그녀 혼자서 저녁 식사를 하게 된 것에 대해서도 미안한 마음을 품지 않기로 했다. 그러면서 아이가 깊이 잠들면 그녀도 만찬에 동석하길 바란다며 자신이 와서 모시고 갈 의향이 있다고 말했다. 하지만 그녀는 뜻을 굽히지 않았다. 이렇게 해서 앤은 곧 유쾌한 기분으로 집을 나서는 동생 내외를 배웅하게 되었다. 상황의 전개가 다소 기이해 보였으나 그녀는 동생 내외가 좋은 시간을 보내고 오기를 바랐다. 그녀는 자신이 아이에게 가장 큰 도움이 된다는 것을 알고 있었다. 그리고 웬트워스가 불과 반 마일 거리에서 다른 사람들에게 즐거움을 주고 있다 한들 자신과는 아무 상관 없는 일이라고 생각했다. 그녀는 어쩌면 자신이 누릴 수 있는 최상의 평온함을 누리며 남게 되었다고 느꼈다.

피할 수 없는 재회에 그가 어떤 감정을 가지고 있을지 앤은 궁금했다. 아마 무관심일 것이었다. 그런 상황에서 무관심이라는 게 가능하다면 말이다. 그는 무관심하거나 내켜 하지 않는 게 분명했다. 그녀는 자신이라면 벌써 하고도 남았을 일을 그가 하지 않았을 리 없다고 생각했다. 그에게 유일하게 부족했던 경제적 독립을 얻은 마당에 그녀를 만나고 싶었다면 그는 그때까지 기다릴 필요가 없었을 것이다.

새로 만난 사람과 만찬 모두에 만족스러워하며 동생 내외는 들뜬 기분으로 돌아왔다. 음악, 노래, 웃음 그리고 대화까지 모든 것이 그들의 마음에 들었다. 웬트워스 대령은 매력적이고 스스럼없는 태도로 마치 오래 알고 지낸 사이처럼 느껴졌다. 그는 다음 날 오전 찰스와 사냥을 나가기 위해 방문하기로 했다. 그는 처음에는 코티지에서 아침 식사를 같이하자는 제안을 받았으나 아픈 아이 때문에 찰스 머스그로브 부인에게 폐를 끼칠까 봐 신경이 쓰이는 듯했다. 그래서 이런저런 사정으로 결국에는 그레이트 하우스에서 만나 함께 아침 식사를 하는 것으로 정해졌다.

앤은 그의 의도를 알아차렸다. 그는 그녀를 피하려는 것이었다. 그는 그녀의 안부를 물었다고 했는데, 그 태도는 오래전 가볍게 알고 지낸 사이에나 어울릴 만한 것이었다. 앤이 그랬던 것처럼 그도 서로 마주칠 때 소개받는 상황을 피하려는 의도로 안면이 있음을 미리 밝혀둔 것 같았다.

아침 식사 시간은 언제나 그레이트 하우스보다 코티지 쪽이 늦었는데,

다음 날 그 차이는 더 벌어져서 메리와 앤이 아침 식사를 막 시작했을 때 찰스가 들이닥쳤다. 그는 출발 준비를 마치고 사냥개를 데리러 왔다면서 누이동생들이 웬트워스 대령과 함께 뒤따라오는 중이라고 말했다. 그는 누이들이 메리와 아이를 보러 온다고 하자 웬트워스 대령이 실례가 되지 않는다면 자기도 잠시 들러 안주인께 인사를 드리겠다고 제안했음을 전했다. 그는 실례가 될 게 전혀 없다고 말했음에도 먼저 가서 알려주었으면 한다는 웬트워스 대령의 요청으로 자신이 먼저 오게 되었다는 설명도 덧붙였다.

이러한 친절에 기분이 좋아진 메리는 기쁜 마음으로 그를 맞이할 준비를 했지만, 앤의 마음에는 수많은 생각이 밀려들었다. 그중 가장 위로가 된 생각은 그 순간이 곧 지나가리라는 것이었다. 그리고 실제로 곧 지나갔다. 찰스가 모든 준비를 마치고 2분이 지났을 때 그들이 모습을 드러냈다. 모두가 응접실에 자리를 함께했다. 앤과 웬트워스 대령의 시선이 스치듯 마주쳤고 예법에 맞는 인사가 오갔다. 그의 목소리가 들렸다. 그는 메리에게 격식에 맞는 말을 건넸고, 머스그로브 자매와는 편한 관계임을 보여주는 대화를 몇 마디 나눴다. 응접실은 사람들과 그들의 목소리로 꽉 찬 느낌이었으나 그것도 몇 분에 지나지 않았다. 찰스가 창가에 모습을 드러내며 출발 준비가 끝났음을 알렸고, 손님은 그들에게 인사를 남기고 떠났다. 머스그로브 자매도 사냥에 나선 남자들을 마을 어귀까지 배웅해야 한다면서 급하게 자리에서 일어났다. 응접실은 조용해졌고 앤은 그제야 아침 식사를 마저 할 수 있게 되었다.

"지나갔어. 지나간 거야." 그녀는 안도하며 거듭 혼잣말을 중얼거렸다. "가장 힘든 순간이 지나갔어."

메리가 무슨 말을 했으나 앤의 귀에는 들어오지 않았다. 결국 그를 보게 되었고 두 사람은 만나고야 말았다. 그들이 다시 같은 공간에 있게 된 것이다.

그러나 그녀는 곧 정신을 차리고 감정을 가라앉히려 애썼다. 8년, 거의 8년이라는 시간이 흘러 이제는 모든 것이 멀고 희미한 기억으로 사라졌는데, 이렇게 다시 동요하고 있는 게 얼마나 어리석은 일인가! 8년이면 무슨 일인들 없었을까? 온갖 사건들, 변화들, 단절, 이주 - 이 모든 것이 그 세월을 이루고 있는데 과거를 잊는 것은 너무나 자연스럽고 당연한 일이 아닌가? 그것은 그녀가 살아온 삶에서 거의 3분의 1을 차지하는 시간이었다.

하지만 아무리 이성적으로 따져본들 그녀는 사라지지 않은 감정 앞에서 8년의 세월은 아무것도 아닐 수 있음을 깨달았다.

그렇다면 어떻게 해야 그의 마음을 알 수 있을까? 그에게 그녀를 피하려는 의도가 있었던 것일까? 그리고 다음 순간, 그녀는 그렇게 묻고 있는 자신의 어리석음을 자책했다.

하지만 그녀가 아무리 분별력이 있었다고 해도 궁금증을 억누르지 못했을 법한 또 하나의 질문에 대해서는 곧 답을 얻을 수 있었다. 머스그로브 자매가 돌아와서 잠시 머무는 동안 대화를 나눈 메리로부터 이런 이야기를 들었기 때문이다.

"웬트워스 대령이 나한테는 깍듯하게 구는데 언니한테는 시큰둥하더라. 헨리에타가 웬트워스 대령을 따라 나가서 언니에 대해 어떻게 생각하느냐고 물어봤는데 언니가 너무 많이 변해서 알아보지 못할 정도였다고 하더래."

평소에도 언니의 감정을 살피지 않은 메리는 이 순간에도 그 말이 언니에게 어떤 상처를 주고 있는지 전혀 알아차리지 못했다.

'변해서 알아보지 못할 정도'라고. 앤은 깊은 상심 속에 그 말을 묵묵히 받아들였다. 그것은 의심의 여지가 없는 사실이었다. 그녀는 앙갚음할 수도 없었다. 그는 변하지 않았기 때문이다. 아니, 오히려 더 나은 모습으로 변해 있었다. 그녀는 그 사실을 받아들였고 그가 자신을 어떻게 바라보든 달리 생각할 수는 없었다. 그녀의 젊음과 청순함을 앗아간 그 세월이 그에게는 더 빛나고 남성적이며 당당한 인상을 가져다주었고 그의 외적인 매력을 조금도 훼손하지 않았다. 그녀의 눈에 그는 예전의 프레더릭 웬트워스 그대로였다.

'너무 많이 변해서 알아보지 못할 정도였다!' 이 말이 그녀의 뇌리를 떠나지 않았다. 하지만 그녀는 곧 그 말을 들은 것을 다행으로 여기기 시작했다. 그 말로 인해 생각이 정리되고 냉정을 되찾았으니 이후로는 오히려 마음이 편해질 것 같았다.

프레더릭 웬트워스가 그런 말 혹은 그 비슷한 말을 한 것은 사실이지만, 그는 그 말이 그녀의 귀에 들어가리라고는 생각하지 못했다. 그는 그녀가 안쓰럽게 변했다고 생각했고 순간적으로 그런 느낌을 표현한 것이었다. 그는 앤 엘리엇을 용서하지 못하고 있었다. 그녀는 그에게 상처를 주었고 그를 버렸으며 좌절하게 했다. 그리고 그런 행동에서 드러난 그녀의 나약함은 늘 단호하고 자신감이 넘치는 그의 성격으로는 도무지 참을 수 없는 것이었다. 그녀는 다른 사람의 말을 듣고 그를 포기했다. 그것은 집요한 설득의 결과이자 나약함과 소심함의 산물이었다.

한때 그는 그녀를 깊이 사랑했다. 그녀와 헤어진 후에도 그녀와 견줄 만한 여자는 보이지 않았다. 하지만 궁금한 마음은 있었으되 그녀를 다시 만나고 싶지는 않았다. 그의 마음을 움직이던 그녀의 영향력은 영원히 사라져버리고 말았다.

이제 그의 목표는 결혼이었다. 그는 부유했고 해상 근무를 마쳤으며 기회가 되면 언제든 정착하고 싶은 마음이 있었다. 그는 명민한 판단력과 예리한 안목으로 최대한 빨리 사랑하는 사람을 만나고 싶었고, 머스그로브 자매 중 누구든 그의 마음을 사로잡는 사람에게 기꺼이 마음을 내줄 수 있었다. 요컨대 그의 마음은 눈앞에 나타나는 어떤 매력적인 여성에게도 열려 있었다. 단, 앤 엘리엇은 예외였다. 이 예외는 그가 누이의 이런저런 억측에 대답했을 때도 그의 마음속에 있었다.

"그래요, 누님. 바보 같은 결혼을 하려는 사람이 딱 여기에 있네요. 열다섯에서 서른 살 사이의 여성이라면 누구든지 나를 차지할 수 있을걸요. 적당한 미모와 미소를 지닌 채 해군을 조금 치켜세워주기만 하면 저는 홀딱 넘어갈 거예요. 여자를 제대로 만나본 적도 없는 해군 장교에게 그 정도면 통하지 않겠어요?"

그의 누이 소피아는 그가 아무도 인정하지 않을 이야기를 하고 있다는 것을 알았다. 그의 도도한 눈빛에는 자신이 충분히 매력적임을 알고 있다는 자신감이 넘쳤다. 그런데 그가 좀 더 진지한 태도로 자신이 만나고 싶은 여성을 묘사했을 때 그의 머릿속에서는 앤 엘리엇이 사라지지 않고 있었다. '다정다감하면서도 강인한 정신'은 그가 묘사한 가장 중요한 덕목이었다.

"그런 사람이었으면 좋겠어요." 그가 말했다. "물론 약간 부족한 점은 참을 수 있겠지만 그게 지나치다면 곤란하겠죠. 이런 내가 바보 같다면 그냥 바보라 해도 상관없어요. 이 문제에 대해서 나는 어떤 남자들보다도 많이 생각해봤으니까요."

8

　이후 웬트워스 대령과 앤 엘리엇은 자주 마주쳤다. 조카의 몸 상태가 나아지면서 앤이 만찬에 불참할 구실은 사라졌고 두 사람은 머스그로브 씨 댁에서 자리를 함께하게 되었다. 그리고 이를 시작으로 다른 만찬과 모임들이 이어졌다.

　예전의 감정이 되살아날지는 아직 알 수 없었으나 지난 일들은 두 사람의 기억 속에 소환될 수밖에 없었다. 그 시절로 돌아가는 것은 피할 수 없는 일이었으며, 그들이 결혼을 약속했던 해 역시 그가 이런저런 이야기를 꺼낼 때 자연스럽게 언급되었다. 그의 직업과 성격이 그를 대화로 이끌었다. 두 사람이 처음 자리를 함께한 만찬에서 그는 '그때가 1806년이었을 겁니다'라든가 '그건 제가 해군에서 근무하기 시작한 1806년 이전의 일입니다'라는 식으로 말했다. 그의 목소리는 떨리지 않았고 그의 시선이 그녀를 향한 것도 아니지만 앤은 자신과 마찬가지로 그도 지난날의 기억에서 벗어나지 못하고 있다는 것을 느꼈다. 그녀는 두 사람이 같은 일들을 떠올리겠지만 그 고통은 같지 않으리라고 생각했다.

　의례적인 인사를 제외하고 두 사람 사이에는 대화가 오가지 않았다. 한때는 서로가 더없이 소중했던 두 사람이 이제는 아무것도 아닌 사이가 되었다. 어퍼크로스의 거실에서처럼 많은 사람이 모인 자리에서도 서로 대화를 멈추는 것이 그 무엇보다 어려웠던 시절이 두 사람에게 있었다. 유독 애정과 행복이 넘쳐 보이는 크로프트 제독 내외를 예외로 한다면 (예외가 될 만한 다른 부부는 앤의 눈에 띄지 않았다) 그들 두 사람처럼 마음이 통하고 취향이 비슷했으며 감정을 공유하고 외모마저 사랑스러웠을 그런 이들은 없었다. 하지만 이제 그들은 남남이었다. 아니, 결코 가까워질 수 없었으므로 남남보다도 못했다. 그들 사이의 거리는 영원히 좁혀질 수 없는 것이었다.

그가 말할 때 그녀는 예전과 같은 목소리에서 예전의 그 사람을 느꼈다. 자리를 함께한 사람들은 해군에 관해 아는 게 거의 없었기 때문에 많은 질문이 이어졌고, 특히 머스그로브 자매는 그에게서 눈을 떼지 못한 채 선상에서의 일과와 업무, 음식 등에 대해 질문을 퍼부었다. 그는 선상 편의시설의 수준에 놀라는 그들에게 살짝 놀리듯 농담을 던졌다. 이를 지켜보며 그녀는 오래전 자신의 모습을 떠올렸다. 그녀 역시 그들과 같은 무지함 탓에 선상에는 먹을 것도, 음식을 차려낼 조리사도, 음식을 먹을 나이프와 포크도 없는 줄 알았느냐며 핀잔을 듣던 때가 있었다.

그렇게 그의 말을 들으며 생각에 잠겨 있던 그녀는 머스그로브 부인의 속삭임에 정신이 번쩍 들었다. 머스그로브 부인은 슬픔에 잠겨 애처롭게 말했다.

"앤 양, 하느님이 불쌍한 우리 아들을 살려 주셨더라면 지금쯤 틀림없이 저분처럼 되어 있었을 거예요."

앤은 쓴웃음을 거두며 그녀의 이야기를 가만히 들어주었다. 몇 분 동안 머스그로브 부인이 마음속 응어리를 더 털어놓는 동안 앤은 다른 사람들의 대화를 따라갈 수 없었다.

그녀가 다시 자연스럽게 대화에 귀를 기울였을 때 머스그로브 자매가 해군요람*을 가져와서 펼쳐 드는 모습이 눈에 들어왔다. 그들은 웬트워스 대령이 지휘한 군함을 찾아보겠다며 열심히 책자를 뒤적거리고 있었다.

"대령님께서 처음 지휘하신 배가 애스프호라고 하셨죠. 저희가 애스프

호부터 찾아볼게요."

"그 군함의 이름은 없을 겁니다. 선체가 낡고 손상이 심했죠. 제가 그 배의 마지막 함장이었습니다. 이후 전투 임무에는 투입될 수 없고 본토 연안에서 겨우 일이 년 사용이 가능하다는 평가를 받았는데, 저도 그렇게 해서 서인도 제도로 배속되었습니다."

두 자매는 놀란 표정이었다.

"해군성이," 그가 말을 이었다. "종종 그런 짓을 벌입니다. 작전에 투입할 수 없는 배에 수백 명을 태워서 바다에 내보내는 거죠. 그래도 배에 오르겠다는 사람은 많습니다. 배가 가라앉든 말든 일단 승선하겠다는 사람이 수천인데, 그들 가운데 정말 아까운 사람들을 골라내는 건 불가능한 일입니다."

"그거참," 제독이 큰 소리로 말했다. "요즘 젊은 친구들은 별 이상한 소리를 다 하는군. 한창때의 애스프호는 최고의 범선이었네. 오래전에 건조된 범선 중에 그만한 배는 찾을 수가 없어. 그런 군함을 지휘한 걸 행운으로 알아야지. 당시 그 배의 함장이 되겠다고 지원한 장교가 스무 명은 되었을 걸세. 그건 자네도 알지 않는가? 대단한 배경이 있지도 않은 사람이 그렇게나 빨리 함장이 되었다는 것은 행운 아니겠나?"

"제가 운이 좋았다는 건 압니다, 제독님." 웬트워스 대령이 진지한 어조로 대답했다. "저는 그 배의 함장으로 임명되어 정말 기뻤습니다. 당시 저의 목표는 바다에서 생활하는 것이었으니까요. 저는 당장 뭔가를 하고 싶었습니다."

---

* Navy List, 18세기 후반부터 영국 해군이 발간한 공식 책자로 현역 함선의 목록, 주요 지휘관과 장교들의 명단 그리고 연도별 주요 작전의 내용이 실려 있었으며 장교들의 사회적 신분을 증명하는 데 중요한 자료로 여겨졌다.

"그랬겠지. 자네 같은 젊은 친구가 지상 근무를 어떻게 반년이나 할 수 있었겠나? 결혼하지 않은 남자라면 금세 다시 배를 타고 싶어지는 법이지."

"웬트워스 대령님," 루이자가 목소리를 높여 말했다. "그러면 애스프호를 직접 보시고는 그렇게 낡은 배를 받았다는 사실에 화가 나셨겠어요."

"배의 상태가 어떤지는 전부터 알고 있었습니다." 그가 미소를 띠며 말했다. "그래서 새로 알게 되었다고 할 만한 것은 거의 없었습니다. 이를테면 낡은 외투 한 벌을 당신이 아는 사람들의 절반이 아주 오랫동안 돌아가며 입었다고 생각해보세요. 비가 내리는 어느 날 루이자 양이 그 외투를 입을 차례가 되었을 때 옷의 상태가 어떨지 충분히 짐작하실 수 있는 것과 같습니다. 그래도 애스프호는 저에게 소중했습니다. 제가 원하는 모든 걸 해주었죠. 처음부터 저는 그 배가 저와 함께 바다 밑바닥에 가라앉거나 아니면 저에게 성공의 발판이 되어주리라는 것을 알았습니다. 그 배를 타는 동안에는 이틀 연속으로 날씨가 안 좋았던 적이 없습니다. 사략선*을 여러 척 나포하는 꽤 흥미로운 경험도 했고, 운 좋게 이듬해 가을 귀항 중에는 꼭 상대하고 싶었던 프랑스 해군 프리깃함을 맞닥뜨리기도 했습니다. 그리고 또 한 번 운이 좋았던 게, 적함을 나포해서 플리머스로 돌아왔는데 항구에 들어선 지 여섯 시간도 되지 않아 폭풍우가 시작되더니 나흘 밤낮을 몰아치는 겁니다. 만일 항해 중이었다면 애스프호의 낡은 선체로는 이틀도 버티지 못했을 겁니다. 위대한 국가**와 정면 대결했으니 배의 상태가 더 좋아졌을 리는 없겠죠. 만일 귀항이 24시간만 늦었더라면 저는 아마

---

* privateer, 적국의 상선을 공격하고 나포하도록 정부의 허가를 받은 민간 무장 선박.

** Great Nation, 웬트워스 대령은 나폴레옹 시대에 프랑스인들이 국가적 자부심을 드러내며 자주 사용한 'La Grande Nation'이라는 표현을 조롱하듯 사용하고 있다.

신문 귀퉁이에 '장렬하게 전사한 웬트워스 대령'으로 남았을 겁니다. 애스프 호 같은 범선이 가라앉았다고 신경 쓸 사람도 없었을 테고요."

앤은 남몰래 몸서리를 쳤다. 하지만 머스그로브 자매는 외마디 비명으로 연민과 공포를 숨김없이 드러냈다. "그렇다면 아마도," 머스그로브 부인이 낮은 목소리로 혼잣말하듯 말했다. "그렇게 해서 라코니아호를 타시게 되었군요. 그 배에서 우리 가엾은 아들을 만나셨고요. 아, 찰스." 그녀가 아들을 손짓으로 부르며 말했다. "웬트워스 대령님께 가엾은 네 동생을 어디에서 처음 만나셨는지 물어봐다오. 나는 들어도 계속 까먹는구나."

"지브롤터에서요, 어머니. 딕은 병에 걸려서 지브롤터에 남겨졌고, 전임 함장이 웬트워스 대령께 추천서를 보낸 거예요."

"아, 하지만 찰스, 웬트워스 대령님께 내 앞에서 가엾은 딕 얘기를 해도 괜찮다고 말씀드리렴. 대령님처럼 훌륭한 분께 딕의 이야기를 듣는 건 기쁜 일이니까."

찰스는 웬트워스 대령이 딕에 관한 이야기를 꺼낼까 걱정이 되어 대답 대신 고개만 끄덕이며 다른 데로 가버렸다.

머스그로브 자매는 이제 라코니아호를 찾기 시작했고, 웬트워스 대령은 수고를 덜어주겠다며 그 귀한 책자를 받아들고 선박의 이름과 분류 등급 그리고 현재 비현역 상태라는 짤막한 설명을 소리 내어 읽은 뒤, 그 배 역시 둘도 없는 친구였다고 말했다.

"라코니아호를 지휘하던 시절이 정말 좋았죠. 그 배를 타면서 돈도 많이 벌었고요. 제 친구와 서인도 제도를 항해하던 기억이 납니다. 누님, 하빌이라는 제 친구 기억해요? 돈이 절실했던 친구잖아요. 아내가 있었으니 저보다 더 절실했겠죠. 좋은 친구였어요. 그 친구가 행복해하던 모습을 잊지 못할 거예요. 그 행복은 모두 아내를 위한 것이었죠. 이듬해 여름 내가 지중해에서 여전히 행운을 누리고 있을 때 그 친구도 같이 있었으면 했는데."

"저는 대령님께서 그 배의 함장이 되신 날이," 머스그로브 부인이 말했다. "우리 가족에게도 행운이 깃든 날이라고 생각해요. 우리는 대령님께 입은 신세를 잊지 못할 겁니다."

감정이 복받친 그녀의 목소리가 잠겼다. 웬트워스 대령은 그녀의 말을 다 듣지 못했을 뿐만 아니라 미처 딕 머스그로브를 떠올리지 못했는지 그녀의 말이 더 이어지기를 기다리는 듯 잠시 머뭇거렸다.

"저희 남동생 얘기에요." 자매 중 한 사람이 말했다. "엄마가 가엾은 리처드 생각을 하시는가 봐요."

"불쌍하기도 하지." 머스그로브 부인이 말을 이었다. "그 애가 대령님 밑에 있을 때는 얼마나 착실해지고 편지도 자주 했는지 몰라요. 아, 그 애가 대령님 곁을 떠나지만 않았어도! 웬트워스 대령님, 우리는 그 애가 대령님 곁을 떠난 게 너무 한스럽습니다."

이 말을 듣는 웬트워스 대령의 얼굴에 순간적으로 스치는 표정이 있었다. 앤은 그의 눈이 반짝이면서 입꼬리가 살짝 올라가는 모습을 놓치지 않았다. 그것은 머스그로브 부인의 애틋한 바람과는 달리 그가 그녀의 아들을 곁에서 떼어내려고 꽤 애썼음을 암시하는 표정이었다. 그 짧은 순간의 자기 만족적인 미소는 앤처럼 그를 잘 아는 이가 아니라면 알아차리기 힘든 것이었다. 그러나 다음 순간 그는 완전히 침착하고 진지한 태도로 곧장 앤과 머스그로브 부인이 앉아 있던 소파로 다가와 머스그로브 부인 옆에 자리를 잡았다. 그는 그녀의 감정 가운데 진지하고 온당한 부분에 깊은 연민과 꾸밈없는 친절을 보이며 그 아들에 관해 낮은 목소리로 이야기했다.

앤과 웬트워스 대령은 같은 소파에 앉아 있었으나 그들 사이를 머스그로브 부인이 가로막고 있었다. 이 장벽은 부실하지 않았다. 푸근하고 넉넉한 머스그로브 부인의 체구는 부드럽고 섬세한 감정보다는 유쾌하고 결결한 성격을 표현하기에 더 알맞아 보였다. 앤의 우수 어린 표정과 가녀린 몸의 미세한 떨림은 이 장벽에 완벽하게 가려져 있었지만, 살아 있을 때 누구에게도 사랑받지 못한 아들의 운명을 묵직한 한숨으로 한탄하는 그녀의 곁에 가만히 있어 준 것만으로도 웬트워스 대령의 자제력은 인정받아 마땅했다.

사람의 체격과 정신적 고통이 반드시 비례 관계에 있는 것은 아니다. 크고 육중한 몸을 가진 사람도 세상에서 가장 우아한 팔다리를 가진 사람 못지않게 깊은 비탄에 빠질 권리가 있다. 그러나 온당하든 그렇지 않든, 이성적으로 장려하기 어렵고 미적 감각으로 용인하기 힘들며 쉽사리 조롱의 대상이 되는 어울리지 않는 조합이라는 것도 분명히 존재한다.

제독은 뒷짐 진 자세로 방 안을 두세 바퀴 돌다가 아내의 제지를 받고는 웬트워스 대령에게 다가갔다. 그는 자신이 대화에 끼어들고 있다는 사실을 알아차리지 못한 채 자기 생각에만 사로잡혀 이렇게 말을 꺼냈다.

"프레더릭, 지난봄에 자네가 리스본에 일주일만 더 늦게 도착했더라면 메리 그리어슨 부인과 그분의 따님들을 모시고 항해해 달라는 요청을 받았을 걸세."

"그랬나요? 그렇다면 제가 일주일 늦게 도착하지 않은 게 다행이군요."

제독은 여성에 대한 친절이 부족하다며 그를 타박했다. 이에 대해 웬트워스 대령은 무도회나 짧은 행사처럼 몇 시간 내에 끝나는 경우를 제외하고 여성을 배에 태우고 싶은 생각이 전혀 없다고 말했다. 그는 자신을 이렇게 변호했다.

"제 성격을 제가 모르는 게 아니라면," 그가 말했다. "그건 여성에 대한 친절이 부족해서가 아닙니다. 오히려 아무리 노력하고 희생해도 여성이 누려야 할 편의를 선상에서 제대로 제공하는 것이 불가능하다는 걸 알기 때문이죠. 여성들의 개인적인 편의를 중시하는 저 같은 사람이 여성에 대한 친절이 부족할 리가 있겠습니까? 저는 그저 여성들이 배에 타고 있다는 얘기를 듣는 것이나 타고 있는 모습을 보는 게 싫을 따름입니다. 그리고 제가 지휘하는 함선에 여성들로만 이루어진 가족을 태우는 일은 절대 없을 겁니다."

이 말에 그의 누이가 목소리를 높였다.

"프레더릭! 네가 그런 말을 하다니 믿을 수가 없구나. 고상하게 들리기는 하지만, 여성들은 영국에서 제일가는 저택에서만큼 선상에서도 편안하게 지낼 수 있어. 내가 웬만한 여성들보다 선상 생활을 많이 해봐서 아는데 군함보다 시설이 좋은 곳은 없더라. 켈린치 홀에서 누리는 안락함도," 그녀는 앤에게 다정한 표정으로 고개를 살짝 숙이며 말을 이었다. "내가 생활해본 함선들에서보다 더 낫다고 할 수는 없어. 다 합치면 다섯 척이나 되는데도 말이야."

"그건 경우가 다르죠." 그녀의 남동생이 대답했다. "누님은 남편과 함께 있었고 선상의 유일한 여성이었잖아요."

"하지만 너도 하빌 부인과 그녀의 여동생, 조카 그리고 세 아이까지 포츠머스에서 플리머스까지 태우고 간 적이 있잖니. 그때는 너의 그 세심한 배려와 특별한 친절이 다 어디 있었던 거야?"

"우정 안에 들어가 있었겠죠. 누님, 나는 어느 동료의 아내든 도울 수만 있다면 기꺼이 도왔을 것이고, 하빌이 원하는 게 있다면 세상 끝에서라도 가져다주었을 거예요. 그렇다고 내가 그걸 좋게 생각했다는 뜻은 아니에요."

"네 생각이 어떠했든 그들은 아주 편안했을 거야."

"그들이 편안했다는 것과 그게 내 마음에 들었느냐는 것은 별개의 문제예요. 그렇게 많은 여자와 아이들이 군함에서 편안하게 머무를 권리가 있다고 생각하지는 않으니까요."

"프레더릭, 너 정말 남 얘기하듯 하는구나. 생각해봐. 모든 사람이 너처럼 군다면 해군에 근무하는 남편을 만나러 이 항구 저 항구를 찾아가야 하는 여자들은 어떻게 되겠니?"

"그래서 내 생각을 고집하지 않고 하빌 부인과 가족분들을 플리머스까지 모셔다드렸잖아요."

"내가 마음에 안 드는 건, 네가 말은 훌륭한 신사처럼 하면서도 여성들을 이성적인 존재가 아니라 죄다 고상한 귀부인들처럼 취급한다는 거야. 우리 중 누구도 인생에 잔잔한 파도만 있다고 생각하며 살지는 않아."

"아, 여보," 제독이 말했다. "처남도 아내가 생기면 생각이 달라질 거요. 만일 처남이 결혼하고 우리가 다음 전쟁까지 살아 있다면 당신과 내가 그랬던 것처럼, 그리고 다른 장교들 가족이 하는 것처럼 처남도 똑같이 행동하는 걸 보게 되겠지. 그때가 되면 자기 아내를 항구까지 태워다 준 사람에게 무척 고마워하는 모습을 우리가 보게 될 거요."

"그럴 것 같아요."

"이제 얘기가 끝난 것 같네요." 웬트워스 대령이 말했다. "결혼한 사람들이 '너도 결혼하면 생각이 달라질 거야'라고 몰아붙이면 저는 '그러지 않을 겁니다'라고 대답할 수밖에 없죠. 그러면 그들은 다시 '아니, 달라질 걸'이라고 말합니다. 그렇게 얘기가 끝나는 거죠."

그는 일어나서 자리를 옮겼다.

"그동안 여기저기 많이 옮겨 다니셨겠어요, 부인." 머스그로브 부인이 크로프트 부인에게 말했다.

"네, 결혼 생활 15년 동안 안 다녀본 데가 없어요. 하지만 저보다 더 많이 옮겨 다닌 분들도 계세요. 저는 대서양을 네 번 건넜고 동인도에도 한 번 다녀왔어요. 코크, 리스본, 지브롤터 같은 곳도 가보았습니다. 그래도 지브롤터 해협을 벗어난 적은 없고 서인도 제도에도 가보지 못했답니다. 버뮤다나 바하마 같은 곳은 서인도 제도라고 하지 않으니까요."

머스그로브 부인은 그 지명들을 평생 입에 올려본 적도 없었으므로 뭐라고 딱히 대답할 말이 없었다.

"부인, 제가 확실히 말씀드릴 수 있는데," 크로프트 부인이 말을 이었다. "편의시설은 전함이 단연 최고랍니다. 분류 등급이 높은 함선을 말씀드리는 거예요. 프리깃함은 조금 좁은 편이지만 그래도 생각이 있는 여성이라면 거기서도 만족스럽게 생활할 수 있어요. 제 평생 가장 행복했던 시절은 배에서 지내던 때라고 말씀드리고 싶네요. 남편과 함께 지냈으니 겁날 게 없었죠. 제가 항상 건강했고 특별히 안 맞는 기후도 없었으니 참 감사한 일이에요. 배를 타면 처음엔 항상 머리가 어지러운데 하루 정도 지나면 멀미가 뭔지 모르게 된답니다. 몸과 마음이 다 아팠을 때가 딱 한 번 있었는데, 제독님이 (당시에는 크로프트 대령이었지만) 북해에 가 있는 동안 저 혼자 딜에 남아 겨울을 보냈을 때예요. 그때는 혼자서 뭘 해야 할지, 남편의 소식이 언제 올지 몰라서 마음이 조마조마하고 온갖 질병을 상상해서 앓았다니까요. 하지만 남편과 같이 있을 때는 괴로움이나 불편 따위를 한 번도 겪어본 적이 없답니다."

"아무렴요. 그렇고말고요. 정말 옳으신 말씀이에요, 크로프트 부인." 머스그로브 부인이 열렬히 동의했다. "그렇게 떨어져서 지내는 것만큼 힘든 일이 없죠. 정말 공감이 됩니다. 저도 그 마음을 잘 알거든요. 머스그로브 씨도 순회 재판에 다니는데 재판이 끝나고 무사히 집에 돌아오면 얼마나 기쁜지 모른답니다."

그날 저녁은 춤으로 마무리되었다. 춤을 추자는 제안이 나오자 앤은 늘 그랬듯이 피아노 반주를 자청했다. 피아노를 치는 동안 이따금 눈물이 고이기도 했으나 그녀는 뭔가 몰두할 일이 있어 다행이라고 생각하며 아무도 자신을 주목하지 않기만을 바랐다.

모임은 즐겁고 유쾌했으며, 누구보다도 프레더릭 대령의 기분이 좋아 보였다. 앤은 그가 모두의 주목과 존경을, 특히 젊은 숙녀들의 관심을 받으며 한껏 들떠 있음을 느낄 수 있었다. 앞에서 언급된 머스그로브 집안의 친척 헤이터 일가의 숙녀들도 그에게 완전히 반해버리는 영광을 누리고 있음이 분명해 보였다. 그에게 푹 빠진 듯한 헨리에타와 루이자도 여느 때처럼 사이가 좋아 보이지만 않았다면 확실한 연적으로 여겨지기에 충분했다. 이처럼 모든 이의 열렬한 찬탄을 받은 그가 조금 우쭐해졌다고 해도 그것을 이상하게 여길 사람이 있었을까?

이런 상념들이 머릿속을 맴도는 동안 그녀의 손가락은 건반 위에서 기계적으로 반 시간 남짓 실수 없이 움직이고 있었다. 한 번쯤 그의 시선이 느껴지기도 했다. 아마도 그는 그녀의 변해버린 모습을 바라보며 한때 자신을 사로잡았던 미소의 흔적을 찾고 있었는지도 모른다. 또 한 번은 그가 그녀에 대해 말하고 있음을 알게 된 순간이 있었다. 처음에는 알아차리지 못했으나 그에게 건네지는 대답을 듣고 그가 '엘리엇 양은 춤을 추지 않느냐'고 물었음을 확신할 수 있었다. 그 대답은 "아니요, 전혀 안 춰요. 엘리엇 양은 춤은 완전히 포기하고 피아노만 쳐요. 피아노 연주는 싫증도 안 나는가 봐요."였다. 그리고 또 한 번 그가 그녀에게 말을 건넨 장면이 있었다. 춤이 끝나고 그녀가 피아노 앞을 잠시 떠났을 때 그는 제목을 알고 싶은 어떤 곡의 분위기를 머스그로브 자매에게 들려주려고 피아노 앞에 앉았다. 앤이 의도치 않게 그쪽으로 돌아왔을 때 그는 그녀를 보자마자 의자에서 일어나 정중하게 말했다.

"당신의 자리인데 실례했습니다." 그녀가 괜찮다며 물러섰지만, 그는 다시 앉으려 하지 않았다.

앤은 그런 표정과 그런 말을 바란 게 아니었다. 그의 싸늘한 예의와 형식적인 친절이 무엇보다도 그녀를 고통스럽게 했다.

9

 웬트워스 대령은 크로프트 제독 내외의 친절을 한 몸에 받으며 켈린치 홀에서 그가 원하는 만큼 머물 수 있게 되었다. 처음 도착했을 때만 해도 그는 곧바로 슈롭셔에 가서 그곳에 있는 형을 방문할 생각이었다. 하지만 어퍼크로스의 매력에 끌린 그는 방문 계획을 미루기로 했다. 어퍼크로스의 환대는 더없이 따뜻했고 칭찬은 더없이 황홀했으며 나이 든 이들은 친절했고 젊은 사람들은 상냥했다. 그는 이곳에 더 머물기로 마음먹지 않을 수 없었다. 형수가 매력과 재능을 겸비한 사람이라는 형의 말을 확인하는 것은 조금 미뤄야 했다.

 그는 거의 매일 어퍼크로스를 향했다. 머스그로브 일가는 그를 초대하기 바빴고 그는 그들을 방문하기 바빴다. 특히 그에게 말벗이 없는 오전에 그들은 더 자주 만났다. 크로프트 제독 내외가 새로운 소유지의 목초지와 양 떼를 둘러보는 재미에 푹 빠져 있었기 때문이다. 다른 사람이 끼어들었다가는 그 지루함을 견딜 수 없을 정도로 그들 부부는 느릿느릿 이곳저곳을 돌아다녔고 그즈음 새로 장만한 이륜마차를 타고 이른 아침 집을 나서서 나들이를 가기도 했다.

 머스그로브 일가와 그들에게 기대어 사는 친척 일가에서 웬트워스 대령에 대한 평가는 한결같았다. 그들은 그에게 어디에서든 열렬한 찬사를 보냈다. 그런데 이런 친밀한 관계가 자리를 잡을 즈음, 찰스 헤이터가 돌아왔다. 그는 이 상황이 무척 불편했고 웬트워스 대령을 걸림돌로 생각했다.

머스그로브 자매의 외사촌들 가운데 맏이인 찰스 헤이터는 친절하고 호감이 가는 청년이었다. 웬트워스 대령이 나타나기 전까지만 해도 그와 헨리에타 사이에는 애정[*]이 싹트고 있었다. 그는 성직자였으며 인근 교구에서 거주 의무가 없는 부목사로 재직하며 어퍼크로스에서 2마일 떨어진 아버지의 집에서 지내고 있었다. 그런데 이 결정적인 시기에 잠시 이곳을 떠나 있던 그는 결과적으로 연인을 보호하지 못하게 되었다. 그는 돌아와서 헨리에타의 크게 달라진 태도와 웬트워스 대령의 등장을 고통스럽게 지켜보아야 했다.

머스그로브 부인과 헤이터 부인은 자매지간이었다. 두 사람은 결혼 전에 각자의 재산이 있었으나 결혼 후 그들의 사회적 지위는 크게 달라졌다. 헤이터 씨도 약간의 재산을 가지고 있었지만 머스그로브 씨에 비할 바는 아니었다. 머스그로브 집안이 지역의 최상류층이었던 것과는 달리, 헤이터 집안의 자녀들은 부모의 초라하고 은둔적이며 세련되지 못한 생활방식과 그들 자신의 변변치 못한 교육 때문에 어퍼크로스 집안과의 연줄이 없었다면 어떤 계층에 속한다고 말하기가 어려울 정도였다. 하지만 장남인 찰스 헤이터는 달랐다. 그는 학자이자 신사가 되고자 마음먹었고 다른 식구들보다 훨씬 세련되고 교양이 있었다.

두 집안은 늘 사이가 좋았다. 한쪽에는 거만함이 없었고 다른 쪽에는 질투가 없었다. 외사촌들을 더 나은 방향으로 이끌려는 약간의 우월감이 머스그로브 자매에게 있었을 뿐이다. 찰스가 헨리에타에게 호감을 품고 있다는 사실은 그녀의 부모도 알고 있었으나 반대는 없었다. "훌륭한 혼처

---

* 19세기 중반까지도 영국에서는 사촌 간의 결혼이 드문 일이 아니었으며, 특히 작은 마을과 지역 공동체에서는 인구가 제한적이기 때문에 친족 간의 결혼이 자연스러운 선택으로 여겨졌다.

라고 할 수는 없지만 헨리에타가 좋다면 어쩌겠냐." 그런데 헨리에타 역시 그를 좋아하는 것 같았다.

헨리에타 자신도 그렇게 믿고 있었다. 웬트워스 대령이 나타나기 전까지는 그랬다. 그리고 그때 이후로 사촌 찰스는 완전히 잊힌 존재가 되었다.

앤이 관찰한 바로는 웬트워스 대령이 두 자매 중 누구를 더 좋아하는지 아직 불확실했다. 헨리에타는 외모가 뛰어났고 루이자는 성격이 쾌활했다. 온순한 성격과 쾌활한 성격 중 그가 어느 쪽에 더 끌릴지는 알 수 없었다.

머스그로브 부부는 두 딸과 주위에 있는 청년들의 분별력을 전적으로 신뢰했거나 아니면 그냥 흘러가는 상황을 지켜보는 듯했다. 저택에서는 딸들에 관해 어떤 걱정이나 언급의 기미조차 없었다. 하지만 코티지의 분위기는 달랐다. 젊은 부부는 돌아가는 상황을 궁금해하며 추측에 추측을 거듭했다. 웬트워스 대령이 머스그로브 자매와 네다섯 차례 만나고 찰스 헤이터가 재등장한 시점에 앤은 웬트워스 대령의 마음을 얻은 숙녀가 누구인지에 대해 동생 내외가 나누는 얘기를 들어야 했다. 찰스는 루이자를, 메리는 헨리에타를 지목했지만 둘 중 어느 쪽이든 대령과 결혼한다면 대단히 기쁜 일이라는 점에는 부부의 의견이 같았다.

"지금까지 본 남자들 가운데 제일 마음에 드네. 웬트워스 대령의 말을 들어보면 전쟁 중에 적어도 2만 파운드는 번 것 같은데 그 정도면 단번에 돈을 쓸어모은 거지. 게다가 앞으로 전쟁이 또 일어나면 그때는 재산이 또 늘지 않겠소? 웬트워스 대령은 해군에서 분명히 출세할 거요. 아, 누이들 가운데 누가 되었든 최고의 혼처를 찾은 거지." 찰스가 말했다.

"그렇다니까요." 메리가 대답했다. "아, 그분이 나중에 아주 높은 지위에 오르면 어떻게 될까! 준남작 작위를 받으면요! 그러면 헨리에타는 웬트워스 영부인*이 되겠죠. 너무 근사해요. 그때가 되면 헨리에타는 나보다 더 높은 자리에 앉을 테고 그걸 사양하지 않겠죠. 프레더릭 경과 헨리에타 영부인이라! 그런데 그건 신규 작위잖아요. 나는 그건 별로 대단한 게 아니라고 생각해요."

메리는 헨리에타가 대령의 선택을 받았다고 생각하는 게 마음이 편했다. 찰스 헤이터의 주제넘은 야심이 좌절되기를 바랐기 때문이다. 그녀는 헤이터 집안을 극도로 경멸했고, 두 집안의 친족 관계가 혼인으로 더 가까워지는 것은 크나큰 불행이자 자신과 아이들에게도 통탄할 일이라고 생각했다.

"그 사람은," 메리가 말했다. "결코 헨리에타에게 어울리는 짝이 아니에요. 머스그로브 집안이 이전에 어떤 집안과 사돈을 맺었는데 헨리에타가 자신을 그렇게 망가뜨리면 안 되죠. 어떤 젊은 여성도 중요한 가족 구성원이 싫어하고 불편하게 여기는 사람을 선택할 권리는 없어요. 형편없는 인척을 가져본 적이 없는 가족 구성원에게는 더더욱 그래선 안 되죠. 찰스 헤이터가 어떤 사람인지 알잖아요? 시골 교회의 부목사예요. 어퍼크로스의 머스그로브 양에게는 절대로 적당한 상대가 될 수 없다고요."

하지만 남편의 생각은 달랐다. 그는 자신의 외사촌을 좋게 생각했을 뿐만 아니라, 장남의 시선으로 역시 장남인 찰스 헤이터를 바라보았다.

"메리, 당신 얘기는 이치에 안 맞아요." 그가 말했다. "헨리에타에게 아주 굉장한 혼처라고 할 수는 없겠지만 스파이서 집안의 도움으로 찰스도 일이 년 안에 주교로부터 뭔가를 얻을 가능성이 충분하다니까. 그리고 당

---

* Lady Wentworth, 귀족 가문이거나 기사 작위를 받은 남자의 아내에게 붙이는 경칭인 'Lady'를 여기에서는 '영부인'으로 옮기기로 한다. 흔히 국가 원수의 부인을 칭하는 '영부인'을 국어사전은 '지체 높은 사람의 부인을 높여 이르는 말'로 정의한다.

신이 기억해줬으면 좋겠는데, 외숙부님이 돌아가시면 장남인 찰스에게 상당한 재산이 돌아가게 되어 있어요. 톤턴 인근의 농장을 제외하고도 윈스로프의 땅은 면적도 250에이커가 넘고 이 지역에서 가장 비옥하잖아요. 그 집안에서 찰스가 아닌 다른 형제라면 헨리에타에게 충격적인 혼처라고 하겠지만 찰스라면 괜찮다고 봐요. 사람이 온화하고 괜찮지 않아요? 윈스로프 땅이 찰스의 손에 들어가면 그곳은 새롭게 변모할 것이고 재산이 생기면 찰스도 사는 모습이 완전히 달라질 거요. 그리고 그런 땅을 소유한 사람을 누가 함부로 대하겠어요? 그러니 헨리에타가 찰스 헤이터와 결혼하는 것은 나름 괜찮은 선택일지도 몰라요. 헨리에타가 찰스와 결혼하고 이어서 루이자가 웬트워스 대령과 결혼한다면 내게는 그보다 기쁜 일이 없을 거요."

"저렇게 자기 하고 싶은 말만 한다니까." 남편이 나가자마자 메리가 앤에게 말했다. "언니, 헨리에타가 찰스 헤이터와 결혼한다는 건 끔찍한 일이야. 헨리에타에게도 끔찍하지만 나한테는 더 끔찍해. 그러니 웬트워스 대령이 헨리에타의 머리에서 찰스를 완전히 몰아내 주었으면 좋겠어. 어제 헨리에타가 찰스를 거들떠보지도 않는 걸 보면 이미 그렇게 됐는지도 모르지. 언니도 그 모습을 봤어야 하는데 아쉽네. 그런데 웬트워스 대령이 루이자와 헨리에타를 똑같이 좋아한다는 건 말이 안 되지 않아? 대령은 헨리에타를 훨씬 더 좋아하는 게 분명하다고. 그런데도 저이는 자기 말이 맞대. 언니가 어제 같이 있었으면 둘 중 누구 말이 맞는지 단번에 알 수 있었을 거야. 일부러 반대하려고 하지 않는 한 언니도 내 말이 옳다고 했을 거야."

전날 머스그로브 씨 저택의 만찬에서 앤은 이 모든 상황을 직접 볼 기회가 있었으나 두통과 다시 약간 안 좋아진 어린 찰스의 몸 상태를 핑계로 코티지에 남아 있었다. 사실 그녀는 웬트워스 대령과 마주치지 않으려 했을 뿐이지만 이제는 심판관이 되어달라는 요청을 피할 수 있다는 점에서 혼자 있는 저녁의 이점이 하나 더 늘었다.

앤은 웬트워스 대령이 헨리에타를 루이자보다 더 좋아하든, 아니면 그 반대이든 두 자매 중 어느 한 사람의 행복이 위태로워지거나 그의 명예가 손상되는 일이 없도록 그가 서둘러 마음을 정하는 것이 중요하다고 생각했다. 둘 가운데 어느 쪽이든 그에게는 다정하고 상냥한 아내가 될 것 같았다. 한편 찰스 헤이터에게는 동정심이 들었다. 그녀는 악의 없이 가볍게 행동하는 젊은 여성을 보며 마음이 아팠고, 그런 행동으로 고통받고 있을 그에게 측은함을 느꼈다. 그녀는 만일 헨리에타가 자신의 감정을 잘못 이해하고 있다면 그것을 빨리 깨닫기만을 바랄 뿐이었다.

헨리에타의 행동을 보며 찰스 헤이터는 평정심을 잃고 굴욕감을 느꼈으나 그녀가 그때까지 꽤 오랫동안 그에게 호감을 보여왔으므로 단 두 번의 떨떠름한 대면으로 모든 희망을 버리고 어퍼크로스에 발길을 끊을 정도로 마음이 떠나지는 않았다. 하지만 헨리에타의 태도 변화가 웬트워스 대령 같은 남자 때문이었다면 이는 매우 걱정스러운 일이었다. 그가 떠나 있던 기간은 2주에 불과했다. 그가 짧은 작별을 고했을 때만 해도 헨리에타는 그가 곧 현재의 소속 교구를 떠나 어퍼크로스 교구에서 부목사직을 새로 얻으리라는 희망에 들떠 있었다. 교구 목사로서 40년 넘게 직무를 충실히 수행해 왔으나 이제 격무를 감당하기에 너무 연로한 셜리 박사가 부목사를 정식으로 채용할 결심을 하고 교구를 가능한 한 최상의 상태로 만든 뒤 찰스 헤이터에게 자리를 넘겨주는 상황을 그녀는 기대하고 있었다. 찰스가 어퍼크로스 교구로 온다면 더는 6마일 거리를 오갈 필요가 없고 여러모로 더 나은 교구에서 존경하는 셜리 박사 밑에 일할 수 있으며 격무와 피로를 감당하기 힘든 셜리 박사도 부담을 덜 수 있으니 이 일은 루이자에게조차 의미가 있었고, 헨리에타에게는 더 말할 것도 없었다. 하지만 그가 돌아왔을 때 이 일에 관심을 보인 이는 아무도 없었다. 그가 셜리 박사와 나눈 이야기를 들려주는 동안 루이자는 창가에서 웬트워스 대령이 오기만 기다리며 그의 말에 귀를 기울이지 않았다. 헨리에타는 그의 말을 듣는 둥 마는 둥 하며 얼마 전까지 셜리 박사와의 면담 결과를 자신이 초조하게 기다리고 있었다는 사실조차 잊은 듯했다.

"아, 정말 다행이네요. 그 자리를 얻으실 줄 알았어요. 늘 확신했답니다. 사실 셜리 박사님이 부목사를 꼭 따로 두셔야 할 필요는 없어 보이는데. 그런데도 그런 약속을 받아내셨다는 거잖아요? 루이자, 그분이 오시니?"

앤이 참석하지 않았던 그 만찬 이후 얼마 지나지 않은 어느 아침, 앤은 코티지의 거실에서 몸이 아파 소파에 누워 있는 어린 찰스를 간호하고 있었다. 그때 웬트워스 대령이 들어왔다.

앤 엘리엇과 단둘이 마주친 것이나 다름없는 상황에 그는 평소의 차분함을 잃고 당황한 표정으로 말했다. "머스그로브 자매가 이곳에 와 있는 줄 알았습니다. 머스그로브 부인께서 그렇게 말씀하셔서요." 그는 마음을 가라앉히고 어떻게 행동해야 할지 생각하려는 듯 창가로 다가갔다.

"두 분은 위층에 제 동생과 함께 있어요. 아마 곧 내려올 거예요." 앤 역시 당황해하며 이렇게 대답했다. 아이가 뭔가를 해달라고 그녀를 부르지 않았다면 그녀는 거실을 빠져나와 자신과 웬트워스 대령 모두 이 난처한 상황에서 벗어나도록 했을 것이다.

창가에 서 있던 그가 차분하고 정중하게 말했다. "아이의 상태가 호전되었기를 바랍니다." 그러고는 다시 침묵이 이어졌다.

앤은 소파 옆에 무릎을 꿇고 앉아 어린 환자를 달래는 데 집중할 수밖에 없었다. 그렇게 몇 분이 흘렀다. 그때 다행히도 누군가가 현관에 들어서는 소리가 들렸다. 집주인이기를 바라며 고개를 돌렸을 때 그녀의 눈에 들어온 사람은 찰스 헤이터였다. 상황이 좋아지긴 틀린 것 같았다. 앤과 맞닥뜨린 웬트워스 대령이 그랬던 것처럼 그를 발견한 찰스도 그리 유쾌한 표정이 아니었다.

"안녕하세요? 이리 앉으시겠어요? 다들 곧 내려오실 거예요." 그녀는 이렇게 말할 수밖에 없었다.

웬트워스 대령은 그와 대화를 나눠볼 생각이 없지 않은 듯했다. 하지만 그가 다가서려 했을 때 찰스 헤이터는 탁자 옆에 앉아서 신문을 집어 들며 대령의 시도를 막았다. 웬트워스 대령은 다시 창가로 돌아갔다.

잠시 후 또 다른 누군가가 나타났다. 두 살배기 또래보다 발육이 좋은 그 집의 둘째 아이였다. 누군가 밖에서 거실 출입문을 열어주었는지 거침없이 들어온 아이는 뭐가 있는지 궁금한 듯 곧장 소파로 다가오더니 뭐든 좋은 게 있으면 자기가 가지려고 하는 것 같았다.

먹을 것은 없었으므로 아이는 놀이로 관심을 돌렸다. 앤이 아픈 형을 건드리지 못하게 막자 아이는 그녀에게 매달리기 시작했다. 무릎을 꿇은 채 어린 찰스를 돌보고 있던 앤은 기를 쓰고 달라붙는 아이를 떼어낼 재간이 없었다. 앤은 달래도 보고 엄하게 명령해 보기도 했으나 아무 소용없었다. 겨우 밀쳐냈나 싶었지만 아이는 그게 재미있었는지 다시 그녀의 등에 매달렸다.

"월터," 그녀가 말했다. "어서 내려와. 너 진짜 말썽꾸러기구나. 이러면 이모 화낸다."

"월터," 찰스 헤이터가 말했다. "너 왜 말 안 듣니? 이모 말씀 안 들려? 이리 와, 월터, 아저씨한테 와."

하지만 월터는 꿈쩍도 하지 않았다.

그런데 잠시 뒤, 앤은 자신이 아이한테서 풀려났음을 느꼈다. 누군가 아이를 떼어내면서 그녀의 목을 감고 있던 작고 억센 손에서 벗어난 것이었다. 그리고 앤은 아이를 단호하게 떼어낸 사람이 웬트워스 대령임을 알아차렸다.

그녀는 이를 알아채고 말문이 막혔다. 고마움을 표현할 수도 없었다. 그녀는 어린 찰스에게 몸을 숙인 채 자신을 돕기 위해 나선 그의 호의, 태도, 이어진 침묵 그리고 세세한 상황을 따져보며 혼란스러운 감정에 빠져들었다. 하지만 그가 일부러 소란스럽게 아이를 데리고 노는 소리를 들으며 그녀는 곧 깨달았다. 그는 그녀의 감사 인사를 받거나 그녀와 대화하고 싶은 생각이 없음을 확실히 표현하고 있는 것이었다. 그녀는 너무나 혼란스럽고 고통스러웠다. 마음을 가라앉히지 못하고 있던 그녀는 때마침 내려온 메리와 머스그로브 자매에게 아이를 맡기고 거실을 빠져나왔다. 더는 그곳에 있을 수 없었다. 드디어 네 사람이 한자리에 모였으니 그들의 엇갈리는 사랑과 질투를 지켜볼 기회가 될 수도 있었다. 하지만 그녀는 그 자리에 더 머물 수 없었다. 찰스 헤이터가 웬트워스 대령을 탐탁지 않게 여긴다는 것은 분명했다. 웬트워스 대령이 개입한 뒤 찰스 헤이터가 언짢은 어조로 "월터, 내 말을 들었어야지. 이모를 괴롭히지 말라고 했잖아."라고 내뱉은 말은 그녀에게 강한 인상을 남겼다. 그는 자신이 해야 했던 일을 대령이 대신 한 것에 대해 불편한 감정을 드러낸 것이었다. 그러나 자신의 감정을 추스르기 전까지 그녀는 찰스 헤이터의 감정도, 다른 누구의 감정도 헤아릴 여력이 없었다. 그녀는 그토록 안절부절못하고 하찮은 일에도 그토록 흔들리는 자신이 부끄러웠다. 하지만 어쩔 수 없었다. 그녀는 오랜 시간 혼자서 조용히 생각을 가다듬은 다음에야 겨우 평정심을 되찾았다.

10

앤에게 그들을 관찰할 기회는 꾸준히 주어졌다. 그들 한 사람 한 사람에 대해 나름의 판단을 내릴 수 있을 만큼 네 사람 모두와 함께하는 자리가 이어졌기 때문이다. 다만 그녀는 코티지에서 그들에 대해 자신의 의견을 밝힐 만큼 어리석지 않았다. 동생 내외 중 어느 쪽도 만족시킬 수 없을 것임을 알았기 때문이다. 웬트워스 대령의 마음은 루이자에게 더 기운 것 같았다. 하지만 그녀 자신의 기억과 경험으로 판단컨대, 웬트워스 대령은 자매 중 누구도 사랑하지 않는다고 판단할 수밖에 없었다. 사랑에 빠진 건 그들 자매였고, 이마저도 사랑이라기보다는 열렬한 숭배에 가까웠다. 그래도 어쩌면, 아니 틀림없이 결국에는 어느 한 사람과의 사랑으로 이어질 것이었다. 찰스 헤이터는 자신이 무시당하고 있음을 의식하고 있는 듯했다. 그리고 헨리에타는 이따금 두 남자 사이에서 갈등하는 듯한 모습을 보이기도 했다. 앤은 그들 모두에게 자신들이 무슨 일을 벌이고 있는지, 그로 인해 초래될 위험이 무엇인지 알려줄 힘이 있다면 좋겠다고 생각했다. 누구에게도 악의가 있다고 생각되지는 않았다. 웬트워스 대령이 자신이 초래한 고통을 전혀 깨닫지 못할 것이라 믿는 것이 그녀에게는 가장 큰 위안이었다. 그에게 의기양양한 표정은, 경멸스러운 의기양양함은 보이지 않았다. 그는 아마 찰스 헤이터와 헨리에타의 관계에 대해 들어본 적도, 생각해 본 적도 없었을 것이다. 그의 유일한 잘못은 두 젊은 여성의 호감을 동시에 받아들였다는 (받아들였다고밖에 표현할 길이 없다) 것이었다.

얼마간 애를 써본 뒤 찰스 헤이터는 포기한 듯했다. 그가 사흘 동안 어퍼크로스에 모습을 드러내지 않은 것은 분명한 변화였다. 그는 정기적인 만찬 초대에도 응하지 않았는데, 그즈음 머스그로브 씨 내외는 책더미에 고개를 파묻고 있는 그의 모습을 발견하고는 뭔가 잘못되어가고 있음을 확신하며 그의 과도한 학구열을 걱정하기에 이르렀다. 메리는 그가 헨리에타로부터 단호한 거부 의사를 전달받았으리라는 기대와 믿음을 가졌고, 그녀의 남편은 그가 다음 날이라도 다시 모습을 드러내리라는 막연한 기대를 품고 있었다. 앤은 그가 현명한 선택을 했다고 생각할 따름이었다.

그러던 어느 날 아침, 찰스 머스그로브와 웬트워스 대령이 사냥을 나가고 코티지의 두 자매는 조용히 앉아 뜨개질에 열중하고 있었을 때 머스그로브 자매가 거실 창밖에서 그들을 불렀다.

화창한 11월의 어느 날이었다. 작은 정원을 가로질러 온 머스그로브 자매는 멀리까지 산책에 나선 길이라며 메리는 함께 가려 하지 않겠지만 그래도 한번 들러봤다고 말했다. 산책을 즐기지 않는 사람으로 여겨진 것에 기분이 상한 메리가 곧바로 대답했다. "아, 아니에요. 나도 갈 거예요. 멀리까지 산책하는 걸 내가 얼마나 좋아하는데요." 앤은 머스그로브 자매의 표정에서 그들이 그런 대답을 기대하지 않았음을 느낄 수 있었다. 한편으로는 설령 내키지 않고 불편한 일이라 할지라도 모든 것을 이야기하고 모든 일을 같이해야 하는 그 집안의 관습이 새삼 놀라웠다. 앤은 메리를 말려보았으나 허사였다. 상황이 이렇다 보니 그녀는 자신에게도 함께 갈 것을 청하는 머스그로브 자매의 친절을 물리칠 수 없었다. 자신이 함께 가면 중간에 메리를 데리고 돌아올 수도 있고 그렇게 함으로써 자매의 계획을 덜 방해하리라는 생각도 있었다.

"왜 내가 오래 걷는 걸 좋아하지 않는다고 생각하는지 모르겠네." 위층으로 올라가면서 메리가 말했다. "다들 내가 걷는 걸 좋아하지 않는다고 생각하는데, 그러면서도 내가 안 간다고 했으면 또 자기들이 기분 나빠했겠지. 굳이 이렇게 찾아와서 같이 가자고 하는데 어떻게 안 간다고 하겠냐고?"

그들이 집을 막 나서려는 순간 남자들이 돌아왔다. 어린 사냥개를 데리고 나갔다가 사냥을 망치는 바람에 일찍 돌아올 수밖에 없었던 것이다. 시간과 체력은 남고 기분도 산책하기에 더없이 좋았으니 그들은 기꺼이 일행에 합류하기로 했다. 이렇게 될 줄 알았다면 앤은 코티지에 남았을 것이다. 하지만 약간의 흥미와 호기심이 발동한 그녀는 결정을 번복하기엔 너무 늦었다고 생각하며 길잡이를 자처한 머스그로브 자매가 정한 방향으로 일행과 함께 발걸음을 옮겼다.

앤은 누구에게도 방해가 되지 않기를 바랐다. 들판을 가로지르는 좁은 길에서 일행이 떨어져 걷게 되었을 때도 그녀는 동생 부부와 붙어 있으려 했다. 운동과 날씨가 주는 상쾌함, 그리고 한해의 마지막 미소를 머금은 황갈색 나뭇잎들과 말라버린 관목 울타리의 풍경은 그녀가 이 산책에서 얻는 즐거움이었다. 읽을 가치가 있는 모든 시인이 묘사한 시적 정취의 원천이자 섬세한 서정이 깃든 마음에 특별한 영감을 끝없이 주는 계절, 곧 가을을 노래한 수많은 시 중에서 몇 구절을 조용히 읊조려 보는 것 또한 그녀에게는 이 산책의 즐거움이었다. 그녀는 사색과 이런저런 시구절로 마음을 붙들려 애썼지만, 웬트워스 대령이 머스그로브 자매와 대화를 나눌 때면 자기도 모르게 그쪽으로 귀를 기울이게 되었다. 그들의 대화에 특별히 주목할 만한 내용은 없었다. 그저 친밀한 사이끼리 으레 주고받는 화기애애한 대화였을 뿐이다. 그는 헨리에타보다는 루이자와 더 많은 대화를 나누었다. 루이자는 확실히 언니보다 적극적으로 그의 관심을 끌려고 노력했다. 자매 사이의 이런 차이는 점점 뚜렷해졌고 어느 순간 그들은 앤이 귀를 쫑긋 세울 수밖에 없는 대화를 나누었다. 화창한 날씨에 감탄하는 대화가 이어지던 중 웬트워스 대령이 말했다.

"제독님과 저의 누님에게도 이런 날씨는 눈부실 겁니다! 이쪽으로 마차를 몰고 올 거라 했으니 아마 언덕 어디쯤에선가 마주칠지도 모르겠군요. 마차가 오늘 어디에서 전복될지가 갑자기 궁금해지네요. 아, 그런 사고가 흔하다면서요. 그리고 제 누님은 그런 사고는 아무것도 아닌 것처럼 얘기한답니다. 전복되어도 상관없다고요."

"대령님의 과장이 또 시작되었군요." 루이자가 말했다. "하지만 과장이 아니라면 저도 대령님의 누님과 같은 생각을 할 것 같아요. 그분이 제독님을 사랑하는 것처럼 저도 어떤 남자를 사랑한다면 영원히 함께할 거예요. 어떤 것도 우리를 갈라놓을 수 없어요. 다른 사람이 모는 안전한 마차를 타느니 그와 함께 전복 사고를 당하는 편이 나아요."

그녀의 목소리는 들떠 있었다.

"그러신가요? 경의를 표합니다!" 그녀의 어조를 흉내 내듯 웬트워스 대령이 말했다. 그러고는 잠시 침묵이 흘렀다.

앤은 시구절을 다시 떠올리기가 힘들었다. 저무는 한 해와 사그라진 행복, 스러져가는 청춘, 희망 그리고 봄날을 애달프게 비유한 소네트 한 편이 떠오른다면 모를까 가을의 아름다운 풍경도 이제 그녀의 마음에서 밀려났다. 일행이 한쪽 길로 접어들었을 때 정신이 번쩍 든 그녀가 말했다. "이쪽으로 가면 윈스로프가 나오지 않나요?" 하지만 아무도 못 들었는지 대답하는 사람이 없었다.

일행은 윈스로프 또는 집 주위를 어슬렁거리는 젊은 남자들이 더러 보이는 그 인근 지역을 향하고 있었다. 그들이 드넓은 경작지를 가로질러 완만한 오르막을 반 마일 더 걷는 동안, 쟁기가 지나간 자리에 갓 파인 고랑은 시적 우수에 젖는 달콤함을 거부하며 새봄을 맞으려는 농부의 의지를 말해주는 듯했다. 마침내 그들은 어퍼크로스와 윈스로프를 가르는 언덕의 정상에 도달했고, 그곳에서 언덕 반대편 아래로 펼쳐진 윈스로프의 전경을 한눈에 조망할 수 있었다.

아름다움도 위엄도 없이 윈스로프가 그들 앞에 펼쳐졌고, 헛간과 부속 건물에 둘러싸인 초라하고 나지막한 집 한 채가 보였다.

메리가 소리쳤다. "어머! 여긴 윈스로프잖아요. 전혀 몰랐어요. 이쯤에서 돌아가는 게 좋겠는데요. 제가 완전히 지쳐서 말이에요."

외사촌 찰스가 맞은편에서 걸어오거나 문에 기대고 서 있는 모습이 보인 것은 아니었다. 상황을 의식하며 민망해진 헨리에타가 기꺼이 메리의 의견을 따르려 했을 때 찰스 머스그로브가 반대의 뜻을 밝혔고 루이자도 "안 돼요, 안 된다고요!"라며 완강하게 반대했다. 루이자는 언니를 잠시 옆으로 데려가 잠시 입씨름을 벌이는 듯했다.

한편 찰스 머스그로브는 이렇게 가까이 온 참에 이모 댁에 들러야겠다는 뜻을 분명히 밝혔고, 눈치를 살피며 아내에게도 같이 가자고 종용했다. 그러나 이 문제에 대해서만큼은 메리의 의지도 확고했다. 무척 피곤해 보이는 메리에게 남편은 가서 15분만 쉬었다 오자고 했으나 그녀는 단호한 어조로 대답했다. "싫어요. 잠시 앉아 쉬면서 피로가 풀리기는커녕 다시 언덕길을 올라오느라 더 힘들 거예요." 표정과 태도로 보아 그녀는 절대로 갈 생각이 없었다.

잠시 의견이 오간 끝에 일행이 언덕 위에서 기다리는 동안 찰스와 머스그로브 자매만 내려가서 이모와 외사촌들을 잠깐 보고 오기로 했다. 루이자가 이 결정을 주도한 듯했고 그녀가 헨리에타와 얘기를 나누며 언덕을 내려가자 메리는 경멸의 눈빛으로 주위를 둘러보며 웬트워스 대령에게 말했다.

"이런 인척이 있다는 게 정말 불쾌해요. 나는 저 집에 딱 두 번 가보고 다시는 안 간답니다."

메리는 웬트워스 대령으로부터 마지못한 동의의 미소와 그가 돌아서면서 보낸 경멸의 눈빛 외에는 아무런 대답도 얻지 못했다. 앤은 그 눈빛의 의미를 정확하게 알고 있었다.

그들이 머무르던 탁 트인 언덕 꼭대기로 루이자가 돌아왔고, 스타일* 한쪽에 편한 자리를 찾은 메리는 일행이 자기 주위에 모여드는 동안에는 기분이 매우 좋아 보였다. 하지만 땅에 떨어진 헤이즐넛을 줍겠다며 루이자가 웬트워스 대령을 데리고 울타리를 따라 시야에서 사라질 정도로 멀리 가버리자 그녀의 기분은 가라앉았다. 메리는 자신이 앉아 있는 자리가 별로 편하지 않다고 불평하더니 루이자가 어딘가에 더 좋은 자리를 발견했을 것이라며 자신도 좀 더 나은 자리를 찾아보겠다고 언니를 잡아끌어 그들을 따라갔다. 자매는 앞서 두 사람이 지나간 울타리 문으로 향했지만 그들의 모습은 보이지 않았다. 앤은 울타리 아래로 볕이 잘 드는 마른자리를 찾아 동생에게 내주었다. 앞서 걸어간 두 사람도 근처 어딘가에 있을 것임이 틀림없었다. 메리는 잠시 앉아 있다가 그 자리도 마음에 들지 않았는지 루이자가 더 편한 자리를 발견했을 거라며 혼자서라도 그들을 찾아내겠다고 다시 발걸음을 옮겼다.

몹시 지쳐 있던 앤은 혼자 앉아 쉴 수 있어서 기뻤다. 그때 뒤쪽의 관목 숲에서 잡초가 무성한 길을 따라 돌아오는 듯한 웬트워스 대령과 루이자의 목소리가 들렸다. 두 사람은 이야기를 나누며 점점 가까워지고 있었다.

---

* stile, 울타리 안팎으로 가축은 막고 사람들만 넘나들도록 만든 계단.

뭔가를 한참 얘기하고 있던 루이자의 목소리가 먼저 또렷하게 들렸다.

"그래서 제가 억지로 데리고 간 거예요. 그런 말도 안 되는 이유로 가지 않겠다는 걸 저는 도무지 참을 수가 없었어요. 정말 말도 안 되는 거죠. 자기가 옳다고 생각하는 일을 그런 사람이, 아니 누가 되었든 잘난 척하며 간섭한다고 그걸 포기해요? 아니요, 저는 그런 식의 설득에 넘어가는 사람이 아니에요. 저는 한번 마음먹으면 절대 머뭇거리지 않아요. 원래는 언니도 오늘 윈스로프에 가겠다는 마음이 확실히 있었거든요. 그런데 터무니없이 남의 눈치 보느라 거의 포기할 뻔했잖아요."

"그러니까 당신이 없었더라면 언니는 그냥 돌아갔을지도 모르겠네요."

"창피스럽지만 언니는 그랬을 거예요."

"당신 같은 사람이 곁에 있으니 언니에게는 다행입니다. 말씀을 듣고 보니 지난번 그 남자분과 자리를 함께했을 때 제 눈이 정확했던 것 같습니다. 이제는 무슨 일이 벌어지고 있는지 모르는 척하지 않아도 되겠군요. 단순한 문안차 방문이 아니었다는 걸 알게 되었으니 말입니다. 그런데 이처럼 사소한 일에서조차 쓸데없는 간섭을 물리치지 못한다면, 그분이나 언니 모두 불굴의 용기와 강한 의지가 필요한 중대한 상황은 재앙이나 다름없을 겁니다. 언니는 상냥한 분이십니다. 하지만 결단력과 확고함을 가진 쪽은 당신이군요. 언니의 올바른 처신과 행복을 위해서라도 당신의 용기를 언니에게 최대한 나누어 드리세요. 이런 말씀을 드리지 않아도 줄곧 그래오셨겠지만 말입니다. 지나치게 유순하고 우유부단한 성격의 가장 큰 문제는 그 어떤 영향력도, 제아무리 좋은 인상도 오래갈 것이라 기대할 수 없다는 겁니다. 누구든 그것을 흔들어 놓을 수 있으니까요. 행복해지고 싶다면 먼저 사람이 단단해져야 합니다." 그러면서 그는 가지에 손을 뻗어 헤이즐넛 열매 하나를 땄다. "예를 들어보죠. 윤기가 흐르는 이 예쁜 열매는 본래부터 지닌 단단함으로 가을의 모든 폭풍을 견뎌낸 겁니다. 흠집 하나 없이, 약해진 부분 하나 없이 말입니다. 이 열매를 보십시오." 그는 엄숙한 척 능청스럽게 말했다. "수많은 형제 열매들이 땅바닥에 떨어져 발아래 짓밟히는 동안에도 헤이즐넛이 누릴 수 있는 모든 행복을 온전히 누리고 있는 겁니다." 그러고는 원래의 진지한 목소리로 돌아가 말했다. "제가 아는 사람들이 모두 굳센 의지의 소유자였으면 좋겠습니다. 루이자 머스그로브가 훗날 인생의 11월에 아름답고 행복한 삶을 살고 있기를 바라신다면 지금의 그 굳건한 정신을 소중히 간직하십시오."

그가 말을 마쳤으나 아무런 대답도 들리지 않았다. 그토록 진지하고도 열정이 담긴 말에 루이자가 쉽게 대답할 수 있었다면 앤은 오히려 놀랐을 것이다. 앤은 루이자의 심정을 헤아릴 수 있었다. 그러면서도 그녀 자신은 혹시라도 들킬까 봐 그 자리에서 꼼짝도 못 하고 있었다. 그녀가 호랑가시나무 덤불 아래에서 가만히 숨죽이고 있는 동안 그들은 계속 걸어갔다. 말소리가 완전히 들리지 않을 만큼 멀어지기 전에 루이자가 다시 말을 이었다.

"메리는 여러모로 좋은 점도 있지만," 그녀가 말했다. "정말이지 터무니없는 오만함이 엿보여서 가끔은 저도 화가 날 때가 있어요. 엘리엇 집안 특유의 오만함이라고 할까요. 우리는 오빠가 차라리 앤과 결혼했더라면 좋았겠다고 생각하곤 해요. 오빠가 앤과 결혼하길 원했다는 건 알고 계시죠?"

잠시 침묵이 흐른 뒤 웬트워스 대령이 말했다.

"그런데 그녀가 거절했다는 말씀이신가요?"

"네, 그랬죠."

"그게 언제였습니까?"

"정확히는 모르겠어요. 그때 언니와 저는 기숙학교에 있었으니까요. 다만 제가 알기로는 오빠가 메리와 결혼하기 1년 전쯤이었을 거예요. 앤이 오빠의 청혼을 받아들였다면 얼마나 좋았을까요. 아마 우리 가족 모두 앤을 훨씬 더 좋아했을 거예요. 엄마와 아빠는 앤이 청혼을 거절한 건 그 대단하신 러셀 부인 때문이라고 생각하세요. 오빠가 러셀 부인의 마음에 들 만큼 학구적이거나 책을 좋아하는 사람이 아니었고, 그래서 러셀 부인이 앤을 설득해서 청혼을 거절하도록 만들었을 거라고요."

소리가 점점 멀어지면서 앤은 그들의 말을 더는 알아들을 수 없었다. 형언할 수 없는 감정으로 그녀는 얼어붙은 듯 움직일 수 없었다. 마음을 추스르고 몸을 움직이기까지는 약간의 시간이 필요했다. 속담에서처럼 엿듣는 사람의 운명*에 꼭 들어맞지는 않았으나, 자신에 대한 나쁜 말을 듣지 않았을 뿐 가슴을 후벼파는 얘기는 충분히 들은 셈이었다. 그녀는 자신의 성격이 웬트워스 대령에게 어떻게 비쳤는지 알게 되었고, 동시에 그의 태도에 자신을 향한 미묘한 감정과 호기심이 스며 있음을 느끼며 동요하지 않을 수 없었다.

앤은 마음을 가라앉힌 뒤 메리를 뒤따라가 그녀를 찾아냈다. 두 사람은 함께 스타일 근처로 돌아왔고, 곧이어 일행이 모두 모여 다시 움직이기 시작하면서 그녀의 마음은 다소 편해졌다. 그녀는 사람들 틈바구니에서 혼자 조용히 있고 싶었다.

누군가는 예상했을지도 모르지만, 찰스와 헨리에타는 찰스 헤이터를 데리고 나타났다. 일이 어떻게 된 것인지 앤은 알 길이 없었고 웬트워스

---

* 'Listeners never hear any good of themselves. 엿듣는 사람은 자기에 대한 좋은 말을 못 듣는다.'라는 속담을 염두에 둔 표현.

대령 역시 어떤 상황인지 들은 바가 없는 듯했다. 하지만 남자의 마음이 누그러졌고 여자도 마음을 돌리며 이제 함께하게 된 것을 두 사람 모두 기뻐하고 있음은 분명했다. 헨리에타는 조금 부끄러워하면서도 벅찬 표정이었고 찰스 헤이터는 더없이 행복해 보였다. 두 사람은 일행이 어퍼크로스로 발걸음을 돌린 순간부터 오로지 서로에게만 온전히 집중하고 있었다.

　모든 정황은 루이자가 웬트워스 대령의 짝임을 보여주고 있었다. 그보다 더 분명한 사실은 없었다. 무리를 이루어 걸을 때는 물론, 길이 좁아서 일행이 나뉘어 걸을 수밖에 없었을 때도 그들은 다른 한 쌍과 마찬가지로 꼭 붙어서 걸었다. 목초지를 가로질러 길게 이어진 길은 폭이 넉넉해서 같이 걸을 수 있었음에도 일행은 세 개의 무리로 나뉘어 걸었다. 앤은 생기와 상냥함이 가장 적은 무리에 낄 수밖에 없었다. 여동생 부부와 함께 걷게 된 앤은 찰스가 내미는 팔에 기꺼이 의지할 만큼 많이 지쳐 있었다. 찰스는 그녀에게는 상냥했으나 아내에게는 화가 나 있었다. 남편에게 퉁명스러웠던 메리는 이제 뿌린 대로 거두는 중이었다. 그는 손에 든 긴 나뭇가지로 울타리 너머의 쐐기풀을 획획 잘라내며 그때마다 자신의 팔을 붙들고 있는 메리의 팔을 치웠다. 이에 메리는 늘 그랬듯 자신이 부당한 대우를 받고 있다며, 예법*을 따르느라 울타리 쪽에 서 있는 자신만 불편하고 언니는 전혀 불편하지 않다고 불평을 쏟아내기 시작했다. 그러자 찰스는 두 사람의 팔을 모두 치우고 얼핏 시야에 들어온 족제비를 쫓아 뛰어가더니 두 사람 곁으로 내내 돌아오지 않았다.

　좁은 길이 목초지를 가로지르며 이어졌고, 도로와 경계를 이루고 있는

---

* 19세기 영국의 예법상 결혼한 여성은 보통 남편의 왼쪽에 있었고, 여기에 다른 여성이 함께 있으면 아내는 남편의 왼쪽에, 다른 여성은 오른쪽에 있는 것이 일반적이었다.

목초지가 끝나는 지점에서 그들이 작은 문을 지나 도로를 건너려 할 때, 멀리서부터 달려오던 이륜마차 한 대가 그들이 있는 쪽으로 다가왔다. 마차에는 크로프트 제독 부부가 타고 있었다. 두 사람은 예정했던 나들이를 마치고 돌아오는 길이었다. 일행이 얼마나 먼 길을 걸어왔는지 듣자마자 제독 부부는 많이 지친 숙녀 한 사람을 태워줄 수 있다고 친절하게 제안했다. 마차가 어퍼크로스를 지나가기 때문에 족히 1마일은 덜 걸을 수 있다는 것이었다. 초대는 모두에게 열려 있었으나 모두가 사양했다. 머스그로브 자매는 전혀 피곤하지 않았다. 메리는 다른 사람보다 먼저 자신에게 자리가 제안되지 않아서인지, 아니면 루이자의 말대로 엘리엇 집안의 오만함이 말 한 마리가 끄는 이륜마차에 끼어서 앉는 것을 허락하지 않아서인지 기분이 상한 것 같았다.

일행은 도로를 건너 맞은편 울타리의 스타일을 오르고 있었고, 제독은 다시 말의 고삐를 당기려 할 때였다. 웬트워스 대령이 순식간에 관목 울타리를 뛰어넘어 누이에게 달려가 몇 마디를 건넸다. 그가 무슨 말을 건넸는지는 다음에 벌어진 일로 미루어 짐작할 수 있었다.

"엘리엇 양, 힘들어 보이시네요." 크로프트 부인이 말했다. "저희가 모셔다드렸으면 합니다. 여기에 세 사람은 충분히 앉을 수 있어요. 우리가 당신 같기만 하면 네 사람도 앉을 수 있을걸요. 타세요. 어서 타세요."

아직 길가에 서 있던 앤은 본능적으로 거절하려 했으나 말을 내뱉을 새도 없이 제독이 아내의 말을 친절하게 거들었다. 그들 부부는 거절을 받아들일 생각이 없어 보였다. 그들이 최대한 밀착해 앉으며 그녀를 위한 공간을 만들어주자 웬트워스 대령이 말없이 돌아서서 그녀가 마차에 오르도록 도와주었다.

그랬다. 그가 그렇게 한 것이었다. 앤은 마차에 오르며 그가, 그의 뜻과

손길이 자신에게 자리를 마련해 주었음을 알아차렸다. 그녀가 지쳐 있음을 알아채고 휴식을 주어야겠다고 판단한 그가 그렇게 한 것이었다. 그녀는 자신을 향한 행동에서 분명하게 드러난 그의 의향을 목격하고 가슴이 터질 것 같았다. 그동안 있었던 모든 일이 이 작은 사건으로 완결되는 것만 같았다. 그녀는 그를 잘 알고 있었다. 그녀를 용서할 수 없었으나 매몰차게 대할 수도 없었으리라. 과거의 그녀를 원망하고 그 부당함에 분개하면서도, 그녀에게서 완전히 떠난 마음을 다른 사람에게 주고 있으면서도, 그녀가 힘들어하는 모습을 그냥 지나치지 못한 것이었다. 그것은 옛 감정의 빛바랜 흔적이었고 인정받을 길 없는 순수한 우정의 충동이었으며 그가 지닌 따뜻하고 친절한 마음의 증거였다. 기쁨과 슬픔이 뒤엉킨 가운데 그녀는 자신이 어느 쪽의 감정에 더 잠겨 있는지조차 알 수 없었다.

처음에 그녀는 제독 부부의 친절과 그들이 건네는 말에 무의식적으로 반응하고 있었다. 고르지 못한 시골길을 달려 목적지까지 절반을 남겨두고서야 그들이 하는 말이 그녀의 귀에 들어오기 시작했다. 그들은 '프레더릭'에 대해 이야기하고 있었다.

"분명히 두 아가씨 중에서 한 사람을 선택할 거요, 소피." 제독이 말했다. "그런데 어느 쪽일지 알 수가 없네. 마음을 정해도 될 만큼 그동안 충분히 쫓아다닌 것 같은데 말이오. 그래, 이게 다 전쟁이 끝나서 가능한 거지, 전시였다면 진작에 결론이 났을 거요. 엘리엇 양, 우리 해군 장교들은 전쟁 중에는 구애에 긴 시간을 들일 수가 없답니다. 그런데, 여보, 내가 당신을 처음 만나고 노스 야머스의 숙소에서 마주 앉을 때까지 며칠이 걸렸지?"

"여보, 우리 그 얘기는 하지 않는 게 좋겠어요." 크로프트 부인이 쾌활하게 대답했다. "우리가 얼마나 빨리 서로를 이해하게 되었는지 엘리엇 양이 듣는다면 우리가 행복한 부부로 살아가고 있다는 걸 믿지 못할 거예요. 저는 훨씬 전부터 당신이 어떤 사람인지 알고 있었는데 말이죠."

"나 역시 전부터 당신이 아주 아름다운 아가씨라는 얘기를 들어서 알고 있었으니 우리가 뭘 더 기다려야 했겠소? 나는 그런 일을 질질 끄는 게 질색이라오. 프레더릭도 좀 더 적극적으로 움직여서 그 젊은 자매 중 한 사람을 어서 켈린치에 데리고 왔으면 좋겠소. 항상 함께할 사람들도 있으니 말이오. 둘 다 너무 멋진 아가씨들이라 나는 누가 누군지 구분하기도 어려울 정도던데."

"그 아가씨들이 성격 좋고 꾸밈이 없죠." 크로프트 부인이 덤덤한 어조로 칭찬했다. 앤은 그 말투에서 크로프트 부인의 안목으로는 두 자매 중 어느 쪽도 남동생에게 어울리는 짝으로 여겨지지 않을 수 있겠다는 인상을 받았다. "집안도 괜찮고요. 더 좋은 집안을 찾기가 쉽지 않죠. 여보, 저기 말뚝이요, 부딪치겠어요."

그녀는 직접 고삐를 잡아 침착하게 방향을 틀었다. 이렇게 위기를 넘긴 뒤에도 한 차례 더 그녀가 제때 손을 뻗은 덕분에 그들은 진창에 빠지지 않았고 길가에 세워진 거름 수레와 부딪치는 일도 피할 수 있었다. 내외가 마차를 모는 방식을 흐뭇하게 지켜보면서 앤은 그들 부부가 살면서 마주치는 문제들도 그런 식으로 대처하리라 생각했다. 그새 마차는 코티지 앞에 무사히 도착했다.

11

러셀 부인이 돌아올 시기가 가까워지고 있었다. 도착 날짜도 정해졌으며, 그녀가 돌아오는 대로 함께 지내기로 한 앤은 곧 켈린치로 거처를 옮겨야 했으므로 그로 인해 자신의 일상에 어떤 변화가 생길지 생각하기 시작했다.

그렇게 되면 그녀는 웬트워스 대령과 같은 마을에서, 반 마일도 채 되지 않는 거리에 살게 되는 것이었다. 같은 교회를 다녀야 했고 어쩔 수 없이 교류도 해야 했다. 그녀에게는 불편한 상황이었다. 반대로 그가 어퍼크로스에서 많은 시간을 보낸다는 점을 고려하면, 그녀는 그와 가까워진다기보다 오히려 멀어지는 것이 될 수도 있었다. 전체적으로 볼 때 그녀는 메리를 떠나 러셀 부인과 지내게 되는 환경의 변화는 물론이고 그 미묘한 문제에서도 자신에게 유리한 점이 많을 것이라 믿었다.

그녀는 켈린치 홀에서 웬트워스 대령과 마주치는 일이 없기를 바랐다. 그곳은 지난 시절의 만남이 떠오를 장소였고, 그런 기억이 그녀에게는 너무나 고통스러울 것이기 때문이었다. 그러나 더 간절히 바란 것은 러셀 부인과 웬트워스 대령이 어디에서든 서로 마주치지 않았으면 하는 것이었다. 두 사람은 서로를 좋아하지 않았고 다시 친분을 쌓아서 좋을 게 없었다. 게다가 자신과 웬트워스 대령이 함께 있는 모습을 러셀 부인이 보게 된다면 그는 지극히 차분해 보일 것이나 자신은 그러지 못하리라는 걱정도 컸다.

어퍼크로스를 떠날 날을 기다리며 그녀는 이런 것들을 걱정했으나, 한

편으로는 그곳에 충분히 오래 머물렀다는 느낌도 들었다. 어린 찰스를 보살핀 일이 두 달간의 방문을 떠올릴 때 그녀에게 작은 위안을 줄 것이었지만, 이제 아이는 빠르게 건강을 되찾고 있었고 그녀가 더 머물 이유는 없었다.

그런데 그녀의 체류는 예상치 못한 방식으로 끝이 났다. 이틀 동안 소식도 없이 모습을 드러내지 않던 웬트워스 대령이 어퍼크로스에 다시 나타나 그사이 무슨 일이 있었는지 자세히 설명했다.

수소문 끝에 그가 이곳에 머물고 있음을 알아낸 하빌 대령이라는 친구가 자신이 가족과 함께 겨울을 나기 위해 라임에 와 있다는 편지를 보낸 것이었다. 두 사람은 20마일도 떨어지지 않은 거리에 있으면서도 그때까지 서로의 소식을 모르고 있었다. 하빌 대령은 2년 전 크게 다친 이후로 줄곧 건강이 좋지 않았으므로 웬트워스 대령은 곧장 라임으로 달려가 그곳에서 하루를 머물렀다. 그의 설명은 충분했고 그의 우정은 모두로부터 뜨거운 찬사를 받았으며 그의 친구에 대한 관심도 덩달아 커졌다. 여기에 웬트워스 대령이 라임 주변의 경관을 실감 나게 묘사하자 모든 이가 그곳을 직접 가보고 싶다는 열망에 사로잡혔고 이렇게 해서 그곳으로 여행을 떠나는 계획이 세워졌다.

젊은 사람들은 모두 라임 여행 계획에 들떠 있었다. 웬트워스 대령도 동행의 뜻을 밝혔고 어퍼크로스에서 17마일 거리에 불과한 데다 11월이었지만 날씨도 그리 나쁘지 않았다. 무엇보다도 루이자가 가장 적극적이었다. 자신이 원하는 대로 한다는 즐거움에 자신의 의지를 꺾지 않는 것이 미덕이라는 확신까지 더해져, 한번 가겠다고 결정한 이상 여행을 여름으로 미루자는 부모의 설득도 아랑곳없이 그녀는 계획을 밀어붙였다. 그렇게 해서 찰스, 메리, 앤, 헨리에타, 루이자, 그리고 웬트워스 대령이 함께 라임으로 떠나기로 했다.

 애초의 막연한 계획은 아침에 출발해서 저녁에 돌아오는 것이었으나, 머스그로브 씨는 마차를 끄는 말에 무리가 된다며 이를 허락하지 않았다. 가만히 따져보니 해가 짧은 11월 중순에 왕복 7시간을 빼면 새로운 곳을 둘러볼 시간이 거의 없을 듯했다. 결국 그들은 그곳에서 하룻밤을 보내고 이튿날 저녁 식사 시간에 맞추어 돌아오기로 했다. 이 수정된 계획이 훨씬 나아 보였다. 그들은 다소 이른 시각에 그레이트 하우스에 모여 함께 아침 식사를 하고 정시에 출발했다. 그러나 네 명의 숙녀를 태운 머스그로브 씨의 사륜마차와 찰스가 웬트워스 대령을 태우고 직접 몰고 간 이륜마차가 라임으로 이어지는 긴 언덕을 내려가 마을의 더 가파른 거리에 들어섰을 때는 이미 정오를 훌쩍 넘긴 뒤였다. 그들에게는 주변을 잠시 둘러볼 시간만 남아 있었고, 날이 어두워지기 전에 일정을 마쳐야 한다는 것이 분명해졌다.

 여관을 잡고 저녁 식사를 주문해 놓은 뒤 그들이 가장 먼저 할 일은 당연히 바닷가로 내려가는 것이었다. 늦가을에 접어든 시기에 여름 휴양지인 라임이 제공할 만한 다양한 볼거리는 기대할 수 없었다. 사교 모임이 열리는 홀은 모두 문을 닫았고 여행객들도 거의 떠나 현지 주민들 이외엔 사람이 거의 없었다. 특별히 감탄을 자아내는 건축물은 없었으나 이곳을 찾는 사람들의 시선을 사로잡은 것은 마을의 빼어난 지형과 바닷가로 이어지는 주요 도로, 그리고 작은 만을 따라 조성된 콥(Cobb) 산책로였다. 여름철이면 탈의용 마차*와 해수욕객들로 활기를 띠는 이곳은 새로 정비

---

* bathing machine, 말이 끄는 바퀴가 달린 목조 구조물로 여성의 노출이 엄격히 제한된 시대에 여성들의 해변 탈의실로 사용되었다.

된 시설이 마을 동쪽으로 길게 뻗은 아름다운 절벽의 오래된 경이로움과 어우러져 이곳을 처음 찾는 이들의 눈을 사로잡았다. 라임의 풍광에서 아무런 감흥을 느끼지 못하는 이가 있다면 그는 정말로 이상한 사람이라고 밖에 할 수 없었다. 라임과 인접한 차머스(Charmouth)에는 높은 구릉지대와 드넓은 들판이 펼쳐져 있었고, 짙은 색의 절벽에 둘러싸인 고요하고 아늑한 작은 만의 모래밭에는 자그마한 바위들이 흩어져 있어 밀물과 썰물을 바라보며 오래도록 사색에 잠기기에 더없이 좋은 곳이었다. 다양한 종류의 나무들이 자라는 업라임(Up Lyme) 마을도 아름다웠는데, 그중에서도 기이한 암석들 사이로 푸른 협곡이 이어지고 흩뿌린 듯 펼쳐진 숲과 비옥한 과수원이 자리한 피니(Pinny)가 특히 인상적이었다. 이곳의 풍경은 아득한 옛날, 처음 절벽이 무너져 내린 뒤 수많은 세대가 지났음을 보여주고 있었다. 이곳의 풍광은 너무나 경이롭고 아름다워 그 유명한 와이트 섬(Isle of Wight)에 견주어도 부족함이 없을 정도였다. 라임의 진가를 알고 싶다면 이곳을 방문하고 또 방문해야 하리라.

여름 이후 비어 있는 적막한 장소들을 지나 계속해서 내려간 일행은 이윽고 바닷가에 다다랐다. 오랜만에 다시 바다를 보게 된 사람이라면 누구나 그러하듯 그들은 한참을 멈춰서 바다를 바라보다가 그들의 목적지이자 웬트워스 대령의 개인적 용무가 있는 콥으로 발걸음을 돌렸다. 그곳의 아주 오래된 방파제 끝자락에 있는 작은 집에 하빌 대령 가족의 거처가 있었다. 웬트워스 대령은 친구를 만나러 그 집이 있는 쪽을 향했고 나머지 일행은 가던 길을 계속해서 걸어갔다. 그는 콥에서 일행에 합류할 예정이었다.

일행의 감탄은 끊임없이 이어졌다. 루이자조차 웬트워스 대령과 잠시 떨어져 있다는 사실을 의식하지 못하는 것처럼 보일 정도였다. 그들 앞에 웬트워스 대령이 다시 나타났을 때 이미 모두가 들어서 알고 있던 세 사람이 그와 나란히 걸어오고 있었다. 하빌 대령 부부와 벤윅 함장이었다.

벤윅 함장은 얼마 전까지 라코니아호에서 중위로 근무했다.* 앞서 라임을 다녀온 후 웬트워스 대령은 그를 가리켜 자신이 매우 높이 평가하는 훌륭한 청년이자 장교라고 열렬히 칭찬한 바가 있었기 때문에 일행 모두는 그에게 특별한 기대를 품고 있었다. 게다가 그의 기구한 개인사는 모든 숙녀에게 비상한 관심을 불러일으켰다. 그는 과거에 하빌 대령의 여동생과 약혼한 사이였으나 이제는 그녀의 죽음을 애도하고 있었다. 두 사람은 그가 진급하고 돈을 모을 때까지 한두 해를 기다렸는데, 마침내 행운이 찾아와 그는 큰 포상금을 받았고 진급도 했다. 그러나 패니 하빌은 살아서 그 소식을 듣지 못하고 그가 아직 바다에 있었던 여름에 세상을 떠났다. 웬트워스 대령은 벤윅 함장이 패니 하빌을 사랑한 것보다 더 깊이 한 여인을 사랑한 남자는 세상에 없을 것이며, 참담하게 변해버린 현실에 그보다 더 괴로워하는 남자도 없으리라 믿었다. 그는 벤윅 함장이 고통을 깊이 감내하는 성격의 소유자라고 생각했다. 또한 조용하고 진지하며 내성적인 기질에 독서와 정적인 활동을 선호하는 사람으로 여기기도 했다. 그에 관한 이야기를 마저 하자면, 하빌 대령 부부와 벤윅 함장의 우정은 패니 하빌의 죽음 이후 더욱 깊어졌고, 벤윅 함장은 이제 그들 부부와 가족처럼 함께 지내고 있었다. 하빌 대령은 자신의 취향과 건강, 재정 상태를 모두 고려하여 바닷가에 있는 저렴한 집을 반년 동안 임차해서 살고 있었다. 라임의 웅장한 풍광과 겨울철의 고요함은 벤윅 함장의 감정 상태와도 어우러

---

* 19세기 영국 사회에서는 해군 장교를 예우하는 의미로 계급과 상관없이 '함장(Captain)'이라고 불러주는 관행이 있었는데, 계급이 중위에 불과한 벤윅 역시 실제로 함선의 지휘관은 아니었을 것이다.

지는 듯했다. 일행은 벤윅 함장에게 큰 연민과 호의를 느꼈다.

하지만 일행이 대령과 그의 지인들에게 다가가는 동안 앤은 속으로 생각했다. '그의 슬픔이 나의 슬픔보다 더 깊지는 않을 거야. 그의 미래가 영원히 시들어 버린 것은 아니니까. 그는 나보다 젊어. 나이로는 그렇지 않을지언정 마음으로는 더 젊고 남자니까 더 젊겠지.* 그는 다시 털고 일어나 누군가를 새로 만나 행복해질 거야.'

그들은 서로 인사를 주고받았다. 하빌 대령은 거뭇한 피부에 키가 큰 편이었으며 지적이면서도 온화한 인상을 풍겼다. 그는 다리를 약간 절었고, 이목구비는 뚜렷하지만 건강 상태가 좋지 않아 웬트워스 대령보다 훨씬 나이가 들어 보였다. 세 사람 중 가장 젊어 보인 벤윅 함장은 실제 나이도 가장 어렸으며 체구도 가장 작았다. 그는 어퍼크로스에서 온 일행이 상상한 대로 호감이 가는 얼굴에 쓸쓸한 분위기를 풍기며 대화에서 한걸음 물러나 있었다.

하빌 대령은 웬트워스 대령만큼 깍듯한 예법을 보이지는 않았으나 꾸밈없고 온화하며 자상한 태도를 지닌 진정한 신사였다. 하빌 부인은 남편의 품위에는 미치지 못해도 따뜻한 마음씨는 남편과 다르지 않아 보였다. 그들은 웬트워스 대령의 벗들이라는 이유만으로 일행을 자신들의 친구처럼 환대했고 일행에게 저녁 식사를 함께하자고 간청하기도 했다. 그들은 여관에 이미 저녁 식사를 주문해 놓았다며 사양하는 일행의 뜻을 마지못해 받아들이면서도, 웬트워스 대령이 일행과 함께 라임에 오면서 자신들의 집에서 식사하는 것을 당연하게 생각하지 않았다는 사실에 섭섭해하

---

* 19세기 초 영국 사회에서 남성과 여성은 결혼 적령기가 달랐는데, 여성은 일반적으로 20대 초반에 결혼했으나 경제적으로 자립할 시간이 필요했던 남성은 30대에 결혼하는 일이 흔했다.

는 것 같았다.
　이 모든 일에는 웬트워스 대령에 대한 깊은 애정이 담겨 있었고, 이처럼 흔치 않은 환대는 의례적으로 주고받는 초대나 격식을 갖춘 과시적인 만찬과는 전혀 다른 매력을 지니고 있었다. 앤은 자신이 웬트워스 대령의 동료 장교들과 친해진다 한들 기분이 나아지지 않을 것임을 알았다. '이 사람들은 진작에 나의 지인이 될 수도 있었어'라는 생각을 떨칠 수 없었기 때문이다. 그녀는 점점 우울해지는 기분을 떨치기 위해 애써야 했다.
　일행은 콥 산책로에서 벗어나 하빌 대령의 집으로 향했다. 집에 들어선 일행은 방들이 너무 좁아서 진심으로 손님을 환대하는 사람만이 이렇게 많은 이를 초대하려 했겠다고 생각했다. 앤 역시 처음에는 잠시 놀랐으나, 하빌 대령이 제한된 공간을 최대한 활용하기 위해 고안한 기발한 장치들과 세심하게 배치된 가구들, 다가오는 겨울 폭풍으로부터 창문과 문을 보호하기 위한 세밀한 대비책들을 바라보며 유쾌한 기분이 들었다. 실내에 놓인 다양한 물건들도 눈에 들어왔다. 희귀한 원목으로 정교하게 만든 몇 점의 가구와 하빌 대령이 먼 나라들에서 가져온 귀하고 값진 물건들이 별 생각 없이 놓인 평범한 생필품들과 대조를 이루며 여기저기에 자리하고 있었다. 이 모든 것은 앤에게 단순한 볼거리 이상의 의미가 있는 것으로 여겨졌다. 그것들은 하빌 대령의 직업과 연결되어 있었고 그가 기울인 노동의 결실이었으며 그의 습관에 미친 직업적 영향이자 가정의 안식과 행복을 보여주는 그림과도 같았다. 그것은 앤에게 넘치지도 부족하지도 않은 만족감을 안겨 주었다.
　하빌 대령은 독서를 즐기는 사람이 아니었지만 예쁜 선반을 직접 만들어 벤윅 함장이 소장한 책들을 가지런히 꽂아 두었다. 그는 다리를 저는 탓에 몸을 많이 움직일 수 없으나 유용성과 창의성을 겸비한 그의 정신은 그에게 일거리를 끊임없이 제공해주는 것 같았다. 그는 도안을 그렸고 광택을 냈으며 나무를 자르고 접착제를 발랐다. 아이들을 위해 장난감을 만들었고 뜨개질용 바늘과 핀을 편리하게 개량했으며 다른 일을 모두 마치면 방 한쪽 구석에 앉아 커다란 어망을 손질했다.

앤은 그 집을 나서면서 커다란 행복을 맛본 느낌이었다. 그녀와 걸음을 나란히 한 루이자도 해군 장교의 친절과 우애, 솔직함과 반듯함에 매료되어 그들에 대한 존경과 기쁨을 감추지 못했다. 그녀는 영국에서 가장 고귀하고 따뜻한 마음을 지닌 이들은 해군 장교들이라며, 그들만이 진정한 삶을 알고 그들만이 존경과 사랑을 받을 자격이 있다고 목소리를 높였다.

그들은 숙소로 돌아가 옷을 갈아입고 저녁 식사를 했다. 여행이 기대 이상이라는 점은 분명했다. 여관 주인은 '휴가철이 끝나고 다니는 사람도 없어서 손님이 올 거라고는 생각도 못 했다'며 연신 사과했지만, 일행에게는 부족하거나 흠잡을 것이 전혀 없었다.

이제 앤은 애초에 걱정했던 것과는 달리 웬트워스 대령과 함께하는 자리에서 자신이 무덤덤해졌음을 깨달았다. 그와 같은 식탁에 앉아 의례적인 대화를 주고받는 것도 (그 이상의 대화는 없었으므로) 아무렇지 않게 느껴졌다.

날이 어두워져 다른 숙녀들을 만날 수는 없었으나 하빌 대령은 저녁에 들르겠다는 약속을 지켰다. 그런데 그의 벗이 동행한 것은 의외였다. 모두가 벤윅 함장이 낯선 사람들 틈에서 불편해하는 것 같다고 느꼈기 때문이다. 그러나 그는 들뜬 여행객들과 어울릴 감정 상태가 아니었음에도 용기를 내서 그들을 찾아왔다.

방 한쪽에서 웬트워스 대령과 하빌 대령이 대화를 주도하며 예전의 온갖 흥미로운 일화로 신사들을 즐겁게 해주는 동안 앤은 벤윅 함장과 조금 떨어진 자리에 앉아 있었다. 그녀의 본성에서 우러나온 따뜻한 마음이 그녀로 하여금 먼저 그에게 말을 건네게 했다. 그는 수줍음이 많고 곧잘 혼자만의 생각에 빠지는 사람이었지만, 앤의 온화한 표정과 부드러운 태도는 그에게도 금세 효과가 있었다. 처음에 기울인 약간의 노력만으로 그녀는 충분한 보상을 받았다. 주로 시 문학에 한정되어 있기는 했으나 벤윅 함장은 독서를 상당히 좋아하는 사람이었다. 앤은 그와 대화하는 과정에서, 아마도 그의 동료들이 평소에 전혀 관심을 두지 않았을 법한 주제에 대해 비록 하룻저녁에 불과할지언정 그에게 마음껏 이야기할 기회를 주었다는 확신을 얻었고, 아울러 슬픔을 이겨내야 할 이유와 그로 인해 얻게 될 이점을 이야기하며 그에게 실질적인 도움을 줄 수도 있겠다는 희망을 품었다. 그는 수줍음은 많았으나 속마음을 걸어 잠근 것 같지는 않았고, 오히려 평소에 억눌러 온 감정을 쏟아내며 기뻐하는 모습이었다. 그는 시에 대해, 그리고 당대 시 문학의 풍요로움에 관해 이야기했고 최고의 시인으로 꼽히는 이들을 간략하게 비교하기도 했다. 그는 「마미온(Marmion)」과 「호수의 여인(The Lady of the Lake)」 중 어느 작품이 우월한지, 「이단자(Giaour)」와 「아비도스의 신부(The Bride of Abydos)」를 어떻게 평가해야 할지, 그리고 'Giaour'를 어떻게 발음해야 할지 따져보기도 했다. 그는 월터 스콧의 감미로운 시어와 바이런의 절망과 고통에 대한 묘사에 정통해 있었고, 마치 자신의 고통을 이해해달라는 듯 절망과 불행에 파괴되는 정신을 그린 여러 시구절을 전율하듯 읊었다. 그의 모습을 지켜본 앤은 그가 줄곧 시만 읽지 않았으면 하는 마음에, 시의 불행은 그것을 온전히 즐기는 이들에게는 좀처럼 안전하게 향유되지 않는다는 데 있으며 진정한 시의 평가에는 강렬한 감정이 꼭 필요하나 그렇기에 더더욱 그러한 감정을 절제하며 시를 음미할 필요가 있다고 그에게 말했다.

자신의 상황을 빗댄 말임에도 그는 고통스러워하기는커녕 오히려 그것을 반기는 듯했다. 이에 그녀는 용기를 얻어 말을 이어갔다. 정신적 연장자로서 스스로 자격이 있다고 생각하며, 그녀는 그에게 독서에서 산문의 비중을 늘릴 것을 권했다. 좀 더 자세히 설명해 달라는 그의 요청에 그녀는 머릿속에 떠오르는 대로 정신을 일깨우고 단단하게 해줄 가장 숭고한 교훈과 가장 강력한 도덕적, 종교적 인내의 본보기를 담은 당대 최고 사상가들의 작품과 서간집 그리고 존경할 만한 인물들의 회고록을 추천했다.

벤윅 함장은 그녀의 말을 경청했다. 그리고 자신에 대한 그녀의 관심에 고마워하는 듯했다. 어떤 책도 자신이 겪는 슬픔에 도움이 되지 않으리라는 생각에 고개를 젓고 한숨을 쉬면서도, 그는 그녀가 추천한 책들의 제목을 적고 꼭 구해서 읽겠다는 약속도 남겼다.

대화를 마친 뒤 앤은 자신이 어쩌다 라임까지 와서 처음 만난 남자에게 인내와 체념을 설파하게 되었는지 웃음이 절로 나왔다. 그러나 좀 더 진지하게 성찰했을 때 그녀는 많은 위대한 도덕가와 설교자들이 그랬듯 스스로 돌아보면 감히 말할 수 없는 주제에 대해 말만 번지르르하게 한 것은 아닌가 하는 두려움을 떨칠 수 없었다.

12

 다음 날 아침, 일행 중 가장 먼저 일어난 앤과 헨리에타는 아침 식사 전에 바닷가를 걷기로 했다. 그들은 해변으로 걸어가 드넓은 모래톱으로 잔잔한 파도가 약한 남동풍에 밀려오는 광경을 바라보았다. 그들은 아침 바다의 풍경에 감탄했고 산들바람이 실어다 주는 상쾌함을 한참 동안 말없이 만끽했다. 그러다 헨리에타가 먼저 입을 열었다.
 "아, 예외적인 경우도 있겠지만 바닷바람은 항상 건강에 도움이 되는 것 같아요. 셜리 박사님도 지난해 봄에 편찮으셨다가 바다 공기를 쐬시면서 좋아지신 게 틀림없거든요. 라임에서 보낸 한 달이 그때까지 복용한 모든 약보다 효과가 더 좋았고 바닷가에 나오면 젊어지는 기분이 든다고 직접 말씀하시기도 했어요. 그래서 저는 그분이 바닷가에 완전히 정착하지 않으시는 게 정말 안타까워요. 어퍼크로스를 떠나 아예 라임에서 사시는 게 좋을 것 같거든요. 그렇지 않아요? 그렇게 하시는 게 본인이나 사모님 두 분 모두를 위해 좋잖아요? 이쪽에 사모님의 사촌들도 있고 다른 지인들도 많아서 심심하지 않으실 테고, 혹시라도 박사님이 발작을 다시 일으키면 의사가 가까운 곳에 있으니 얼마나 안심이 되겠어요. 셜리 박사님 내외분처럼 평생 헌신하신 분들이 어퍼크로스 같은 곳에서 여생을 보내셔야 한다고 생각하면 정말 가슴이 아파요. 우리 가족을 제외하면 교류하는 사람들도 전혀 없는 곳에서 말이죠. 이럴 때 아는 분들이 나서서 설득을 좀 해주셨으면 좋겠어요. 정말 그래야 해요. 목사직을 내려놓으시는 문제에 관해서라면 워낙 연로하시기도 하고 인품도 출중하셔서 대교구의 승인을 받는 데 별 어려움이 없을 거예요. 단 하나 걱정되는 것은 본인이 교구를 떠날 생각이 있느냐는 거죠. 워낙 철저하고 꼼꼼한 분이시잖아요. 너무 꼼꼼해서서 탈이죠. 앤 양도 그렇게 생각하지 않으세요? 다른 사람이 충분히 대신할 수 있는 직분을 자신의 건강을 해치면서까지 감당한다는 것은 올바른 도의적 책임감이라고 할 수 없는 거잖아요? 그리고 설령 어떤 문제가 생긴다고 해도 거리가 17마일에 불과한 라임에서는 다 전해 들을 수도 있고요."

이 말을 듣는 동안 여러 차례 미소를 지을 수밖에 없었던 앤은 전날 한 청년에게 그랬듯이 이제 한 숙녀의 마음을 헤아리고자 노력했다. 다만 이번에는 낮은 차원의 선의라고밖에 할 수 없었으니, 형식적인 동의를 표하는 것 말고는 할 수 있는 게 없었다. 그 문제에 대해 그녀는 상식선에서 적절한 의견을 밝혔고 셜리 박사가 쉬어야 한다는 주장에 공감해주었으며 그를 대신해 활력 있고 신망 있는 젊은 부목사가 상주하는 것이 바람직하다는 데에도 동의했다. 나아가 그 부목사가 기혼자라면 더 좋을 거라고 흘리듯 말하는 배려도 잊지 않았다.

"러셀 부인이," 앤의 반응에 기분이 좋아진 헨리에타가 말했다. "어퍼크로스에 사셨다면, 그래서 셜리 박사와 친분이 있었다면 정말 좋았을 거예요. 러셀 부인의 영향력이 미치지 않는 사람이 없다고 들었거든요. 그분이라면 설득하지 못할 사람이 없었을 거예요. 저는 그분이 좀 어렵긴 해요. 전에 한번 말씀드렸다시피 그분이 너무 똑똑하셔서 다가가기가 어렵더라고요. 하지만 저는 러셀 부인을 진짜 존경하고 어퍼크로스에도 그런 분이 계셨으면 좋겠다고 늘 생각해요."

앤은 헨리에타가 감사를 표하는 방식이 재미있게 느껴졌다. 아울러 이런저런 일들이 벌어지고 헨리에타의 생각이 바뀐 뒤 머스그로브 집안이 러셀 부인을 호의적으로 바라보게 되었다는 사실도 흥미롭기만 했다. 그런데 그녀는 어퍼크로스에 그런 분이 계셨으면 정말 좋겠다고 대답을 얼버무리며 대화를 마칠 수밖에 없었다. 루이자와 웬트워스 대령이 그들 쪽으로 다가오는 모습이 보였기 때문이다. 그들 역시 아침 식사가 준비되는 동안 가벼운 산책에 나선 것 같았다. 그런데 갑자기 루이자가 가게에서 사야 할 물건이 있다며 마을로 돌아가자고 했고 모두 순순히 그녀의 뜻에 따랐다.

그들이 해변에서 위쪽으로 올라가는 계단에 이르렀을 때 마침 계단을 내려오려던 한 신사가 정중한 태도로 뒤로 물러서며 그들이 먼저 계단을 오르도록 했다. 앤과 일행이 계단을 올라 그 신사를 지나쳤을 때 그의 시선이 앤의 얼굴에 꽂혔다. 그는 진심으로 찬탄 어린 눈길로 그녀를 바라보았고 그녀 역시 이를 알아차리지 않을 수 없었다. 바닷바람이 그녀의 얼굴을 어루만지며 되살린 혈색과 생기 넘치는 눈빛으로 인해 그녀는 어느 때보다 젊고 아름다워 보였다. 완벽하게 신사다운 태도를 지닌 그는 그녀에게 매료된 것이 분명했다. 그 신사의 눈빛을 알아챈 듯 웬트워스 대령도 곧바로 앤을 돌아보았다. 그의 시선이 앤에게 머문 것은 찰나에 불과했으나 반짝이는 그의 시선은 마치 '저 남자가 당신에게 한눈에 반했군요. 이 순간, 나 역시 앤 엘리엇다운 무엇인가를 다시 보는 느낌입니다'라고 말하는 것 같았다.

루이자가 들른 가게에 동행한 일행은 거리를 조금 더 걷다가 여관으로 돌아왔다. 잠시 후 방에서 나와 서둘러 식당으로 향하던 앤은 마침 옆방에서 나오던 바로 그 신사와 거의 부딪칠 뻔했다. 그녀는 이미 그 역시 다른 지역에서 온 여행객이며 여관 밖에서 마주친 말쑥한 마부가 그의 하인이 아닐까 추측하고 있었다. 주인과 하인 모두 상복 차림이라는 사실이 그녀의 추측을 뒷받침해 주었다. 이제 그가 그녀의 일행과 같은 여관에 묵고 있다는 사실이 확인되었고 비록 짧은 순간이었지만 이 두 번째 조우에서도 그가 그녀의 사랑스러운 외모에 반했음은 그의 표정에서 분명히 드러났다. 또한 부딪칠 뻔한 순간 즉시 물러나 사과하는 그의 모습에서 예법이 몸에 밴 신사라는 사실도 증명되었다. 그는 서른 안팎으로 보였고 비록 잘생겼다고 할 수는 없으나 호감을 주는 인상을 지니고 있었다. 앤은 그가 어떤 사람인지 궁금해졌다.

아침 식사가 거의 끝날 무렵 밖에서 들리는 마차 소리에 (라임에 온 뒤 거의 처음 듣는 마차 소리였으므로) 일행의 절반이 창가로 몰려가 밖을 내다보며 이야기를 주고받았다. 창밖으로 신사가 타는 이륜 쌍두마차가 마구간 쪽에서 정문을 향해 움직이고 있었다. 상복 차림의 하인이 마차를 몰고 있었고, 이는 누군가가 떠난다는 뜻이었다.

'쌍두마차'라는 말에 찰스 머스그로브가 자신의 마차와 비교해 볼 양으로 자리를 박차고 일어났고, '상복 차림의 하인'이라는 말에 앤도 호기심이 발동하면서 결국 일행 모두가 창가에 모여들었다. 마차의 주인은 여관 주인과 종업원의 배웅을 받으며 마차에 올라 출발했다.

"아!" 웬트워스 대령이 앤을 힐끗 보며 소리쳤다. "아까 마주쳤던 그 신사분이시군요."

머스그로브 자매도 그런 것 같다고 말했고 일행 모두는 언덕을 오르는 마차가 시야에서 사라질 때까지 지켜보다가 식탁으로 돌아왔다. 잠시 후 식당 종업원이 들어왔다.

"실례지만," 웬트워스 대령이 말했다. "방금 떠난 신사분의 이름을 알 수 있을까요?"

"그럼요, 엘리엇 씨라는 분입니다. 어젯밤 시드머스에서 오신 부유한 신사분이시죠. 식사하시면서 마차 소리를 들으셨겠습니다만, 엘리엇 씨는 크루컨으로 출발하셨고 바스를 거쳐 런던까지 가신다고 들었습니다."

"엘리엇?" 종업원의 말이 끝나기도 전에 일행은 서로를 바라보며 그 이름을 중얼거렸다.

"세상에!" 메리가 소리쳤다. "우리 친척이에요. 우리가 아는 그 엘리엇 씨라고요. 여보, 언니, 내 말이 맞지? 엘리엇 씨가 지금 상중일 텐데, 상복도 입었잖아요. 우리와 같은 여관에 있었다니! 언니, 우리 친척 엘리엇 씨가 맞잖아? 아버지의 법정 상속인 말이야." 그러고는 종업원을 향해 말했다. "혹시 그 신사분의 하인이 켈린치 가문 얘기는 안 하던가요?"

"그런 얘기는 못 들었습니다만, 그 신사분께서 대단히 부유하고 장차 준남작 작위를 물려받을 거라는 얘기는 하더군요."

"거봐요! 내 말이 맞죠?" 메리가 신이 나서 외쳤다. "내가 말한 대로잖아요, 월터 엘리엇 경의 상속자라고. 그 말이 나올 줄 알았다니까요. 그분의 하인이라면 어딜 가더라도 떠들 만한 얘기니까요. 언니, 그래도 정말 신기하잖아? 그분을 좀 더 자세히 볼 걸 그랬어. 누군지 진즉에 알았더라면 인사라도 나눴을 텐데. 인사를 못 한 게 정말 아쉽네. 이목구비에 엘리엇 가문 사람들의 특징이 있었어? 난 못 봤어. 마차를 보느라 말이야. 그래도 어딘가 엘리엇 가문 사람처럼 생긴 것 같았어. 문장(紋章)이 눈에 띄지 않은 게 좀 이상해. 아, 외투가 그 위에 걸쳐져 있어서 안 보였나 보다. 그럼 그렇지, 내가 그걸 못 알아봤을 리 없어. 하인의 복장도 그래. 상복 차림이 아니었다면 어느 집안 하인인지 바로 알아차렸을 거야."

"이 모든 놀라운 상황을 종합해 볼 때," 웬트워스 대령이 말했다. "당신이 그 친척분과 인사를 나누지 못한 건 신의 섭리라고밖에 할 수 없군요."

앤은 메리를 집중하게 한 뒤, 여러 해 동안 아버지와 엘리엇 씨의 관계가 그런 인사를 주고받을 만큼 좋지는 않았음을 차분히 이해시키려 했다.

그러나 한편으로는 장차 켈린치 홀의 주인이 될 사람이 의심의 여지가 없는 신사이며 분별력이 있어 보인다는 사실에 그녀는 속으로 안도했다. 그녀는 그와 두 번째로 복도에서 마주쳤다는 사실을 누구에게도 말하지 않을 생각이었다. 다행히 메리는 아침에 해변에서 그를 스쳐 지나간 일에는 그다지 신경을 쓰지 않는 눈치였다. 만일 앤이 복도에서 그와 마주쳤고 그로부터 정중한 사과까지 받았다는 사실을 알았다면 메리는 자신은 그의 근처에도 가보지 못했다며 몹시 억울해했을 것이다. 그런 일이 없도록 그와 복도에서 주고받은 짧은 대화는 완벽한 비밀로 남겨져야 했다.

"물론," 메리가 말했다. "언니가 다음에 바스로 편지를 보낼 때는 우리가 엘리엇 씨를 만났다는 얘기를 꼭 써야 해. 아버지도 분명히 아셔야 하는 일이니까. 오늘 있었던 일을 전부 다 말씀드려."

앤은 즉답을 피했으나 이 일은 전할 필요가 없을 뿐만 아니라 오히려 숨겨야 할 일이라고 생각했다. 그녀는 오래전 아버지가 엘리엇 씨로부터 모욕을 당했다는 사실을 알고 있었고 그 일에 엘리자베스가 어떤 식으로든 관련되어 있으며 아버지와 언니 모두 그에 관한 언급을 불편하게 여긴다는 사실 또한 잘 알고 있었다. 메리는 바스에 편지를 쓰는 법이 없었고, 답장을 오래 기다려야 하는 편지를 엘리자베스에게 보내는 수고는 언제나 앤의 몫이었다.

아침 식사를 마치고 얼마 지나지 않아 하빌 대령 부부와 벤윅 함장이 마지막 산책을 함께 하기로 한 약속을 지키기 위해 찾아왔다. 일행은 오후 1시에 어퍼크로스로 출발할 예정이었으므로 모두가 그때까지 밖에서 시간을 함께 보내기로 했다.

그들이 거리에 나서자마자 앤은 벤윅 함장이 자신의 곁으로 다가오는 것을 느꼈다. 전날 저녁의 대화가 싫지 않았는지 그는 그녀와 다시 이야기를 나누고 싶어 하는 것 같았다. 두 사람은 나란히 걸으며 전날과 마찬가지로 스콧과 바이런 경에 관해 이야기했다. 하지만 두 명의 독자가 만나면 으레 그러하듯 그들은 두 시인의 문학적 가치에 완전히 같은 견해를 가질 수 없었다. 그러던 중 어찌하다 보니 일행 대부분이 자리를 바꿔 걷게 되었고 앤의 곁에도 벤워 함장 대신 하빌 대령이 걷게 되었다.

"엘리엇 양," 하빌 대령이 목소리를 조금 낮추며 말했다. "저 딱한 친구의 입을 열어서 저렇게 말을 많이 하게 해주셨으니 정말 큰일을 하신 겁니다. 엘리엇 양 같은 말벗을 더 자주 만날 수 있다면 얼마나 좋을까요. 저렇게 마음을 닫고 지내는 게 좋을 리 없다는 걸 저도 알지만, 우리가 할 수 있는 게 없습니다. 그렇다고 혼자 내버려 둘 수는 없고요."

"그렇죠." 앤이 말했다. "충분히 이해합니다. 하지만 때가 있겠죠. 시간이 모든 상처를 아물게 해주잖아요. 다만 하빌 대령님, 젊은 친구분의 애도가 아직 끝나지 않았다는 것을 기억하셨으면 합니다. 작년 여름이었다고 들었어요."

"그래요. 옳은 말씀이십니다." 그가 깊은 한숨을 내쉬며 말했다. "6월이었죠."

"저분께는 그 소식이 제때 전해지지 않았겠군요."

"네, 저 친구는 8월 첫 주에야 알았습니다. 당시 희망봉에서 돌아오자마자 그래플러호로 배속되었는데 그 함선이 곧바로 포츠머스로 출항 명령을 받았거든요. 저는 플리머스에서 이미 그 소식을 알고 있었기 때문에 혹시라도 저 친구가 아무것도 모르고 보내는 편지를 받게 될까 봐 두렵기까지 했습니다. 알리기는 해야겠는데 누가 그런 소식을 전할 수 있었겠습니까? 차라리 돛대에 매달리는 편이 낫지, 저는 할 수 없었습니다." 그가 웬트워스 대령을 가리키며 말을 이었다. "그 일을 맡아줄 사람은 저 듬직한 친구밖에 없었습니다. 라코니아호는 바로 전주에 플리머스에 입항했으니 곧바로 다시 출항할 일은 없었죠. 그는 일단 행동에 나섰고 나머지는 운에 맡겼습니다. 휴가를 신청한 뒤 상부의 승인도 기다리지 않고 그 먼 길을 밤낮없이 달려 포츠머스에 도착한 다음 항구에서 다시 보트를 타고 그래플러호가 정박한 곳까지 가서 그때부터 꼬박 일주일 동안 저 딱한 친구 곁을 지켰습니다. 웬트워스 대령이 아니었다면 누구도 저 불쌍한 제임스를 구해내지 못했을 겁니다. 엘리엇 양, 이제 그가 우리에게 얼마나 소중한 친구인지 아시겠죠?"

앤은 그 질문에 확실히 대답할 수 있었다. 하지만 감정이 복받친 듯한 하빌 대령을 보면서 그녀 자신의 감정이 허용하는 만큼만, 그리고 상대의 감정이 감당할 수 있어 보이는 만큼만 대답했다. 다시 입을 연 그는 화제를 완전히 돌렸다.

일행이 조금 더 걸었을 때 하빌 부인이 그쯤에서 집으로 돌아가면 남편으로서는 충분한 거리를 걸은 셈이라는 의견을 내놓았고, 그에 따라 자연스럽게 일행의 마지막 산책길이 정해졌다. 그들은 하빌 대령 부부의 집까지 동행해서 작별 인사를 나눈 뒤 다시 여관으로 돌아가 어퍼크로스를 향해 출발하기로 했다. 계산대로라면 시간도 딱 맞았다. 하지만 콥 근처에 이르러서 일행 모두 그 길을 한 번 더 걷고 싶었고 이때 루이자가 15분 정도 늦어지는 것은 아무것도 아니라며 일행의 결정을 이끌었다. 일행은 하빌 대령의 집 앞에서 그들 부부와 이런저런 초대와 약속을 주고받으며 작별 인사를 했다. 벤윅 함장은 일행과 헤어지는 게 아쉬웠는지 콥을 한 번 더 둘러보는 마지막 산책길까지 동행하기로 했다.

앤은 벤윅 함장이 자신의 곁으로 다시 다가오는 것을 느꼈다. 눈 앞에 펼쳐지는 풍경에서 바이런 경이 묘사한 '검푸른 바다'가 떠오른 것은 자연스러운 일이었고 앤은 기꺼이 그의 말에 집중했다. 하지만 잠시 후 그녀의 주의는 다른 데로 향할 수밖에 없었다.

높은 쪽에 새로 만들어진 콥의 산책로는 거센 바람 때문에 숙녀들이 걷기에 불편했으므로 일행은 계단 아래로 내려가 걷기로 했다. 일행은 가파른 계단을 조심스럽게 내려갔다. 하지만 루이자는 아니었다. 그녀는 웬트워스 대령이 내미는 손을 잡고 계단에서 풀쩍 뛰어내려야만 했다. 그동안에도 그녀는 스타일을 넘을 때마다 뛰어내리며 그에게 안겼고 그 순간의 짜릿함을 즐겼다. 이번에는 딱딱한 돌바닥이 마음에 걸려 웬트워스 대령은 썩 내키지 않았음에도 결국 그녀가 원하는 대로 해주었다. 그녀는 안전하게 뛰어내렸고 그것이 얼마나 재미있는지 보여주려는 듯 다시 계단을 뛰어 올라가 한 번 더 뛰어내리려 했다. 그는 만류했다. 몸에 전달되는 충격이 너무 크다며 차분히 설명하고 설득했으나 그녀는 막무가내였다. 그녀는 미소를 지으며 말했다. "난 할 거라고요." 웬트워스 대령은 재빨리 손을 뻗었다. 하지만 그녀가 반 박자 빨랐다. 그녀는 아래쪽 산책길의 바닥에 그대로 떨어져 움직이지 않았다. 상처도, 피도, 눈에 띄는 타박상도 없었으나 그녀의 눈은 감겨 있었고 숨소리도 들리지 않았다. 그녀의 얼굴은 죽은 듯 창백했다. 이를 지켜보며 서 있는 모든 이가 공포에 질렸다.

축 늘어진 그녀의 몸을 일으켜 안은 웬트워스 대령은 무릎을 꿇은 채 그녀만큼이나 창백한 얼굴로 내려다볼 뿐 고통 속에 아무 말도 하지 못하고 있었다. "죽었어요! 루이자가 죽었어요!" 메리가 남편을 붙들며 비명을 질렀고 찰스 역시 공포에 휩싸여 그 자리에 얼어붙었다. 그 순간 헨리에타도 동생이 죽었다는 생각에 정신을 잃었다. 벤윅 함장과 앤이 양쪽에서 붙잡지 않았더라면 그녀도 계단 아래로 구를 뻔했다.

"누가 좀 도와주십시오!" 웬트워스 대령의 입에서 절박한 외침이 터져 나왔다.

"어서 가세요. 가서 도와 드리세요." 앤이 소리쳤다. "헨리에타는 저 혼자 부축할 수 있으니까 어서 가세요. 루이자의 손을 주무르고 관자놀이도 주물러 주세요. 여기 후염*도 가지고 가세요."

벤윅 함장은 즉시 앤의 말에 따랐다. 찰스도 아내의 손을 뿌리치고 달려갔다. 이제 루이자는 좀 더 안정적으로 두 사람의 부축을 받았고 앤이 지시한 모든 조치가 이루어졌으나 상황은 나아지지 않았다. 웬트워스 대령은 벽에 몸을 기대어 겨우 중심을 잡으며 절망에 찬 목소리로 외쳤다.

"오, 하느님! 루이자의 부모님께 이 일을 어떻게 …"

"의사를 불러요!" 앤이 외쳤다.

그 말에 정신이 번쩍 든 듯 그가 말했다. "그래요, 당장 의사를," 그러면서 뛰어가려는 그를 앤이 제지했다.

"벤윅 함장님이 가시는 게 낫겠어요. 의사를 부르러 어디로 가야 할지 아시잖아요."

정신을 차리고 있는 이들은 모두 그녀의 말이 타당하다고 판단했다. 곧바로 (이 모든 일이 눈 깜짝할 사이에 벌어졌다) 벤윅 함장은 시체처럼 늘어져 있는 숙녀를 그녀의 오빠에게 맡겨두고 황급히 마을로 달려갔다.

남겨진 사람들은 참담한 심경이었다. 이 가운데 온전히 정신을 차리고 있는 웬트워스 대령, 앤 그리고 찰스, 이 세 사람 중 누가 가장 큰 고통에 빠져 있는지 가늠할 수 없었다. 여동생들에게 더없이 다정했던 찰스는 비

---

* salts, 식용 소금이 아닌 암모니아 성분이 포함된 휘발성 물질로 19세기 영국에서는 이를 작은 병에 담아 휴대하면서 현기증이 나거나 졸도한 경우에 사용했다.

통하게 흐느끼며 루이자를 내려다보았고 그 와중에 기절해 있는 다른 여동생도 돌보았으나 옆에서 미친 듯이 울부짖으며 도와달라고 하는 아내 메리를 살필 겨를은 없었다.

앤은 본능적으로 움직이며 온 힘과 열의와 판단력을 동원해 의식을 잃은 헨리에타를 보살피는 한편 틈틈이 메리를 달래고 찰스에게 기운을 북돋우며 웬트워스 대령의 감정을 진정시키려 노력했다. 찰스와 웬트워스 대령은 그녀의 지시를 기다리는 것 같았다.

"다음엔 뭘 해야 하죠? 뭘 할까요?" 찰스가 외쳤다.

웬트워스 대령의 시선도 그녀에게 고정되어 있었다.

"루이자를 여관으로 옮기는 게 좋지 않을까요? 그게 좋겠어요. 조심스럽게 여관으로 옮기도록 해요."

"그래요, 여관으로 옮기죠." 웬트워스 대령은 조금 전보다 침착해졌고 뭐든 절박하게 해 보려 했다. "제가 옮기겠습니다. 머스그로브, 남은 일행을 챙겨 주십시오."

그사이 주위에 일꾼들과 뱃사람들이 모여들었다. 그들은 필요하다면 도움을 제공할 생각이었으나 그보다는 목숨을 잃은 젊은 숙녀를 보려는 목적이 더 컸다. 그런데 처음 들은 것과 달리 사망한 아가씨가 두 명인 듯해서 구경거리는 두 배가 되었다. 이 선량한 사람들 가운데 인상이 좋아 보이는 몇몇 사람에게 헨리에타를 부축하는 일이 맡겨졌다. 헨리에타는 정신이 조금 돌아온 듯했으나 여전히 몸을 가누지 못하고 있었다. 앤이 그 곁을 지키며 따라갔고 찰스는 아내를 부축하며 그들의 뒤를 따라갔다. 그들은 조금 전만 해도 가벼운 발걸음으로 지나왔던 그 길을 이제는 형언할 수 없는 심정으로 되돌아가고 있었다.

그들은 콥을 채 벗어나기도 전에 하빌 대령 부부와 마주쳤다. 뭔가 잘못되었음을 한눈에 알아볼 수 있는 표정으로 벤윅 함장이 집 앞을 뛰어서 지나가는 모습을 보고는 주변의 행인들에게 물어가며 현장으로 달려온 것이었다. 하빌 대령은 큰 충격을 받았으나 정신을 바짝 차리고 아내와 눈빛을 교환하며 무엇을 해야 할지 신속하게 판단했다. 그들은 루이자를 그들의 집으로 옮긴 뒤 그곳에서 의사의 왕진을 기다리자고 했다. 그들은 이견을 허락하지 않았고 자신들의 판단을 무조건 따르도록 했다. 일행은 모두 그들의 집으로 향했다. 집에 도착하자마자 루이자는 하빌 부인의 지시에 따라 2층으로 옮겨져 침대에 뉘어졌고 그러는 동안 하빌 대령은 일행 중 도움이 필요한 이들에게 따뜻한 차를 제공했다.

루이자는 한 차례 눈을 떴다가 이내 다시 감았다. 그녀의 의식이 또렷이 돌아오지는 않았으나 그래도 숨이 붙어 있다는 신호에 언니 헨리에타는 크게 안도했다. 헨리에타는 아직 루이자가 있는 방에 들어갈 수 있을 정도로 회복되지는 않았으나 희망과 두려움이 교차하는 흥분 상태 덕분에 다시 정신을 잃지 않을 수 있었다. 메리 역시 차츰 안정을 되찾았다.

의사는 믿기 어려울 정도로 일찍 도착했다. 루이자가 진찰을 받는 동안 일행은 두려움에 떨었다. 하지만 의사의 진단은 비관적이지 않았다. 머리에 입은 타박상이 심하기는 해도 그는 더 심각한 부상에서도 회복되는 사례들을 보았다고 했다. 그는 환자의 상태가 결코 비관적이지 않다며 밝은 표정을 지었다.

의사가 환자의 상태를 절망적으로 보지 않았다는 것, 그리고 몇 시간 버티지 못할 거라는 진단이 내려지지 않았다는 것은 일행 대부분이 바라던 그 이상이었다. 그들은 들뜬 목소리로 신에게 감사를 올린 뒤 형 집행의 중지를 통보받은 듯한 황홀감과 기쁨을 마음 깊이 만끽했다.

"하느님, 감사합니다!" 웬트워스 대령이 이 말을 했을 때 그 표정과 어조를 앤은 절대로 잊을 수 없으리라 확신했다. 그의 다음 모습들도 마찬가지였다. 그는 팔짱을 낀 채 탁자 옆에 앉아 형언할 수 없는 감정에 압도당한 듯 얼굴을 깊게 묻고 있었다. 그 모습은 마치 기도와 묵상으로 그 어지러운 감정들을 가라앉히려는 몸부림처럼 보였다.

루이자의 팔다리는 멀쩡했다. 다친 부위는 머리뿐이었다.

이제 일행은 그들이 처한 상황에서 할 수 있는 일이 무엇인지 따져보아야 했다. 이제야 그들은 이야기를 나누고 의논할 수 있게 되었다. 일행은 하빌 대령 부부에게 그토록 무거운 부담을 안기는 것이 너무나 미안하고 안타까웠으나 루이자를 그곳에 남겨두어야 한다는 사실에는 의문의 여지가 없었다. 그녀를 이송하는 것은 불가능했다. 하빌 대령 부부는 일행의 망설임을 단호히 거부했고 감사의 인사마저 하지 못하게 했다. 그들은 상황을 예측하며 다른 사람들은 생각조차 하기 전에 모든 준비를 마쳐 두었다. 벤윅 함장이 자신의 방을 내주고 잠을 잘 곳을 구하면 모든 문제가 정리되는 것이었다. 하빌 부부가 유일하게 안타까워한 것은 다른 사람들이 머물 공간이 없다는 것이었다. 그들은 두세 명이 더 머물 공간을 어떻게든 마련하기 위해 "아이들을 보모의 방으로 보내거나 어딘가에 간이침대를 놓을" 생각까지 했다. 루이자의 간호를 전적으로 하빌 부인에게 맡기는 일에 대해서는 전혀 걱정할 필요가 없었다. 하빌 부인은 남편의 부상을 돌본 경험이 있었고 그녀와 오랫동안 같이 지낸 보모 역시 환자를 보살핀 경험이 많았다. 하빌 부인은 자신과 보모가 밤낮으로 돌볼 수 있으므로 다른 사람의 도움은 필요 없다고 잘라 말했다. 그리고 이 모든 그녀의 말에는 거부할 수 없는 진심과 성의가 담겨 있었다.

찰스, 헨리에타 그리고 웬트워스 대령, 이 세 사람이 모여 의논했으나 처음에는 두렵고 혼란스러운 심경만 서로 나누었을 뿐이다.

"누군가 어퍼크로스로 가야 합니다."

"소식을 빨리 전해야죠."

"그런데 머스그로브 부부에게 이 소식을 어떻게 전한단 말입니까?"

"오전이 벌써 지났네요."

"예정된 출발 시각에서 이미 한 시간이 늦어졌으니 제때 도착하기는 틀렸어요."

처음에는 이렇게 걱정하는 말만 오갔을 뿐 어떤 결정도 내려지지 않았다. 하지만 잠시 후 웬트워스 대령이 마음을 다잡으며 말했다.

"더는 지체할 수 없습니다. 이제 결정을 내려야 해요. 일분일초가 아까운 상황입니다. 누군가는 당장 어퍼크로스로 떠나야 합니다. 머스그로브, 당신 아니면 제가 가야 할 겁니다."

찰스는 그의 말에 동의했으나 자신은 갈 수 없다는 뜻을 분명히 밝혔다. 하빌 대령 부부에게 폐를 끼치고 싶지는 않지만, 여동생의 상태가 이러하니 오빠로서 떠나서도 안 되거니와 떠나고 싶지도 않다는 것이었다. 이렇게 해서 찰스의 입장은 정해졌다. 헨리에타도 처음에는 가지 않겠다고 했으나 오빠의 설득으로 생각을 바꾸었다. 그녀가 남아 있다고 해도 도움이 될 수 없었기 때문이다. 그녀는 동생의 곁을 지킬 수도 없었거니와 고통 없이는 동생의 얼굴을 바라보지도 못했기 때문에 도움은커녕 오히려 폐만 끼칠 수 있었다. 그녀는 자신이 아무 도움도 될 수 없다는 사실을 인정할 수밖에 없었다. 그래도 여전히 루이자를 두고 떠나기가 망설여졌던 그녀는 부모님을 떠올리고는 결국 마음을 정했다. 일단 마음을 정한 뒤로는 한시바삐 집에 돌아가고 싶다는 마음이 간절해졌다.

계획이 이 정도로 정리되었을 때 루이자의 방에서 조용히 내려오던 앤은 응접실의 열린 문 사이로 흘러나오는 대화를 듣게 되었다.

"그렇게 합시다, 머스그로브." 웬트워스 대령이 단호하게 말했다. "당신이 남고 당신의 여동생은 제가 집까지 모셔다드리겠습니다. 하지만 다른 분들은 어떻게 해야 할까요? 하빌 부인을 도와 드려야 한다면 한 사람이 남을 수 있을 텐데, 머스그로브 부인은 댁에 있는 아이들 때문이라도 돌아가기를 원하시겠죠. 그런데 만일 앤이 남는다면 그녀보다 환자를 더 잘 보살필 수 있는 사람은 없을 겁니다."

앤은 자신에 대해 얘기하는 그의 말을 들으며 울컥하는 감정을 추스르기 위해 그 자리에 멈춰 섰다. 다른 두 사람이 웬트워스 대령의 의견에 전적으로 동의한다는 뜻을 밝힌 뒤에야 앤은 응접실에 들어섰다.

"당신이 남아주시길, 남아서 루이자를 보살펴 주시길 부탁드립니다." 그가 그녀를 바라보며 말했다. 그의 목소리에서 뜨거우면서도 부드러운 무엇인가가 느껴져 그녀는 그와의 지난날을 떠올리지 않을 수 없었다. 그녀의 얼굴이 달아올랐다. 그리고 짧은 순간, 자신의 감정을 거두듯 그는 조용히 몸을 돌려 자리를 떴다. 앤은 기꺼이, 기쁜 마음으로 남겠다는 뜻을 밝혔다. "저 역시 생각하고 있던 일이고, 허락해 주시기만 바라고 있었어요. 하빌 부인께서 괜찮다고 하시면 루이자의 방에 간이침대 하나만 있으면 충분해요."

한 가지만 제외하고 모든 준비가 끝난 듯했다. 다소의 지연으로 머스그로브 부부가 미리 불안해하는 편이 어쩌면 나을 수도 있었지만, 어퍼크로스의 사륜마차가 이동하는 데 걸리는 시간이 그들에게는 끔찍한 불안의 연장이 될 수밖에 없다는 게 문제였다. 웬트워스 대령은 여관의 이륜마차를 빌려 자신이 먼저 출발하고 나머지 일행은 다음 날 아침 그들의 마차를 타고 돌아오는 것이 좋겠다고 판단했고 찰스 머스그로브도 이에 동의했다. 그렇게 하면 밤사이 루이자의 상태를 다음날 어퍼크로스에 전할 수 있다는 이점도 있었다.

웬트워스 대령은 필요한 준비를 하기 위해 먼저 집을 나섰고 두 명의 숙녀가 그의 뒤를 따르기로 했다. 그런데 이 계획이 메리에게 전해진 순간 평화는 깨졌다. 그녀는 앤이 아닌 자신이 돌아가야 한다는 사실에 분개하며 격렬하게 불만을 표출했다.

"언니는 아무 관계도 없는 사람이지만, 나는 루이자의 올케이자 헨리에타를 대신할 권리가 있는 사람이라고요. 내가 언니만큼 도움이 되지 않을 것 같아요? 게다가 찰스도 여기 남아 있는데 남편도 없이 나 혼자 돌아가란 말이에요? 안 돼요. 그럴 수는 없어요."

메리의 끝없는 불평에 그녀의 남편도 더는 버티지 못했다. 그가 두 손을 든 이상 다른 사람들이 그녀에게 맞설 수는 없었다. 어쩔 도리가 없었다. 앤 대신 메리가 남는 것으로 계획은 변경됐다.

앤은 시샘이 많고 고집스러운 메리의 억지가 이번처럼 못마땅한 적이 없었다. 그러나 어쩔 수 없었다. 그들은 곧장 마을로 향했다. 찰스가 헨리에타를 부축했고 벤윅 함장이 앤의 옆에서 걸었다. 바쁘게 걸음을 옮기며 앤은 그날 아침에 지나온 이 길에서 있었던 일들을 떠올렸다. 그녀는 바로 여기에서 셜리 박사를 어퍼크로스에서 떠나보내려는 헨리에타의 계획을 들었고, 조금 더 가면 엘리엇 씨와 처음 마주친 곳이 있었다. 그러나 이제 앤의 마음은 오로지 루이자와 그녀의 안위를 걱정하는 사람들을 향하고 있었다.

벤윅 함장은 그녀에게 특별히 신경을 써 주었다. 그날 겪은 일로 인해 일행 모두가 유대감을 느꼈으나 그녀는 특히 그에게 호감을 느끼기 시작했다. 그리고 이 일을 계기로 그와의 교류가 이어질 수도 있겠다는 기대감이 들기도 했다.

마을에 도착하자 웬트워스 대령이 그들을 기다리고 있었다. 그는 마차를 숙녀들이 타기에 편리한 위치에 대기시켜 놓고 있었는데, 메리 대신 앤의 모습이 보이자 그의 얼굴에 당혹감과 언짢은 기색이 스쳤다. 찰스가 자초지종을 이야기하는 동안 경악하는 표정으로 무슨 말을 하려다가 참는 듯한 그의 모습에 앤은 모멸감을 느꼈다. 그녀는 자신이 루이자를 돌보는 일에 쓸모가 있었을 뿐 그 이상의 가치를 인정받은 것이 아니었음을 깨달았다.

앤은 마음을 가라앉히며 객관적으로 생각하려 애썼다. 그녀는 헨리를 향한 엠마의 감정*을 흉내 낼 생각은 전혀 없었으나, 웬트워스 대령을 위해서라도 단순한 호의 이상의 정성으로 루이자를 돌볼 뜻이 있었다. 그녀는 자신이 마땅히 도움을 베풀어야 할 순간 그것을 회피했다는 그의 오해가 오래가지 않기를 바랄 뿐이었다.

그러는 사이 그녀는 마차에 올랐다. 웬트워스 대령은 두 숙녀가 마차에 오르는 것을 도운 뒤 두 사람 사이에 앉았다. 이처럼 당혹스럽고 복잡한 감정이 밀려드는 상황에서 그녀는 이렇게 라임을 떠났다. 이 긴 여정이 어떻게 펼쳐지고 두 사람에게는 어떤 영향을 미칠지, 그들의 관계는 또 어떻게 될지 그녀는 짐작조차 할 수 없었다. 하지만 모든 것은 지극히 자연스러웠다. 웬트워스 대령은 헨리에타에게 온전히 마음을 기울였다. 그녀 쪽으로만 몸을 돌렸고 말을 할 때마다 그녀에게 희망을 주고 기운을 북돋아주려는 의도가 엿보였다. 그의 목소리와 태도는 차분하기만 했다. 마치 헨리에타가 불안해하지 않아야 한다는 원칙이 그의 모든 말과 행동을 지배

---

* 안나 마리아 포터(Anna Maria Porter)의 소설 『헨리, 혹은 감정의 승리(Henry, or the Triumph of Sensibility)』 또는 매튜 프라이어(Matthew Prior)의 시 「헨리와 엠마(Henry and Emma)」 중 한 작품을 염두에 둔 듯하다. 두 작품에서 모두 여주인공 엠마는 연인에게 맹목적이고 헌신적인 사랑을 보여준다.

하는 것 같았다. 단 한 번 그 원칙이 무너진 순간이 있었다. 무모하고 불운했던 마지막 산책을 후회하며 산책 따위는 애초에 생각조차 하는 게 아니었다고 헨리에타가 한탄하자 그도 평정을 잃고 감정을 쏟아냈다.

"그 얘기는 하지 마십시오. 하지 마세요." 그가 소리쳤다. "아, 그 불길한 순간에 제가 단호하게 빌미를 주지 않았더라면! 그렇게 했더라면! 하지만 그녀는 막무가내였어요. 아, 루이자 …"

앤은 강인하고 확고한 성격이 행복을 가져다준다고 믿는 그가 이제라도 그런 믿음에 의문을 가지게 되었을지, 그리고 정신의 다른 특질들이 그러하듯 사람의 성격에도 균형과 한계가 있어야 한다는 깨달음을 그가 얻게 되었을지 궁금해졌다. 그녀는 설득당할 줄 아는 유연한 성격도 단호한 성격 못지않게 행복해질 수 있음을 그 또한 느끼고 있으리라 생각했다.

마차는 빠른 속도로 달렸다. 앤은 생각보다 일찍 나타나기 시작한 낯익은 언덕과 풍경들에 놀랐다. 실제로 빨랐던 속도에 이 여정의 끝에 기다리고 있는 일에 대한 두려움이 더해져 돌아오는 길은 전날의 절반밖에 안 되는 느낌이었다. 그래도 어퍼크로스가 가까워질 무렵 이미 해는 저물어 어둑해지고 있었다. 한동안 아무도 말이 없었다. 헨리에타는 울다가 지쳤는지 숄을 얼굴에 덮은 채 마차의 좌석에 몸을 묻고 잠이 들어 있었다. 마차가 마지막 언덕을 오르고 있었을 때 웬트워스 대령이 불쑥 앤에게 말을 건넸다. 그의 목소리는 낮고 조심스러웠다.

"어떻게 하는 게 최선일까 생각해봤는데, 헨리에타가 먼저 들어가서는 안 될 것 같습니다. 지금 그녀의 상태로는 감당하기 어려울 겁니다. 제가 먼저 들어가서 머스그로브 씨 내외분께 말씀을 드리는 동안 당신은 헨리에타와 마차에 남아 있는 게 좋을 것 같습니다만, 어떻게 생각하시는지요?"

그녀는 그렇게 하겠다고 답했다. 그는 원하는 답을 들은 듯 말을 더 잇지 않았다. 그러나 그가 그녀의 의견을 물은 것은 우정의 증거이자 그녀의 판단을 존중하겠다는 표시로 그녀에게 큰 기쁨을 가져다주었다. 그리고 그가 마차에서 곧바로 내리기는 했으나 그 의미는 줄어들지 않았다.

그 소식을 어렵게 전한 뒤 웬트워스 대령은 걱정했던 것보다 훨씬 침착하게 상황을 받아들이는 머스그로브 부부의 모습에 안도했고, 헨리에타가 부모의 곁에서 한결 안정을 찾는 모습까지 지켜보았다. 이 모든 일을 마치고 그는 자신이 타고 온 마차로 라임에 돌아가겠다는 뜻을 밝혔다. 말이 준비되자 그는 곧바로 출발했다.

13

 앤이 어퍼크로스에 머물기로 예정된 시간도 이제 이틀밖에 남지 않았다. 그 마지막 시간을 머스그로브 씨의 저택에서 보낸 그녀는 그곳에서 자신이 매우 유용한 존재였다는 사실이 기뻤다. 그녀는 머스그로브 부부의 곁에서 말벗이 되어주었고 그들이 앞으로의 일을 준비하는 데 실질적인 도움을 주었는데, 이는 불안한 상태의 부부로서는 감당하기 어려운 일이었다.

 이튿날 이른 아침 라임의 소식이 전해졌다. 루이자의 상태는 크게 달라지지 않았으나 전보다 나빠졌다는 징후는 없었다. 몇 시간 후 찰스가 도착해서 더 자세한 소식을 전했다. 그는 비교적 밝은 표정으로, 빠른 회복을 기대하기는 어려워도 이런 사례에서는 보기 드물 만큼 상태가 양호하다고 전했다. 그는 하빌 부부에 대해 이야기하며 그들의 친절에 대해, 특히 하빌 부인의 헌신적인 간호와 노고에 대해 말로 다 표현 못 할 만큼 고마움을 느끼는 듯했다. "메리가 할 일이 하나도 없을 만큼 하빌 부인께서 모든 걸 다 해주셨습니다. 어젯밤에는 저와 메리에게 아무 걱정하지 말고 여관에 돌아가 있으라고 하셨죠. 메리는 오늘 아침에도 신경이 날카로웠는데, 제가 여기로 출발할 때 벤윅 함장과 산책에 나서려고 했으니 지금쯤 기분이 나아졌을지도 모르죠. 메리는 어제 돌아가라고 했을 때 출발하는 게 나을 뻔했어요. 실제로 하빌 부인께서는 다른 사람이 할 일을 하나도 남겨두지 않으셨습니다."

 찰스는 오후에 다시 라임으로 돌아갈 예정이었다. 처음에는 그의 아버지도 같이 갈까 하는 마음이 있었으나 가족이 강하게 반대했다. 그의 방문은 다른 사람들에게 폐가 될 뿐만 아니라 그 자신의 상심도 오히려 커질 수 있었다. 결국 더 나은 계획이 마련되어 실행에 옮겨졌다. 크루컨에 마차를 보내 머스그로브 씨보다 훨씬 더 도움이 될 집안의 옛 유모를 데리고 오는 것이었다. 그녀는 머스그로브 집안의 아이들을 모두 키워냈고 막내인 해리가 형들을 따라 기숙학교로 떠나는 모습까지 지켜본 뒤 지금은 헌 양말을 기우고 물집이 잡히거나 멍이 든 사람들을 치료하며 소일하는 중이었다. 그런 그녀에게 사랑하는 루이자 아가씨를 돌볼 기회가 생겼다는 것은 더할 수 없이 반가운 일이었다. 머스그로브 부인과 헨리에타도 새라를 라임에 보내면 좋겠다고 막연하게 생각하고는 있었으나 앤이 없었다면 이런 결정을 신속하게 내리고 실행에 옮기기는 쉽지 않았을 것이다.

 루이자의 상태를 하루하루 파악하는 것이 너무나 절실했던 그들에게 다음 날 라임에 다녀온 찰스 헤이터가 자세한 소식을 들려주었다. 그는 매일 라임을 오가는 수고를 자처했고 그가 전한 루이자의 경과는 희망적이었다. 그녀의 감각과 의식은 점차 또렷해지고 있었다. 그는 웬트워스 대령이 라임에 그대로 머물고 있다는 소식도 전했다.

 앤은 다음 날 어퍼크로스를 떠날 예정이었으나 이는 모두가 걱정하는 일이었다. "앤이 없으면 우리는 어떡해요? 우리끼리는 서로 위로해 줄 수도 없는데." 그들은 거듭 이렇게 말했고, 결국 앤은 그들 모두가 속으로만 생각하고 있는 것을 공개적으로 제안하는 것이 최선이라 생각했다. 모두가 속으로 라임에 가고 싶은 마음이 있었으므로 그들을 설득하는 것은 어렵지 않았고 바로 다음 날 라임으로 출발하자는 결정이 내려졌다. 그들은 여관이나 적당한 거처를 정해 루이자가 거동할 수 있을 때까지 그곳에 머물기로 했다. 그들은 루이자를 간호하는 부담을 덜어주거나, 적어도 하빌 부인의 아이들이라도 대신 돌봐줄 수 있을 것이었다. 그들은 이 결정에 모두 기뻐했고 앤 역시 자신이 한 일에 만족했다. 그녀는 떠날 채비를 하는 그들을 도왔고, 비록 저택에 혼자 남겨지더라도 어퍼크로스의 마지막 날을 보람있게 보낼 방법으로 이른 아침 그들을 배웅하는 것보다 더 나은 일은 없으리라 생각했다.

코티지에서 유모와 함께 남아 있는 아이들을 제외하면 어퍼크로스의 두 집을 가득 채우며 활기를 불어넣던 이들 가운데 오직 그녀만 남게 되었다. 단 며칠 사이에 너무나 큰 변화가 일어난 것이었다.

루이자만 회복되면 모든 게 예전의 모습을 되찾게 될 것이었다. 이곳에는 전보다 더 큰 행복이 찾아올 터였다. 루이자의 회복 이후 일어날 일들을 그녀는 조금도 의심하지 않았다. 지금은 그녀 홀로 수심에 젖은 채 앉아 있는 이 고요한 응접실도 몇 달이 지나면 온갖 행복과 즐거움으로, 결실을 이룬 빛나는 사랑으로 가득 채워질 것이었다. 그리고 그 모든 것이 앤 엘리엇과는 아무 상관이 없을 것이었다!

그녀가 이런 상념에 젖어 있는 동안 흐릿한 11월의 하늘에서 떨어지는 굵은 빗방울이 창밖의 풍경을 모두 지워버리는 듯했다. 그렇게 한 시간을 보낸 뒤 러셀 부인의 마차가 도착하는 소리가 들리자 반가운 마음이 들었다. 하지만 떠나고 싶은 마음이 없었던 게 아닌데, 저택을 나서려는 순간 그녀의 발걸음은 쉽게 떨어지지 않았다. 빗물이 뚝뚝 떨어지는 코티지의 쓸쓸한 베란다에 작별을 고하는 것도, 빗물에 뿌얘진 유리창 너머로 마을의 작은 집들을 바라보는 것도 그녀의 마음을 저리게 했다. 어퍼크로스에서 보낸 시간을 소중하게 만들어준 순간들이 하나하나 떠올랐다. 한때는 쓰라렸으나 이제는 가라앉은 고통스러운 감정들, 얼어붙은 마음이 녹은 순간들, 우정과 화해가 숨 쉬는 순간들이 이곳에 남아 있었다. 되찾을 수 없는, 영원히 소중한 기억으로 남을 이 모든 것을 뒤로하고 그녀는 어퍼크로스를 떠났다.

앤은 러셀 부인의 집에서 나온 9월 이후 한 번도 켈린치에 발을 들이지 않았다. 그럴 필요가 없었고 그럴 기회가 주어진 몇 번의 기회도 어떻게든 피해왔다. 그녀는 러셀 부인의 현대적이고 우아한 저택으로 돌아가 집주인을 기쁘게 해주고 싶었다.

러셀 부인은 기쁨과 걱정이 뒤섞인 표정으로 앤과 재회했다. 그녀는 어퍼크로스에 자주 드나든 사람이 누구인지 알고 있었다. 다행히 앤은 전보다 살이 좀 붙고 표정도 좋아 보였는데, 어쩌면 그것은 러셀 부인이 그렇게 보고 싶었기 때문이었는지도 모른다. 그런 칭찬을 들으며 앤은 속으로 라임에서 자신을 감탄하듯 바라보던 엘리엇 씨를 떠올렸고 젊음과 아름다움의 봄이 다시 찾아오는 상상을 흐뭇하게 해 보았다.

대화를 나누면서 그녀는 그동안 자신에게 정신적인 변화가 있었음을 느꼈다. 켈린치를 떠나올 때 그녀에게는 너무나 중요했으나 어퍼크로스의 사람들에게는 대수롭지 않게 여겨진 탓에 그녀 자신도 언급을 피했던 문제들이 이제는 그리 중요하게 여겨지지 않았다. 그즈음에는 심지어 아버지와 언니 그리고 바스에 대해서도 거의 잊고 지낼 정도였다. 가족의 문제도 이제는 어퍼크로스의 일들에 묻혀 있었다. 예전의 기대와 걱정들을 다시 끄집어낸 러셀 부인이 캠든 플레이스의 집이 만족스럽긴 한데 클레이 부인이 여전히 언니의 곁에 있다는 사실이 유감스럽다고 말하는 순간에도 앤은 라임과 루이자 머스그로브와 그곳에 있는 지인들을 떠올리고 있었다. 그녀는 캠든 플레이스에 있는 아버지의 집이나 클레이 부인과 언니의 친분보다 하빌 대령 부부와 벤윅 함장이 사는 집과 그들의 우정에 더 끌리고 있는 자신의 속마음을 러셀 부인이 읽어낸다면 무척 부끄러울 것 같다는 생각이 들었다. 그녀는 정작 자신에게 중요한 문제들에 대해 러셀 부인만큼이나 관심이 있는 것처럼 보이기 위해 노력해야 했다.

그들이 대화의 주제를 바꿨을 때도 약간의 어색함이 흘렀다. 앤은 라임에서 일어난 사고에 관해 이야기해야 했다. 러셀 부인은 전날 도착한 지 5분도 지나기 전에 그 사고의 전모를 전해 들었으나 여전히 이야기를 나눌 것이 남아 있었다. 러셀 부인은 이것저것 물어볼 것이 있었고 경솔한 행동에 유감을 표해야 했으며 그 경솔함의 결과에 탄식해야 했다. 그리고 이 과정에서 두 사람은 모두 웬트워스 대령의 이름을 언급해야 했다. 앤은 그의 이름을 말하면서 자신이 러셀 부인만큼 태연할 수 없음을 의식했다. 루이자와 그의 관계를 간략하게 설명하는 방편을 택하고 나서야 그녀는 러셀 부인의 눈을 똑바로 바라볼 수 있었다. 그리고 그 이야기를 꺼낸 뒤에야 그의 이름을 아프지 않게 말할 수 있었다.

러셀 부인은 그저 차분하게 들으면서 그들이 행복하길 바란다고 말하기만 하면 되었다. 하지만 속으로는 스물셋의 나이에도 앤 엘리엇의 가치를 알아본 것 같았던 사람이 나이를 여덟 살이나 더 먹고도 기껏 루이자 머스그로브에게 매료되었다는 사실에 욱신거리는 기쁨과 통쾌한 경멸을 느꼈다.

처음 사나흘은 별다른 일 없이 조용히 지나갔다. 그 며칠간 특별히 주목할 만한 일이라고는 루이자가 점차 호전되고 있다는 소식이 앤에게 짧은 쪽지로 전달되었다는 것뿐이었다. 그 쪽지가 어떤 경로로 라임에서부터 그녀에게 전달되었는지는 알 도리가 없었다. 그리고 그 며칠의 시간이 지난 뒤 러셀 부인은 마땅히 지켜야 할 예법을 더는 모르는 체할 수 없었다. 처음의 망설임은 결국 단호한 결심으로 바뀌었다. "아무래도 크로프트 부인을 방문해야겠어. 더 미뤄선 안 될 것 같아. 앤, 같이 갈 수 있겠니? 그 집에 들어갈 용기를 낼 수 있겠어? 우리에게는 큰 시련이 되겠지."

앤은 그 제안에 위축되지 않았다. 오히려 자신이 느낀 바대로 솔직히 대답했다.

"아마 저보다 부인께서 더 괴로우실 거예요. 그동안 일어난 변화에 저보다 감정적인 정리가 덜 되셨을 테니까요. 저는 이곳에 머물면서 꽤 익숙해졌어요."

그녀는 이 문제에 대해서라면 더 많은 얘기를 할 수도 있었다. 사실 그녀는 크로프트 부부를 매우 높이 평가했고, 아버지가 그런 사람들에게 저택을 임대한 것을 무척 다행스럽게 생각했다. 그녀는 그들이 교구민들에게 모범이 되고 가난한 이들에게 돌봄과 도움을 베풀리라는 것을 확신할 수 있었기 때문에, 설령 그 집을 떠나야 했던 현실이 안타깝고 부끄러운 일이라고 해도 그곳에 머물 자격이 없는 사람들이 떠났을 뿐 저택은 원래 주인보다 더 나은 사람들에게 맡겨졌다고 생각하지 않을 수 없었다. 이런 확신은 분명히 그녀에게도 고통스러웠다. 하지만 그 덕분에 저택에 들어선 러셀 부인이 익숙한 방들을 둘러보면서 느낄 고통은 겪지 않을 수 있었다.

'이 방들은 우리 가족의 것이어야만 해. 아, 이 방들이 이렇게 사용되고 있다니! 유서 깊은 가문이 밀려나고 보잘것없는 사람들이 이곳을 차지했어!' 이런 생각이 앤의 머릿속을 비집고 들어올 틈은 없었다. 세상을 떠난 어머니를 떠올렸을 때, 그리고 어머니가 즐겨 앉던 자리를 바라보았을 때를 제외하면 그녀는 그런 심경으로 한숨조차 쉬지 않았다.

크로프트 부인이 앤을 대하는 태도는 언제나 다정해서 앤은 그녀가 자신을 특별히 아낀다는 느낌을 받곤 했는데, 이번에는 그 저택에서 앤을 맞이하는 만큼 더욱 각별한 배려가 엿보였다.

라임에서 일어난 안타까운 사고가 곧 화제가 되었고, 서로가 알고 있는 소식을 주고받는 가운데 그들은 전날 아침 같은 시각에 같은 소식을 전달받았음을 알게 되었다. 웬트워스 대령이 전날 (사고 이후 처음으로) 켈린치를 다녀갔고 앤이 전달 경로를 알지 못한 채 받은 그 쪽지도 그가 가지고 온 것이었다. 그는 켈린치에서 몇 시간 머물다 다시 라임으로 돌아갔고 당분간 그곳을 떠날 계획이 없는 듯했다. 앤은 그가 자신을 특별히 걱정하며 안부를 물었다는 사실도 알게 되었다. 그는 엘리엇 양의 노고가 컸다면서 무리한 탓에 탈이 나지 않았으면 좋겠다는 말도 남겼다고 했다. 그 전언은 앤에게 무엇보다도 큰 기쁨을 주었다.

 그 안타까운 사고 자체에 대해서라면, 신중하고 분별 있는 두 여성은 오로지 확인된 사실을 토대로 판단했으며 그런 방식의 대화 끝에 그들이 내린 결론은 같았다. 그 사고는 부주의하고 경솔한 행동으로 인해 일어났고 그 결과는 매우 우려스럽다는 것이었다. 머스그로브 양이 회복되는 데 얼마만큼의 시간이 필요할지, 뇌진탕의 후유증으로 이후에도 그녀가 고통을 받을 가능성이 얼마나 될지는 생각하기조차 두려운 일이었다. 제독이 나서서 두 여성의 이야기를 매듭 지었다.

 "그래요, 정말 큰일이 난 거죠. 젊은 남자가 구애하는 방법이 가지가지라고 하지만 일단 연인의 머리통을 깨뜨려놓고 사랑을 고백하는 건 처음 봤습니다. 안 그렇습니까, 엘리엇 양? 이건 말 그대로 병 주고 약 주는 거죠."

 크로프트 제독의 화법은 러셀 부인의 취향에는 맞지 않았지만 앤에게는 더없이 재미있게 들렸다. 앤은 그의 순박하고 단순한 성품을 좋아하지 않을 수 없었다.

 "아, 그런데 두 분의 마음이 불편하시겠네요." 그가 다른 데 정신을 팔다 갑자기 생각난 듯 말했다. "저희가 이 집에 있는 모습을 보시는 게 말입니다. 미처 생각을 못 했습니다. 아무래도 그러실 수밖에 없겠지만 아무쪼록 격식 따위는 잊으시고 편하게 둘러보시지요."

"감사합니다만 다음 기회에 그렇게 할게요."

"그럼 편하실 때 언제든 그렇게 하시지요. 관목숲 쪽 길로 들어오시면 됩니다. 거기에 보시면 문 옆에 우산을 걸어둔 게 보이실 겁니다. 우산을 두기에 딱 알맞은 곳 아닙니까? 그런데," 그는 멈칫했다가 조심스럽게 말을 이었다. "아, 엘리엇 양께서는 그렇게 생각하지 않으실 수도 있겠군요. 원래는 우산을 집사의 방에 두셨잖아요. 그렇죠, 뭐. 누구의 방식이든 다 나름의 장점이 있겠지만 결국은 자기의 방식이 가장 좋은 법이니까요. 그러니 집을 둘러보실지 말지도 직접 결정하시는 게 좋겠습니다."

거절해도 괜찮다는 그의 말에 앤은 감사를 표했다.

"그런데 저희가 바꾼 건 거의 없습니다." 제독은 잠시 생각하더니 말을 이었다. "거의 없죠. 세탁실 문에 대해서는 어퍼크로스에서 말씀을 드렸잖습니까. 그건 저희가 제대로 고쳐놓았습니다. 여는 게 너무 불편했는데 어떻게 그런 문을 그토록 오래 참고 쓰셨는지 그게 의아했습니다. 저희가 문을 고쳤고, 저희가 손본 것 중에서 셰퍼드 씨가 최고로 꼽은 것도 그 문이었다는 얘기를 월터 경께도 꼭 전해 주시기 바랍니다. 사실 몇 군데 안 되지만 저희가 바꾼 게 전보다 훨씬 낫긴 합니다. 그런데 그건 다 저의 아내가 한 것이지, 저는 앤 양의 부친께서 쓰시던 옷방에서 큰 거울 몇 개를 치운 것 말고는 한 게 거의 없어요. 부친께서는 아주 훌륭하신 분이고 세상에 둘도 없는 신사이시지요. 엘리엇 양, 그런데 말입니다," (뭔가를 진지하게 떠올리며) "그분 연배치고는 옷차림에 신경을 아주 많이 쓰셨나 봅니다. 거울이 어찌나 많던지, 아이고, 거울이 사방에 있으니 정신을 차릴 수가 있어야죠. 그래서 소피의 도움을 받아 다른 데다 다 옮겨놓았습니다. 이제는 한쪽에 작은 면도용 거울 하나만 두고 쓰니까 너무 좋습니다. 큰 거울 하나는 그대로 두었는데 그쪽으로는 아예 가지를 않습니다."

앤은 자기도 모르게 새어 나오는 웃음을 참으며 대답할 말을 찾느라 난감해했다. 한편 제독은 자신이 예의에 벗어난 말을 한 게 아닐까 걱정하며 다시 말을 이었다.

"엘리엇 양, 다음에 부친께 편지를 쓰실 때 저와 제 아내의 안부를 꼭 전해 주시고, 저희가 이곳에서 아무 불편함 없이 아주 잘 지내고 있다고 전해 주십시오. 아침 식사를 하는 방에서 굴뚝으로 연기가 잘 안 빠질 때가 있는데, 북풍이 강하게 불 때 그렇고 겨울을 나는 동안 그런 일은 세 번도 겪지 않을 겁니다. 이 일대의 집을 저희가 다 둘러봐서 드리는 말씀인데, 전반적으로 볼 때 이곳보다 더 마음에 드는 집은 하나도 없습니다. 그러니 저의 이런 찬사도 꼭 전해드렸으면 합니다. 월터 경께서도 좋아하실 겁니다."

러셀 부인과 크로프트 부인은 서로 큰 호감을 느꼈지만, 이 만남으로 시작된 두 사람의 교류는 당분간은 이어지지 못하게 되었다. 얼마 후 답방한 크로프트 부인은 몇 주 동안 북부에 사는 친척을 방문할 예정이라며 아마 러셀 부인이 바스로 떠나기 전에 돌아오기는 힘들 것 같다고 말했다.

이제 앤이 켈린치 홀에서 웬트워스 대령과 마주치거나 그가 러셀 부인과 같이 있는 모습을 보게 될 위험은 완전히 사라졌다. 모든 것이 안전해졌고 그녀는 이 일 때문에 품었던 숱한 걱정이 모두 쓸데없었다는 사실에 미소를 지었다.

14

 머스그로브 부부가 라임에 도착한 뒤에도 찰스와 메리는 앤의 예상보다 훨씬 오래 그곳에 머물렀다. 그래도 가족 중에는 그들이 가장 먼저 어퍼크로스에 돌아왔고 오자마자 앤을 찾아왔다. 그들이 라임을 떠날 무렵 루이자는 막 일어나 앉기 시작했다. 정신은 맑아졌으나 그녀는 여전히 쇠약한 상태였고 신경은 극도로 예민했다. 전반적으로 좋아지고 있다고 할 수 있었지만 언제 집으로 돌아올 수 있을지는 여전히 알 수 없었다. 머스그로브 부부는 크리스마스 방학으로 기숙학교에서 돌아오는 아이들을 맞이하러 집에 돌아와야 했다. 그들이 루이자를 데리고 올 수 있으리라 기대하기는 어려웠다.
 라임에 있는 동안 그들은 모두 한 숙소에 머물렀다. 머스그로브 부인은 하빌 부인의 아이들을 정성껏 돌보았고 하빌 부부의 불편을 덜어주기 위해 필요한 모든 물품을 어퍼크로스에서 공급받았는데, 하빌 부부는 매일 저녁 그들에게 저녁 식사를 함께하자고 청했으니 결국 양쪽 모두 누가 욕심이 없고 더 후한지를 두고 다투는 모양새였다.
 메리는 처음에는 여러 가지가 불만스러웠으나 그토록 오래 머문 데서 알 수 있듯이 나중에는 불만스러운 것보다 재미있는 일이 더 많았다. 그녀는 찰스 헤이터가 라임을 자주 찾아오는 것이 마음에 안 들었고, 하빌 부부와 식사할 때 시중을 드는 하녀가 한 명밖에 없다는 점, 그리고 처음에는 하빌 부인이 상석을 머스그로브 부인에게 내주었다는 점이 불만이었다. 하지만 자신이 누구의 딸인지 알게 된 하빌 부인으로부터 정중한 사과를 받았고 매일 새로운 일들이 생겼으며 숙소와 하빌 대령의 집을 오가는 산책길과 도서관에서 책을 빌리고 반납하기를 반복하는 일에서 즐거움을 얻었다. 전반적으로 라임에서의 생활은 만족스러웠다. 그녀는 차머스에 다녀왔고 온천욕을 즐겼으며 교회에 나가기도 했다. 라임의 교회에는 어퍼크로스에서보다 구경할 사람이 훨씬 많았다. 거기에 자신이 큰 도움이 되고 있다는 뿌듯함까지 더해졌으므로 그녀에게는 이 보름 동안의 시간이 정말 유쾌했다.

앤은 벤윅 함장의 안부를 물어보았다. 곧바로 메리의 표정이 시큰둥해졌다.

"벤윅 함장은 아주 잘 지내지. 그런데 그 사람 정말 독특하더라. 도대체 무슨 생각을 하는 건지 모르겠어. 우리가 여기에 와서 이틀 정도 지내고 가라고 초대했거든. 와서 함께 사냥하자고 찰스가 제안했을 때는 아주 좋아하는 눈치였어. 그래서 그렇게 하기로 다 정해진 줄로만 알았는데 화요일 밤이 되니까 진짜 이상한 핑계를 대는 거야. 자기는 원래 사냥을 안 한다느니, 뭔가 오해를 한 것 같다느니 하면서 원래 선약이 있다고 하더라고. 뭐, 오기 싫다는 얘기지. 아마 여기에서 우리랑 있으면 따분할 것 같으니까 그랬나 본데, 나는 그렇게 실의에 빠진 사람이 지내기에 우리 집만한 데가 없다고 생각해."

찰스가 웃으면서 말했다. "여보, 진짜 이유가 뭔지는 당신도 알잖소." 그러고는 앤을 바라보며 말을 이었다. "이게 다 처형 때문입니다. 그는 이곳에 오면 처형이 지척에 계신 줄 알았던 겁니다. 다들 어퍼크로스에 모여 사는 줄 알았겠죠. 그래서 러셀 부인이 3마일이나 떨어진 곳에 사신다는 걸 알고는 낙담한 겁니다. 그게 진짜 이유죠. 메리도 다 알면서 저러는 겁니다."

그러나 메리는 남편의 말을 인정하려 들지 않았다. 태생과 지위를 따져 볼 때 벤윅 함장이 엘리엇 가문의 딸을 사모할 자격이 없다고 생각해서인지, 아니면 자기보다 앤이 어퍼크로스에서 더 주목받는 존재라는 사실을 믿고 싶지 않아서인지는 추측에 맡길 수밖에 없겠다. 하지만 그런 말을 들었다고 해서 그에게 가졌던 앤의 좋은 감정이 줄어들지는 않았다. 오히려 그녀는 듣기 좋은 칭찬이라며 그의 안부를 다시 물었다.

"아, 그 친구가 어찌나 처형을 칭찬하던지." 찰스가 말하자 메리가 끼어들었다. "여보, 나는 그 사람이 언니에 대해 얘기하는 걸 딱 한 번 들어봤어요. 언니, 정말이라니까. 언니 얘기를 아예 꺼내질 않더라고."

"그게 꼭 얘기를 많이 한다는 뜻이 아니라," 찰스가 말했다. "처형을 무척 흠모하는 것 같더라는 말입니다. 처형이 추천해주신 책에 푹 빠져서 자기가 읽은 소감을 처형과 이야기하고 싶어 하더라고요. 그중 어느 책에서 뭔가 굉장한 걸 찾아냈는데, 그게 뭐였더라, 기억이 안 나네요. 어쨌든 그게 아주 좋았나 봐요. 그가 헨리에타에게 그 얘기를 늘어놓는 걸 우연히 들었거든요. 그러면서 '엘리엇 양'을 극찬했죠. 여보, 나는 이걸 직접 들었고 당신은 그때 다른 방에 있었어요. '우아하고 상냥하며 아름다운' 엘리엇 양에 대한 찬사가 끝이 없더라고요."

"그게 사실이라면," 메리가 흥분해서 말했다. "그 사람은 좋은 소리를 들을 수가 없어요. 하빌 양이 죽은 게 지난 6월인데, 사람이 벌써 그러면 안 되죠. 러셀 부인, 안 그래요? 제 말이 맞죠?"

"벤윅 함장을 직접 만나보기 전에는 판단할 수가 없겠네." 러셀 부인이 웃으면서 대답했다.

"곧 만나보시게 될 겁니다." 찰스가 말했다. "어퍼크로스까지 우리와 같이 오긴 했는데 여기에 올 용기는 아직 없었나 봅니다. 그래도 조만간 혼자서라도 켈린치에 찾아올 겁니다. 제가 장담하죠. 여기까지 얼마나 걸리고 어느 길로 와야 하는지 제가 다 알려줬고 교회도 둘러볼 만하다고 얘기했거든요. 그런 걸 좋아하는 사람이라 좋은 구실이 되겠거니 하고 알려준 건데, 아주 진지하게 집중해서 듣더군요. 그런 태도를 보면 곧 이곳을 들를 게 분명합니다. 그래서 제가 이렇게 미리 알려드리는 겁니다, 러셀 부인."

"앤의 지인이라면 언제든 환영이지요." 러셀 부인이 친절하게 대답했다.

"언니의 지인이라기보다는," 메리가 말했다. "내 지인이라고 해야죠. 나는 지난 보름 동안 매일 만난 사이니까요."

"그러면 두 사람의 지인이라고 하고, 아무튼 벤윅 함장을 만나면 정말 반갑겠네."

"그런데 만나보면 아시겠지만, 재미있는 구석이라곤 하나도 없는 사람이에요. 아마 세상에서 제일 따분한 사람일 거예요. 해변을 끝에서 끝까지 함께 걸어본 적이 있는데 말을 한마디도 안 하더라니까요. 사교성이라고는 전혀 없어요. 부인께서도 별로 마음에 들어 하지 않으실 거예요."

"내 생각은 달라, 메리." 앤이 말했다. "나는 러셀 부인께서 벤윅 함장을 좋아하실 거라고 확신해. 그분의 지적인 면을 마음에 들어 하실 거고 그러다 보면 사교성의 부족은 신경 쓰지 않게 되실 거야."

"제 생각도 그렇습니다." 찰스가 거들었다. "러셀 부인께서 좋아하실 겁니다. 딱 부인의 취향이죠. 그냥 책 한 권만 손에 쥐여 주면 온종일 그것만 들여다볼 사람이거든요."

"그래요, 딱 그럴 사람이네요." 메리가 빈정대듯 말했다. "책만 들여다보느라고 누가 말을 거는지, 누가 가위를 떨어뜨렸는지, 옆에서 무슨 일이 벌어지는지 신경도 안 쓰고 말이죠. 당신은 러셀 부인이 그런 사람을 좋아하실 거라고 봐요?"

러셀 부인은 웃음을 터뜨리지 않을 수 없었다.

"이런, 나는 스스로 꽤 이성적이고 객관적인 사람이라고 생각했는데," 그녀가 말했다. "같은 사람을 두고 내 반응에 대한 추측이 이렇게까지 엇갈릴 줄은 몰랐네. 이렇게 정반대의 평가를 받는 사람이라면 더 궁금하고 만나보고 싶네. 그분이 이곳에 꼭 들러주셨으면 좋겠어. 그러면 그때 내 생각을 말해줄게, 메리. 하지만 그때까지는 미리 판단하지 않으마."

"마음에 안 드실 거라니까요. 제가 장담해요."

러셀 부인은 화제를 돌려 다른 이야기를 하기 시작했다. 메리는 다시 생기가 돌아 그날 엘리엇 씨를 만날 뻔했다가 놓친 일에 대해 신나게 이야기했다.

"그 사람은," 러셀 부인이 말했다. "만나고 싶은 생각이 전혀 없어. 가문의 어른을 진심으로 예우하기를 거부했다는 점에서 매우 안 좋은 인상을 받았거든."

이 한마디에 메리는 기분이 가라앉아 엘리엇 씨의 외모에 관한 이야기를 채 끝맺지 못하고 입을 다물어버렸다.

웬트워스 대령에 관해서라면, 앤은 차마 그의 안부를 물어볼 수 없었으나 굳이 묻지 않아도 될 만큼 그에 관해 많은 이야기가 나왔다. 루이자의 상태가 호전됨에 따라 그의 기분도 나아져서 첫 주와는 완전히 다른 사람이 되어 있더라는 것이었다. 그는 아직 루이자와 대면하지 않았고 혹시라도 그녀에게 좋지 않은 영향을 끼칠까 극도로 조심하며 대면을 미루고 있었다. 그는 그녀가 좀 더 회복될 때까지 일주일에서 열흘 정도 멀리 떨어져 있을 생각까지 하고 있었다. 그는 일주일간 플리머스에 가 있으려 했고 벤윅 함장도 동행해 주기를 바랐으나, 찰스의 말에 따르면 벤윅 함장은 오히려 켈린치로 오고 싶어 했다는 것이다.

이때부터 러셀 부인과 앤이 이따금 벤윅 함장에 대해 생각하게 되었음은 의심의 여지가 없다. 러셀 부인은 초인종 소리만 들려도 그가 찾아온 것이 아닐까 하고 생각했으며, 앤 역시 아버지의 대정원을 홀로 거닐 때나 마을의 자선 모임에 다녀오는 길에 그와 우연히 마주치거나 그에 관한 이야기를 듣게 되지 않을까 기대했다. 하지만 벤윅 함장은 나타나지 않았다. 그는 찰스가 생각했던 것만큼 켈린치 방문에 관심이 있지 않았거나, 아니면 지나치게 수줍음이 많았다고 볼 수밖에 없었다. 러셀 부인은 일주일간의 관망 끝에 그가 더는 관심을 둘 만한 사람이 아니라고 판단했다.

머스그로브 부부는 들뜬 마음으로 기숙학교에서 돌아올 아이들을 맞이하기 위해 집으로 돌아왔다. 그들이 하빌 부부의 아이들도 데려오면서 어퍼크로스는 더 시끄러워졌고 라임은 그만큼 조용해졌다. 헨리에타만 루이자 곁에 남고 다른 가족은 모두 평소의 자리로 돌아온 셈이었다.

러셀 부인과 한 차례 어퍼크로스를 방문했을 때 앤은 그곳에 다시 활기가 돌고 있음을 느끼지 않을 수 없었다. 헨리에타와 루이자가 없고 찰스 헤이터나 웬트워스 대령도 없었으나 응접실은 그녀가 마지막으로 그곳에 있었을 때의 적막한 분위기와는 완전히 달라져 있었다.

머스그로브 부인은 하빌 가의 아이들 옆에 붙어 있었다. 그녀는 아이들과 놀아주겠다고 코티지에서 일부러 찾아온 손자들이 혹시라도 괴팍하게 굴까 노심초사하며 어린 손님들을 보살폈다. 한쪽에서는 여자아이들이 수다를 떨며 반짝거리는 금박종이를 자르고 있었고 다른 한쪽에서는 쟁반에 수북이 담긴 고기와 파이의 무게로 다리가 휠 것 같은 탁자 옆에서 사내아이들이 신나게 먹고 떠들고 있었다. 이 모든 소음 속에서 자신의 존재를 알리려는 듯 성탄절의 벽난로가 활활 타오르고 있었다. 찰스와 메리도 그들이 찾아왔다는 소식을 듣고 곧 모습을 드러냈다. 머스그로브 씨는 러셀 부인에게 정중하게 인사를 건넨 뒤 그녀 옆에 자리를 잡고 앉아 십 분 동안 열심히 떠들었으나 그의 무릎 위에 올라와 아우성을 치는 아이들 때문에 그의 말은 허공에 흩어지고 있었다. 그야말로 한 폭의 그림 같은 가족의 풍경이었다.

앤은 자신의 성향으로 판단컨대, 이처럼 폭풍이 몰아치는 집에 있는 것은 쇠약해진 환자가 회복되는 데 별 도움이 되지 않을 것 같았다. 그러나 머스그로브 부인의 성향은 달랐다. 그녀는 앤을 곁으로 불러 자신과 가족을 위한 앤의 도움과 보살핌에 거듭해서 진심 어린 감사를 표한 뒤 라임에서 힘들었던 일들을 짧게 되짚었다. 그녀는 행복한 표정으로 응접실을 둘러보며, 그 모든 일을 겪은 뒤 이렇게 집에서 조용하면서도 활력이 솟는 시간을 즐기는 것보다 더 좋은 건 없다고 말했다.

루이자는 빠르게 회복되고 있었다. 머스그로브 부인은 루이자가 동생들이 학교로 돌아가기 전에 집으로 돌아올 수 있을지도 모른다고 생각하기 시작했다. 하빌 부인은 루이자가 돌아올 때 함께 어퍼크로스에 와서 지내기로 약속한 상태였다. 한편 웬트워스 대령은 형을 만나러 슈롭셔로 떠나 있었다.

마차에 오르자마자 러셀 부인이 말했다. "성탄 시기에는 어퍼크로스를 방문하면 안 된다는 걸 앞으로는 꼭 기억해야겠어."

다른 것들에서도 마찬가지겠지만 소음에 대해서도 사람들은 나름의 취향을 가지고 있기 마련이다. 소리는 크기보다 그 종류에 따라 아무렇지 않게 들리기도 하고 매우 거슬리기도 한다. 어퍼크로스를 방문하고 얼마 지나지 않아 러셀 부인은 어느 비 내리는 오후, 바스에 들어서며 올드 브리지에서 캠든 플레이스까지 길게 뻗은 거리를 지나가고 있었다. 마차들이 빗물을 튀기며 달리는 소리, 덜컹거리는 무거운 수레바퀴 소리, 신문팔이 소년들과 머핀 장수, 우유 배달부가 외치는 소리, 그리고 찰가당거리는 덧신* 소리가 끊이지 않았으나 그녀는 조금도 불편하지 않았다. 이런 소음은 겨울에 즐길 수 있는 즐거움에 속했으므로 그녀는 오히려 기분이 좋아지기까지 했다. 비록 입 밖으로 표현하지는 않았으나 그녀는 시골에서 오래 지낸 뒤에는 이처럼 조용하면서도 활력이 솟는 시간을 즐기는 것보다 더 좋은 건 없다고 생각했다.

하지만 앤은 그런 기분을 공유할 수 없었다. 그녀는 바스에 오는 것이 내키지 않았다. 빗줄기 사이로 연기를 내뿜는 건물들이 흐릿하게 시야에 들어왔지만, 자세히 보고 싶다는 생각은 들지 않았다. 내키지 않는 여정이라고 하더라도 마차는 너무 빠른 속도로 달리는 것 같았다. 도착하면 누가 그녀를 반가이 맞아줄까? 그녀는 아련한 그리움 속에 어퍼크로스의 소란스러움과 켈린치의 고요함을 떠올렸다.

엘리자베스가 보낸 마지막 편지에는 흥미로운 소식이 담겨 있었다. 엘리엇 씨가 바스에 와 있으며 캠든 플레이스에 찾아온 것은 물론이고 이후에 두 차례 더 방문해서 깍듯한 태도를 보였다는 것이었다. 엘리자베스와 월터 경이 잘못 생각하고 있는 게 아니라면 엘리엇 씨는 이전에 의도적으로 무시했던 관계를 이제는 회복하려고 애쓰는 셈이었다. 이것이 사실이라면 참으로 놀라운 일이었다. 러셀 부인은 엘리엇 씨에 대해 호기심과 당혹감을 동시에 느끼고 있었다. 그녀는 얼마 전 메리에게 '만나고 싶은 생각이 전혀' 없는 사람이라고 말했던 것을 스스로 번복했다. 이제는 그를

---

* pattens, 빗길을 걸을 때 신발 밑창에 덧대어 사용한 덧신으로 나무나 금속으로 만들어졌다.

꼭 만나보고 싶었다. 그가 충직한 나뭇가지처럼 가문의 일원으로 다시 돌아오고자 한다면, 한때 스스로 나무에서 떨어져 나갔던 잘못은 용서받아야 했다.

앤은 이 상황에 대해 러셀 부인만큼 고무되지는 않았으나 바스에서 마주칠 수 있는 많은 이들 가운데 그나마 엘리엇 씨를 만나는 게 낫겠다고 생각했다. 그녀는 캠든 플레이스에서 내렸고 러셀 부인은 리버스가에 있는 자신의 숙소로 향했다.

15

월터 경은 캠든 플레이스에서 아주 훌륭한 집을 얻었다. 지체 높은 이에게 어울리는 격조 높은 집이었다. 그는 장녀와 함께 그곳에 만족스럽게 정착했다.

앤은 무거운 마음으로 그 집에 들어섰다. 몇 달간 그곳에 갇혀 지내야 한다는 생각에 그녀는 혼잣말을 중얼거렸다. "아, 이곳을 언제 떠나게 될까?" 그러나 뜻밖의 환대에 그녀의 기분도 조금 나아졌다. 아버지와 언니는 집과 가구를 구경시켜 주기 위해서라도 그녀를 반갑게 맞이했다. 저녁 식사 자리에서는 네 명이 채워져 격식을 갖추게 된 것이 대단한 이점으로 언급되기도 했다.

클레이 부인은 상냥한 태도로 미소를 지어 보였지만 그녀의 예의와 미소는 충분히 예상된 것이었다. 앤은 그녀가 격식에 맞는 태도를 보여줄 것이라 예상하고 있었으나 정작 아버지와 언니의 살가운 태도가 의외였다. 그들은 확실히 기분이 좋은 상태였고 앤은 곧 그 이유를 알게 되었다. 그들은 앤의 말을 듣고자 한 게 아니었다. 단지 켈린치의 옛 이웃들이 그들이 떠나 아쉬워한다는 말을 듣고 싶었을 뿐인데 앤은 그에 대해 전할 말이 없었다. 그녀에게 몇 마디 성의 없는 질문을 건넨 뒤 대화는 곧 그들만의 몫이 되었다. 그들은 켈린치에 거의 관심이 없었고 어퍼크로스는 아예 관심 밖이었으며 오직 바스뿐이었다.

그들은 모든 면에서 바스가 그들의 기대 이상이라고 말했다. 그들의 집은 의심의 여지 없이 캠든 플레이스에서 최고였다. 응접실은 그때까지 보거나 들어 본 어느 곳보다도 좋았고, 가구의 배치와 장식도 빼어났다. 많은 이들이 그들과 교류하기를 원했고 모두가 그들을 찾아오고 싶어 했다. 사람들을 더는 소개받지 않으려 했으나 모르는 사람들이 끊임없이 방문 카드를 놓고 갔다.

이곳에는 즐길 거리가 넘쳐났다. 아버지와 언니가 행복해하는 것을 앤이 새삼 의아하게 생각했을까? 새삼스러운 일이 아니었을 수도 있으나 자신의 바뀐 처지에도 아버지가 아무런 수치심을 느끼지 못하고 있다는 사실에 앤은 한숨이 절로 나왔다. 아버지는 거주 지주*로서의 의무와 명예를 다하지 못하게 된 것에 대해 아무 후회도 없이 그저 가볍고 보잘것없는 도시 생활에 그토록 많은 의미를 부여하고 있는 것이었다. 언니가 접이문을 활짝 열어젖히며 한 응접실에서 다른 응접실**로 그 면적을 자랑이라도 하듯 의기양양하게 걸어 다니는 모습을 보면서도 앤은 한때 켈린치 홀의 여주인이었던 사람이 불과 30피트 남짓한 두 벽 사이의 공간에 자부심을 느낄 수 있다는 사실에 한숨과 실소가 나왔고 그런 언니의 모습이 놀랍기까지 했다.

그러나 아버지와 언니에게 행복감을 안겨준 것은 이뿐만이 아니었다. 그들에게는 엘리엇 씨도 있었다. 앤은 그에 관해 많은 얘기를 들을 수 있었다. 그는 용서받았을 뿐만 아니라 아버지와 언니에게 반가운 사람이 되어 있었다. 그는 보름 전부터 바스에 머물고 있었다. (그는 11월에 런던을 가는 길에 바스에 들른 적이 있었고, 그때 월터 경이 이곳에 정착했다는 소식을 들었

---

* residential landholder, 토지 소유를 통해 부와 명예를 유지할 뿐만 아니라 영지에 거주하며 사법, 치안, 종교 등의 영역에서 지역사회의 중심적 역할을 한 귀족 또는 젠트리 지주.

** 19세기 영국 상류층 가옥에서는 손님을 맞는 공간과 가족이 시간을 보내는 공간으로 용도에 따라 두 개 이상의 응접실을 가지고 있는 경우가 흔했다.

으나 하루만 머물고 다시 런던으로 향해야 했기 때문에 당시에는 방문할 시간을 내지 못했는데) 이번에는 바스에 도착하자마자 가장 먼저 한 일이 캠든 플레이스에 방문 카드를 남기고 그들을 만나려고 계속 애를 쓴 것이었다. 그리고 마침내 만남이 성사되자 그는 솔직하게 과거의 잘못에 대해 사과하고 자신을 다시 가문의 일원으로 받아들여 주기를 간청했다. 이렇게 해서 이전의 우호적인 관계가 완전히 회복되었다.

월터 경과 엘리자베스는 그에게서 어떤 흠도 찾을 수 없었다. 그는 그동안 자신이 그들에게 무관심한 것처럼 보였던 이유를 모두 해명했는데, 그것은 전적으로 오해에서 비롯된 것이었다. 그는 결코 가문의 연을 끊겠다고 생각한 적이 없으며 오히려 자신이 가문으로부터 버림을 받은 줄 알고 있었다. 그런데 그 이유를 알 수 없어서 감히 나설 용기를 내지 못했고 그래서 침묵하고 있었을 뿐이라고 했다. 가문과 가문의 명예를 업신여기는 말을 한 적이 있지 않으냐는 질문을 넌지시 받았을 때 그는 펄쩍 뛰면서 자신은 언제나 엘리엇 가문의 일원이라는 사실을 자랑스럽게 여겼고 요즘의 반봉건적 풍조에 어울리지 않을 정도로 가문을 소중히 여기고 있다고 말했다. 그는 자신에 대한 잘못된 평판에 놀라면서 자신의 인격과 평소의 품행을 살펴본다면 그런 소문이 사실무근임을 알 수 있을 것이고 이는 월터 경이 지인들을 통해 직접 확인해 볼 수 있을 것이라고 했다. 그는 실제로 화해의 기회를 얻자마자 관계를 회복하고 상속 예정자의 지위를 되찾고자 애쓰고 있었다. 이는 그가 가문을 얼마나 소중히 여기는지에 대한 강력한 증거였다.

그의 결혼을 둘러싼 전후 사정도 정상참작의 여지가 있음이 밝혀졌다. 이 문제는 그가 직접 밝힐 수 있는 성질이 아니었으므로, 그의 가까운 친구이자 품위 있는 신사이며 (게다가 전혀 못생기지도 않았다고 월터 경은 덧붙었다) 말버러가에서 호화로운 생활을 누리고 있는 월리스 대령이 몇 가지 이야기를 들려주었다. 그는 본인의 강력한 요청으로 엘리엇 씨를 통해 소개된 인물이었으며, 그의 입을 통해 전해진 이야기들은 엘리엇 씨의 결혼에 드리워졌던 불명예를 상당 부분 씻어 주었다.

엘리엇 씨와 오랫동안 친분이 있었고 그의 아내와도 잘 아는 사이였던 월리스 대령은 그들의 결혼에 대해 모든 것을 알고 있었다. 그녀는 대단한 가문의 배경은 없었으나 교육을 잘 받아 교양이 있었고 부유한 데다 그의 친구를 무척 사랑했다. 바로 그 점이 중요했다. 그녀가 먼저 그에게 구애한 것이었다. 그런 요인이 없었다면 그녀가 아무리 부유하다 해도 엘리엇의 마음은 움직이지 않았을 것이다. 월터 경은 그녀가 매우 아름다운 여성이었다는 사실도 확인했다. 그런 까닭에 정상참작의 여지는 충분했다. 아름다운 외모에 막대한 재산을 가진 여성이 그를 사랑한 것이었다! 월터 경은 이것으로 해명은 끝났다고 받아들이는 듯했다. 엘리자베스 역시 그런 정황을 좋게 받아들이지는 않았으나 상당한 참작의 여지가 있다는 점은 인정했다.

엘리엇 씨는 여러 차례 그들을 찾아왔고 한 번은 같이 저녁 식사도 했다. 여간해서는 식사 초대를 하지 않는 그들의 초대를 받고 그는 크게 감격했다. 요컨대 그는 특별한 친척으로 대우받는 모든 징표에 감격했고, 캠든 플레이스에서 친밀한 관계를 유지하는 데 자신의 모든 행복이 달려 있는 것처럼 행동했다.

앤은 이 이야기를 들으면서도 이해가 되지 않았다. 어떤 이야기를 들을 때 말하는 이의 생각을 충분히 헤아려야 한다는 것은 그녀도 잘 알고 있었다. 그녀가 듣는 모든 이야기는 미화된 것이었다. 화해의 과정에서 지나치게 과장되거나 비합리적으로 들리는 것들은 전적으로 말하는 이의 표현

방식에서 비롯된 것일 수도 있었다. 그러나 그녀는 엘리엇 씨가 그토록 오랜 시간이 지난 뒤 갑자기 관계를 회복하려 하는 데에는 겉으로 드러나지 않은 이유가 있을 것이라는 생각을 지울 수 없었다. 현실적으로 따져볼 때 월터 경과 가까워진다고 해서 그가 얻을 수 있는 것은 없었다. 반대로 불화를 빚는다고 해서 손해 볼 일도 없었다. 그는 아마도 월터 경보다 재산이 많을 것이고 켈린치의 땅과 작위는 때가 되면 그의 차지가 될 것이었다. 그는 실리적인 사람이었다. 그렇게 실리적인 사람에게 이 일이 왜 그렇게 중요한 문제이어야 했을까? 앤이 생각해낼 수 있는 유일한 답은, 언니 때문이 아닐까 하는 것이었다. 지난날 그는 언니에게 좋은 감정이 있었을 수도 있고, 다만 여러 가지 상황과 우연이 그를 다른 방향으로 이끌었을 수도 있었다. 그러다가 이제 자신이 원하는 것을 할 수 있는 조건이 갖추어지자 언니에게 구애하려는 것일지도 몰랐다. 언니는 세련되고 우아한 자태를 지녔으며 매우 아름다웠다. 그는 사적인 자리에서 언니를 만날 기회가 없었고 과거의 그는 언니의 진면모를 제대로 파악하지 못했을 수도 있었다. 다만 이제 나이가 들고 통찰력이 생긴 그에게 언니의 기질과 사고방식이 어떻게 평가될지는 또 다른 걱정거리였다. 언니가 그의 목적이라면 그가 너무 예리한 관찰력을 가지고 있지 않기를 앤은 간절히 바랐다. 엘리엇 씨의 잦은 방문이 화제가 되었을 때, 언니와 그녀의 친구 클레이 부인이 주고받은 의미심장한 눈빛만 봐도 언니는 그의 의도를 인식하고 있었고 클레이 부인은 그런 생각을 부추기고 있음이 분명했다.

앤은 라임에서 그와 마주친 적이 있다고 말했지만, 그녀의 말에 귀 기울이는 사람은 없었다. "그래, 그 사람이 엘리엇 씨였는지도 몰라. 그런데 우리는 알 수 없지. 아마 엘리엇 씨였나 보네." 그들은 앤이 묘사하는 그의 모습에 관심이 없었다. 그들은 자기들끼리 그의 외모를 묘사하고 있었다.

월터 경은 그의 신사다운 외모와 우아하고 세련된 풍채, 얼굴의 형태 그리고 지적인 눈매를 어느 정도 인정해 주었다. 동시에 이런 평가도 덧붙였다. "아래턱이 너무 튀어나온 게 흠이야. 나이를 먹으면서 더 튀어나온 것 같아. 지난 십 년 사이 이목구비가 모두 전보다 못해졌는데 그걸 아니라고 말할 수도 없고 이거 참. 그 사람은 나를 보고 마지막으로 만났을 때나 지금이나 달라진 게 하나도 없다고 생각하는 것 같던데, 나는 그 말을 똑같이 돌려줄 수 없으니 정말 당혹스럽더라고. 내가 그 사람을 흉보는 건 아니다. 엘리엇 씨의 외모는 대부분의 보통 남자들보다는 봐줄 만하니까. 어딜 같이 가자고 해도 굳이 싫다고 할 정도는 아니야."

　엘리엇 씨와 말버러가에 사는 그의 친구가 그날 저녁 내내 화제에 올랐다. "엘리엇 씨는 자기 친구를 빨리 소개해주고 싶어서 안달했고, 월리스 대령은 우리를 빨리 만나고 싶어서 안달했지." 월리스 부인도 언급되었다. 그녀는 출산을 앞두고 있어서 아직 만나지는 못했고 이야기만 전해 듣는 중이었다. 하지만 엘리엇 씨는 그녀를 '정말 매력적인 여성이며 캠든 플레이스에 소개될 자격이 충분한 분'이라고 소개했다. 그녀는 출산 후 몸이 회복되는 대로 찾아올 예정이었다. 그녀가 빼어난 미모의 소유자라는 말에 월터 경은 큰 기대를 나타냈다. "빨리 봤으면 좋겠네. 길거리에서 마주치는 수많은 못생긴 얼굴들에 지친 눈이 조금이나마 위로를 받을 수 있으면 좋으련만. 바스의 가장 큰 문제는 못생긴 여자들이 너무 많다는 거야. 예쁜 여자가 전혀 없다는 뜻이 아니라 못생긴 여자들의 비율이 압도적이라는 거지. 길을 걸을 때 자주 느끼는 건데, 예쁜 얼굴 하나가 지나가면 그 뒤로 서른 번, 아니 서른다섯 번은 끔찍한 얼굴들이 지나간다니까. 한번은 본드 스트리트의 어느 상점에서 지나가는 여자들을 지켜봤는데, 여든일곱 명의 여자가 지나가도록 봐줄 만한 얼굴이 하나도 없더라고. 그날 아침 날씨가 몹시 추웠으니 망정이지 천 명이 지나갔다고 해도 시험을 통과한 여자는 없었을 거야. 어쨌든 바스에는 못생긴 여자들이 너무 많아. 그러면 남자들은 좀 나은가 하면, 더 끔찍해. 거리에 허수아비 같이 생긴 남자들이 천지야. 조금만 괜찮은 남자가 나타나도 여자들이 난리가 나는 것을 보면 평소에 얼마나 봐줄 만한 남자들이 없는지 알 수 있지. 월리스 대령이 (풍채만 군인답지, 머리 색깔은 누르스름한 갈색인데도) 같이 걸어갈 때 여자들의 시선이 전부 그 사람에게 쏠리는 것만 봐도 그래. 모든 여자가 그 사람을 쳐다본다니까." 월터 경은 자기 자랑을 하지 않았다! 그렇다고 그냥 넘어가서는 안 되었다. 엘리자베스와 클레이 부인은 입을 모아 월리스 대령과 나란히 걸은 사람의 풍채도 그에 못지않았을 것이며 그의 머리 색깔은 확실히 누르스름한 갈색이 아니라고 말했다.

"메리의 외모는 요즘 봐줄 만하더냐?" 기분이 한껏 좋아진 월터 경이 말했다. "지난번에 봤을 때 코가 빨갛더라. 지금도 그래서는 안 될 텐데."

"아, 그건 어쩌다 그랬을 거예요. 미카엘 축일 이후로는 건강 상태도 아주 좋아졌고 얼굴도 환해졌어요."

"모자와 외투를 사서 메리에게 보내줄까 하다가 괜히 그 차림으로 밖에 나가서 찬바람을 맞으면 오히려 얼굴이 상할까 봐 그만두었다."

실내용 가운이나 두건을 사서 보내면 그런 위험이 없을 거라고 앤이 조심스럽게 말해보려는 순간 노크 소리가 들렸다. "이 시각에 누굴까요? 10시예요. 설마 엘리엇 씨? 오늘 저녁 랜스다운 크래슨트에서 저녁 식사를 하신다고 했는데 숙소로 돌아가는 길에 잠깐 들르셨는지도 모르죠. 다른 사람일 리가 없어요. 틀림없이 엘리엇 씨일 거예요." 클레이 부인의 말이 맞았다. 집사와 사환이 공손하게 엘리엇 씨를 안으로 안내했다.

이전과 입고 있는 옷이 달라졌을 뿐 바로 그 사람이었다. 그가 다른 사람들에게 인사를 하고 엘리자베스에게 늦은 시각의 방문에 대해 사과의 말을 건네는 동안 앤은 뒤로 살짝 물러나 있었다. "이렇게 가까이 지나가면서 어제 당신과 친구분이 감기에 걸리지는 않으셨는지 안부를 여쭙지 않을 수 없었습니다." 그는 정중한 태도로 이런 비슷한 인사말을 한참 더 건넸고, 엘리자베스도 최대한 정중하게 응대했다. 다음은 앤의 차례였다. 월터 경이 (이미 결혼한 딸을 굳이 언급할 필요가 없었으므로) 막내딸을 소개했다. "엘리엇 씨, 제 막내딸과 인사 나누시지요." 얼굴이 살짝 붉어진 앤이 미소를 지으며 앞으로 나왔다. 엘리엇 씨는 결코 잊을 수 없었던 그 고운 얼굴을 보는 순간 깜짝 놀랐고, 그의 표정을 본 앤은 자신이 누구인지 그가 전혀 몰랐음을 깨닫고 내심 재미있어했다. 그는 매우 놀란 듯했으나 놀란 만큼 기뻐하는 기색도 역력했다. 그의 눈이 반짝였다. 그는 놀라울 정도로 자연스럽게 이 인연을 반갑게 받아들였고 이전의 조우를 넌지시 암시하며 이미 알고 지낸 사람처럼 대해 달라고 청했다. 그는 라임에서 보았던 대로 매력적이었고 말할 때의 표정은 더 좋았다. 세련되고 자연스러우며 한없이 호감이 가는 그의 태도는 흠잡을 데가 없었다. 앤은 그런 품격을 딱 한 사람과 비교할 수 있었다. 똑같지는 않았으나 그 사람만큼이나 훌륭했다.

그가 자리에 함께하면서 그들의 대화는 더 풍부해졌다. 그가 분별 있는 사람이라는 사실에는 의심의 여지가 없었다. 이를 확인하는 데에는 10분이 채 걸리지 않았다. 그의 어조와 표현들, 화제의 선택 그리고 말을 멈추어야 할 때 멈추는 감각까지 모든 것이 이성적이고 통찰력 있는 정신의 소산이었다. 그는 기회가 생기자마자 라임에 관한 이야기를 시작했다. 그는 앤과 그곳에 관한 생각을 나누고 싶었고 특히 무슨 일로 같은 날 같은 여관에 묵게 되었는지 이야기하고 싶어 했다. 그는 자신이 라임을 오간 용건을 이야기하면서 그녀의 이야기를 듣고 싶어 했고 그곳에서 인사할 기회를 놓친 것에 아쉬움을 표현했다. 그녀는 누구와 어떤 목적으로 라임에 갔는지 간단하게 설명했는데, 그녀의 이야기를 들을수록 그의 아쉬움은 더욱 커졌다. 그는 그날 저녁 바로 옆방에 혼자 있었다고 했다. 그는 끊임없이 들리는 말소리와 웃음소리에 대단히 유쾌한 사람들이 옆방에 있다고 생각했고 그들과 자리를 함께하고 싶다는 바람이 간절했다. 하지만 그때는 자신을 소개할 아주 작은 핑곗거리라도 있을 리가 없다고 생각했다. 만약 일행이 누구인지 물어봤더라면! '머스그로브'라는 이름만 들었어도 충분했을 것이다. "낯선 이에게 지나친 호기심을 갖는 게 점잖지 못한 행동이라는 생각에 젊은 시절부터 여관에서 마주치는 사람에게는 아무것도 물어보지 않는다는 저만의 원칙이 있었는데 이번 일로 그런 어리석은 원칙을 고치게 될 것 같습니다."

"스물한 살이나 스물두 살 먹은 청년이 품격 있는 사람이 되겠답시고 나름의 예법을 정해본들," 그가 말했다. "그는 세상 누구보다 어리석은 생각을 혼자서 하고 있을 겁니다. 그 나이의 남자들이란 세워놓는 목표도 어리석지만, 그것을 달성하기 위한 수단도 똑같이 어리석은 것 같습니다."

그는 앤과 둘만의 대화를 하는 자리가 아니라는 것을 알고 있었다. 곧 그는 다른 사람들과 두루 이야기를 주고받았고 라임의 화제는 간간이 꺼낼 수 있을 뿐이었다.

그런데 그의 질문들은 그가 라임을 떠난 후 벌어진 사고에 관한 이야기를 결국 끌어내고야 말았다. '사고'라는 단어가 나온 이상 그는 자초지종을 들어야 했다. 그가 질문하자 월터 경과 엘리자베스도 이것저것 묻기 시작했는데, 그들의 태도에서는 분명한 차이가 느껴졌다. 무슨 일이 있었는지 정말로 알고 싶어 하고 그 일을 목격한 앤이 겪었을 고통의 정도를 염려하는 마음은 오로지 엘리엇 씨와 러셀 부인에게서만 느껴졌다.

그는 한 시간 정도 머물렀다. 벽난로 위 선반에 놓인 우아한 작은 시계가 '은빛 소리로 11시'를 알리고 멀리서 야경꾼의 외침이 같은 시각을 알리기 전까지는 엘리엇 씨를 포함한 그 누구도 그가 그렇게 오래 앉아 있었다는 사실을 깨닫지 못했다.

앤은 캠든 플레이스의 첫날 저녁을 그렇게 잘 보낼 수 있으리라고는 상상도 하지 못했다.

16

 가족이 있는 바스에 오자마자 앤은 엘리엇 씨가 언니를 좋아하는지 알아보는 것보다 더 시급히 확인하고 싶은 것이 있었다. 그것은 아버지가 클레이 부인을 마음에 두고 있느냐 하는 것이었다. 도착한 지 몇 시간도 되지 않아 그녀는 이 문제에 대해 결코 마음을 놓을 수 없게 되었다. 다음 날, 아침 식사를 위해 아래층에 내려간 앤은 클레이 부인이 마치 떠나려는 듯한 모습을 보였다는 사실을 알게 되었다. 앤은 클레이 부인이 '이제 앤 양이 돌아왔으니 저는 이곳에 있을 필요가 없을 듯합니다'라고 말했으리라 짐작할 수 있었다. 엘리자베스가 속삭이듯 이렇게 대답하는 것을 들었기 때문이다. "그건 이유가 될 수 없어요. 전혀 신경 쓸 필요 없다고요. 당신에 비하면 그 애는 나한테 아무것도 아니에요." 이어서 앤은 아버지가 말하는 것도 들었다. "친애하는 클레이 부인, 이러시면 안 됩니다. 바스에서 구경도 제대로 못 하셨잖아요. 여태 우리를 도와주시기만 했는데 그냥 이렇게 가실 수는 없습니다. 월리스 부인을 만나 보시기 전에는 절대 못 가십니다. 아름다운 분이라고 하잖아요. 당신처럼 고상한 심성을 가진 분은 아름다움을 감상하는 것에서 진정한 기쁨을 누릴 겁니다."
 월터 경의 말투와 표정이 너무나 진지했기 때문에 앤은 클레이 부인이 자신과 언니를 슬쩍 훔쳐보는 모습에도 놀라지 않았다. 클레이 부인의 표정에는 상황을 조심스럽게 살피는 기색이 역력했다. 하지만 그녀의 '고상한 심성'에 대한 칭찬에도 엘리자베스는 아무런 관심을 보이지 않았다. 클레이 부인은 두 사람의 간청에 못 이겨 계속 머물러 있기로 했다.

같은 날 오전, 앤과 단둘이 있게 된 아버지는 그녀의 외모가 나아졌다고 칭찬하기 시작했다.

"몸과 얼굴에 살이 좀 붙었고 피부색과 안색도 훨씬 밝아졌구나. 특별히 사용하는 거라도 있냐?"

"아니요. 아무것도요."

"가울런드*를 쓰겠지."

"아니요. 아무것도 안 써요."

"이런, 정말 놀랍구나." 그가 말했다. "그러면 지금 상태를 유지하는 게 최선이겠네. 지금보다 더 좋아질 수는 없을 테니까. 그래도 가울런드를 써 보거라. 봄철에 꾸준히 사용하면 좋을 거다. 클레이 부인도 내 권유로 줄곧 사용하고 있는데, 네가 보기에도 효과가 큰 것 같지? 주근깨가 모두 사라져서 얼굴에 광채가 나잖아."

엘리자베스가 이 말을 들었다면 어떤 반응을 보였을까? 아마 그녀는 이런 개인적 칭찬을 의미심장하게 받아들였을 것이다. 특히 클레이 부인의 주근깨가 전혀 줄어든 것 같지 않았기 때문에 더 그랬을 것이다. 결국 앤은 이 모든 상황을 흘러가는 대로 지켜볼 수밖에 없었다. 만일 언니가 결혼해서 집을 떠난다면 아버지의 결혼도 그리 나쁜 일은 아닐 것이었다. 앤 자신은 러셀 부인의 집에서 지내면 그만이었다.

차분한 성정과 깍듯한 예법이 몸에 밴 러셀 부인조차 캠든 플레이스에서는 힘든 시간을 보냈다. 클레이 부인을 그처럼 떠받들면서도 앤에게는 철저한 무시로 일관하는 그들 부녀의 모습에 러셀 부인은 줄곧 화가 났다.

---

* Gowland, 18~19세기 영국에서 유행한 피부 미용 제품으로 수은이 함유되어 있어 오늘날의 기준으로는 매우 위험하다고 할 수 있으나 당시에는 미백에 뛰어난 효과가 있는 것으로 인식되었다.

캠든 플레이스를 벗어나 바스에서 온천수를 마시고 모든 신간 도서를 뒤적거리며 지인들을 두루 만나는 동안에도 그녀는 문득문득 부아가 치밀어 오르곤 했다.

엘리엇 씨를 알게 되면서 러셀 부인은 다른 이들에게 좀 더 너그러워졌는데 어쩌면 무관심해졌다고 해야 할지도 모르겠다. 그의 품위 있는 태도는 그녀를 흡족하게 했다. 그녀는 그와 대화를 나누면서 그의 내면적 깊이가 외적인 매력을 충분히 뒷받침하고 있음을 알게 되었다. 그래서 처음에는 '정말 이 사람이 그 엘리엇 씨 맞아?'라는 생각이 들었으나 차츰 그처럼 매력적이고 훌륭한 남자는 찾을 수 없으리라 생각하게 되었다. 그는 남다른 이해력과 올바른 견해, 세상에 대한 식견 그리고 따뜻한 마음을 지니고 있었다. 가문에 대한 깊은 애착과 명예심을 가지고 있으면서도 오만이나 나약함에 빠지지 않았다. 부유한 신사의 여유를 지녔으나 과시하지 않았고, 모든 중요한 일을 스스로 판단하되 다른 사람들의 의견을 무시하지 않았다. 그는 신중하고 통찰력 있으며 절제되고 솔직했다. 강렬한 감정으로 착각하기 쉬운 변덕스러움이나 이기심에 휩쓸리지 않았고, 귀엽고 사랑스러운 것에 대한 감수성을 지녔으며 가정생활의 행복을 진심으로 소중히 여겼다. 이는 근거 없는 열정과 격한 감정의 기복을 보이는 이들이 좀처럼 가지기 어려운 덕목이었다. 그녀는 그가 결혼 생활에서 행복하지 못했으리라 확신했다. 월리스 대령이 그렇게 말했고 그녀 자신도 대화를 통해 알게 된 사실이었다. 하지만 그 불행은 그를 냉소적으로 만들지 못했고 (그녀가 짐작했듯이) 두 번째 선택을 단념하게 만들지도 못했다. 엘리엇 씨에 대한 만족감은 클레이 부인으로 인해 언짢았던 그녀의 마음을 가볍게 해주었다.

앤은 지난 몇 년 사이 자신의 훌륭한 벗이 때때로 자신과 생각을 달리

할 수 있음을 받아들이게 되었고, 그런 까닭에 화해를 간절히 바라는 엘리엇 씨의 태도에서 러셀 부인이 뭔가 의심스럽거나 모순된 점을 발견하지 못하고 있다는 사실에도 그리 놀라지 않았다. 러셀 부인은 겉으로 드러난 것 외의 다른 동기가 있을 가능성을 생각하지 않았다. 나이가 들면서 성숙해진 엘리엇 씨가 월터 경과 관계를 회복하는 것이 바람직하다고 생각하게 된 것은 지극히 자연스러운 일이며, 가문의 어른과 좋은 관계를 유지하려는 것은 양식 있는 사람들 사이에 그의 평판을 높일 만한 태도라는 것이 러셀 부인의 생각이었다. 이것은 비록 젊은 시절 실수를 저질렀더라도 명석한 사람이라면 나이가 들면서 깨달아가는 자연스러운 과정이기도 했다. 가만히 미소만 짓고 있던 앤이 마침내 '엘리자베스'를 언급했다. 그 말을 들은 러셀 부인은 잠시 생각하더니 앤을 바라보며 조심스럽게 대답했다.
"엘리자베스? 글쎄, 두고 보면 알게 되겠지."

앤 역시 시간이 지나야 알 수 있는 일임을 인정하지 않을 수 없었다. 당장은 아무것도 확실하지 않았다. 그 집에서는 늘 엘리자베스가 우선이었고 누구에게든 깍듯하게 '엘리엇 양'으로 불리는 데 익숙한 그녀로서는 자신에 대한 어지간한 관심도 특별해 보이기 힘들었다. 게다가 엘리엇 씨의 경우 아내가 세상을 떠난 지 일곱 달이 채 되지 않았다는 점을 기억할 필요가 있었다. 그가 서두르지 않는 것은 그런 점에서 충분히 이해할 만했다. 사실 앤은 그의 모자에 둘린 검은 상장(喪章)을 볼 때마다 자신이 변명의 여지가 없는 성급한 상상을 하는 게 아닐까 하는 마음이 들기도 했다. 설령 그의 결혼 생활이 그리 행복하지 않았다고 하더라도 오랜 시간을 함께 보낸 사람을 떠나보낸 뒤 그토록 빨리 잊는다는 것이 그녀로서는 이해하기 어려운 일이었다.

일이 어떤 결말로 이어지든 일단 그가 바스에서 가장 마음에 드는 지인이라는 사실은 분명했다. 앤은 그와 견줄 만한 사람을 보지 못했고 이따금 그와 라임의 얘기를 나누는 것은 큰 즐거움이었다. 그도 그녀만큼 라임에 다시 가서 더 많은 것을 보고 싶어 하는 것 같았다. 그들은 처음 마주친 순간을 여러 차례 떠올렸고 그는 자신이 그녀를 진지하게 바라보았음을 넌지시 이야기하기도 했다. 이는 그녀도 알고 있는 사실이었다. 문득 앤은 자신을 바라보던 또 다른 시선을 떠올렸다.

그들의 생각이 언제나 같았던 것은 아니다. 그녀는 그가 지위와 인척 관계를 매우 중시한다는 사실을 발견했다. 그런 성향 때문에 그는 별로 중요해 보이지 않는 문제를 놓고 아버지와 언니가 걱정을 쏟아낼 때 매우 진지한 태도로 대화에 참여했는데 그것은 단순한 예의에서 나온 행동이 아니었다. 어느 날 아침 바스의 신문에 달림플 자작의 부인과 그녀의 딸 카트릿 양이 도착했다는 기사가 실렸다. 이로써 캠든 플레이스의 평온함은 여러 날 동안 사라졌다. 달림플 가문은 (앤으로서는 매우 유감스럽게도) 엘리엇 가문과 먼 친척 관계였기 때문이다. 이제 어떻게 하면 그들에게 품위 있게 보일 것인지가 고민거리가 되었다.

아버지와 언니가 귀족들과 직접 접촉하는 모습을 본 적이 없었던 앤은 이때 실망하지 않을 수 없었다. 아버지와 언니가 자신들의 지위를 그토록 자랑스러워하는 만큼 당당한 태도를 보일 것을 기대했으나 그녀의 기대는 이전에 한 번도 품어본 적이 없는 소망으로 바뀌고 말았다. "우리 친척 달림플 부인과 카트릿 양"과 "우리 친척 달림플 가문"을 온종일 반복해 들으면서 그녀는 아버지와 언니에게 자존심이라는 게 있기를 소망했다.

월터 경은 고인이 된 자작과 한 차례 자리를 함께한 적이 있으나 다른 가족은 만난 적이 없었다. 그런데 곤란한 상황은, 자작이 세상을 떠난 후 예법에 따른 서신 왕래가 끊겼다는 사실에서 비롯됐다. 공교롭게도 같은 시기에 병을 앓았던 월터 경이 아일랜드로 애도의 편지를 보내지 못한 것이었다. 그 소홀함은 대가를 치르게 되었다. 엘리엇 부인이 세상을 떠났을 때 이번에는 달림플 가문에서 애도의 편지를 보내지 않았다. 이에 따라 달림플 가문이 그들의 관계가 끝났다고 여기는 것인지도 모른다는 불안이 생길 수밖에 없었다. 이 난처한 문제를 어떻게 바로잡아 다시 친척으로 받아들여질 것인가, 그것이 관건이었다. 러셀 부인과 엘리엇 씨 또한 이 문제의 중요성을 간과하지 않았는데, 그들의 접근 방식은 좀 더 합리적이었다. "친척 관계는 언제나 지킬 만한 가치가 있고 좋은 분들과의 교류는 언제라도 추구해야 하는 법이지요. 달림플 부인께서는 석 달 동안 로라 플레이스에서 품격 있는 생활을 하실 겁니다. 작년에도 바스에 오셨는데 러셀 부인께서 들으시기로는 매우 매력적인 분이시라고 합니다. 엘리엇 가문의 품위가 손상되지 않는 범위 내에서 관계를 회복하는 것이 바람직할 겁니다."

월터 경은 결국 자신만의 방식을 택했다. 그리고 마침내 자신의 고귀한 친척에게 장문의 편지를 썼다. 충분한 해명과 깊은 유감, 간곡한 요청이 담긴 더없이 정중한 글이었다. 러셀 부인도, 엘리엇 씨도 그 편지를 마음에 들어 하지 않았다. 하지만 편지는 그 목적을 달성했고, 곧 달림플 자작 부인으로부터 대충 갈겨쓴 세 줄짜리 답장이 도착했다. "영광입니다. 교류하게 되어 기쁩니다." 이로써 고민은 끝나고 행복이 시작되었다. 그들은 로라 플레이스를 방문했고, 달림플 자작 부인과 경애하는 카트릿 양으로부터 받은 방문 카드를 집에서 가장 눈에 잘 띄는 곳에 두었다. 그러고는 모든 사람에게 "로라 플레이스에 있는 우리 친척"과 "우리 친척 달림플 부인과 카트릿 양"의 얘기를 했다.

앤은 얼굴이 화끈거렸다. 설령 달림플 부인과 그녀의 딸이 정말로 매력적이라고 해도 이런 야단법석에는 얼굴이 화끈거렸을 텐데 그들은 전혀 그렇지도 않았다. 그들에게는 품위나 교양, 지적 소양 같은 것을 찾아볼 수 없었다. 달림플 부인이 '매력적인 분'이라는 평가를 받은 것은 오로지 누구에게나 미소를 짓고 누구에게나 상냥한 태도를 보였기 때문이다. 카트릿 양은 말수가 적고 용모는 평범한 데다 행동도 어색하기만 해서 혈통만 아니었다면 캠든 플레이스의 사람들이 그냥 너그러이 봐줄 리가 없었다.

러셀 부인도 그들이 자신의 기대에 미치지 못했다고 솔직하게 인정했지만, 그래도 '알고 지낼 만한 가치'가 있다고 했다. 앤이 엘리엇 씨에게 그들에 대한 솔직한 의견을 조심스럽게 내비쳤을 때 그는 그들이 별 볼 일 없는 사람들이라는 점에 동의했다. 그래도 친척으로, 좋은 인맥으로, 그리고 다른 좋은 사람들을 모이게 하는 구심점으로 가치가 충분하다고 말했다. 앤은 웃으면서 말했다.

"제가 생각하는 좋은 교류란, 엘리엇 씨, 재치 있고 박식하며 풍부한 대화를 나눌 수 있는 사람들과 자리를 함께하는 거예요. 저는 그런 걸 좋은 교류라고 부릅니다."

"당신이 착각하시는 겁니다." 그가 점잖게 말했다. "그건 좋은 교류가 아니라 최상의 교류죠. 좋은 교류에 필요한 것은 신분과 교양 그리고 예법입니다. 그중에서도 교양은 그리 까다롭게 따지지 않아도 되지만 신분과 예법은 필수입니다. 깊이 있는 지적 소양까지는 필요 없고 적당히 아는 정도로도 충분히 좋은 교류를 할 수 있습니다. 아, 고개를 저으시는군요. 제 말에 동의하지 않으시나 봅니다. 까다로우신데요." (그녀 옆자리에 앉으며) "당신은 제가 아는 어떤 여성보다도 까다로울 자격이 있습니다. 하지만 그걸로 만족하십니까? 그렇게 해서 행복해지실 수 있을까요? 차라리 로라 플레이스에 있는 훌륭한 숙녀분들과 교류하며 그 관계에서 얻을 수 있는 유익을 최대한 누리는 것이 더 현명하지 않을까요? 단언컨대 그분들은 이번 겨울 바스의 최상류층과 어울릴 겁니다. 그리고 어디까지나 신분은 신분이니 그들과 친척이라는 사실이 알려지면 당신의 집안도 (아니 우리 집안이라고 하겠습니다) 모두가 선망할 그런 대접을 받게 될 것입니다."

"그렇겠네요." 앤이 한숨을 쉬며 말했다. "그분들과 친척 관계라는 사실이 알려지고야 말겠네요!" 그러고는 마음을 가라앉히고 더는 대답을 듣고 싶지 않다는 듯 가볍게 말을 이었다. "그분들과 어떻게든 연을 맺어보려고 너무 법석을 떤다는 생각이 들어요. 아마도," (미소를 지으며) "우리 중에 제가 자존심이 가장 센 모양이에요. 하지만 가장 속상한 건 관계를 인정받으려고 우리는 그토록 애를 썼지만, 정작 그분들은 우리를 신경도 쓰지 않는다는 거예요."

"이렇게 말씀드리면 실례가 될지 모르나 당신의 주장은 온당하지 않습니다. 만일 런던 같은 곳에서 지금처럼 조용히 살아가신다면 모르겠지만, 바스에서는 월터 엘리엇 경과 가족분들 모두 알아둘 가치가 있는 분들로 인정받고 환영받을 분들입니다."

"글쎄요," 앤이 말했다. "저는 자존심이 세서 그런지, 사람이 어디에 사느냐에 따라 달라지는 환대라면 받고 싶은 생각이 없어요."

"화내시는 모습도 매력적이군요." 그가 말했다. "그렇게 생각하시는 것도 이해는 됩니다. 하지만 당신은 지금 바스에 계시잖습니까. 중요한 것은 월터 엘리엇 경이 합당한 명예와 품위를 누리며 이곳에 자리를 잡으셔야 한다는 것입니다. 자존심을 언급하셨는데, 저도 자존심이 세다는 얘기를 많이 듣는 편이고 그걸 부정하지 않습니다. 아마 우리의 자존심을 깊이 들여다본다면 본질적인 목표는 다르지 않을 겁니다. 형태만 조금 다를 뿐이겠지요." 그는 주위에 다른 사람이 있기라도 한 듯 목소리를 낮추며 말을 이었다. "그런데 한 가지 점에서는 우리의 생각이 같을 거라고 확신합니다. 당신의 부친께서 지위가 비슷하거나 더 높은 분들과 교류하시는 것이 격에 맞지 않는 사람들을 떼어내는 데 도움이 될 수 있다는 것입니다."

이 말을 하면서 그의 시선은 조금 전까지 클레이 부인이 앉아 있던 자리를 향했다. 그가 말하려는 바는 분명했다. 앤은 그와 자신이 같은 종류의 자존심을 가지고 있다는 점에는 동의하지 않았으나 그가 클레이 부인을 탐탁지 않게 여긴다는 사실만큼은 반가웠다. 그리고 아버지가 더 높은 지위의 사람들과 어울리도록 도우려는 그의 의도가 클레이 부인을 밀쳐내기 위한 것이라면 이를 용인할 수 있겠다는 생각이 들었다.

17

월터 경과 엘리자베스가 로라 플레이스에서 부지런히 행운을 좇고 있는 동안 앤은 사뭇 성격이 다른 인연을 다시 잇고 있었다.

그녀는 기숙학교 시절의 스승을 찾아갔다가 옛 친구가 바스에 살고 있다는 사실을 알게 되었다. 앤은 그 친구가 과거에 베풀어준 친절을 떠올리며 현재 그녀가 당하고 있는 고통을 외면하지 않았다. 한때 해밀턴 양이었던 지금의 스미스 부인은 앤이 인생에서 가장 힘든 시기를 보내고 있을 때 손을 내밀어준 사람이었다. 오래전 사랑하는 어머니를 잃은 앤은 깊은 슬픔에 빠진 채 기숙학교로 보내졌고, 예민한 감수성과 내성적인 성격을 지닌 열네 살의 소녀는 고통에서 헤어나오지 못하고 있었다. 그때 가까운 친척도 없고 머물 곳도 마땅치 않아 일 년 더 학교에 남아 있던 세 살 연상의 해밀턴 양이 어린 앤을 따뜻하게 보살펴 주었고, 덕분에 앤은 고통을 덜고 그 시기를 보낼 수 있었다. 그때의 고마움을 앤은 잊을 수 없었다.

해밀턴 양은 학교를 떠난 후 얼마 지나지 않아 결혼했는데, 부유한 남자를 만났다는 소문을 들은 것이 앤이 그녀에 대해 알고 있는 전부였다. 하지만 앤은 이제 그녀의 처지가 완전히 달라져 있음을 옛 스승을 통해 알게 되었다.

그녀는 남편과 사별했고 가난했다. 남편은 낭비벽이 심한 사람이었는데 2년 전 세상을 떠났을 때 그의 재정 상태는 엉망이었다. 그녀는 그동안 온갖 어려움에 맞서 싸워야 했고 설상가상으로 심한 류머티즘성 열을 앓은 뒤 다리를 절게 되었다. 치료를 위해 바스에 온 그녀는 온천 근처의 허름한 거처에서 하인을 따로 둘 여유도 없이 초라하게 지내고 있었다. 당연히 사교계에서도 거의 단절되어 있었다.

엘리엇 양이 방문한다면 스미스 부인이 크게 기뻐할 거라는 스승의 조언에 앤은 곧바로 그녀를 찾아가기로 했다. 앤은 이에 관해 아버지와 언니에게는 아무 말도 하지 않았다. 어차피 관심을 보일 리도 없었다. 그녀가 유일하게 의견을 구한 러셀 부인은 앤의 마음을 오롯이 헤아려주었고 기꺼이 웨스트게이트가 인근에 있는 스미스 부인의 거처까지 그녀를 태워다 주었다.

그렇게 방문이 이루어졌고 두 사람의 인연이 다시 이어졌다. 아니, 단순히 이어진 것 이상의 깊은 관계로 되살아났다. 처음 10분 동안은 어색함과 복받치는 감정이 교차했다. 헤어진 지 12년 만에 두 사람은 각자의 기억과는 너무나 다른 모습을 마주해야 했다. 말수가 적은 열다섯 살의 풋풋하고 앳된 소녀는 이제 12년이 흘러 화사하지는 않으나 여전히 아름답고 우아하며 반듯한 스물일곱 살의 여성이 되어 있었다. 그리고 한때 건강하고 자신감 넘치던 어여쁜 해밀턴 양은 가난하고 병약하며 의지할 데 없는 과부가 되어 오래전 자신이 돌봐준 사람의 방문을 감사히 받는 처지가 되었다. 그래도 처음의 어색함은 곧 사라지고 두 사람은 예전의 애틋한 마음으로 지난날을 회상하는 기쁨을 나누었다.

앤은 스미스 부인에게서 변함없는 지성과 온화함을 보았고, 기대 이상의 쾌활한 성격과 대화를 즐기는 기질을 발견했다. 과거의 사치스러운 생활도, 현재의 궁핍과 병고도 그녀의 마음을 닫히게 하거나 당당함을 꺾지는 못했다.

두 번째 방문에서 스미스 부인은 더 솔직한 이야기를 털어놓았고 앤의 놀라움은 더욱 커졌다. 스미스 부인의 처지보다 더 암담한 상황은 상상하기조차 어려웠다. 한때 깊이 사랑했던 남편은 세상을 떠났다. 풍족한 생활도 사라졌다. 그녀를 다시 삶과 기쁨으로 이어줄 아이도 없었고 복잡한 문제들을 함께 해결해줄 친척도 없었다. 그리고 그 모든 어려움을 견디게 해줄 건강마저 잃었다. 그녀가 머무는 공동주택에는 시끄러운 공용 거실과 그 뒤편의 어두운 개인 침실이 전부였다. 그녀는 다른 사람의 도움을 받지 않고는 거실과 침실을 오가는 것조차 힘들었는데, 공동주택에는 하인이 한 사람밖에 없었다. 그래서 온천까지 옮겨질 때를 제외하고는 외출도 자유롭게 할 수 없었다. 하지만 이 모든 어려움에도 스미스 부인은 뜨개질과 독서와 사람들과의 만남으로 순간순간의 무기력과 우울감을 떨쳐내고 있었다. 어떻게 그럴 수가 있었을까? 앤은 그녀를 지켜보며 곰곰이 생각한 끝에 그것이 단순한 인내나 체념의 결과가 아니라는 결론에 도달했다. 순응적인 사람이라면 그저 참고 버텼을 것이다. 강한 이성의 소유자라면 확고한 의지가 있었을 것이다. 하지만 스미스 부인에게는 그 이상의 무언가가 있었다. 우울함을 딛는 쾌활함, 위로를 기꺼이 받아들이는 마음, 불행에 매몰되지 않고 좋은 쪽으로 눈을 돌려 어떤 일에 몰두하는 힘은 천성에서 비롯된 것이었다. 그것이야말로 하늘이 내린 큰 선물이었다. 앤은 스미스 부인을 바라보며 이처럼 고된 삶을 살아가는 이에게도 거의 모든 결핍을 상쇄할 수 있는 자비로운 은총이 주어진다는 점을 깨달았다.

그녀는 자신이 거의 무너질 뻔한 적이 있었다고 말했다. 바스에 처음 왔을 때와 비교하면 지금의 자신은 환자라고 할 수도 없다는 것이었다. 당시 그녀의 상태는 한마디로 참담했다. 바스로 오는 도중 감기에 걸렸고 숙소에 도착해서는 극심한 통증으로 침대에서 꼼짝도 하지 못했으며 아는 사람이 하나도 없는 곳에서 간병인이 꼭 필요했으나 그런 예상치 못한 지출을 감당할 형편이 아니었다. 하지만 그녀는 결국 어려움을 이겨냈고 이제는 그런 경험이 진정으로 유익했다고 말할 수 있게 되었다. 주위에 좋은 사람들의 도움을 받게 됨으로써 마음도 한결 가벼워졌다. 세상의 온갖 풍파를 겪은 그녀는 이해관계를 따지지 않는 사랑은 기대하기 어렵다고 생각했다. 하지만 병을 앓으면서 그녀는 공동주택의 여주인이 참으로 좋은 사람이며 자신을 부당하게 대하지 않으리라는 것을 알게 되었다. 특히 간병인을 구하는 문제에서 운이 따랐다. 집주인의 여동생은 간호사였다. 그런데 일자리를 찾지 못할 때면 그곳에 머무르곤 하던 그 여동생이 마침 그곳에 와 있었고 덕분에 스미스 부인은 꼭 필요한 돌봄을 받을 수 있었다. "그리고 그녀는," 스미스 부인이 말했다. "병간호를 잘해주었을 뿐만 아니라 내게 둘도 없는 친구가 되어주었어. 내가 손을 다시 쓸 수 있게 되자 그녀가 뜨개질을 가르쳐 주었는데 그게 정말 훌륭한 일거리가 되었지. 여기 이 작은 바느질 상자와 핀 쿠션, 카드 받침대 같은 물건들을 만드는 법도 그녀가 가르쳐 주었는데, 보다시피 쉴 틈이 없을 정도로 일감이 많아서 이제는 동네의 가난한 한두 가정에 작은 도움이나마 줄 수 있게 되었어. 그녀는 직업의 특성상 내가 만든 물건을 사줄 사람들을 아주 많이 알고 있는데, 때를 잘 맞춰서 내 물건들을 팔아 주곤 해. 사람들은 극심한 고통에서 막 벗어나거나 건강이 회복되는 축복을 누릴 때 마음이 너그러워지는 법이잖아. 루크 간호사는 그런 때를 정확하게 알아. 영리한 데다 판단력과 분별력이 좋고 사람의 본성을 꿰뚫어 보는 눈도 있는 거지. 그리고 남다른 통찰력도 있어서 '세상에서 가장 좋은 교육'을 받았다면서도 정작 귀담아들을 만한 말은 할 줄 모르는 사람들은 비교가 되지 않을 정도로 훌륭한 대화 상대이기도 해. 남들은 뭐라고 할지 모르지만, 그녀가 짬이 날 때 30분 정도 들려주는 이야기들은 언제나 흥미롭고 유익해. 인간을 더 잘 이해하게 해주는 이야기들이지. 누구나 세상에서 어떤 일이 벌어지고 있는지,

어떤 경박하고 바보 같은 것들이 유행하고 있는지 궁금하잖아. 많은 시간을 혼자 보내는 나 같은 사람에게 그녀와의 대화는 정말 큰 즐거움이야."

그런 즐거움을 트집 잡을 생각이 없었던 앤은 이렇게 대답했다. "당연히 그럴 만하다고 생각해요. 간호사로 일하는 여성들은 다양한 경험을 할 기회가 있고, 그중 똑똑한 분들의 이야기는 귀담아들을 만할 거예요. 그분들은 다양한 인간 군상을 일상에서 목격하실 테니까요. 어리석은 사람들뿐만 아니라 이따금 흥미롭고 감동적인 순간들에 드러나는 인간의 본성을 목격하기도 하겠죠. 사심이 없는 열렬하고 헌신적인 사랑과 영웅적인 용기, 인내, 체념 같은, 우리를 고귀하게 만드는 온갖 갈등과 희생의 순간들 말이에요. 병실의 하루는 몇 권의 책보다 더 많은 가르침을 줄지도 몰라요."

"글쎄," 스미스 부인은 조금 회의적인 어조로 대답했다. "물론 그런 순간들도 있겠지. 하지만 병실에 언제나 그렇게 고상한 교훈만 있는 것은 아닐 거야. 고난을 겪는 인간의 위대함도 있겠지만, 대개는 강인함보다 나약함이 보이고, 너그러움보다는 이기심과 조급함에 관한 이야기가 더 많이 들릴 거야. 세상에는 참된 우정이라는 것도 정말 드물어." 그녀는 나지막이 떨리는 목소리로 덧붙였다. "사람들은 진지하게 생각하는 법을 잊고 살다가 너무 늦게 그것을 깨닫곤 하지."

앤은 그녀의 말에서 깊은 슬픔을 느꼈다. 남편은 마땅히 지켜야 할 도리를 다하지 못했고, 아내는 그에게 이끌려 만난 사람들 틈에서 세상을 비관적으로 보게 되었다. 하지만 그것도 그녀에게는 스쳐 지나가는 감정일 뿐이었다. 그녀는 이내 그런 감정을 떨쳐내고 가벼운 어조로 말을 이었다.

"요즘 루크 부인이 돌보는 환자는 그다지 흥미롭거나 교훈을 주는 사람은 아닌 것 같아. 말버러가에서 월리스 부인이라는 분을 간호하고 있다는

데, 예쁘긴 하지만 어리석고 사치스러운 상류층 부인인가 봐. 그러니 레이스나 장식품 따위의 이야기밖에 들려줄 게 없겠지. 그래도 그 부인의 덕을 좀 볼까 해. 돈이 아주 많은 분이라고 하니까 내가 가지고 있는 비싼 물건들을 다 팔아볼 작정이야."

앤이 옛 친구를 여러 차례 방문한 뒤에야 그녀의 존재가 캠든 플레이스에도 알려지게 되었다. 그녀에 관해 이야기할 수밖에 없는 상황이 벌어진 것이다. 어느 날 아침, 월터 경과 엘리자베스 그리고 클레이 부인이 로라 플레이스를 방문했다가 달림플 부인으로부터 당일 만찬에 와달라는 갑작스러운 초대를 받고 돌아왔다. 그러나 앤은 그날 저녁을 웨스트게이트가에서 보내기로 되어 있었고, 그녀로서는 선약이 있어 만찬에 갈 수 없다고 밝히는 게 전혀 유감스럽지 않았다. 감기에 걸려서 꼼짝없이 집에 있게 된 달림플 부인이 그동안 그렇게 떨떠름하게 여기던 친척 관계를 이번 기회에 이용하려는 것일 뿐이라는 확신이 있었기 때문이다. 그녀는 망설임 없이 초대를 거절했다. "저는 예전 학교 친구와 저녁을 함께 보내기로 선약이 되어 있어서요." 월터 경과 엘리자베스는 앤과 관련된 일에 별다른 관심이 없었으나 그 친구가 누구인지 알아낼 정도의 질문은 던졌다. 엘리자베스는 경멸스럽다는 반응을 보였고 월터 경은 노골적으로 못마땅해했다.

"웨스트게이트가에 산다고?" 그가 소리쳤다. "앤 엘리엇 양이 웨스트게이트가에 사는 누구를 만난다고? 스미스 부인? 그것도 과부인 사람을? 남편이 누구였다고? 죽은 남편은 세상천지에 널린 수많은 스미스 씨 중 하나였을 거 아니냐? 너는 뭐가 아쉬워서 그런 여자를 만나는 거냐? 그 여자가 늙고 병들어서? 우리 앤 엘리엇 양은 취향도 참 별나시네! 너는 다른 사람들이 질색하는 천한 신분과 지저분한 집과 더러운 공기와 온갖 불쾌한 것들이 그렇게도 마음에 드냐? 그 늙은 부인은 내일 만나도 되잖아. 당장 죽을 사람 같지는 않으니, 다음에 만나도록 해라. 나이가 몇이라고? 마흔?"

"아니요. 아직 서른한 살이 되지 않았어요. 그런데 약속을 미룰 수는 없어요. 당분간 스미스 부인과 제가 시간을 맞출 수 있는 때가 오늘 저녁밖에 없어서요. 스미스 부인이 내일은 치료차 온천에 가신다고 했고 우리 가족도 다른 약속이 계속 잡혀 있잖아요."

"러셀 부인은 네 친구에 대해서 뭐라고 하시니?" 엘리자베스가 물었다.

"전혀 문제 될 게 없다고 하셔." 앤이 대답했다. "오히려 좋게 보시면서 내가 스미스 부인을 찾아갈 때 마차로 데려다주셔."

"길가에 멈춰 선 마차를 보면 웨스트게이트가 사람들의 눈이 휘둥그레지겠네." 월터 경이 말했다. "헨리 러셀 경의 미망인이 딱히 내세울 만한 가문의 문장(紋章)은 없어도 마차 자체는 꽤 좋은 거니까. 거기에 앤 엘리엇 양까지 모시고 왔다고들 할 거 아니야? 그런데 만나려는 사람이 웨스트게이트가의 과부 스미스 부인이라! 앤 엘리엇 양이 잉글랜드와 아일랜드의 귀족 친척을 다 놔두고 선택한 친구가 겨우 생계를 잇는 삼십 대의 가난한 과부란 말이지. 그 이름도 온 세상에 널리고 널린 스미스 부인이고 말이야. 스미스 부인이라니, 성(姓)도 참 훌륭하네."

그 자리에 함께 있던 클레이 부인은 조용히 물러나는 편이 낫겠다고 판단한 듯했다. 앤은 하고 싶은 말이 많았다. 아버지와 언니가 그들의 친구를 감싸듯 자신도 친구를 옹호하고 싶었다. 하지만 그녀는 아버지에 대한 예의 때문에 입을 닫았다. 그녀는 삼십 대의 나이와 넉넉지 못한 형편에서 귀족의 성씨 없이 살아가는 과부가 바스에 스미스 부인 한 사람뿐일지 아버지가 헤아려보기를 바랄 뿐이었다.

앤은 자신의 약속 장소로, 다른 가족들은 그들의 약속 장소로 향했다.

다음 날 아침, 앤은 그들이 얼마나 즐거운 저녁을 보내고 왔는지 들었다. 그 자리에 빠진 사람은 앤뿐이었다. 월터 경과 엘리자베스는 아랫사람 대우를 받지 않았으나 자발적으로 여러 사람을 모으는 일에 나섰다. 그들은 러셀 부인과 엘리엇 씨를 부르는 수고도 마다하지 않았다. 초대에 응하기 위해 엘리엇 씨는 월리스 대령의 집에서 일찍 나섰고 러셀 부인은 저녁 일정을 모두 변경했다. 앤은 그날 저녁에 있었던 모든 이야기를 러셀 부인에게서 들을 수 있었다. 그녀에게 가장 흥미로웠던 대목은 러셀 부인과 엘리엇 씨가 자신에 관해 많은 이야기를 주고받았다는 사실이었다. 그들은 앤이 그 자리에 함께하지 못한 것을 아쉬워했으며, 동시에 그녀가 참석하지 못한 이유에 대해 경의를 표했다. 몰락하고 병든 옛친구를 챙기는 앤의 친절하고 온정적인 태도는 엘리엇 씨에게 깊은 인상을 남겼다. 그는 그녀를 매우 특별한 여성이라고 생각했다. 그는 앤을 좋은 성품과 예법과 지성을 모두 갖춘, 여성의 완벽한 모범으로 치켜세우며 그녀의 미덕을 두고 이야기하는 점에서는 러셀 부인에 뒤처지지 않을 정도였다. 러셀 부인을 통해 자신이 그토록 분별 있는 남자에게 높이 평가받고 있다는 사실을 알게 된 앤은 그녀의 벗이 의도한 대로 흐뭇한 기분을 느끼지 않을 수 없었다.

러셀 부인은 이제 엘리엇 씨에 대한 평가를 확고히 했다. 그녀는 때가 되면 엘리엇 씨가 앤을 얻으려 한다는 것과 그가 앤의 짝이 될 자격이 충분하다는 것을 확신했다. 그리고 몇 주가 지나야 그가 애도의 기간을 마무리하고 앤에게 한껏 매력을 발산할 수 있을지 계산하기 시작했다. 그녀는 자신의 확신을 앤에게 그대로 이야기하지는 않았다. 다만 앞으로 어떤 계기로 그의 마음이 움직인다면, 그리고 그 마음의 진정성이 상대의 화답을 받는다면 그 결합이 얼마나 바람직할지 넌지시 이야기했을 뿐이다. 이 말을 듣고도 앤은 크게 반응하지 않았다. 그저 얼굴을 붉히며 엷은 미소와 함께 고개를 천천히 가로저을 뿐이었다.

"너도 알다시피 나는 중매할 줄을 몰라." 러셀 부인이 말했다. "사람 일이라는 게 불확실하기 마련이고 계획은 쉽게 어긋나니까. 그래도 엘리엇 씨가 언젠가 너에게 구애하고 네가 그를 받아들일 마음이 있다면 두 사람이 행복해질 거라는 믿음은 있단다. 모든 사람이 어울리는 결합이라고 이야기하겠지만, 내 생각에는 단순히 어울리는 것을 넘어 진정으로 행복한 결혼이 될 것 같아."

"엘리엇 씨는 대단히 매력적인 분이고 여러모로 높이 평가할 만한 분이지만," 앤이 말했다. "우리는 서로 안 맞아요."

러셀 부인은 앤의 말을 그냥 흘려 버리며 이렇게 말했다. "네가 언젠가 엘리엇 부인이 되어 켈린치의 안주인으로 네가 사랑하는 어머니의 자리를 이어받고 권리와 명예, 미덕까지 전부 계승하는 날을 상상하면 나에겐 그보다 더 큰 기쁨이 없단다. 너는 어머니의 외모와 기질을 그대로 물려받았어. 네가 어머니가 있던 자리에서 같은 이름과 지위를 가지고 집안에 안정과 행복을 가져다줄 수 있다면, 그리고 더 높은 존경을 받는다는 딱 한 가지 점에서만 네 어머니보다 나을 수 있다면 내 평생을 두고 그보다 기쁜 일은 없을 것 같구나."

앤은 고개를 돌릴 수밖에 없었다. 그녀는 자리에서 일어나 멀리 떨어진 탁자로 걸어가 무엇인가 하는 척 기대선 채 러셀 부인이 그린 미래가 불러일으킨 감정을 가라앉히려 애썼다. 짧은 순간 그녀의 상상력과 마음은 마법에 걸린 것 같았다. 어머니처럼 된다는 것, 자신을 통해 '엘리엇 부인'이라는 소중한 이름이 되살아난다는 것, 켈린치로 돌아가 그곳을 영원히 자신의 집이라고 부를 수 있다는 것, 이 모든 것은 그녀가 쉽게 거부할 수 없는 강렬한 유혹이었다. 러셀 부인은 더는 아무 얘기도 하지 않고 일이 흘러가는 대로 지켜볼 생각이었다. 그녀는 엘리엇 씨가 바로 그 순간 자기 의사를 분명히 밝힐 수 있다면 일이 잘 풀리게 될 것이라고 믿었다. 요컨대 그녀는 앤이 믿지 않는 것을 믿고 있었다. 하지만 엘리엇 씨가 나서서 자기 의사를 밝히는 똑같은 모습을 상상한 앤은 오히려 평정을 되찾았다. 켈린치의 매력도, '엘리엇 부인'이라는 이름도 모두 빛을 잃었다. 그녀는 그를 받아들일 수 없었다. 이는 그녀의 마음이 한 사람을 제외한 다른 모든 남자에게 닫혀 있기 때문이 아니었다. 러셀 부인이 그린 미래의 가능성을 진지하게 생각했을 때 엘리엇 씨는 아니었다.

한 달 남짓한 기간 동안 그를 알아갈 기회가 있었으나 앤은 여전히 그가 어떤 사람인지 확신할 수 없었다. 그는 분별 있고 매력적이며 말솜씨가 좋았다. 그는 옳고 그름을 확실히 아는 사람인 것 같았고 명백하게 어떤 도덕적 의무를 저버린 점도 찾아낼 수 없었다. 그런데도 그녀는 그의 행동을 신뢰할 수 없었다. 현재는 몰라도 과거에 대한 믿음이 생기지 않았다. 그가 가끔 언급하는 과거의 지인들, 그리고 무심코 흘리는 말에서 드러나는 예전의 생활 방식과 행적은 그가 어떤 사람이었는지에 대한 의심을 불러일으켰다. 그에게는 분명히 악습이 있었고 일요일에 여행하는 일이 다반사였으며 그의 인생에서 (아마 짧지 않은 기간 동안) 진지한 문제들에 대해 무관심했던 시절이 있었음을 그녀는 감지할 수 있었다. 설령 이제는 생각과 행동이 달라졌다고 해도 세상에서 좋은 평판의 가치를 깨달을 만큼 나이를 먹은 이 영리하고 신중한 남자의 진심을 누가 알 수 있을까? 그의 정신이 정말로 깨끗해졌다는 것을 어떻게 확인할 수 있단 말인가?

엘리엇 씨는 이성적이고 신중하며 세련되었지만, 마음을 열어 보이는 법이 없었다. 그는 타인의 선한 면이나 악한 면에 대해 감정을 분출하는 일이 없었다. 그는 격하게 분노하거나 기뻐하는 경우가 없었다. 앤의 눈에 그것은 결정적인 흠이었다. 그녀의 오랜 성향은 바뀌지 않았다. 그녀는 솔직하고 개방적이며 열정적인 성격을 높이 평가했다. 따뜻함과 열정은 여전히 그녀를 사로잡았다. 그녀는 흔들림이 없고 절대로 말실수를 하지 않는 사람보다 이따금 부주의하고 덤벙대는 사람을 더 믿었다.

엘리엇 씨는 모든 사람에게 지나칠 정도로 상냥했다. 그는 캠든 플레이스에 있는 다양한 성격의 소유자들을 모두 만족시켰다. 그는 너무나 잘 참았고 모든 이와 너무나 좋은 관계를 유지했다. 그는 앤에게 클레이 부인에 대한 솔직한 생각을 어느 정도 내비친 적이 있었다. 그는 클레이 부인의 속셈을 완전히 간파했고 그녀를 경멸하는 듯했다. 그런데도 클레이 부인은 그를 무척 마음에 들어 했다.

러셀 부인이 그에게서 미심쩍은 부분을 하나도 찾아내지 못한 이유는 앤보다 너무 조금 보았거나 너무 많이 보았기 때문임이 분명했다. 그녀는 엘리엇 씨보다 더 나은 남자의 모습을 상상할 수 없었다. 그리고 가을에 켈린치 교회에서 사랑하는 앤의 손을 맞잡은 그의 모습을 보게 되기를 바라는 것보다 더 달콤한 소망을 가져본 적이 없었다.

18

2월이 시작되었다. 바스에 머문 지 한 달이 되어 가던 앤은 어퍼크로스와 라임의 소식을 간절히 기다리고 있었다. 그녀는 메리의 짧은 편지보다 더 자세한 이야기를 듣고 싶었다. 마지막으로 소식을 들은 지 3주가 지났다. 그녀가 아는 것이라고는 헨리에타가 집에 돌아왔고, 루이자는 빠르게 회복 중이지만 여전히 라임에 머물고 있다는 정도였다. 그러던 어느 날 저녁, 앤이 그들 생각에 깊이 잠겨 있을 때 평소보다 두툼한 메리의 편지가 전달되었다. 그리고 반갑고 놀랍게도 크로프트 제독 부부가 남긴 안부 인사 쪽지도 함께 전달되었다.

크로프트 부부가 바스에 온 것이었다! 반가운 일이었다. 그들은 저절로 마음이 끌리는 사람들이었다.

"그게 무슨 소리냐?" 월터 경이 소리쳤다. "크로프트 부부가 바스에 왔다고? 켈린치의 세입자 부부가? 그 사람들이 뭘 두고 갔다고?"

"어퍼크로스 코티지에서 가지고 온 편지를 두고 갔어요."

"아, 편지를 이런 방식으로 사용하는군. 인사를 나눌 구실을 만드는 셈이야. 어차피 크로프트 제독을 한번 봐야 했으니 잘됐네. 내가 집주인으로서 세입자에게 할 도리는 잘 알지."

그녀는 아버지의 말이 제대로 들리지 않았다. 편지를 읽는 데 집중한 나머지 딱한 크로프트 제독의 안색에 대한 아버지의 의견도 거의 못 들을 뻔했다. 편지의 첫 부분은 며칠 전에 쓰인 것이었다.

2월 1일

사랑하는 언니에게,

그동안 소식이 뜸했던 것에 대해 사과하지는 않을게. 바스 같은 곳에서 지내는 사람들은 편지 따위는 원래 신경도 안 쓰잖아. 언니는 너무 행복해서 어퍼크로스는 생각조차 안 하고 있겠지. 어차피 여기는 편지에 쓸 만한 이야깃거리도 없어. 지난 성탄절은 정말 심심했어. 변변한 저녁 모임 한번 없었으니까. 헤이터 집안사람들이 오든 말든 나는 관심 없었어. 하지만 성탄 시기는 끝났고 아이들도 이렇게 긴 방학을 보낸 적은 없었을 거야. 적어도 나에겐 이렇게 긴 방학이 없었어. 어제 하빌 씨네 아이들을 제외하고 모두 떠났어. 이 아이들이 그동안 자기네 집에 한 번도 다녀오지 않았다는 걸 알면 언니도 놀랄 거야. 아이들을 이렇게 오래 떼어놓는 걸 보면 하빌 부인은 좀 이상한 엄마 같아. 난 이해가 안 돼. 내가 보기에는 그 애들이 그렇게 착하지도 않아. 그런데 머스그로브 부인은 걔들을 손주들만큼이나 좋아하시는 것 같아. 그동안 이곳 날씨는 끔찍했어. 바스에서는 도로가 포장이 잘 되어 있어서 느끼지 못하겠지만 이게 시골에서는 정말 심각한 문제야. 1월 둘째 주 이후로 찰스 헤이터 말고는 나를 보러 온 사람이 아무도 없었어. 그 사람은 너무 자주 와서 그만 왔으면 좋겠다는 생각이 들 정도야. 언니한테만 얘기하는 건데, 루이자처럼 헨리에타도 라임에 오래 있었으면 좋았을 거야. 그랬다면 찰스 헤이터한테서 벗어날 수 있었을 테니까. 오늘 라임으로 마차가 출발했으니 내일이면 하빌 부부가 루이자를 데리고 이곳에 도착할 거야. 하지만 우리는 내일이 아닌 모레 저녁 식사에 초대받았어. 루이자가 여행으로 지쳐 있을 테니 내일 저녁은 쉬게 하겠다는 건데 내가 보기에는 그렇게 지쳐 있을 것 같지도 않고, 사실 나는 저녁 식사를 내일 하는 게 훨씬 편하거든. 엘리엇 씨가 괜찮은 사람 같아 보인다니 다행이야. 나도 그분을 만나봤으면 좋겠어. 그런데 나는 어쩌면 이렇게 운이 없을까. 무슨 좋은 일이 있을 때마다 나는 항상 그 자리에 없고 다른 사람들도 우리 가족 중에서 나를 제일 마지막에 챙기잖아. 클레이 부인은 큰언니 옆에 정말 오랫동안 붙어 있네. 그 여자는 도대체 떠날 생각이 없대? 그런데 방이 하나 비워진들 과연 큰언니가 우리를 초대할지 모르겠어. 언니가 보기엔 어떨 것 같아? 아이들까지 초대해달라고는 안 할게. 애들은 한 달에서 여섯 주 정도 시댁에 맡기고 가면 돼. 방금 들은 얘긴데, 크로프트 부부가 곧 바스로 간대. 제독님이 통풍에 걸렸대. 찰스가 우연히 들었다는데, 그분들은 예의라는 걸 모르는지 우리한테 그런 사실을 알려주지도 않았고 대신 전해 줄 게 없는지 물어보지도 않았어. 이웃이라면서 그분들은 뭐가 좀 나아지는 게 없는 것 같아. 얼굴 한번 보기도 어렵고, 정말이지 무심함도 이런 무심함이 없어. 찰스가 안부 전해달래.

메리 M.

유감스럽게도 몸이 별로 안 좋아. 방금 제마이머가 푸줏간 주인에게서 들은 얘기를 전해줬는데, 요즘 후두염이 정말 독하대. 아무래도 나도 후두염에 걸릴 것 같아. 알다시피 나는 다른 사람들보다 후두염을 심하게 앓잖아.

편지의 첫 부분은 이렇게 끝났는데, 메리는 비슷한 분량의 글을 추가로 써서 편지를 부쳤다.

루이자가 집으로 어떻게 돌아왔는지 마저 적어 보내려고 일부러 편지를 봉하지 않고 있었어. 그러길 잘했지. 쓸 얘기가 아주 많아졌거든. 우선, 어제 크로프트 부인이 나한테 편지를 보내서 언니한테 보낼 물건이 있으면 자기가 전달해 주겠다고 했어. 당연히 그래야 하지만 나를 수신인으로 딱 정해서 보낸 편지였는데, 정말 친절하고 다정한 마음이 느껴졌어. 그래서 이 편지는 길게 한번 써보려고 해. 제독님은 그렇게 많이 아프지는 않은가 봐. 나는 제독님이 바스에서 효과를 보기를 진심으로 바라고 있어. 그분들이 돌아오면 정말 반가울 거야. 이렇게 좋은 이웃을 만나기는 쉽지 않으니까. 지금부터는 루이자 얘기를 해줄게. 언니가 들으면 깜짝 놀랄 소식이 있어. 화요일에 루이자가 하빌 부부와 함께 무사히 도착해서 그날 저녁에 루이자의 상태가 어떤지 보러 갔는데, 하빌 부부와 함께 초대받은 벤윅 함장이 같이 오지 않아서 좀 놀랐어. 그런데 안 온 이유가 뭔지 알아? 글쎄 벤윅 함장이 루이자와 사랑에 빠졌대. 둘이서 얘기를 다 끝낸 다음 하빌 대령을 통해 머스그로브 씨에게 편지를 보냈나 봐. 그래서 그 편지의 회신을 받기 전에는 어퍼크로스에 감히 오지 못하겠다고 했대. 정말 놀랍지 않아? 혹시 언니는 눈치채고 있었어? 나는 전혀 몰랐어. 머스그로브 부인도 엄숙하게 자기는 몰랐다고 했어. 하지만 우리 모두 기뻐하고 있어. 웬트워스 대령과 결혼하는 것만큼 좋지는 않겠지만, 그래도 찰스 헤이터보다는 훨씬 나으니까. 머스그로브 씨도 승낙한다는 편지를 보냈고 벤윅 함장은 아마 오늘 중으로 이곳에 올 거야. 하빌 부인은 요즘 자기 남편이 세상을 떠난 여동생 생각을 많이 한다고 그러는데, 그래도 그 부부는 루이자를 무척 좋아해. 사실 하빌 부인과 나는 같은 생각이야. 우리 둘 다 루이자를 간호하면서 애틋한 마음이 더 생긴 것 같아. 찰스는 웬트워스 대령의 반응이 궁금하다고 그러는데, 솔직히 말해서 나는 그분이 루이자에게 마음이 없다고 늘 생각했어. 그런 낌새가 전혀 없었거든. 그러니 벤윅 함장이 언니를 좋아하는 것 같다는 얘기도 이걸로 끝이네. 찰스는 뭘 보고 그런 생각을 했는지 나는 도대체 이해가 안 돼. 아무튼 이제는 벤윅 함장도 좀 활짝 웃었으면 좋겠어. 루이자 머스그로브에게 대단한 결혼 상대라고 할 수는 없지만 그래도 헤이터 집안이랑 엮이지 않은 게 어디야?

메리는 언니가 이 소식을 덤덤하게 받아들이면 어쩌나 걱정할 필요가 없었다. 앤은 살면서 그때만큼 놀란 적이 없었기 때문이다. 벤윅 함장과 루이자 머스그로브라니! 도무지 믿을 수가 없었다. 그녀는 애써 태연함을 유지하며 으레 나올 법한 질문에 대답할 준비를 했다. 다행히 곤란한 질문을 받지는 않았다. 월터 경은 크로프트 부부가 말 네 마리가 끄는 마차를 타고 왔는지, 그리고 바스에서 자신과 엘리자베스가 방문하기에 괜찮은 구역에 머물 것인지에만 관심이 있었고 그 외에는 별다른 궁금증을 보이지 않았다.

"메리는 잘 지낸대?"라고 물은 엘리자베스는 대답을 듣지도 않고 말을 이었다. "크로프트 부부는 무슨 일로 바스에 온대?"

"제독님이 통풍을 앓고 계시나 봐."

"통풍이라니, 나이를 많이 먹었네." 월터 경이 말했다. "노신사가 딱하게 됐군."

"이곳에 아는 사람은 있대?" 엘리자베스가 물었다.

"그건 모르겠어. 하지만 크로프트 제독님의 연배에 이력도 대단하시니까 바스 같은 곳에 지인이 적지는 않겠지."

"내가 볼 때는," 월터 경이 냉랭하게 말했다. "바스에서 크로프트 제독은 켈린치 홀을 임차한 사람으로 제일 잘 알려지게 될 거야. 엘리자베스, 제독 부부를 로라 플레이스에 데리고 가서 인사라도 시켜야 하지 않겠니?"

"아니요. 안 그랬으면 해요. 달림플 부인께서 달가워하지 않을 사람을 소개했다가 우리가 난처해질 수 있잖아요. 우리가 친척이 아니라면 모를까 부인께서도 우리가 나서서 하는 일은 신경을 쓰실 수밖에 없어요. 차라리 크로프트 부부가 자기네 수준에 맞는 사람들을 찾아보도록 그냥 놔두는 게 좋겠어요. 이곳에 이상하게 생긴 사람들이 돌아다니던데 듣기로는 해군 장교들이래요. 제독 부부는 아마 그 사람들과 어울리겠죠."

월터 경과 엘리자베스가 그 편지에 보인 관심은 이 정도가 전부였다. 클레이 부인이 그나마 예의를 갖춰 찰스 머스그로브 부인과 어린 아들들의 안부를 물은 뒤에야 앤은 안도하며 자리를 뜰 수 있었다.

자신의 방으로 돌아온 앤은 편지에 적힌 소식을 이해해 보려고 애썼다. 찰스가 웬트워스 대령의 심경을 궁금하게 여긴 것도 무리는 아니었다. 어쩌면 그가 루이자를 포기하고 스스로 물러났거나 아니면 처음부터 자신이 그녀를 사랑하지 않았음을 깨달았을지도 모른다. 그러나 앤은 그와 친구 사이에 배신이나 변덕 혹은 그와 비슷한 그릇된 행동이 있었으리라 생각하고 싶지 않았다. 그들처럼 돈독한 관계가 잘못된 이유로 단절된다는 것은 생각조차 하기 싫은 일이었다.

벤윅 함장과 루이자 머스그로브라니! 활기 넘치고 말이 많은 루이자와 침울하고 사색적이며 감수성이 풍부하고 책을 가까이하는 벤윅 함장은 서로 맞는 구석이 전혀 없어 보였다. 두 사람은 달라도 너무 달랐다. 그들은 서로의 무엇에 끌렸을까? 답은 그들이 처한 상황에 있었다. 그들은 사람이 몇 명 없는 집에서 몇 주를 같이 보냈고, 특히 헨리에타가 떠난 이후로는 서로에게 거의 전적으로 의지했을 것이다. 병에서 회복 중이던 루이자의 모습은 연민과 배려를 불러일으켰을 것이고, 벤윅 함장은 자신에게 위로를 건네는 사람에게 마음을 닫지 않았을 것이다. 앤은 이런 비슷한 느낌을 받은 적이 있었다. 그녀는 현재 상황만 보고 메리와 같은 결론을 내리는 대신에 오히려 그가 한때 자신에게 애틋한 마음을 품은 적이 있었음을 확신하게 되었다. 하지만 자신의 허영심을 채우기 위해 그것을 부풀릴 생각은 없었다. 어느 정도 호감이 가는 젊은 여성이 그의 이야기를 들어주며 공감해주었다면 그는 누구에게든 같은 감정을 가졌을 것이다. 그는 다정다감한 사람이었다. 그는 누군가를 사랑해야만 하는 사람이었다.

앤은 그들이 행복하지 못할 이유를 찾지 못했다. 무엇보다 루이자는 해군을 열렬히 좋아했고 두 사람은 곧 서로를 닮아갈 것이었다. 벤윅 함장은 좀 더 밝아질 것이고 루이자는 스콧과 바이런 경을 좋아하는 법을 배우게 될 것이었다. 아니, 어쩌면 벌써 그렇게 되었는지도 모를 일이었다. 그들도 시를 이야기하며 사랑에 빠졌을 것이다. 루이자 머스그로브가 문학적 취향을 가지고 감상적 사색을 하는 사람으로 변했으리라 생각하면 웃음이 나오기도 했으나 앤은 의심의 여지 없이 그러하리라 생각했다. 그날 라임의 콥에서 일어난 사고는 그녀의 건강, 기질, 담력에 평생토록 영향을 미쳤을 뿐만 아니라 그녀의 운명을 송두리째 바꿔 놓았다.

결론은 이러했다. 웬트워스 대령을 높이 평가하던 여자가 다른 남자를 더 좋아하게 되었다면 그들의 약혼에 놀랄 이유는 없었다. 그리고 이 일로 웬트워스 대령이 친구 한 사람을 잃지만 않는다면 애석해할 일도 전혀 없었다. 앤의 가슴이 자기도 모르게 뛰고 웬트워스 대령이 더는 누구에게도 매여 있지 않다는 생각에 뺨이 달아오른 것은 안타까움 때문이 아니었다. 그녀가 차마 깊이 들여다볼 엄두조차 내지 못한 그 감정은 기쁨, 주체할 수 없는 기쁨이었다.

그녀는 크로프트 부부를 속히 만나고 싶었으나 정작 만나게 되었을 때 그들에겐 아직 그 소식이 닿지 않았음을 알 수 있었다. 의례적인 방문과 답방이 이어지고 대화 중 루이자 머스그로브와 벤윅 함장의 이름이 나오기도 했으나 그들은 미소 한 번 짓지 않았다.

크로프트 부부는 바스의 상류층 거주 지역인 게이가에 숙소를 정했고 월터 경은 이에 더없이 만족했다. 그는 제독 부부와의 왕래를 전혀 부끄럽게 여기지 않았는데, 사실 그 자신이 제독에 관해 이야기하는 만큼 제독은 그에 관해 이야기하거나 생각하지 않는다는 사실을 깨닫지 못하고 있었다.

바스에 지인들이 꽤 많았던 크로프트 부부는 엘리엇 집안과의 교류는 그저 의례적인 성격일 뿐 특별히 반길 만한 일로 여기지 않았다. 시골에서 늘 함께 다니던 그들의 습관은 이곳에서도 여전했다. 제독은 통풍을 예방하기 위해 걷기를 권유받았고, 남편과 모든 것을 함께한 크로프트 부인은 그의 건강에 도움을 주고자 필사적으로 걷는 것 같았다. 앤은 어딜 가든 그들과 마주쳤다. 러셀 부인과 거의 매일 아침 마차를 타고 나간 앤은 매번 그들을 생각했고 매번 그들을 보았다. 사랑하는 이들의 마음을 아는 그녀에게 그들의 모습은 행복을 담은 한 폭의 그림 같았다. 앤은 멀어지는 그들의 모습을 가능한 한 오래 지켜보며 자유롭고 행복한 걸음을 옮기는 그들이 무슨 이야기를 나눌지 상상하는 것만으로도 즐거웠다. 제독이 우연히 마주친 오랜 지인과 반갑게 악수하거나 해군 장교들과 무리를 지어 대화에 열중하는 모습도, 크로프트 부인이 그녀를 둘러싼 다른 장교들만큼이나 영민하고 열성적으로 대화에 참여하는 모습도 지켜보는 앤의 마음을 흐뭇하게 했다.

앤은 러셀 부인과 함께 움직이는 경우가 많아 혼자 산책하는 일이 드물었으나 크로프트 부부가 바스에 온 지 일주일에서 열흘쯤 지난 어느 날 아침, 중심가에서 러셀 부인이 탄 마차를 먼저 보내고 혼자 캠든 플레이스로 돌아와야 할 일이 생겼다. 밀섬가를 따라 걸어가던 그녀는 운 좋게 크로프트 제독과 마주쳤다. 그는 뒷짐을 진 채 판화 가게 창가에서 어떤 판화를 유심히 들여다보고 있었다. 하마터면 그를 못 보고 지나칠 뻔했던 앤은 그가 자신을 알아보도록 손으로 그의 팔을 살짝 건드리며 말을 건넸다. 고개를 돌리며 그녀를 알아본 제독은 특유의 밝고 털털한 표정을 지었다. "아, 이게 누구신가? 이렇게 친구처럼 대해 주시니 정말 고맙군요. 나는 여기 판화를 좀 들여다보는 중이었습니다. 원래부터 이 가게를 그냥 지나치는 법이 없지요. 그런데 말입니다, 여기 소형 선박처럼 생긴 게 있는데 이리 와서 한번 보세요. 이게 배처럼 보입니까? 화가라는 사람들도 참 이상한 게, 도대체 이렇게 볼품없는 낡은 조개껍데기 같은 배에 목숨을 맡길 사람이 있다고 생각하는 걸까요? 그런데도 여기 두 신사는 곧 배가 전복될 판인데도 아주 여유롭게 주위의 암초를 둘러보고 있네요. 도대체 이런 배는 어디서 만드는 건지 궁금하네." (껄껄 웃으며) "나라면 이런 배를 타고는 작은 연못도 안 건널 겁니다." (그녀 쪽으로 고개를 돌리며) "그나저나 어디 가시는 길입니까? 엘리엇 양을 위해서라면 어디든 모셔다드릴 수 있지요. 뭐 도와 드릴 일이 있을까요?"

"아니요. 그냥 길동무만 해주셔도 감사하죠. 집에 가는 길이에요."

"그럽시다. 더 멀리 가신다고 해도 기꺼이 같이 가드리지요. 좋습니다. 그럼 느긋하게 걸어봅시다. 가는 길에 들려드릴 얘기도 있습니다. 자, 팔을 잡으시지요. 그렇지, 나는 걸을 때 옆에 숙녀가 없으면 어쩐지 마음이 안 편하다니까요. 그나저나 어떻게 저런 걸 선박이라고!" 그는 판화를 다시 한번 힐끗 쳐다보고는 걸음을 옮겼다.

"하실 말씀이 있다고요?"

"네, 있죠. 아, 저기 브리그던 대령이 걸어오네요. 제 친구입니다. 그런데 오늘은 그냥 인사만 하고 지나가야겠어요. 어이, 안녕하신가? 그래, 다음에 보세. 저 친구는 내가 아내 아닌 딴 사람과 있으면 늘 저렇게 빤히 쳐다본답니다. 제 아내는 지금 걷기가 불편해서 집에만 있습니다. 발뒤꿈치에 3실링 동전 크기만 한 물집이 잡혔거든요. 길 건너편에 브랜든 제독이 동생과 같이 지나가네요. 형편없는 친구들이에요. 이쪽 길로 오지 않아서 다행입니다. 제 아내가 싫어하는 친구들이에요. 전에 꼼수를 부려서 제가 아끼는 부하들을 빼간 적이 있었거든요. 그 얘기는 다음에 해드리겠습니다. 저기 아치볼드 드루 경이 손자를 데리고 걸어가네요. 우리를 보고 손을 흔드는군요. 엘리엇 양을 제 안사람으로 착각한 모양입니다. 아직 팔팔한데 저 친구한테는 전쟁이 너무 일찍 끝난 거죠. 불쌍한 아치볼드 경! 그래요, 바스는 마음에 드십니까. 엘리엇 양? 우리 부부는 아주 만족스럽습니다. 예전 친구들을 어디서나 만날 수 있으니 말입니다. 매일 아침 옛 친구들이 거리에 가득하고 서로 마주치면 나눌 얘기도 많죠. 그러고는 조용한 숙소로 돌아와 의자를 끌어다 놓고 앉으면 켈린치에, 아니, 노스 야머스와 딜에 있는 듯한 기분이 듭니다. 지금 머무는 숙소가 마음에 안 든다는 뜻은 아니고 예전 노스 야머스의 숙소처럼 찬장 틈새로 찬바람이 들어오는 게 똑같다는 얘기입니다."

앤은 조금 더 걸은 뒤 하려던 얘기가 무엇인지 다시 한번 그에게 조심스럽게 물어보았다. 그녀는 밀섬가를 지나가면 궁금증이 풀려 있기를 바랐으나 여전히 더 기다려야 했다. 제독이 벨몬트의 넓고 조용한 거리에 이르기 전에는 입을 열지 않기로 마음먹고 있었기 때문이다. 채근할 수 있는 아내가 아닌 이상 그녀는 그의 뜻을 따라야 했다. 마침내 벨몬트의 비탈길에 이르러 그가 입을 열었다.

"엘리엇 양이 놀라실 만한 얘기가 있습니다. 그런데 먼저 그 젊은 숙녀분의 이름을 좀 알려주세요. 다들 걱정했던 아가씨 있잖아요. 사고를 당한 머스그로브 양 말입니다. 그 아가씨의 이름을 제가 자꾸 잊어버리지 뭡니까."

얼마 전이었다면 그 일을 이미 알고 있다는 것이 민망스러웠겠지만, 이제 앤은 '루이자'라는 이름을 편하게 말할 수 있었다.

"맞아요, 루이자 머스그로브 양이요. 젊은 숙녀분들의 이름은 참 다양하기도 하죠. '소피' 같은 이름이었으면 절대 잊어버리지 않았을 텐데 말입니다. 어쨌든 루이자 양이 말입니다, 다들 프레더릭과 결혼할 것으로 생각했잖아요. 그 친구는 몇 주 동안 루이자 양만 따라다녔으니까요. 시간을 너무 끄는 게 의아하긴 했는데, 그러다가 라임에서 사고가 일어난 겁니다. 그러니 그녀의 정신이 돌아올 때까지 기다리는 게 당연했는데, 그때도 뭔가 이상했어요. 라임에 머무르기는커녕 플리머스로 가버렸고 그다음엔 에드워드를 만나러 떠났으니까요. 우리가 마인헤드에서 돌아왔을 때 그 친구는 에드워드에게 가 있었는데 아직도 그곳에 있답니다. 작년 11월 이후로 얼굴을 보지 못하고 있으니 소피도 도무지 이해가 안 된다고 합니다. 그런데 일이 완전히 이상한 방향으로 틀어진 겁니다. 머스그로브 양이 프레더릭이 아니라 제임스 벤윅과 결혼한다지 뭡니까. 제임스 벤윅 아시죠?"

"네, 벤윅 함장님과는 조금 아는 사이예요."

"글쎄, 그 친구와 결혼한답니다. 아니, 어쩌면 벌써 했는지도 모릅니다. 기다릴 이유가 없잖습니까."

"벤윅 함장님은 꽤 호감이 가는 분이라고 생각했어요." 앤이 말했다. "인품도 훌륭하시다고 들었고요."

"그럼요, 그렇고말고요. 제임스 벤윅에 대해 나쁘게 말할 건 하나도 없습니다. 물론 아직 부함장이고, 작년 여름에 진급했다고 해도 요즘처럼 진급이 어려운 시기에는 앞으로가 걱정이긴 한데 제가 아는 한 다른 단점은 없습니다. 정말 훌륭하고 마음씨도 좋은 친구죠. 성실하고 열의가 넘치는 장교라는 것도 분명합니다. 사람이 너무 순해 빠져서 그것 때문에 손해 보는 건 좀 있을 겁니다."

"그 점은 오해가 있으신 것 같아요, 제독님. 저는 벤윅 함장에게서 패기가 부족하다는 느낌을 받은 적이 없어요. 오히려 아주 호감이 가는 분이고 다른 분들도 대체로 그렇게 느끼실 거라고 믿어요."

"아무렴요, 그렇고말고요. 그런 건 원래 여성분들이 더 잘 아시잖아요. 그런데 말입니다, 제 눈엔 제임스 벤윅이 너무 약해 보이더란 말이죠. 그리고 이건 우리가 편파적이어서 그런 건지 몰라도 소피와 저는 프레더릭이 훨씬 낫다고 생각합니다. 프레더릭은 뭔가 우리와 잘 맞는 게 있거든요."

앤은 할 말을 잃었다. 그녀는 단지 패기와 부드러움이 양립할 수 없다는 흔한 고정관념에 반박하려는 것이었을 뿐, 벤윅 함장의 태도가 최고라고 주장하려는 것이 아니었다. 그녀는 잠시 망설이다 입을 열었다. "저는 그 두 분을 비교하려는 게 아니었어요." 하지만 제독은 끝까지 듣지도 않고 그녀의 말을 끊었다.

"그런데 이건 확실한 소식입니다. 그냥 떠도는 얘기가 아니라 우리가 프레더릭한테 직접 들은 거니까요. 제 아내가 어제 처남의 편지를 받았는데 거기에 그 내용이 적혀 있었죠. 처남은 어퍼크로스에서 하빌이 보낸 편지를 읽자마자 우리에게 편지를 쓴 것 같습니다. 지금은 다들 어퍼크로스에 있는 것 같아요."

이것은 앤에게 놓칠 수 없는 기회였다. "웬트워스 대령의 편지에 제독님 내외분을 불편하게 한 내용은 없었기를 바라요. 지난가을 웬트워스 대령님과 루이자 머스그로브 사이에 좋은 감정이 있었던 것은 사실이지만, 점차 그런 감정이 양쪽 모두에게서 자연스럽게 사라진 것으로 봐야겠죠. 그 편지에 배신당한 남자의 억울함이 담겨 있지는 않았기를 바랍니다."

"전혀요. 그런 내용은 전혀 없었습니다. 처음부터 끝까지 격한 말이나 불평 같은 건 하나도 없었습니다."

앤은 미소를 감추려고 고개를 숙였다.

"그럼요, 프레더릭은 절대 징징대면서 불평하는 사람이 아니거든요. 패기 있는 남자잖아요. 만일 그 아가씨가 다른 남자를 더 좋아한다면 그 남자한테 가는 게 당연한 겁니다."

"물론이죠. 그런데 제가 드리는 말씀은, 웬트워스 대령의 편지에 친구에게 배신을 당했다고 느끼는 듯한 분위기가 없었기를 바란다는 거예요. 그런 건 글로 쓰지 않아도 느껴지잖아요. 저는 그런 일로 그분과 벤윅 함장의 오랜 우정이 깨지거나 상처를 입지 않았으면 해요."

"그래요, 무슨 말씀인지 알겠습니다. 하지만 편지의 어느 대목에서도 그런 느낌은 받지 못했습니다. 벤윅에 대한 악담도 없고, '이건 말도 안 됩니다. 이게 말도 안 되는 일이라는 근거도 있습니다.' 같은 구절도 없었어요. 오히려 편지 내용만 놓고 보면, 그 아가씨의 이름이 뭐였더라, 어쨌든 그 아가씨를 마음에 둔 적이 있기는 한가 싶어요. 아주 점잖게 두 사람이 행복하기를 바란다고 썼던데, 그게 앙심을 품은 사람의 태도는 아니잖습니까."

앤은 제독이 전하려는 확신을 전적으로 받아들일 수는 없었지만, 더 물어도 소용이 없을 것 같았다. 그래서 무난한 대답을 하거나 말없이 듣기만 했고 제독은 자기가 하고 싶은 말을 계속했다.

"프레더릭이 안됐을 뿐입니다." 그가 말했다. "이제 새로운 사람을 만나 처음부터 다시 시작해야 하지 않겠습니까. 우리가 프레더릭을 바스로 불러야겠습니다. 소피에게 편지를 쓰라고 시켜야겠어요. 그래도 이곳엔 예쁜 아가씨들이 많잖아요. 어퍼크로스에는 가봐야 아무 소용없어요. 머스그로브 양의 언니도 젊은 목사와 약혼했다고 하더라고요. 엘리엇 양, 프레더릭에게 바스로 오라고 하는 게 좋겠죠?"

19

크로프트 제독이 앤에게 웬트워스 대령을 바스로 데려오고 싶다는 바람을 얘기하고 있었을 때, 웬트워스 대령은 이미 그곳으로 오는 중이었다. 크로프트 부인이 편지를 쓰기도 전에 그는 도착했고, 앤은 다음 외출에서 그와 마주쳤다.

그날 앤은 언니와 클레이 부인 그리고 엘리엇 씨와 함께 밀섬가에 있었다. 그때 비가 조금 내리기 시작했고 숙녀들은 비를 피할 곳을 찾았다. 엘리자베스는 마침 조금 떨어진 곳에 세워져 있는 달림플 부인의 마차를 발견하고 그 마차로 집에 돌아갈 수 있기를 기대했다. 그래서 엘리엇 씨가 도움을 청하러 달림플 부인에게 간 사이 엘리엇 자매와 클레이 부인은 몰런드 제과점에 들어가 있었다. 물론 달림플 부인은 엘리엇 씨의 요청에 기꺼이 응했고 몇 분 후 그들을 부르기로 했다.

달림플 부인의 사륜마차에는 네 명이 탈 수 있었다. 카트릿 양이 어머니와 동행했으므로 캠든 플레이스의 숙녀 세 명을 모두 태울 방법은 없었다. 불편이 누구의 몫이 되든 자신의 몫은 아니라고 생각한 엘리자베스는 당연히 마차에 타야 했다. 하지만 남은 두 숙녀 중 누가 양보의 미덕을 발휘할 것인지 결정하는 데 시간이 조금 걸렸다. 비는 몇 방울 뿌리는 정도에 불과했고, 앤은 자신이 엘리엇 씨와 걸어서 돌아가겠다고 말했다. 하지만 클레이 부인에게도 그 정도의 비는 아무것도 아니어서 그녀는 아예 빗방울이 어디 떨어지느냐고 묻기까지 했다. 그녀는 자신의 부츠가 앤이 신고 있는 부츠보다 훨씬 두껍다는 주장을 내세우기도 했다. 요컨대 그녀는 앤만큼이나 남다른 예의로 마차의 자리를 양보하고 엘리엇 씨와 걷고 싶은 것 같았다. 두 사람이 너무나 공손하고 단호하게 서로 양보하려고 했기 때문에 결국 다른 이들이 개입해야 했다. 엘리자베스는 클레이 부인이 감기 기운이 약간 있는 상태라고 주장했고, 엘리엇 씨는 앤의 항변을 받아들여 그녀의 부츠가 더 두꺼워 보인다는 판정을 내렸다. 이렇게 해서 클레이 부인이 마차에 동승하기로 정해졌다. 그런데 바로 그때, 제과점의 창가에 앉아 있던 앤의 눈에 거리를 따라 걸어오는 웬트워스 대령의 모습이 또렷하게 들어왔다.

일행은 그녀가 놀라는 것을 눈치채지 못했으나, 그 순간 그녀는 자신이 세상에서 가장 어리석고 이해할 수 없으며 우스꽝스러운 사람이라는 생각이 들었다. 잠시 눈앞이 캄캄해지고 정신도 혼미해지는 느낌이었다. 그녀가 간신히 정신을 차렸을 때 일행은 여전히 마차를 기다리는 중이었고 엘리엇 씨는 (언제나 친절한 그답게) 클레이 부인이 부탁한 어떤 일로 유니언가를 향해 나서는 참이었다.

앤은 출입문 밖으로 나가 보고 싶은 충동을 느꼈다. 그녀는 그저 빗방울이 여전히 떨어지는지 확인하고 싶었을 따름이다. 스스로 다른 의도가 있는지 왜 의심해야 했겠는가? 웬트워스 대령은 이미 시야에서 사라졌을 텐데. 그녀는 자리에서 일어났다. 출입문으로 다가가고 싶었다. 두 갈래가 된 마음의 한쪽이 다른 쪽보다 항상 지혜롭다는 법도 없고 한쪽보다 다른 쪽이 항상 못하다는 법도 없지 않은가. 그녀는 단순히 비가 오는지 확인하고 싶었을 뿐이다. 하지만 다음 순간 앤은 제과점 안으로 들어오는 웬트워스 대령을 보고 다시 자리에 앉아야 했다. 밀섬가에서 만난 듯한 한 무리의 신사 숙녀들이 그와 함께 들어왔다. 그녀를 발견한 웬트워스 대령은 그 어느 때보다 놀라고 당황한 모습이었다. 그의 얼굴이 달아올랐다. 그들의 재회 이후 처음으로 앤은 자신이 더 침착함을 유지하고 있다고 느꼈다. 아주 짧은 시간이었지만 마음의 준비를 할 수 있었던 그녀가 좀 더 유리했다. 눈앞이 캄캄해지는 혼란으로 그녀를 압도한 놀람의 순간은 이미 지나간 뒤였다. 그렇다고 모든 감정이 잠잠해진 것은 아니었다. 그녀는 설렘, 고통, 위안, 그리고 기쁨과 슬픔 그 중간 어딘가에 있을 감정을 느꼈다.

그는 그녀에게 인사를 건네고 돌아섰다. 그는 당황하고 있었다. 그 태도는 냉랭함도, 다정함도 아니었다. 그는 분명히 당황하고 있었다.

그런데 잠시 후 그가 그녀에게 다시 다가와 말을 걸었다. 서로 안부를 나눴고 평범한 화제로 이야기를 주고받았다. 하지만 두 사람 모두 그 대화에서 새로운 것을 알게 되지는 못했다. 앤은 그가 이전보다 훨씬 불편해하고 있음을 분명히 느낄 수 있었다. 재회 이후 여러 차례 자리를 함께한 덕분에 그들은 그럭저럭 무심한 듯 차분하게 이야기를 나눌 수 있게 되었다. 하지만 이번에는 달랐다. 시간이 그를 바꾼 것인지, 아니면 루이자가 그를 바꾼 것인지, 그는 분명히 무언가를 의식하고 있었다. 그는 매우 건강해 보였고 몸도 마음도 지친 기색은 없었다. 그는 어퍼크로스와 머스그로브 가족에 대해 이야기했고 심지어 루이자의 이름도 언급했다. 그 순간 특유의 짓궂은 표정이 그의 얼굴을 스치기도 했다. 그러나 웬트워스 대령은 여전히 편안하거나 여유로워 보이지 않았고 그런 척조차 하지 못했다.

앤은 언니가 그를 아는 체하지 않는 모습에 새삼 놀라지는 않았으나 마음이 아팠다. 그는 언니를 보았고 언니도 그를 보았다. 두 사람은 서로를 알아본 것이 분명했다. 그는 지인으로서 인정받기를 기대한 듯했으나 한순간의 망설임도 없이 차갑게 고개를 돌리는 언니의 모습을 앤은 고통스럽게 지켜보아야 했다.

그때 엘리엇 양이 애타게 기다리던 달림플 부인의 마차가 도착했다. 하인이 들어와 이를 알렸다. 비가 다시 내리기 시작하면서 잠시 어수선해진 사이 달림플 부인이 엘리엇 양을 데리러 왔다는 사실을 제과점 안의 모든 이가 알 수 있을 정도로 시끄러운 대화가 오갔다. 마침내 엘리엇 양과 그녀의 친구는 (엘리엇 씨가 돌아오지 않았으므로) 수행하는 사람 하나 없이 하인만 데리고 밖으로 나갔다. 웬트워스 대령은 그들을 바라보다가 앤에게 고개를 돌려 말없이 표정만으로 그녀가 마차에 오르는 것을 도와주겠다는 뜻을 비쳤다.

"호의는 고맙지만," 그녀가 말했다. "저는 같이 안 가요. 마차에 자리가 충분하지 않아서요. 저는 걸어가려고요. 걷는 게 더 좋아요."

"하지만 비가 옵니다."

"아, 아주 조금 내리네요. 신경이 쓰일 정도는 아니에요."

잠시 침묵이 흐른 뒤 그가 말했다. "어제 도착했지만 이미 바스에 적응할 준비는 마쳤습니다, 보시다시피." (자신의 우산을 가리키며) "혹시 걸어갈 생각이시면 이걸 쓰십시오. 물론 제가 마차를 부르도록 허락해 주시는 게 더 현명하시겠지만 말입니다."

그녀는 매우 고마워하면서도 그의 제안을 모두 거절했다. 그녀는 비가 더 내릴 것 같지 않다는 말을 반복한 뒤 이렇게 덧붙였다. "저는 엘리엇 씨를 기다리는 중이에요. 금방 오실 거예요."

그녀가 말을 마치자마자 엘리엇 씨가 들어왔다. 웬트워스 대령은 그를 완벽하게 기억했다. 라임에서 앤을 바라보며 넋을 잃었던 그 남자와 달라진 점이 있다면, 그가 지금은 마치 앤에게 특별한 친척이나 친구 같은 태도를 보인다는 것뿐이었다. 급하게 들어온 그는 마치 그녀만 보이고 그녀만 생각한 듯 기다리게 해서 미안하다고 사과하며 빗줄기가 굵어지기 전에 서둘러 그녀를 데리고 나가려 했다. 다음 순간 그들은 함께 걸어 나갔다. 그녀의 팔은 그의 팔에 걸쳐져 있었고, 웬트워스 대령을 지나치면서 어색한 눈빛으로 짧은 인사를 건네는 게 그녀가 할 수 있는 전부였다.

그들이 시야에서 사라지자 웬트워스 대령의 일행 중 몇몇 숙녀들이 그들에 대해 이야기하기 시작했다.

"엘리엇 씨가 친척 아가씨를 싫어하는 것 같지는 않죠?"

"그러게요. 마음에 들어 하는 게 한눈에 보여요. 앞으로 어떻게 될지 훤히 보이네요. 엘리엇 씨는 항상 그 사람들과 같이 있잖아요. 거의 그 집에서 살다시피 하는 것 같아요. 그나저나 정말 잘생겼네요."

"앳킨슨 양이 월리스 대령 댁에서 식사를 함께한 적이 있는데, 그동안 자리를 함께해본 신사들 가운데 엘리엇 씨가 가장 매력적이었다고 하더라고요."

"앤 엘리엇도 예쁘잖아요. 자세히 보면 아주 예뻐요. 요즘은 이런 식으로 말하면 구식 취급받지만, 저는 솔직히 그녀가 언니보다 더 예쁜 것 같아요."

"제가 봐도 그래요."

"저도요. 비교가 안 되죠. 그런데도 남자들은 모두 엘리엇 양한테만 푹 빠져 있더라고요. 남자들 눈에는 앤이 너무 가냘파 보이나 봐요."

앤은 엘리엇 씨가 캠든 플레이스에 도착할 때까지 아무 말도 하지 않는다면 정말 고마울 것 같았다. 그는 늘 더할 수 없는 배려와 관심을 보여주었고 항상 앤의 관심을 끌 만한 화제를 꺼내곤 했다. 다정하고 공정하며 분별 있게 러셀 부인을 칭찬했고, 합리적이면서도 완곡하게 클레이 부인을 부정적으로 평가했다. 하지만 이때만큼은 그의 이야기를 들어주는 게 너무나 힘들었다. 그녀의 머릿속은 온통 웬트워스 대령 생각뿐이었다. 그가 정말 실연의 아픔을 겪고 있는지, 그의 감정이 실제로 어떤지 그녀는 알 수 없었다. 그리고 그것을 확실히 알지 못한다면 그녀는 원래의 자기 자신으로 돌아갈 수 없을 것 같았다.

그녀는 언젠가는 지혜롭고 합리적인 사람이 될 수 있기를 바랐다. 하지만 슬프게도 그녀는 아직 자신이 지혜롭지 않음을 고백할 수밖에 없었다.

그녀가 알고 싶었던 또 한 가지는, 그가 바스에 얼마나 오래 머물 계획인지였다. 그는 그것에 대해 언급하지 않았는데, 어쩌면 그녀가 듣고도 기억하지 못하는 것일 수도 있었다. 그는 바스를 잠시 경유하는 것일 수도 있었으나 체류할 목적으로 왔을 가능성이 더 컸다. 그런 경우라면 바스에서는 서로 우연히 마주치는 일이 흔한 만큼 러셀 부인은 어디선가 그를 만날 공산이 컸다. 그녀는 그를 기억할까? 그들이 마주친다면 어떤 일이 벌어질까?

앤은 이미 러셀 부인에게 루이자 머스그로브와 벤윅 함장이 결혼할 것이라는 소식을 전했다. 러셀 부인의 놀라는 모습을 마주한 것은 그녀에게 적잖은 마음의 부담이 되었다. 그런데 이 일의 전후 사정을 모르는 러셀 부인이 우연히 웬트워스 대령과 같은 자리에 있게 된다면 또 다른 편견이 생길 수도 있었다.

다음 날 아침, 앤은 러셀 부인과 함께 외출했다. 처음 한 시간 동안 그녀는 그와 마주치지 않을까 불안한 마음으로 주위를 살폈으나 그런 일은 일어나지 않았다. 하지만 펄트니가를 따라 돌아오는 길에 마침내 멀리 그들의 오른편 인도에 서 있는 그가 눈에 들어왔다. 거리가 꽤 되었으므로 그녀는 그를 오래 지켜볼 수 있었다. 그의 주위에는 사람들이 많았고 같은 방향으로 걸어가는 사람들도 많았으나 그녀는 단번에 그를 알아볼 수 있었다. 그녀는 본능적으로 러셀 부인을 바라보았다. 러셀 부인이 자신만큼이나 빨리 그를 알아보았으리라 생각했기 때문이 아니었다. 그의 바로 맞은편에 다다를 때쯤에야 러셀 부인은 그를 알아볼 것이었다. 하지만 앤은 조심스럽게 그녀를 힐끗힐끗 살폈다. 그리고 그가 코앞에 보일 순간이 다가오자 비록 다시 쳐다볼 엄두를 내지는 못했으나 (자신의 당황한 표정을 들키고 싶지 않았으므로) 러셀 부인의 시선이 정확히 그가 있는 쪽으로 향하고 있음을, 요컨대 그를 유심히 바라보고 있음을 확실히 느낄 수 있었다. 러셀 부인이 그를 바라보며 무슨 생각을 할지 그녀는 훤히 짐작할 수 있었다. 그에게서 시선을 거두지 못한 채 러셀 부인은 8년 혹은 9년이 지났음에도, 그것도 먼 타국에서 힘들게 복무하면서도 그가 본연의 매력을 조금도 잃지 않았다는 사실에 놀라고 있을 게 분명했다.

마침내 러셀 부인이 천천히 고개를 돌렸다. '아, 이제 뭐라고 말씀하실까?'

"내가 뭘 그렇게 바라보고 있었는지 궁금하지?" 그녀가 말했다. "어젯밤 앨리시어 부인과 프랭클랜드 부인이 어느 집 창문 커튼을 보고 와서 나한테 얘기한 게 있거든. 이쪽 길 어딘가에 응접실 창문 커튼이 바스에서 제일 우아한 집이 있는데 정확한 주소는 기억이 안 난다고 해서 내가 한번 찾아보려고 했지. 그런데 이 근처에서는 창문에 그런 커튼이 달린 집이 없는 것 같아."

앤은 안도의 한숨을 쉬었다. 얼굴은 달아올랐으나 미소가 절로 나왔다. 그 순간 느낀 연민과 경멸감이 자신을 향한 것인지 러셀 부인을 향한 것인지는 알 수 없었다. 하지만 그녀가 가장 속상했던 일은 이토록 헛된 예측으로 마음을 졸이는 사이 정작 그가 그들을 보았는지 확인할 순간을 놓쳐버렸다는 것이었다.

하루 이틀이 지나도록 아무 일도 일어나지 않았다. 그가 있을 법한 극장이나 사교 장소는 엘리엇 집안의 취향에 맞지 않았고, 그들은 더 우아하되 더 한심한 개인 연회에만 참석하고 있었다. 앤은 그런 정체된 일상에 지쳤고 아무것도 모른 채 기다리는 것이 답답하기만 했다. 그녀는 자신이 강해졌다고 생각했지만 정말 강해졌는지 확인할 수 없는 가운데 달림플 부인이 후원하는 음악가의 연주회가 예정된 밤을 초조하게 기다렸다. 그들은 당연히 참석해야 했다. 훌륭한 음악이 기대되었고 웬트워스 대령은 음악 애호가였다. 그와 몇 분만 이야기를 나눌 수 있어도 그녀는 만족할 수 있을 것 같았다. 기회만 주어진다면 그에게 말을 건넬 용기도 있었다. 언니는 그를 외면했고 러셀 부인은 아예 그를 보지 못했다. 이런 상황이 그녀를 더욱 대담하게 만들어주었다. 그녀는 이제 그에게 관심을 보여주어야 할 때가 되었다고 생각했다.

앤은 그날 저녁 한때를 스미스 부인과 보내기로 약속이 되어 있었다. 앤은 황급히 스미스 부인을 방문해서 양해를 구했고 다음 날 방문하면 더 오래 머물다 가겠다고 약속했다. 스미스 부인은 흔쾌히 받아들였다.

"괜찮고말고." 그녀가 말했다. "내일 와서 다 얘기해 줘. 음악회에는 누구와 같이 가?"

앤은 일행이 누구인지 이야기했다. 스미스 부인은 아무런 대답도 하지 않았지만, 앤이 떠나려 하자 진지하면서도 반쯤은 장난스러운 표정으로 말했다. "음악회에서 좋은 시간 보내고, 내일 봐. 내일 올 수 있다면 말이야. 어쩐지 앞으로는 얼굴 보는 게 점점 어려워질 것 같은 예감이 드네."

앤은 놀라고 당황했지만 잠시 머뭇거린 뒤 서둘러 떠나야 했다. 서둘러야 한다는 사실이 그리 싫지 않았다.

20

　월터 경과 그의 두 딸, 그리고 클레이 부인은 그날 저녁 연주회장에 가장 먼저 도착한 사람들이었다. 그들은 달림플 부인을 기다리며 옥타곤 룸*의 벽난로 옆에 자리를 잡았다. 그들이 자리를 잡자마자 문이 다시 열렸고 웬트워스 대령이 혼자 걸어 들어왔다. 그와 가장 가까운 위치에 있던 앤이 곧바로 그에게 다가가 말을 걸었다. 그는 가볍게 고개만 숙이고 지나치려 했지만, "어떻게 지내세요?"라는 그녀의 부드러운 인사에 걸음을 멈췄다. 그는 그녀의 뒤에서 위압적인 분위기를 풍기고 있는 아버지와 언니를 아랑곳하지 않고 그녀에게 안부를 물었다. 앤은 아버지와 언니가 뒤에 있어 그들의 표정이 보이지 않는다는 사실에 고무되어 자신이 뜻한 바를 할 수 있겠다는 생각이 들었다.

　두 사람이 대화를 나누는 동안 아버지와 언니가 뭔가를 속삭이는 소리가 들렸다. 정확한 내용은 들리지 않았으나 그녀는 잠시 후 그들이 무슨 이야기를 나누었는지 추측할 수 있었다. 웬트워스 대령이 그녀의 어깨 너머로 가볍게 고개를 숙이는 모습을 통해 아버지가 최소한 그를 아는 체 해주었음을 알게 된 것이다. 그리고 마침 곁눈질로 언니도 살짝 무릎을 굽히며 그에게 인사를 건네는 모습을 볼 수 있었다. 뒤늦게 마지못해 건네는 무뚝뚝한 인사일지언정 안 하는 것보다는 나았으므로 앤의 기분도 나쁘

---

* Octagon Room, 바스의 상류층이 무도회나 연주회 장소로 이용한 바스 어셈블리 룸즈(Bath Assembly Rooms)의 내부 공간 중 하나로 참석자들이 담소를 나누거나 휴식을 취하는 곳이었다

지 않았다.

하지만 날씨와 바스와 공연을 화제로 이야기를 나눈 뒤 이야깃거리가 떨어졌고 마침내는 아무 말도 오가지 않게 되었다. 앤은 그가 곧 자리를 뜰 것이라 예상했지만, 그는 좀처럼 돌아설 기색이 없었다. 그는 서둘러 자리를 뜰 생각이 없는 듯했고 이내 홍조 띤 얼굴에 미소를 머금은 채 말했다.

"라임에서 그날 이후 뵙지 못했군요. 충격이 크셨을 텐데 꿋꿋이 버티느라 더 힘드셨겠습니다."

그녀는 그렇지 않았다고 그를 안심시켰다.

"끔찍한 시간이었습니다." 그가 말했다. "끔찍한 하루였고요." 그는 손으로 눈가를 쓸어내리며 아직도 그 기억이 고통스럽다는 듯한 표정을 지었다. 하지만 이내 엷은 미소를 지으며 덧붙였다. "그래도 그날 이후 변한 것도 있습니다. 끔찍한 일이 정반대의 결과를 낳았다고나 할까요. 그날 벤윅이 의사를 부르러 가야 한다고 당신이 침착하게 판단했을 때 그가 결국 루이자의 회복에 가장 큰 역할을 하게 되리라고는 예상하지 못하셨지요."

"전혀 예상 못 했죠. 하지만 두 사람이 아주 행복해 보이고 또 그러기를 바라고 있어요. 둘 다 바른 생각과 좋은 성품을 가지고 있으니까요."

"그렇죠." 그리 큰 기대가 없는 듯한 표정으로 그가 말을 이었다. "다만 두 사람의 닮은 점은 딱 거기까지입니다. 저는 그들의 행복을 진심으로 기원하고 모든 여건도 우호적이라 기쁩니다. 집안에서 다툴 거리가 없고 반대나 돌발적인 상황도 없고 머뭇거릴 이유도 없죠. 머스그로브 내외분은 그분들답게 지극히 명예롭고 자상하게 행동하시고 진정한 부모의 마음으로 오로지 딸의 행복만을 바라고 계시죠. 이 모든 것이 두 사람의 행복을 돕고 있고 어쩌면 차고 넘칠 정도로 …"

그가 말을 멈추었다. 그 순간 뺨이 발그레해진 채 시선을 아래로 향하고 있는 앤의 감정을 그 역시 어느 정도 느낀 듯했다. 하지만 그는 이내 헛기침을 한 뒤 말을 이었다.

"솔직한 생각을 말씀드리자면 저는 두 사람이 달라도 너무 다르고, 본질적으로 다른 점이 정신에 있다고 생각합니다. 저는 루이자 머스그로브가 매우 상냥하고 사랑스러우며 분별력도 부족하지 않다고 생각합니다. 그런데 벤윅은 그 이상입니다. 총명하고 책을 가까이하는 사람이니까요. 그래서 그가 그녀를 마음에 두었다는 사실이 저로서는 놀라웠습니다. 그가 자신에 대한 그녀의 감정에 고마운 마음이 들어 그녀를 사랑하게 되었다면 그건 또 다른 이야기였을 겁니다. 하지만 그렇게 생각할 근거가 전혀 보이지 않습니다. 오히려 그가 먼저 자연스럽게 그런 감정을 가졌던 것 같습니다. 그 점이 저를 놀라게 합니다. 그런 일을 겪은 사람이, 찢어지고 상처 입고 부서진 마음을 부여잡고 있던 그런 사람이 어떻게! 패니 하빌은 정말 훌륭한 여성이었습니다. 그가 그녀에게 품었던 감정은 진정한 사랑이었습니다. 그런 여성에게 마음을 바쳤던 남자는 그런 마음을 쉽게 되찾지 못합니다. 그래서는 안 되는 겁니다. 그럴 수도 없고요."

그의 친구가 실제로 그런 마음을 되찾았음을 의식해서였는지, 아니면 다른 뭔가를 의식해서였는지 그는 더 말을 잇지 못했다. 앤은 마지막에 떨리던 그의 목소리와 실내의 다양한 소음들, 쉴 새 없이 문이 열리고 닫히는 소리와 지나가는 사람들의 웅성거림 속에서도 그의 말 한마디 한마디를 분명하게 구분하여 들을 수 있었다. 그녀는 충격과 희열과 혼란 속에서 숨이 가빠지기 시작했고 한순간에 헤아릴 수 없는 감정에 휩싸였다. 그의 말에 어떤 말을 보탠다는 것은 불가능했다. 하지만 무슨 말이든 해야 했고 화제를 완전히 바꾸고 싶은 마음은 없었기에 그녀는 잠시 머뭇거리다 조심스럽게 입을 열었다.

"라임에서 오래 머무셨죠?"

"보름 정도 있었습니다. 루이자의 상태가 나아지는 것을 확인하기 전까지는 떠날 수가 없었습니다. 저 때문에 벌어진 일이니 쉽게 마음의 안정을 찾지 못했죠. 그 일은 전적으로 제가 잘못해서 일어난 겁니다. 제가 단호했더라면 그녀도 그렇게 고집을 부리지 않았을 테니까요. 그래도 라임 주변의 경치가 좋아서 산책도 자주 하고 말을 타기도 했습니다. 보면 볼수록 감탄하게 되는 곳이죠."

"저도 라임에 꼭 다시 가보고 싶어요." 앤이 말했다.

"그러시군요. 당신이 라임을 마음에 들어 하실 줄은 몰랐습니다. 그곳에서 겪은 끔찍한 일 때문에 정신적으로 힘드셨을 테니까요. 그래서 라임에 대한 당신의 마지막 인상은 강한 거부감으로 남아 있으리라 생각했습니다."

"마지막은 확실히 고통스러웠죠." 앤이 대답했다. "하지만 다 끝나고 나면 고통은 오히려 즐거운 기억이 되기도 해요. 어떤 곳에서 힘든 일을 겪었다고 해서 그곳을 덜 좋아하게 되지는 않아요. 고통밖에 없었다면 모를까, 라임은 그렇지 않았어요. 우리가 불안과 걱정에 휩싸였던 것은 마지막 두 시간에 불과했고 그전에는 즐거운 순간이 많았어요. 새로움과 아름다움이 가득한 곳이었잖아요! 저는 여행을 다녀본 적이 많지 않아서 어디든 새롭긴 하지만, 라임은 정말 아름다웠어요. 그리고," 그녀는 어떤 기억이 떠오른 듯 살짝 얼굴을 붉히며 말을 이었다. "어쨌든 그곳의 인상은 무척 좋답니다."

그녀의 말이 끝나기가 무섭게 출입문이 다시 열렸고 그들이 기다리던 인물이 모습을 드러냈다. "달림플 부인이다, 달림플 부인." 반가운 속삭임이 들렸고, 조심스러우면서도 들뜬 기색을 감추지 못한 월터 경이 두 딸을 데리고 그녀를 맞이했다. 달림플 부인과 카트릿 양은 때마침 도착한 엘리엇 씨와 월리스 대령을 대동하여 들어왔다. 사람들이 그들 주위로 모여들면서 앤도 어쩔 수 없이 무리에 끼어야 했다. 그렇게 그녀는 웬트워스 대령과 떨어지게 되었고, 조금 전까지 그와 나눈 흥미로운, 너무나 흥미로운 대화도 잠시 중단될 수밖에 없었다. 하지만 그녀의 아쉬움은 조금 전에 얻은 기쁨에 비하면 아무것도 아니었다! 그녀는 십 분 남짓한 시간 동안 그가 루이자에 대해 가지고 있는 감정뿐만 아니라 그녀가 생각지도 못했던 그의 모든 감정을 알게 되었다. 하지만 격렬한 감정 속에서도 예법이 요구하는 대로 그녀는 다른 사람들에게 예의와 친절을 보여야 했다. 그녀는 모든 이를 상냥하게 대했다. 모두를 친절하고 다정하게 대하고 싶었고 자신만큼 행복하지 않은 모든 이에게 연민을 보내고 싶었다.

그녀는 웬트워스 대령과 다시 마주하기 위해 무리에서 한 걸음 뒤로 물러났다. 하지만 그가 이미 가버렸음을 발견하고는 기쁨도 가라앉았다. 그때 막 공연장 안으로 들어가는 그의 모습이 보였다. 그가 가버렸다. 사라져 버린 것이다. 잠시 아쉬운 마음이 들었으나 그녀는 이렇게 생각했다. '곧 다시 만나게 될 거야. 나를 찾으러 오겠지. 저녁이 다 가기 전에 만날 수 있을 거야. 지금 당장은 이렇게 떨어져 있는 것이 오히려 나을지도 몰라. 마음을 차분히 가라앉힐 필요가 있으니까.'

러셀 부인까지 도착하면서 일행이 모두 모이게 되었다. 이제 사람들의 시선과 수군거림 속에서 최대한 중요한 인물들인 것처럼 공연장에 입장하는 일만 남았다.

공연장에 들어서며 엘리자베스와 앤은 둘 다 매우, 매우 행복했다. 엘리자베스는 카트릿 양과 팔짱을 낀 채 앞서 걸어가는 달림플 자작 부인의 넓은 등짝을 바라보며 원하는 모든 것이 이제 손에 닿을 듯한 기분이 들었다. 그리고 앤은, 아니, 언니의 행복과 비교하는 것은 그녀의 행복에 대한 모욕이 될 것 같다. 한쪽이 이기적인 허영심에서 비롯된 것이라면 다른 쪽은 넘치는 사랑에서 비롯된 것이므로.

앤의 눈에는 공연장의 화려함이 들어오지 않았다. 그녀의 마음에서 오롯이 행복감이 솟아올랐다. 두 눈이 반짝거리고 볼은 발그레해졌으나 그녀는 이를 의식하지 못했다. 그녀는 오로지 반 시간 전의 일만 생각하고 있었다. 객석 앞쪽으로 걸어가는 동안 그녀는 마음속으로 빠르게 그 시간을 떠올려 보았다. 그가 선택한 화제와 표현들, 무엇보다도 그의 태도와 눈빛은 하나의 의미로만 해석될 수 있었다. 루이자 머스그로브의 부족함에 대한 그의 생각과 그것을 굳이 밝히고자 한 것, 벤윅 함장을 이해하지 못하겠다는 듯한 태도, 강렬했던 첫사랑에 대한 감정, 시작했다가 마치지 못한 문장, 반쯤 외면하는 듯하면서도 무언가를 말하려는 듯한 눈빛, 이 모든 것은 그녀를 향해 그가 다시 마음을 열고 있음을, 이제 분노와 원망과 회피하려는 마음은 사라지고 그런 감정이 있던 자리를 단순한 우정이나 호의가 아닌 지난날의 애틋함이 채우고 있다는 것을 웅변하고 있었다. 그랬다. 온전하지 않을지언정 그것은 지난날의 애틋함이었다. 그녀는 그런 변화의 의미를 가벼이 여길 수 없었다. 그는 그녀를 사랑하고 있었다.

그런 생각들과 이어서 떠오르는 온갖 상념들에 사로잡혀 그녀는 주위를 살필 겨를조차 없었다. 그녀는 그를 보지 못했고 그를 찾으려 하지도 않은 채 좌석을 찾아 걸어갔다. 일행 모두가 자리에 앉은 뒤에야 그녀는 혹시 그가 가까운 곳에 자리를 잡았는지 둘러보았다. 하지만 그녀의 눈길이 닿는 곳 어디에도 그의 모습은 보이지 않았다. 공연이 시작되려는 참이었으므로 그녀는 음악에서 소소한 만족을 구할 수밖에 없었다.

일행은 앞뒤 줄에 나란히 앉았다. 앤은 앞줄 좌석에 앉았고 엘리엇 씨는 월리스 대령의 도움으로 자리를 맡아 그녀의 옆에 앉을 수 있었다. 엘리자베스는 친척들에 둘러싸인 채 월리스 대령으로부터 특별한 예우까지 받게 되어 매우 만족스러운 듯했다.

이날 저녁 앤의 기분은 음악을 즐기기에 최적의 상태였다. 그녀는 음악에 충분히 몰입할 수 있었다. 감미로운 선율을 느끼고 경쾌한 리듬을 즐겼으며, 곡의 구조를 분석하면서 지루한 곡조를 견뎌냈다. 적어도 1부가 진행되는 동안에는 그 어느 때보다 음악회를 즐겼다. 이탈리아 가곡을 마지막으로 1부가 끝나고 쉬는 시간이 되었을 때 그녀는 엘리엇 씨에게 가곡의 가사를 해석해 주었다. 그들은 공연 선곡표를 같이 보고 있었다.

"이게 가사의 정확한 뜻이에요." 그녀가 말했다. "아니, 대략적인 의미라고 하는 게 낫겠네요. 이탈리아어로 부르는 사랑 노래의 정확한 뜻을 따지는 건 말이 안 되고 제가 이해한 바로는 그렇다는 거예요. 제가 이탈리아어를 잘 알지 못해요. 실력이 형편없거든요."

"그래요. 이탈리아어에 대해 아는 게 전혀 없으시네요. 얼마나 아는 게 없으시면 도치되고 생략되고 어순이 바뀐 구절을 이렇게 명확하고 우아하며 이해하기 쉬운 영어로 번역하실까요? 당신의 무지함에 대해서는 더 말씀하지 않으셔도 됩니다. 이게 완벽한 증거라서요."

"예의상 그렇게 말씀해 주시는 것으로 알겠습니다만, 제 실력은 이탈리아어를 정말 잘하시는 분들에게 비할 바는 아닙니다."

"캠든 플레이스를 꽤 오래 들락거렸는데 그런 제가 앤 엘리엇 양에 대해 뭔가 알아내지 못했을 리는 없죠." 그가 말했다. "세상이 당신의 재능을 절반도 알아보지 못할 만큼 당신은 겸손하지만, 동시에 다른 여성이라면 도무지 겸손할 수 없을 만큼 뛰어난 분이시기도 합니다."

"쑥스럽군요. 그런 과찬 때문에 다음 곡이 뭐였는지도 잊어버렸어요." 그녀가 공연 선곡표를 들여다보며 말했다.

"아마 당신이 짐작하시는 것보다," 엘리엇 씨가 낮은 목소리로 말했다. "훨씬 오래전부터 저는 당신에 대해 알고 있었을 겁니다."

"설마요. 어떻게요? 제가 바스에 오기 전에는 저를 알지 못하셨을 텐데요, 가족들이 저에 대해 이야기하는 것을 들으셨다면 모를까."

"당신이 바스에 오시기 훨씬 전부터 저는 많은 이야기를 듣고 있었습니다. 당신을 잘 아는 분들로부터 말이죠. 당신의 성품은 진작부터 알고 있었습니다. 당신의 외모, 성격, 재능, 태도, 이 모든 것이 눈앞에 그려질 듯했죠."

엘리엇 씨가 기대했던 대로 앤은 호기심을 드러냈다. 그런 비밀스러운 분위기에 마음이 흔들리지 않을 사람은 없을 것이다. 누군지 모를 이들로부터 자신의 이야기를 오래전부터 들었다는 사실에 흥미가 생기지 않을 수 없었다. 궁금해진 앤이 그에게 물어보았으나 소용없었다. 그는 질문을 받는 것을 즐기면서도 끝내 입을 열지 않았다.

"말씀드릴 수 없습니다. 언젠가는 말씀드릴지도 모르겠으나 지금은 아닙니다. 하지만 그게 사실이라는 점은 분명히 말씀드립니다. 오래전 누군가로부터 앤 엘리엇 양에 관한 이야기를 들었고 당신의 성품과 재능을 알게 되면서 꼭 만나 뵙고 싶다는 생각이 들었습니다."

앤은 오래전 자신에 대해 호의적으로 이야기했을 만한 사람을 꼽아보았다. 웬트워스 대령의 형인 몽포드의 웬트워스 씨가 유력했다. 그가 엘리엇 씨를 만난 적이 있었는지도 모르지만, 앤은 그에게 직접 물어볼 용기가 나지 않았다.

"앤 엘리엇이라는 이름은 오래전부터 제게 특별하게 다가왔습니다." 그가 말했다. "아주 오랫동안 제 마음을 사로잡는 뭔가가 있었죠. 감히 말씀드리건대, 영원히 그 성이 바뀌지 않기를 바랍니다."*

그가 그렇게 말했다고 생각되었으나 그의 말이 끝나기도 전에 바로 뒤에서 들리는 말소리에 앤은 주의를 빼앗겼다. 다른 모든 것을 하찮게 만들 법한 대화가 아버지와 달림플 부인 사이에 오가고 있었다.

"잘생겼어요." 월터 경이 말했다. "정말 잘생겼습니다."

"아주 멋진 신사군요." 달림플 부인이 말했다. "바스에서 흔히 볼 수 있는 청년들과는 다른 분위기가 있어요. 아일랜드계가 아닐까 합니다."

"아, 제가 이름을 아는 사람입니다. 서로 인사하고 지내는 사이죠. 웬트워스, 해군 대령 웬트워스입니다. 그의 누이가 서머싯셔에 있는 저의 집 켈린치 홀의 임차인 크로프트 제독의 부인이죠."

월터 경이 이 말을 마치기도 전에 앤은 그의 시선이 향하는 쪽을 바라보았다. 그리고 조금 떨어진 곳에서 몇몇 남성들 사이에 서 있는 웬트워스 대령을 발견했다. 그녀의 시선이 그에게 닿은 순간 그는 막 그녀에게서 시선을 거둔 것 같았다. 그런 것 같았다. 아주 짧은 순간의 차이로 그의 시선을 놓친 듯했다. 그녀는 그를 계속 바라보았으나 그는 다시 돌아보지 않았다. 오케스트라의 연주가 시작되면서 그녀는 무대 쪽으로 시선을 돌릴 수밖에 없었다.

그녀가 다시 한번 눈길을 줄 수 있었을 때 그는 이미 자리를 떠난 뒤였다. 설령 원했다고 해도 그는 사람들에게 둘러싸여 있는 그녀의 곁으로 다가올 수 없었을 것이다. 그래도 그녀는 그의 눈을 한 번이라도 마주쳤으면

---

* 엘리엇 씨와 결혼하거나 미혼으로 남는다면 앤 엘리엇의 성은 바뀌지 않는다.

했다.

엘리엇 씨가 건네는 말도 그녀를 불편하게 했다. 더는 그와 대화를 나누고 싶은 마음이 없었다. 그녀는 그가 가까이 다가오지 않기를 바랐다.

공연의 1부가 끝났고 이제는 어떻게든 상황이 바뀌어야 했다. 잠시 아무 말 없이 앉아 있던 일행의 다수가 차를 마시러 나가기로 했다. 앤은 나가지 않기로 했고 러셀 부인도 자리에 남아 있었다. 그녀는 엘리엇 씨를 떼어낼 수 있어서 기뻤고 러셀 부인의 눈치가 보이더라도 기회만 주어진다면 웬트워스 대령과 대화를 나눌 작정이었다. 앤은 러셀 부인의 표정에서 그녀도 그를 보았음을 짐작할 수 있었다.

하지만 그는 오지 않았다. 언뜻 그가 멀리서 보이는 듯했으나 그는 다가오지 않았다. 쉬는 시간이 아무 소득 없이 지나갔다. 나갔던 이들이 돌아오고 연주회장은 다시 사람들로 가득 찼다. 즐거운 혹은 고행의 시간이 다시 시작되려는 참이었다. 음악을 진정으로 즐기는 이에게는 즐거움이, 그런 척만 하는 이에게는 하품이 함께할 시간이었다. 앤에게는 불안의 시간이 될 것이었다. 그녀는 웬트워스 대령을 다시 보고 단 한 번이라도 그와 다정한 눈길을 나누지 않고는 연주회장을 평온한 마음으로 떠날 수 없을 것 같았다.

일행이 다시 착석하는 동안 자리의 이동이 제법 있었고 그 결과는 앤에게 유리했다. 월리스 대령은 객석으로 돌아오지 않았고 엘리엇 씨는 엘리자베스와 카트릿 양의 청을 물리치지 못하고 그들 사이에 앉았다. 몇몇 사람이 연쇄적으로 자리를 이동했고 이 틈에 앤도 머리를 써서 통로와 가까운 쪽으로 자리를 옮겼다. 그녀는 자신이 흡사 래롤스 양, 그 독보적인 래롤스 양*과 비슷하다는 생각을 떨칠 수 없었으나 어쨌든 그렇게 행동했다. 그 결과는 신통치 않았으나 운 좋게도 옆자리에 앉았던 사람들이 하나

둘 자리를 뜨면서 그녀는 연주회가 끝날 무렵에는 맨 끝자리에 앉을 수 있었다.

그런 가운데 웬트워스 대령의 모습이 다시 보였다. 멀지 않은 곳이었다. 그도 그녀를 보았으나 표정은 어둡고 어쩐지 망설이는 듯했다. 그가 그녀에게 말을 건넬 수 있을 만큼 가까이 오기까지는 시간이 조금 걸렸다. 무슨 일이 있었음이 틀림없었다. 그가 달라졌다는 것에는 의심의 여지가 없었다. 그의 분위기는 옥타곤 룸에서의 태도와는 확실히 달랐다. 왜일까? 그녀는 아버지와 러셀 부인을 떠올렸다. 혹시 그들로부터 불쾌한 시선을 받기라도 한 것일까? 그는 공연에 대한 감상을 덤덤히 말하며 이야기를 시작했다. 어퍼크로스에서 그가 보이던 익숙한 모습이었다. 그는 성악곡이 기대에 미치지 못했다며, 음악회가 끝나도 그리 아쉬울 것 같지 않다고 말했다. 앤이 공연을 좋게 평가하면서도 그의 실망감을 이해한다고 대답하자, 그는 한결 밝아진 표정으로 엷은 미소를 지으며 대화를 이어갔다. 조금 더 이야기를 나누며 분위기가 좋아졌고 그는 앉을 만한 데가 있는지 살피려는 듯 좌석을 힐끗 내려다보기도 했다. 그런데 바로 그때 어깨에 닿는 손길을 느낀 앤은 뒤를 돌아보았다. 엘리엇 씨였다. 그는 양해를 구하며 이탈리아어 가사를 다시 해석해 달라고 부탁했다. 카트릿 양이 다음 곡이 대략 어떤 내용인지 알고 싶어 한다는 것이었다. 앤은 거절할 수 없었다. 예의 때문에 이때처럼 고통스러운 희생을 감내한 적은 일찍이 없었다.

---

* Miss Larolles, 프랜시스 버니의 소설 『세실리아』에 등장하는 인물로 수다스럽고 겉치레를 좋아하는 경박한 여성으로 그려진다. 앤이 자신을 래롤스 양과 비교하는 이 장면은 웬트워스를 보기 위해 자리를 옮기는 자신이 우스꽝스럽다고 생각하고 있음을 보여 준다. 참고로 제인 오스틴은 『노생거 사원』에서도 이 작품을 언급했고, 심지어 그녀의 대표작 『오만과 편견』의 제목은 『세실리아』의 마지막 구절에서 영감을 받았을 가능성이 있을 정도로 그녀는 이 작품을 좋아했던 것으로 보인다.

그녀는 최대한 서둘렀으나 어쩔 수 없이 몇 분이 소요되었다. 다시 자유의 몸이 된 그녀가 몸을 돌렸을 때 웬트워스 대령은 어딘가 어색하면서도 서두르듯 작별 인사를 건넸다. "좋은 밤 되시길 바랍니다. 저는 그만 가 봐야겠습니다. 집에 속히 돌아가야 해서요."

"다음 곡은 기대할 만하지 않을까요?" 앤은 어떤 직감으로 그를 간절히 붙잡고 싶었다.

"아니요." 그가 강한 어조로 대답했다. "기대할 게 없습니다." 그리고 그는 곧장 가버렸다.

엘리엇 씨에 대한 질투였다. 그것 말고는 이유가 없었다. 웬트워스 대령이 그녀 때문에 질투를 한 것이다! 일주일 전, 아니 세 시간 전만 해도 상상할 수 있었을까? 그 순간, 강렬한 희열이 밀려왔다. 하지만, 아, 곧이어 다른 생각들이 스쳤다. 그의 질투를 어떻게 가라앉힐 수 있을까? 그에게 어떻게 진실을 전할 수 있을까? 이처럼 엉켜 버린 상황에서 과연 그는 그녀의 진심을 알게 될까? 엘리엇 씨가 내비치는 관심을 떠올리는 것만으로도 그녀는 고통스러웠다. 그 악영향은 가늠할 수조차 없었다.

21

이튿날 아침, 앤은 스미스 부인을 찾아가기로 한 약속을 기쁜 마음으로 떠올렸다. 그 약속 덕분에 그녀는 엘리엇 씨가 캠든 플레이스를 방문할 시간에 집에서 나와 있을 수 있었다. 당장은 그를 피하는 것이 그녀에게는 무엇보다도 중요했다.

그녀는 그에게 호의를 가지고 있었다. 그의 관심 때문에 곤란한 상황이 벌어지기는 했으나 그녀는 그에게 감사와 존경, 어쩌면 연민마저도 품고 있었다. 그녀는 그들 사이에 일어난 예사롭지 않은 우연들을 생각하지 않을 수 없었다. 그를 둘러싼 모든 상황과 그의 감정, 오래전부터 그가 가져온 호감을 생각하면 그는 그녀의 관심을 받을 자격이 있었다. 실로 그와의 인연은 특별했다. 마음이 뿌듯하면서도 아팠다. 서글프기도 했다. 만일 웬트워스 대령이 존재하지 않았다면 자신의 감정이 어땠을까 자문하는 것은 무의미했다. 웬트워스 대령은 존재했고 어떤 결말이 기다리든 그녀의 마음은 영원히 그의 것이었다. 그와 맺어지는 경우는 물론이고 설령 그와 영원히 헤어진다 해도 그녀는 다른 남자에게 마음을 줄 수 없을 것 같았다.

캠든 플레이스에서 웨스트게이트가까지 걸어가는 동안 앤은 깊은 생각에 잠겨 있었다. 그녀보다 더 고양된 사랑과 영원한 절개를 생각하며 바스의 거리를 걸어간 사람이 일찍이 또 있었을까? 그녀가 지나가는 거리가 맑게 씻기고 그곳에 향기가 퍼지는 것 같았다.

그녀는 자신이 환대를 받으리라 확신했다. 그리고 스미스 부인은 과연 그녀의 방문을 반기며 매우 고마워했다. 약속이 되어 있었으나 정말 오리라고는 예상하지 못한 듯했다.

　스미스 부인은 곧바로 음악회가 어땠는지 얘기해 달라고 했다. 음악회를 떠올리는 앤의 표정이 환해졌다. 그녀는 기쁜 마음으로 할 수 있는 이야기를 다 했다. 하지만 연주회장에 있었던 사람은 보고 듣고 느낀 것을 모두 전할 방법이 없었고, 음악회의 성공과 성과를 세탁부와 사환을 통해 이미 전해 들은 스미스 부인은 그 정도의 이야기로는 궁금증을 풀 방법이 없었다. 바스에서 지위가 높거나 악명이 높은 이들의 이름을 모두 알고 있었던 스미스 부인은 음악회에 참석한 사람들의 소식을 자세히 듣고 싶었으나 앤은 그 기대를 충족시켜 줄 수 없었다.

　"듀랜드가의 아이들은 당연히 왔겠지." 그녀가 말했다. "깃털도 안 난 참새 새끼들처럼 입을 벌리고 음악을 받아먹었을 거야. 그 아이들은 음악회라면 빠지지 않고 오니까."

　"저는 못 봤지만, 그 아이들이 와 있다고 엘리엇 씨가 말씀하는 것은 들었어요."

　"이버슨 씨 내외는? 낯선 미인 두 분이 같이 오셨을 텐데. 동행한 장신의 아일랜드계 장교가 그중 한 사람과 염문이 있대."

　"모르겠어요. 그런 분들은 못 본 것 같아요."

　"메리 매클린 부인은? 그분은 물어볼 필요도 없겠네. 음악회에 안 오실 분이 아니니까. 틀림없이 그분을 봤을 거야. 달림플 부인과 같이 갔으면 당연히 오케스트라 근처의 귀빈석에 앉으셨을 거야."

　"안 그래도 거기에 앉으면 너무 불편할 것 같아서 걱정했는데, 다행히 달림플 부인이 오케스트라에서 떨어져 앉는 것을 좋아하셔서 일행 모두 음악을 감상하기에 아주 알맞은 자리에 앉았어요. 그런데 그 자리가 음악을 듣기에만 좋았지, 주위를 둘러보기에는 좋지 않았나 봐요."

"아, 공연을 잘 보고 왔으면 된 거지. 이해해. 사람들이 많이 모인 곳에서도 가까운 사람들끼리 오붓하게 모여 앉는 재미가 있잖아. 아마 그랬겠지. 게다가 일행이 꽤 많았으니 다른 사람들은 쳐다볼 겨를이 없었을 거야."

"그래도 주위를 좀 살펴볼 걸 그랬어요." 앤은 이렇게 말하면서도 사실 아쉬웠던 것은 주위를 살펴보려는 노력이 아니라 그 시선이 머물 대상이 었음을 의식했다.

"아니야, 아니야. 더 중요한 일이 있었나 보네. 좋은 시간을 보냈다고 굳이 말할 필요도 없겠어. 눈빛만 봐도 알겠는걸. 얼마나 좋았는지 한눈에 보여. 저녁 내내 귀가 즐거웠을 테고, 쉬는 시간에는 대화가 즐거웠겠지."

앤은 미소를 띠며 말했다. "제 눈에 그렇게 쓰여 있나 보죠?"

"그럼, 물론이지. 얼굴에 다 쓰여 있어. 어젯밤 이 세상에서 가장 호감이 가고, 이 순간에도 이 세상 사람을 모두 합친 것보다 더 마음이 가는 사람과 함께 있었다고 말이야."

앤은 얼굴이 확 달아올라 아무 말도 할 수 없었다.

"그런 상황에서도," 잠시 침묵하던 스미스 부인이 다시 말을 이었다. "이렇게 찾아와 줘서 얼마나 고마운 줄 몰라. 더 즐겁게 시간을 보낼 방법이 많았을 텐데 나와 함께해 주니 말이야."

앤은 이 말이 귀에 들어오지 않았다. 웬트워스 대령에 대한 소문이 어떻게 스미스 부인에게까지 전해졌는지 놀랍고 혼란스러울 따름이었다. 또 한 번의 침묵이 흐른 뒤 스미스 부인이 말했다.

"우리 둘이 아는 사이라는 걸 엘리엇 씨도 알아? 내가 바스에 있다는 사실은?"

"엘리엇 씨요?" 앤은 깜짝 놀라며 스미스 부인을 바라보았고 그 순간 자신이 오해하고 있었음을 깨달았다. 안도감을 느끼며 그녀는 차분한 목소리로 덧붙였다.

"엘리엇 씨를 아세요?"

"꽤 가까운 사이였지." 스미스 부인이 어두운 표정으로 말했다. "하지만 다 지난 일이야. 마지막으로 본 지 오래되었으니까."

"전혀 몰랐어요. 한 번도 말씀하신 적이 없잖아요. 알았더라면 그분과 이야기하면서 근황이라도 전해 드렸을 텐데."

"사실 그게 내가 바라는 거야." 스미스 부인은 특유의 밝은 표정을 지으며 말했다. "엘리엇 씨에게 내 얘기를 해주었으면 해. 내게 도움을 줄 수 있는 사람이니까. 이런 부탁을 해서 미안하지만, 엘리엇 씨에게 영향력이 있을 테니 힘을 좀 써주었으면 해."

"당연히 그렇게 해야죠. 제가 조금이라도 도움이 될 수 있다면 얼마든지요." 앤이 대답했다. "그런데 저를 너무 과대평가하시는 것 같아요. 제가 엘리엇 씨에게 대단한 영향력이 있다고 생각하시는 것 같은데 사실은 그렇지 않아요. 그분은 저의 먼 친척일 뿐이에요. 그런 관계에서 제가 조심스럽게 부탁드릴 만한 일이 있다면 주저하지 말고 말씀해 주세요."

스미스 부인은 그녀를 뚫어지게 바라보더니 미소를 지으며 말했다.

"내가 좀 성급했나 봐. 정식 발표를 기다려야 하는 건데, 미안해. 하지만 오랜 친구로서 내가 언제쯤 부탁해도 되는지 살짝 귀띔해 줄 수 있어? 다음 주? 다음 주면 확실해질 테니 엘리엇 씨가 누릴 행운에 내 욕심을 조금 보태도 될까?"

"아니에요." 앤이 대답했다. "다음 주에도, 그다음 주에도, 또 그다음 주에도 그런 일은 절대 없을 거예요. 저는 엘리엇 씨와 결혼하지 않아요. 왜 그렇게 생각하시는지 오히려 제가 궁금해요."

스미스 부인은 그녀를 물끄러미 바라보더니 다시 미소를 지으며 고개를 저었다.

"앤의 속마음을 알 수 있다면 얼마나 좋을까? 하지만 적절한 때가 되면 이토록 섭섭하게 굴지 않겠거니 하고 기다릴게. 우리 여자들은 때가 되기 전에는 누구도 받아들일 생각이 없다고 하잖아. 청혼받기 전에는 모든 남자를 다 싫다고 하는 게 우리 사이에는 당연한 일이지. 그런데 나한테까지 꼭 이렇게 해야 해? 지금은 친구라 할 수 없어도 한때 가까이 지냈던 사람으로서 내가 그의 편을 좀 들더라도 이해해 줘. 어디에서 그보다 더 잘 맞는 사람을 만날 수 있겠어? 그보다 더 신사답고 매력적인 사람을 찾기는 쉽지 않아. 엘리엇 씨는 괜찮은 사람이야. 월리스 대령으로부터도 좋은 얘기만 들었을 텐데 엘리엇 씨에 대해 그보다 더 잘 아는 사람은 없을 거야."

"스미스 부인, 엘리엇 씨의 부인이 세상을 떠난 지 반년도 채 지나지 않았어요. 누구에게든 그분이 청혼한다는 건 온당치 않아요."

"아, 그런 이유 때문이었다면," 스미스 부인이 재미있다는 듯 말했다. "엘리엇 씨는 마음을 놓아도 되겠네. 나도 더는 신경 쓰지 않을게. 결혼했다고 나를 잊지만 않으면 돼. 그냥 엘리엇 씨에게 나를 잘 안다고만 말해 줘. 그러면 그도 나를 돕는 일을 그렇게 번거롭게 여기지 않을 거야. 지금 당장은 처리해야 할 일들이 많아서 다른 일은 신경을 쓰지 못하고 있겠지. 누구라도 그럴 거야. 내가 얼마나 도움이 필요한지 그가 모르고 있는 게 당연해. 어쨌든 정말 행복하길 빌게. 엘리엇 씨는 앤 같은 여자의 가치를 알아볼 만큼 현명한 사람이야. 그러니 나처럼 평온한 삶이 좌초되는 일은 없을 거야. 그의 인품을 믿고 모든 일에 안심해도 돼. 잘못된 길에 빠질 사람도 아니고, 남의 말에 휘둘려서 자신을 망칠 사람도 아니니까."

"그래요." 앤이 말했다. "그에 대해 하신 말씀은 다 동의해요. 그분은 차분하고 단호한 성격이어서 기분에 따라 위험한 행동을 하실 분 같지는 않아요. 제가 지금까지 지켜본 바로는 달리 판단할 이유가 없어요. 하지만 제가 엘리엇 씨를 안 지 오래된 것도 아니고 속마음을 쉽게 알 수 있는 분 같지도 않아요. 제가 이렇게 말씀드리면 그분이 제게 아무 의미 없는 사람이라는 걸 믿으시겠어요? 이 정도면 제가 그분에게 아무 감정이 없다는 게 분명하지 않아요? 결단코 그분은 제게 아무 의미도 없는 사람이에요. 설령 그분이 제게 청혼한다고 해도, 그런 일이 일어나리라 상상할 이유도 없지만, 저는 받아들일 생각이 없어요. 분명히 말씀드리는데 저는 그럴 생각이 전혀 없어요. 어젯밤 음악회에서 제가 어떤 즐거움을 얻었든, 그건 스미스 부인께서 생각하시는 것처럼 엘리엇 씨가 그곳에 있었기 때문이 아니에요. 그건 엘리엇 씨 때문이 아니라 …"

앤은 너무 많은 사실을 드러냈다는 생각에 얼굴이 달아올라 말을 멈췄다. 하지만 이 정도가 아니고서는 충분하지 않았을 것이다. 그녀가 다른 누군가를 마음에 두고 있다는 사실을 분명히 밝히지 않았다면 스미스 부인은 엘리엇 씨에게 가능성이 없다는 것을 순순히 믿지 않았을 것이다. 스미스 부인은 곧바로 수긍했으나 그 이상은 눈치채지 못한 듯했다. 앤은 화제를 돌리고 싶었다. 그녀는 자신과 엘리엇 씨가 결혼할 거라고 스미스 부인이 생각한 이유와 어디서 그런 인상을 받았는지, 그리고 누구에게서 그런 말을 들었는지 물었다.

"그런 생각을 어떻게 하시게 된 거예요?"

"처음에는," 스미스 부인이 대답했다. "두 사람이 함께 보내는 시간이 많은 것 같아서 그렇게 생각했고, 두 사람의 주변에서도 모두가 그렇게 되기를 바라고 있다는 사실도 알게 되었어. 이틀 전에는 구체적인 얘기도 들었고."

"구체적인 얘기요?"

"어제 여기 들렀을 때 누가 문을 열어주었는지 기억나?"

"아니요. 여느 때처럼 스피드 부인 아니면 하녀였겠죠. 특별히 신경 써서 보지 않았어요."

"내 친구 루크 부인이었어. 간호사로 일하는 루크 말이야. 앤을 무척 보고 싶어 했는데 문을 열어주게 되어서 기뻤다고 했어. 말버러가에 있다가 일요일에 이곳에 왔는데 두 사람이 결혼할 거라는 얘기를 해준 사람이 바로 그녀였어. 월리스 부인에게서 직접 들었다고 하니까 믿을 수밖에 없었지. 월요일 저녁에 한 시간 동안 나와 같이 있었는데 그 이야기를 처음부터 끝까지 다 해줬어."

"처음부터 끝까지요?" 앤이 웃으면서 말했다. "근거도 없는 소문으로 긴 이야기를 만들어내느라 힘들었겠는데요."

스미스 부인은 아무 말도 하지 않았다.

"하지만," 앤이 곧바로 말을 이었다. "저와 엘리엇 씨가 그런 관계가 아니라 해도 어떻게든 제가 도움이 될 수 있는 일을 하고 싶어요. 그분께 스미스 부인이 바스에 와 있다고 전할까요? 제가 전해야 할 말이라도?"

"아니, 고마워. 그럴 필요 없어. 내가 잠시 흥분해서 잘못 알고 있는 사실을 가지고 도움을 받으려고 했나 봐. 이제는 아니야. 고마워, 신경 쓰지 않아도 돼."

"엘리엇 씨와 오래전부터 아는 사이라고 하셨죠?"

"그래."

"그분이 결혼하기 전부터요?"

"엘리엇 씨가 미혼일 때 처음 알게 됐어."

"가까운 사이였나요?"

"서로 잘 알고 지냈지."

"그러셨군요! 그러면 당시의 엘리엇 씨는 어땠나요? 젊었을 때 엘리엇 씨가 어떤 사람이었을지 궁금해요. 지금의 모습 그대로였나요?"

"글쎄, 지난 3년 동안 본 적이 없어서." 스미스 부인이 대답했다. 그녀의 어조가 너무 침울해서 앤은 더 묻기가 어려웠다. 하지만 질문에 아무런 답도 얻지 못한 까닭에 궁금증은 더 커졌다. 두 사람 사이에 침묵이 흘렀고 스미스 부인은 깊은 생각에 잠긴 듯했다. 마침내 그녀가 입을 열었다.

"미안해, 앤." 스미스 부인이 원래의 다정한 목소리로 말했다. "묻는 말에 제대로 대답해주지 못해서 미안해. 내가 뭘 해야 할지, 어떻게 말해야 할지 판단할 수가 없었어. 이것저것 따져봐야 할 것도 많았고. 내가 괜히 나서서 남 얘기를 하며 문제를 일으키고 싶지 않았어. 부부의 연을 맺을 사람들이 비록 속으로는 문제가 많아도 겉으로 행복해 보인다면 그걸 지켜주는 게 옳다고 생각했어. 하지만 이제 마음이 바뀌었어. 내 판단이 옳다고 생각해. 엘리엇 씨의 진짜 모습을 말해줄게. 당장은 앤이 엘리엇 씨를 받아들일 의사가 없다고 한 얘기를 믿지만, 앞으로 어떻게 될지 또 모르는 일이니까. 감정이야 언제든 달라질 수 있잖아. 이제 진실을 얘기할게. 그에게 아무런 선입견이 없는 지금 듣는 게 좋을 거야. 엘리엇 씨는 인정도, 양심도 없는 사람이야. 오로지 자기만 아는 교묘하고 냉혹하며 용의주도한 사람이지. 자신의 이익이나 편의를 위해서라면, 평판에 해가 되지 않는 한 어떤 잔인한 행위나 배신도 서슴지 않을 거야. 타인에 대한 연민 같은 건 없어. 자기로 인해 파멸한 사람들을 일말의 가책도 없이 외면하고 버리는 사람이니까. 정의감과 동정심이라는 게 뭔지도 모를 거야. 비정한 사람이야. 거짓투성이에 비정한 사람이야."

앤이 경악하며 탄식을 내뱉는 사이 그녀는 말을 멈추었다가 조금 차분해진 어조로 말을 이어갔다.

"내가 한 말에 놀랐을 거야. 상처받고 울분에 찬 여자의 말이라는 점을 이해해 줘. 나도 마음을 좀 가라앉혀 볼게. 나는 그를 매도하려는 게 아니라 그저 내가 알고 있는 사실을 이야기하는 것일 뿐이야. 판단은 앤이 하도록 해. 엘리엇 씨는 남편의 절친한 친구였어. 남편은 그를 좋아하고 신뢰했어. 자기처럼 좋은 사람이라고 생각했던 거지. 두 사람의 우정은 내가 결혼하기 전부터 이어져 왔어. 두 사람은 정말 좋은 친구였고 당연히 나도 엘리엇 씨를 좋게 생각했지. 누구든 열아홉 살 때는 깊이 생각하고 판단하지 않잖아. 어쨌든 그는 다른 사람들만큼은 선량해 보였고 다른 누구보다도 호감이 갔어. 우리는 거의 함께 지내다시피 했고 주로 런던에 머물며 호화롭게 생활했어. 당시 엘리엇 씨는 경제적으로 어려운 처지였어. 템플 지구에 사무실을 가지고 있기는 했는데 그것으로 겨우 신사로서 체면을 유지하는 셈이었지. 그런 시기에 우리 집은 언제나 그에게 열려 있었어. 언제나 환영이었지. 거의 가족이나 다름없었어. 남편은 세상에서 가장 고결하고 너그러운 사람이어서 마지막 한 푼까지 그와 나누려 했을 거야. 실제로 여러 차례 그에게 지갑을 털어주기도 했으니까. 내가 알기로는 종종 그렇게 도움을 주었어."

"엘리엇 씨에 대해 가장 궁금했던 시기에 그런 일들이 있었군요." 앤이 말했다. "그가 아버지와 언니를 만난 때가 그즈음이었어요. 당시 저는 직접 만나지는 못하고 전해 듣기만 했는데 그가 아버지와 언니에게 보인 태도나 결혼 전후의 상황을 생각해 보면 지금의 모습과 잘 겹쳐지지 않아요. 전혀 다른 사람 같아요."

"나는 다 알고 있었어. 전부 다." 스미스 부인이 말했다. "그는 내게 월터 경과 엘리엇 양에 대해 자주 얘기했어. 나는 그가 켈린치에 초대받고도 가지 않았다는 사실도 알아. 어쩌면 앤이 전혀 짐작하지 못한 일들까지 내가 설명해 줄 수 있을지도 몰라. 그리고 그의 결혼에 관해서라면 나는 그때 이미 모든 걸 알고 있었어. 그가 결혼 상대를 두고 유불리를 따지면서 자신의 희망과 계획을 모두 털어놓은 사람이 바로 나였어. 물론 나는 그의 아내가 될 사람을 그때까지는 알지 못했어. 신분이 낮은 아가씨였으니 그럴 만도 했지. 하지만 이후로는 줄곧, 적어도 그녀가 세상을 떠나기 2년 전까지는 알고 지냈으니까 혹시라도 궁금한 게 있으면 대답해 줄 수 있어."

"아니요." 앤이 말했다. "그녀에 대해 특별히 알고 싶은 건 없어요. 두 사람이 행복한 부부가 아니었다는 것 정도는 알고 있어요. 하지만 엘리엇 씨가 왜 그때 저의 아버지를 그렇게 냉대했는지는 궁금해요. 아버지는 분명 그에게 친절과 예의를 보여 주셨을 텐데 엘리엇 씨는 왜 거리를 두었을까요?"

"당시 엘리엇 씨에게는," 스미스 부인이 대답했다. "오로지 한 가지 목표만 있었어. 재산을 모으는 것이었지. 변호사 수입보다 더 빠른 방법으로 말이야. 그는 결혼으로 그 목표를 이루겠다고 결심했어. 적어도 목표 달성을 어렵게 하는 경솔한 결혼만큼은 피하겠다고 다짐했지. 앤의 아버지와 언니가 자신을 환대하고 초대하는 것은 결혼을 통해 작위를 이어받게 하려는 의도가 있기 때문이라는 게 그의 판단이었어. 그 판단에 근거가 있었는지는 모르겠어. 어쨌든 그런 결혼으로는 자신이 원하는 부와 독립을 얻을 수 없었겠지. 그것이 월터 경과 거리를 둔 이유야. 확실해. 그가 내게는 아무것도 숨기지 않았으니까. 내가 바스를 떠나 결혼한 뒤 처음 알게 되고 가까이 지낸 사람이 앤의 친척이었다는 게 참 신기한 일이었어. 그를 통해 끊임없이 앤의 아버지와 언니의 소식을 듣게 되었다는 것도 신기했고. 그가 엘리엇 양에 대해 이야기할 때마다 나는 다른 엘리엇 양을 애틋하게 떠올렸어."

"혹시," 불현듯 떠오른 생각이 있는 듯 앤이 말했다. "엘리엇 씨에게 제 얘기도 하셨어요?"

"그럼. 자주 했지." 스미스 부인이 대답했다. "내 친구 앤 엘리엇의 이야기를 자랑스럽게 하곤 했지. 언니와는 전혀 다른 …"

스미스 부인은 실언이 될 뻔한 말을 간신히 삼켰다.

"어젯밤 엘리엇 씨가 한 말이 이렇게 설명이 되네요!" 앤이 말했다. "이제 알겠어요. 제 이야기를 예전부터 들어왔다고 해서 그게 어떻게 가능한지 이해가 안 되었거든요. 사람이 자기와 관련된 일에 대해서는 터무니없는 상상을 하는 법이잖아요. 그러고는 꼭 틀리곤 하죠. 아, 말을 끊어서 미안해요. 그러니까 엘리엇 씨는 결국 돈 때문에 결혼한 거네요. 그리고 그걸 보면서 그의 진짜 모습에 눈을 뜨신 것이고요?"

스미스 부인은 잠시 머뭇거렸다. "아, 그런 일이 너무 흔해. 살다 보면 남자든 여자든 돈을 보고 결혼하는 일이 너무 흔해서 마땅히 충격을 받아야 할 순간에도 그러지 않게 돼. 나도 그때는 너무 어렸고 나와 어울리던 사람들도 다 젊고 철이 없었어. 우리는 오로지 즐기며 사는 것만 생각했지, 올바른 행동에 대한 원칙 같은 건 생각하지 않았어. 지금은 달라. 세월과 질병과 슬픔이 내 생각을 바꿔 놓았어. 하지만 솔직히 말해서 그때는 엘리엇 씨의 행동을 잘못되었다고 생각하지 않았어. '자신에게 가장 유리한 선택을 하는 것'이 하나의 의무처럼 여겨졌으니까."

"그 여자는 신분이 낮지 않았나요?"

"그랬지. 그래서 나도 반대했는데 그는 들으려 하지 않았어. 돈, 오직 돈이 중요했거든. 그녀의 아버지는 목축업자였고 할아버지는 푸줏간 주인이었지만 그런 건 전혀 문제가 되지 않았어. 그녀는 외모도 괜찮았고 교육도 어느 정도 받는데 친척들에 이끌려 사교계에 나왔다가 우연히 엘리엇 씨를 만나게 됐지. 그리고 그를 사랑하게 되었어. 그가 그녀의 출신을 두고 고민하거나 망설인 적은 한 번도 없었어. 그의 신중함은 오로지 그녀의 재산이 정확히 얼마인지 알아내는 데만 쓰였지. 엘리엇 씨가 지금 자신의 사회적 지위를 얼마나 중요하게 여기는지 몰라도, 당시엔 그런 것에 눈곱만큼의 가치도 두지 않았다는 것만은 확실해. 켈린치의 땅에는 어느 정도 관심이 있었겠지만, 가문의 명예 같은 건 티끌만큼도 중요하지 않았어. 그는 준남작 지위를 팔 수만 있다면 오십 파운드에 다 팔아치울 거라고 말하곤 했어. 문장과 명문(銘文), 이름과 하인들의 제복까지 다 포함해서 말이야. 그런데 내가 들은 말을 전부 옮길 생각은 없어. 사실 여부를 확인할 수 없을 테니 말이야. 내가 증거를 보여 줄게. 이건 다 주장에 불과하니 증거가 필요할 거야."

"아니에요. 증거 같은 건 필요 없어요." 앤이 말했다. "몇 년 전 엘리엇 씨가 보여 준 모습과 방금 들은 얘기 사이에 모순되는 게 전혀 없어요. 오히려 전부터 듣고 믿었던 사실들이 모두 확인되었어요. 정작 궁금한 건 그가 지금은 왜 그렇게 달라졌느냐는 것이에요."

"그러면 내가 꼭 보여주고 싶으니까 종을 울려서 사람을 좀 불러줘. 아니, 그러지 말고 내 침실에 가서 옷장 위 선반에 있는 자개 상자를 가져다주면 더 고맙겠어."

앤은 친구가 간절히 원하는 모습을 보고는 그녀가 원하는 대로 했다. 상자가 앞에 놓이자 스미스 부인은 한숨을 내쉬며 자물쇠를 풀었다.

"이건 전부 남편의 서류들이야. 그가 세상을 떠난 뒤 내가 살펴보고 정리한 서류들 가운데 일부를 남겨둔 거야. 내가 지금 찾고 있는 건 우리가 결혼하기 전에 엘리엇 씨가 남편에게 보낸 편지인데, 그게 어떻게 남아 있었는지는 모르겠어. 남자들이란 이런 걸 잘 보관하지 않잖아. 정말 중요한 편지나 기록들은 없어지고 이 사람 저 사람한테 받은 별로 중요하지 않은 편지들만 남아 있더라고. 여기 있네. 이건 태우지 않았어. 그때부터 엘리엇 씨가 영 못마땅해서 예전의 친분을 보여 주는 기록은 다 챙겨 두기로 했지. 그걸 이렇게 보여 줄 수 있어서 다행이야."

편지는 1803년 7월 런던에서 '찰스 스미스 향사' 앞으로 보낸 것이었다.

친애하는 스미스에게,

편지 잘 받았네. 자네의 호의에 고마운 마음을 말로 다 표현할 수가 없네. 세상에 자네 같은 사람이 많으면 좋으련만, 나이 스물셋이 되도록 이제껏 그런 사람은 본 적이 없다네. 다행히 돈이 좀 생겨서 당장은 자네의 도움을 받지 않아도 될 것 같네. 축하해 주게. 드디어 월터 경과 그의 딸이 켈린치로 돌아갔다네. 그들의 성화에 못 이겨 하마터면 올여름에 켈린치를 방문하겠다고 약속할 뻔했지만, 내가 그곳을 처음 가게 되는 날은 어떻게 하면 제일 비싼 값에 그곳의 땅을 처분할 수 있을지 말해줄 측량사가 동행할 것일세. 그런데 그 멍청한 준남작이 재혼할 가능성이 전혀 없지는 않은 것 같네. 그가 재혼하면 나를 괴롭히지는 않을 테니 상속권이 날아가더라도 별로 섭섭할 것 같지도 않네. 준남작은 작년보다 더 끔찍하더군.

엘리엇이라는 이 진절머리 나는 성을 버릴 수만 있다면 좋겠지만, 그나마 월터라는 이름은 언제라도 버릴 의향이 있네, 그러니 두 번 다시 내 이름의 W로 나를 놀리지 말게.

자네의 영원한 벗
WM. 엘리엇

그런 편지를 읽으며 앤이 아무렇지 않을 수는 없었다. 상기된 그녀의 얼굴을 보며 스미스 부인이 말했다.

"내용이 아주 무례했다는 기억이 나. 정확한 표현은 잊었지만 대략 어떤 내용이었는지는 분명히 기억해. 그가 어떤 사람인지 이 편지를 보면 알 수 있어. 불쌍한 내 남편에게 쓴 글을 잘 읽어봐. 말은 정말 번지르르하지."

앤은 아버지에 대한 그의 무례함에 충격과 모욕감을 쉽게 떨쳐내지 못했다. 그녀는 자신이 이 편지를 읽었다는 것 자체가 명예롭지 못한 일이고, 누구도 이런 증거로 판단되거나 평가되어서는 안 되며, 사적인 편지는 본래 남이 읽어서는 안 되는 것이라고 마음을 가라앉혔다. 그러고 나서야 그녀는 평정을 되찾고 유심히 읽어본 그 편지를 돌려주었다.

"고마워요. 이걸로 모든 게 확실해졌어요. 말씀하신 게 다 사실이었어요. 그런데 엘리엇 씨는 왜 우리와 다시 가까워지려 하는 걸까요?"

"그 이유도 설명해 줄 수 있어." 스미스 부인이 미소를 띠며 말했다.

"그래요?"

"그럼. 조금 전에 12년 전의 엘리엇 씨를 보여주었다면, 이제는 현재의 그를 보여줄게. 문서로 된 증거를 내놓지는 못해도 그 사람이 지금 뭘 원하고 뭘 하려는지는 확실하게 증언할 수 있어. 적어도 현재의 그는 위선자가 아니야. 정말로 앤과 결혼하기를 원하고 앤의 집안에 보이는 관심도 진심에서 우러난 거야. 이건 월리스 대령에게서 나온 얘기니까 확실해."

"월리스 대령이요? 그분을 아세요?"

"아니. 내가 직접 들은 얘기는 아니야. 물줄기가 한두 번 굽이돌았지만 그건 별로 중요하지 않아. 물은 처음처럼 깨끗해. 흘러 내려오는 동안 불순물이 조금 섞이긴 했어도 금방 걷어낼 수 있는 정도야. 엘리엇 씨는 앤에 대한 진심을 월리스 대령에게 남김없이 털어놓았고, 꽤 신중하고 분별력 있는 사람인 줄 알았던 월리스 대령은 예쁘기만 하고 분별력은 없는 아내에게 굳이 안 해도 될 얘기를 다 한 거야. 그런데 출산 후 회복이 된 부인이 이 얘기를 간호사에게 다 떠벌렸고, 그 간호사는 우리 둘의 친분을 아니까 자연스럽게 내게 그 얘기를 전해줬지. 그렇게 해서 월요일 저녁, 내 친구인 루크 부인이 말버러가의 비밀을 다 알려준 거야. 그러니까 내가 전부 다 알고 있다고 말한 게 허풍은 아니었지."

"스미스 부인, 그 정도로는 부족해요. 설득력이 없어요. 엘리엇 씨가 저에게 관심이 있다는 사실만으로는 그가 저의 아버지와 관계를 회복하려고 기울인 노력이 설명되지 않아요. 그는 제가 바스에 오기 전부터 그렇게 하고 있었으니까요. 제가 왔을 때 아버지와 엘리엇 씨는 이미 아주 가까운 사이가 되어 있었어요."

"그래. 나도 알아. 하지만 …"

"스미스 부인, 그런 경로로 진실한 정보를 얻으리라 기대해서는 안 돼요. 사실과 의견은 여러 사람을 거치면서 누군가의 어리석음과 또 다른 이의 무지로 인해 잘못 받아들여져서 진실이 남아 있지 않을 수도 있어요."

"내 말을 마저 들어봐. 맞는지 틀리는지 바로 알 수 있는 구체적인 얘기를 들어 보면 과연 내 말이 신빙성이 있는지 판단할 수 있을 거야. 엘리엇 씨가 처음부터 앤 때문에 바스에 왔다고 생각하는 사람은 아무도 없어. 바스에 오기 전에 스치듯 보고 호감을 느끼기는 했지만, 그 사람이 앤 엘리엇과 동일 인물인 줄은 엘리엇 씨도 몰랐대. 내게 이야기를 전해준 사람의 말로는 그래. 이게 맞는 얘기야? 지난여름인가 가을인가 서쪽 지방 어딘가에서 우연히 마주친 적이 있었는데 그때는 누군지 몰랐다고 하던데."

"맞아요. 라임에서요. 제가 라임에 머물 때였어요."

"자, 그러면," 스미스 부인이 의기양양하게 말을 이었다. "내 이야기의 첫 번째 부분은 틀리지 않은 게 증명됐어. 그는 라임에서 우연히 만난 앤을 무척 마음에 들어 했어. 그래서 캠든 플레이스에서 앤 엘리엇 양으로 다시 만났을 때 뛸 듯이 기뻤고 그때부터는 캠든 플레이스의 방문 목적이 하나 더 생긴 거지. 그러면 원래의 목적은 무엇이었는지 이제 그걸 설명해 줄게. 내 이야기 중에 사실이 아니거나 말이 안 된다고 생각되는 부분이 있으면 바로 말해줘. 지난 9월 월터 경과 엘리엇 양이 바스에 왔을 때 엘리엇 양의 친구가 동행했고 그때부터 줄곧 같이 지내고 있다고 들었어. 영리하고 붙임성 있고 외모도 빼어난 그 숙녀분은 가진 재산은 없어도 말재주가 좋다지. 그래서 월터 경의 지인들은 이런 상황을 따져볼 때 그녀가 '엘리엇 부인'이 되려는 의도가 있다고 생각하는 한편 엘리엇 양이 이런 위험을 전혀 눈치채지 못하는 걸 의아하게 여기고 있어."

스미스 부인은 잠시 말을 멈췄으나 앤이 침묵을 지키자 다시 말을 이었다.

"앤이 도착하기 훨씬 전에 월터 경과 엘리엇 양을 아는 사람들의 눈에 비친 상황이 이랬어. 그리고 그때까지 캠든 플레이스를 방문한 적이 없었던 월리스 대령도 월터 경을 주시하면서 이런 사실을 알게 됐어. 그는 엘리엇 씨를 대신해 이 상황을 지켜보고 있었지. 그러고는 성탄절이 다가올 무렵 바스에 며칠 다녀간 엘리엇 씨에게 이런 상황과 떠도는 소문들을 알려줬어. 중요한 건 시간이 지나면서 엘리엇 씨의 생각이 아주 많이 바뀌었다는 거야. 준남작 같은 지위를 거들떠보지도 않던 사람이 혈통이나 가문의 가치에 눈을 뜬 거지. 마음껏 쓸 수 있는 돈이 생기니까 다른 욕심은 없어지고 상속받을 수 있는 지위에서 행복을 찾게 된 거야. 그와 가까이 지내던 시절에도 그런 조짐이 조금 느껴졌는데 이제는 확실히 알겠어. 그는 이제 '윌리엄 경'이 되지 못한다는 사실을 상상할 수도 없게 되었어. 그러니 월리스 대령이 전한 소식을 듣고 그가 얼마나 기분이 안 좋았을지 짐작할 수 있겠지? 이어서 벌어진 일들도 마찬가지야. 그는 그 소식을 듣자마자 가능한 한 빨리 바스로 와야겠다고 결심했어. 이곳에 당분간 눌러앉아서 관계를 복원하고 엘리엇 가문 내에서 자신의 자리를 되찾겠다고 마음먹은 거지. 그리고 자신의 자리가 얼마나 위협당하고 있는지 확인하고 정말 심각한 상황이라면 클레이 부인을 막아야겠다고 생각한 거야. 월리스 대령도 의기투합해서 적극적으로 돕겠다고 나섰어. 대령은 엘리엇 씨를 월터 경에게 소개했고, 자기 아내는 물론이고 지인들을 다 소개했어. 엘리엇 씨도 계획에 따라 바스에 오자마자 곧바로 월터 경에게 용서를 청했고 다시 가문의 일원으로 받아들여졌지. 이 모든 게 오로지 월터 경과 클레이 부인을 감시하기 위해서였어. 앤이 오면서 그의 목적이 하나 더 추가되었지만 말이야. 그는 두 사람과 함께 있을 기회를 놓치지 않으려 했고 그들 앞에 시도 때도 없이 나타나는가 하면 아무 때고 캠든 플레이스를 찾아갔어. 그걸 시시콜콜 다 얘기할 필요는 없을 것 같아. 교활한 사람이 어떤 식으로 행동하는지는 충분히 상상할 수 있을 테니까. 다만 이 정도 얘기한 것만으로도 지금까지 그가 보인 행동에 대해 생각이 달라질 거야."

"그래요." 앤이 말했다. "방금 들은 얘기들은 제가 알고 있거나 짐작했던 것과 크게 다르지 않아요. 사람의 간교함을 자세히 들여다보면 뭔가 불쾌한 게 있기 마련이고 이기심과 이중적인 속셈이 엿보이는 술수는 언제나 혐오스럽지만, 사실 특별히 놀랄 만한 얘기는 없었어요. 엘리엇 씨에 대해 방금 들은 이야기를 믿지 못하고 충격을 받을 사람들도 있을 거예요. 하지만 저는 늘 석연치 않은 느낌을 받았어요. 그의 행동에서 표면적으로 보이는 것과는 다른 어떤 동기가 있는 것 같았거든요. 그가 자신의 지위가 위협받는 일이 실제로 일어날 가능성에 대해 지금은 어떻게 생각하는지, 그 위험이 줄어들었다고 생각하는지, 그게 궁금해요."

"아마 줄어들었다고 생각할 거야." 스미스 부인이 대답했다. "그는 클레이 부인이 자기를 두려워할 뿐만 아니라 속셈이 들켰다는 것을 알고 있기 때문에 자기가 없었을 때처럼 행동하지 못하리라 생각하고 있어. 하지만 그가 캠든 플레이스에 온종일 붙어 있을 수는 없는 노릇이니 그녀가 지금처럼 영향력을 가지고 있는 한 과연 그가 마음을 놓을 수 있을지 모르겠어. 루크의 말로는 월리스 부인이 재미있는 제안을 했다고 하던데, 앤과 엘리엇 씨의 결혼계약서에 월터 경이 클레이 부인과 결혼하지 않는다는 조항을 넣자는 거지. 월리스 부인은 그걸 묘책이라고 생각했나 본데, 영리한 간호사 루크는 그게 얼마나 바보 같은 생각인지 바로 알아차렸어. '그런데 말이죠, 그렇게 해도 또 다른 여자와 결혼하는 건 막을 수 없잖아요.'라면서 말이야. 솔직히 말해서 루크는 월터 경의 재혼을 반대할 사람이 아니야. 그녀가 결혼 옹호론자라서 그렇기도 하고, 누가 알아? 월리스 부인의 추천으로 새로 엘리엇 부인이 되실 분의 간호를 자기가 맡게 되는 상상을 하고 있을지."

"이 모든 사실을 알게 되어 정말 다행이에요." 앤은 잠시 생각하다가 말했다. "어떤 면에서는 엘리엇 씨와 마주치는 게 불편해지겠지만 이제는 제가 어떻게 행동해야 할지 알겠어요. 앞으로는 좀 더 분명한 태도를 보일 거예요. 그는 표리부동하고 가식적이며 이기심 말고는 어떤 원칙도 없는 사람이에요."

하지만 엘리엇 씨에 관한 이야기는 아직 끝나지 않았다. 스미스 부인은 애초의 화제에서 한참 벗어나 있었고 앤 역시 집안과 관련된 이야기에 몰입한 나머지 그에 대해 스미스 부인이 얼마나 의미심장한 말을 했는지 잠시 잊고 있었다. 스미스 부인은 처음에 흘린 암시를 다시 설명하기 시작했고 앤은 조용히 귀를 기울였다. 지난 사연이 스미스 부인의 지독한 원한을 모두 정당화할 수는 없겠지만, 엘리엇 씨가 그녀에게 너무나 무정했고 공정함이나 배려를 보여주지 않았다는 사실은 분명했다.

엘리엇 씨의 결혼 이후에도 그들은 전과 다름없는 친분을 유지했고, 경제적으로 여유가 생긴 엘리엇 씨를 따라 그녀의 남편도 무리한 지출을 계속했다. 스미스 부인은 자신을 탓하거나 남편에게 책임을 돌리지는 않았으나, 앤은 그들 부부의 수입으로는 그런 생활방식을 감당하기 어려웠을 것이고 처음부터 그들이 전반적으로 사치스러운 생활을 했으리라 짐작했다. 부인의 말로 판단컨대. 스미스 씨는 정이 많고 만사태평에 씀씀이가 헤펐으며 그리 영민하지는 않았던 것으로 보였다. 친구보다 훨씬 호감이 가는 사람이기는 했으나 그 친구에게 휘둘리며 아마 멸시도 받았을 법했다. 결혼으로 큰 재산을 얻은 엘리엇 씨는 모든 쾌락과 허영을 채우면서도 자신에게 손해가 되지는 않도록 신중한 삶을 살고 있었다. 궁핍해지기 시작한 친구와 달리 그는 점점 더 부유해졌다. 하지만 그는 친구의 재정 상태를 걱정하기는커녕 무절제한 소비를 더 조장하고 부추기며 파산을 앞당긴 것으로 보였다. 그렇게 해서 스미스 부부는 몰락하게 되었다.

남편은 이 모든 상황이 확연해지기 전에 세상을 떠났다. 생전에 이미 친구들의 우정에 기대야 할 만큼 재정 상태가 나빠진 적이 있었고 그 과정에서 엘리엇 씨의 우정은 어차피 기대하기 힘들다는 사실이 확인된 바 있었다. 그러나 상황이 얼마나 더 참담한지는 그의 죽음 이후에야 알 수 있었다. 우정에 대한 믿음은 이성적인 판단보다 감정에 근거한 것이어서 스미스 씨는 엘리엇 씨를 유언 집행인으로 지정했다. 그러나 엘리엇 씨는 어떤 행동도 취하지 않았고, 스미스 부인은 남편을 잃은 고통에 더해 엘리엇 씨의 냉담한 태도로 인해 말할 수 없는 어려움과 괴로움을 겪어야 했다. 그 고통은 당사자가 말하기도 비참했거니와 듣는 사람 역시 분개하지 않을 수 없는 것이었다.

스미스 부인은 그 일과 관련하여 엘리엇 씨가 보낸 몇 통의 편지를 앤에게 보여주었다. 부인의 절박한 요청에 엘리엇 씨는 실익이 없는 일에는 관여하지 않겠다는 확고한 뜻을 거듭 답장에 적어 보냈다. 그의 편지에는 차가운 정중함과 그녀가 어떤 고통을 겪든 자신은 알 바 아니라는 몰인정함이 배어 있었다. 그것은 배은망덕한 비인간성의 참혹한 단면이자 공공연하게 저질러진 극악한 범죄보다도 더 사악하다는 느낌마저 들게 했다. 앤은 계속해서 이야기를 들었다. 예전의 대화에서 간간이 암시되었던 과거의 슬픈 사연들과 켜켜이 쌓인 고통의 기억이 남김없이 드러났다. 앤은 속 얘기를 모두 털어낸 스미스 부인의 후련한 심정을 헤아리는 한편 평소 그녀가 보인 평정심에 새삼 놀라지 않을 수 없었다.

여러 고충을 겪은 그녀가 특히 분통을 터뜨린 일이 하나 있었다. 그녀는 남편이 서인도 제도에 가지고 있던 재산이 오랫동안 채무 관계로 묶여 있었으나 적절한 조치만 취하면 되찾을 수 있다는 꽤 믿을 만한 근거를 가지고 있었다. 금액 가치가 대단하다고 할 수는 없어도 그녀의 형편에는 꽤 큰 도움이 될 정도가 되었다. 그런데 발 벗고 나서줄 사람이 없었다. 엘리엇 씨는 꿈쩍도 하지 않았다. 병약한 몸 상태 때문에 그녀는 직접 움직일 수 없었고 다른 사람을 고용할 금전적 여유도 없었다. 조언을 구할 가까운 친척도, 법률적 도움을 구할 돈도 없었다. 안 그래도 힘든 형편에 되찾을 수 있는 재산이 있음에도 손을 쓸 수 없는 상황은 더 가혹하게 느껴졌다. 누군가 나서주기만 하면 상황이 나아질 수 있다는 생각과 시간이 지나면 재산에 대한 권리가 사라질지도 모른다는 두려움이 그녀에게는 감당하기 힘든 고통이었다.

그녀가 엘리엇 씨에 대한 앤의 특별한 영향력을 기대한 것도 바로 이것 때문이었다. 그녀는 두 사람의 결혼을 예상하며 앤마저 잃게 될 것을 두려워했으나 자신이 바스에 있다는 사실을 엘리엇 씨가 모르고 있음을 알게 된 후에는 생각이 바뀌었다. 그녀는 사랑하는 여자의 말이라면 그에게 영향력이 있겠다고 판단했고, 엘리엇 씨의 성품을 먼저 언급한 것도 앤의 마음을 움직여보려는 그런 다급함 때문이었다. 하지만 앤이 약혼의 가능성을 단호하게 부인하면서 상황이 완전히 달라졌다. 애초의 희망은 목적을 이루지 못했지만, 자신의 속 이야기를 모두 털어놓는 위안을 대신 얻은 것이었다.

앤은 엘리엇 씨에 관한 이야기를 모두 들은 뒤, 처음 대화가 시작되었을 때 스미스 부인이 그를 그토록 좋게 이야기한 것이 의아하게 생각되지 않을 수 없었다. "꽤 괜찮은 사람인 것처럼 말씀하셨잖아요."

"앤," 스미스 부인이 대답했다. "다른 도리가 없었어. 엘리엇 씨가 청혼하지는 않았지만, 두 사람의 결혼은 기정사실이라고 생각했어. 그러니 앤의 남편이 될 사람에 대해 어떻게 사실을 있는 그대로 밝힐 수 있었겠어? 행복을 운운하면서도 내 마음은 피를 흘리는 것만 같았어. 그러면서도 분별 있고 다정한 면이 있는 사람이니 앤 같은 여자와 함께라면 절망적이지만은 않으리라 생각했지. 첫 번째 아내에게 그는 정말 몰인정했어. 불행한 부부였지. 그녀는 너무 무지하고 경솔해서 존중받지 못했고, 그는 그런 그녀를 사랑하지 않았어. 나는 앤이 그녀보다는 훨씬 나은 대접을 받으며 살 거라 믿고 싶었어."

앤은 엘리엇 씨와 결혼하라는 설득에 넘어갈 수도 있었다는 점을 속으로 인정했고 그에 따랐을 불행을 상상하며 몸서리를 쳤다. 어쩌면 러셀 부인이 그녀를 설득하는 데 성공했을 수도 있었다. 그랬더라면 시간이 흘러 모든 진실이 뒤늦게 드러났을 때 가장 비참한 사람은 누구였을까?

러셀 부인도 더는 속고 있어서는 안 되는 일이었다. 이날 오전 내내 이어진 대화 끝에 내려진 결론 중 하나는, 스미스 부인과 관련하여 엘리엇 씨가 어떻게 처신했는지에 대해 앤이 그녀의 친구에게 자유롭게 이야기할 수 있어야 한다는 것이었다.

22

집에 돌아온 앤은 스미스 부인이 들려준 이야기를 곱씹어보았다. 적어도 엘리엇 씨에 관해 알게 된 사실은 그녀에게 위안이 되었다. 이제 그에게 좋은 감정을 남겨둘 이유가 없어졌기 때문이다. 불편할 만큼 저돌적이었던 전날 밤의 태도에서 그는 웬트워스 대령과 극명하게 대조를 이루었다. 그가 보인 관심, 그리고 그로 인해 생겨날 수도 있었던 돌이킬 수 없는 불행을 그녀는 담담하게 헤아려보았다. 그에 대한 연민은 완전히 사라졌다. 이것이 유일한 위안거리였다. 하지만 다른 모든 면에서는 불안과 걱정뿐이었다. 그녀는 러셀 부인이 느낄 실망과 괴로움이 염려되었고, 아버지와 언니가 감당해야 할 굴욕도 걱정되었다. 닥쳐올 그 모든 불행을 예상하면서도 그중 어느 하나라도 피할 방법을 알지 못해 그녀는 괴롭기만 했다. 그래도 엘리엇 씨에 관한 진실을 알게 된 것은 무엇보다 감사했다. 그녀는 스미스 부인처럼 오래된 친구를 소홀히 대하지 않은 것이 보상을 받을 만한 일이라고 생각해 본 적이 없었으나 이제 너무나 분명한 보상이 주어지고 있었다. 누구도 전해주지 못했을 이야기를 스미스 부인이 들려준 것이었다. 앤은 가족들도 이 사실을 알게 되기를 바랐다. 하지만 그것은 부질없는 생각이었다. 그녀는 러셀 부인에게 사실을 전하고 조언을 구하는 것이 자신이 할 수 있는 최선이라 여기며 이후의 상황을 차분히 지켜보는 수밖에 없었다. 다만 러셀 부인에게조차 말할 수 없는 일이 그녀의 마음 한 구석에 있었고 그로 인한 근심과 불안은 온전히 그녀의 몫이었다.

집에 도착했을 때 앤은 자신이 의도한 대로 엘리엇 씨를 피할 수 있었음을 알고 마음이 놓였다. 그는 오전 내내 머물다 돌아갔다고 했다. 그런데 안도한 것도 잠시, 앤은 그가 저녁에 다시 오기로 했다는 얘기를 들었다.

"나는 초대할 뜻이 전혀 없었어." 엘리자베스가 시큰둥하게 말했다. "그런데 왔으면 하는 눈치더래. 클레이 부인이 보기에는 그랬대."

"정말 그랬어요. 초대받고 싶다는 뜻을 그렇게 노골적으로 드러내는 사람은 살면서 처음 봤다니까요. 보기가 안쓰러울 정도였죠. 앤 양, 언니가 그분한테 얼마나 쌀쌀맞은지 몰라요."

"나는 그런 수싸움에 워낙 익숙해서 남자가 애걸하는 눈빛을 보낸다고 거기에 넘어가지 않아. 그런데 아침에 아버지를 뵙지 못해서 너무 아쉽다고 하길래 그럼 저녁에 오라고 했을 뿐이야. 사실 아버지와 엘리엇 씨는 같이 있을 때 보기 좋잖아. 둘 다 서로에게 너무 정중하고, 엘리엇 씨는 아버지를 존경의 눈빛으로 바라보고."

"정말 그래요." 클레이 부인이 말했다. 그녀는 감히 앤을 바라보지 못하고 말했다. "꼭 장인과 사위 같아요! 엘리엇 양, 제가 두 분을 장인과 사위 같다고 말해도 괜찮겠죠?"

"나는 남들이 하고 싶어 하는 말을 막지 않아요. 그렇게 말하고 싶다면 좋을 대로 하세요. 그런데 엘리엇 씨가 다른 신사분들보다 더 나에게 적극적인지는 잘 모르겠어요."

"엘리엇 양, 그게 무슨!" 클레이 부인은 눈을 크게 뜨며 양손을 들어 올렸으나 침묵이라는 편리한 방법으로 놀란 감정을 더 표현해야 하는 수고를 덜었다.

"페넬로페, 그분을 그렇게 신경 쓸 필요 없어요. 내가 부른 거잖아요. 아침에 다녀갔을 때 기분 좋게 가시라는 뜻으로 그랬어요. 내일 손베리 파크에서 친구들과 온종일 있어야 한다고 시무룩해 있는 게 좀 안쓰러워서요."

앤은 클레이 부인의 뛰어난 연기력에 감탄하지 않을 수 없었다. 자신의 목적에 분명 방해가 되는 인물의 방문을 앞두고도, 그리고 그가 실제로 도착했을 때도 그녀는 매우 기뻐하는 모습이었다. 엘리엇 씨의 존재는 그녀에게 눈엣가시일 수밖에 없었다. 하지만 월터 경에게 공을 들일 기회가 절반으로 줄어드는 상황에서도 그녀는 너무나 상냥하고 차분한 태도를 보여주었다.

앤은 엘리엇 씨가 응접실에 들어오는 모습을 지켜보는 것만으로도 괴로웠다. 그가 다가와 말을 걸었을 때는 고통스럽기까지 했다. 이전에도 그가 완전히 진실한 사람은 아닐지도 모른다고 생각했으나 이제는 그의 모든 말과 행동이 위선으로 보였다. 그녀의 아버지에게 보이는 깍듯한 태도는 과거의 언행과 대비되어 가증스럽기만 했다. 스미스 부인에게 보인 냉혹함을 생각해 보면 눈앞에 보이는 그의 부드러운 미소와 가식적인 발언은 견디기가 힘들 정도였다. 앤은 그의 추궁을 불러올 수 있는 갑작스러운 태도 변화를 피하면서, 질문이나 칭찬의 여지를 주지 않고 그들의 관계가 허용하는 한 최대한 냉정한 태도를 유지하며 이제까지 조금씩 가까워졌던 거리를 조용히 되돌리고자 했다. 그녀는 전날 밤보다 훨씬 신중하고 차가운 태도를 보였다.

엘리엇 씨는 그녀에 대한 칭찬을 들었다는 이야기로 그녀의 호기심을 다시 불러일으키려 했다. 어디서 어떻게 들었는지 알려 달라고 그녀가 조르기를 기대했고 그녀가 자신에게 다시 관심을 보여주기를 바랐다. 하지만 이제 마법의 주문은 깨졌다. 그는 조용한 응접실에서는 그녀의 허영심에 불을 붙일 수 없고 오직 사교 모임의 열기와 들뜬 분위기만이 그녀의 마음을 흔들 수 있으며, 적어도 주위에 있는 사람들의 영향력이 이토록 큰 자리에서는 자신의 시도가 통하지 않겠다고 생각했다. 하지만 그런 화제가 이제는 자신에게 전혀 도움이 되지 않을 뿐만 아니라 그녀의 마음속에 그가 저지른 가장 용서받을 수 없는 행동들만 떠올리게 하고 있다는 사실은 알지 못했다.

앤은 엘리엇 씨가 다음 날 아침 바스를 떠나 이틀 정도 어딘가에 다녀올 예정이라는 사실에 안도했다. 그는 바스로 돌아오는 날 저녁, 다시 캠든 플레이스에 오기로 했으나 목요일부터 토요일 저녁까지는 그의 부재가 확실했다. 클레이 부인 같은 사람이 항상 곁에 있다는 사실만으로도 마음이 편하지 않았는데, 훨씬 교활한 위선자까지 함께 있어야 한다면 그녀의 모든 평화와 안락함은 무너져 내릴 것 같았다. 아버지와 언니가 그동안 속아왔으며 앞으로도 굴욕을 당할 일들이 남아 있다는 사실을 떠올리는 것도 괴로웠다. 클레이 부인의 욕심은 그에 비하면 그리 복잡하지도, 혐오스럽지도 않았다. 앤은 아버지와 클레이 부인의 결혼을 막기 위한 엘리엇 씨의 책략에서 벗어날 수만 있다면 여러 문제가 따르더라도 차라리 그 결혼을 받아들이고 싶은 마음이었다.

금요일 이른 아침, 앤은 러셀 부인을 찾아가 이야기를 하기로 마음먹었다. 그녀는 아침 식사를 마친 후 곧바로 나설 생각이었으나 클레이 부인이 언니를 대신한 용무로 외출을 준비하는 모습을 보고는 그녀와의 동행을 피하고자 잠시 기다리기로 했다. 그녀는 클레이 부인이 집을 나선 뒤에야 리버스가에 다녀오겠다는 말을 꺼냈다.

"잘 다녀 와." 엘리자베스가 말했다. "부인께 안부 전해. 참, 부인이 빌려준 저 따분한 책도 가지고 가. 그냥 다 읽었다고 해. 새로 나온 시가 어떻고 국정 현안이 어떻고 하는 문제로 내가 계속해서 시달릴 수는 없는 거잖아. 러셀 부인이 새로 나온 책으로 사람 귀찮게 하는 것도 이제 질렸어. 그리고 이 말은 전할 필요가 없는데, 며칠 전 연주회에 부인이 입고 온 옷은 정말 끔찍했어. 전에는 그래도 어느 정도 취향이 있는 것 같더니 이번에는 내가 다 부끄러울 정도였다니까. 격식을 차리는 것도 정도가 있지, 어쩌면 그렇게 부자연스러울 수 있니. 꼿꼿하게 앉는 자세도 그렇고 말이야. 아무튼 안부 전해."

"내 안부 인사도 전해라." 월터 경이 말했다. "내가 곧 방문할 거라는 얘기도 정중하게 전하도록 해라. 뭐 방문이라고 해 봐야 방문 카드만 놓고 돌아오는 거겠지만 말이야. 그 나이의 여성이라면 외모에 신경을 좀 쓸 법도 한데, 화장도 거의 하지 않으니 오전 방문은 서로 불편하겠지. 입술 화장이라도 좀 하면 사람들을 만나는 걸 꺼릴 필요가 없을 텐데, 지난번에도 내가 도착하니까 창문 블라인드가 막 내려가고 있더구나."

그녀의 아버지가 말을 막 마쳤을 때 현관문을 두드리는 소리가 들렸다. 누구일까? 예고도 없이 불쑥 찾아오는 엘리엇 씨가 제일 먼저 떠올랐지만, 그는 지금 7마일 떨어진 곳에 약속이 있었다. 여느 때처럼 잠깐의 긴장 속에 인기척과 발소리가 가까워졌고 '찰스 머스그로브 부부'가 응접실로 안내되었다.

그들의 등장은 모두를 깜짝 놀라게 했다. 그러나 앤은 진심으로 그들이 반가웠고 다른 이들도 환영하는 시늉을 못 할 만큼 그들이 못마땅하지는 않았다. 월터 경과 엘리자베스는 이들이 캠든 플레이스에서 묵을 생각이 없음을 확인한 뒤에는 훨씬 다정한 태도로 그들을 대할 수 있었다. 그들은 머스그로브 부인과 함께 며칠간 바스의 화이트 하트 호텔에 묵을 예정이었다. 이 정도는 바로 알 수 있었으나 월터 경과 엘리자베스가 메리를 데리고 옆 방으로 사라진 뒤에야 앤은 찰스로부터 이 방문의 목적과 메리가 넌지시 흘린 '특별한 용건'이 무엇인지, 그리고 함께 온 일행이 누구인지

들을 수 있었다.

앤은 그의 설명을 통해 그들의 변함없는 면모를 확인할 수 있었다. 계획은 하빌 대령이 바스에 올 용무가 생기면서부터 시작됐다. 일주일 전 그가 얘기를 꺼냈을 때 사냥철이 끝나고 뭔가 할 일을 찾던 찰스가 동행하고 싶다는 뜻을 밝혔고 하빌 부인 역시 남편에게 동행이 생겨 잘됐다고 생각했다. 그런데 남편을 보내고 혼자 남겨지는 것을 참을 수 없었던 메리가 불편한 심기를 드러내면서 계획은 유보 또는 취소되는 듯했다. 이때 찰스의 아버지와 어머니가 나섰다. 그의 어머니는 바스에 있는 오랜 친구들을 만나고 싶었고, 헨리에타에게는 바스 방문이 자신과 여동생의 혼례 예복을 준비할 좋은 기회였다. 결국 머스그로브 부인이 하빌 대령의 편의를 고려하여 계획을 주도하게 되었고 찰스와 메리도 모두의 평안을 위해 일행에 합류했다. 이들은 전날 밤늦게 바스에 도착했고, 하빌 부인과 아이들 그리고 벤윅 함장은 루이자 부녀와 함께 어퍼크로스에 남아 있었다.

앤이 놀란 것은 예복 이야기가 나올 만큼 헨리에타의 혼사가 빠르게 진행되고 있다는 사실이었다. 그녀는 찰스 헤이터의 재정적인 어려움 때문에 그들이 가까운 시일 내에 결혼하기는 힘들 것이라 예상했었다. 하지만 찰스의 전언에 따르면 (메리가 앤에게 마지막으로 편지를 보낸 이후) 찰스 헤이터는 임명이 가능한 나이가 되기까지 몇 년을 기다려야 하는 어느 청년 대신 목사직을 맡아달라는 제안을 받았다. 일정한 소득이 생긴 데다 임시직 기간이 끝나기 전에 종신직을 얻을 것이 확실시되었으므로 양가는 젊은 두 남녀의 소원을 들어주었고, 몇 달 후 루이자의 결혼에 이어 그들의 결혼식도 치러질 예정이었다. "정말 좋은 자리를 얻었죠." 찰스가 말했다. "어퍼크로스에서 거리가 25마일밖에 안 되고 경치도 훌륭해서 도싯셔에서도 손꼽히는 곳이거든요. 교구가 대지주 세 명의 땅에 둘러싸인 영국 최고의 사냥터 한복판에 있는데, 그 지주들이 하나같이 땅을 잘 관리하는 분들이에요. 찰스 헤이터는 그중 둘한테 특별 추천장도 받을 수 있답니다. 그 가치를 잘 알아야 하는데 정작 찰스 헤이터 본인이 사냥에 관심이 없으니 그게 그 친구의 가장 큰 단점이라니까요."

"정말 기뻐요." 앤이 말했다. "자매가 둘 다 훌륭하고 늘 좋은 사이였는데 한 사람의 행복이 다른 한 사람의 앞날을 가리는 일이 생기지 않았다는 게 무엇보다도 기뻐요. 두 사람 모두 일이 잘 풀리고 안락한 미래를 기대하게 되었으니 잘됐어요. 아버님과 어머님도 따님들로 인해 무척 행복하시겠어요."

"그럼요. 아버지께서는 두 사위의 재산이 조금만 더 많았으면 좋았을 거라고 하시지만, 다른 불만은 없으세요. 돈 문제가 있기는 한데, 아시다시피 딸 둘을 한꺼번에 결혼시키는 데 들어가는 지참금이 만만치는 않죠. 그렇다고 제 여동생들이 그런 돈을 받을 권리가 없다는 뜻은 아닙니다. 딸로서 당연히 자기 몫을 받아야죠. 아버지께서 저에게 늘 자상하시고 아낌없이 베풀어주신다는 건 분명합니다. 그나저나 메리는 헨리에타의 신랑이 될 사람이 영 마음에 들지 않나 봐요. 예전부터 그랬죠. 사람의 됨됨이를 봐주지도 않고 윈스로프의 땅도 생각하지 않는다니까요. 제가 아무리 얘기해도 그 땅의 가치를 이해하지 못해요. 두 사람은 아주 잘 어울리는 한 쌍이에요. 저는 예전부터 찰스 헤이터가 마음에 들었고 앞으로도 그럴 겁니다."

"머스그로브 씨 내외분처럼 훌륭한 부모님은," 앤이 말했다. "자녀의 결혼에서 큰 행복을 느끼시죠. 자녀의 행복을 위해서라면 무엇이든 하시잖아요. 그런 부모님을 두고 있다는 것이 자녀로서 얼마나 큰 축복이에요! 나이의 많고 적음과 상관없이 헛된 욕심 때문에 비참한 지경에 이르는 사람들이 있는데 두 분은 그런 쪽과는 거리가 멀어 보여요. 루이자는 이제 완전히 회복된 거죠?"

찰스는 조금 머뭇거리며 대답했다. "네, 그런 것 같습니다. 좋아졌어요. 그런데 전과 달라진 점이 있어요. 뛰어다니지도 않고 크게 웃거나 춤을 추지도 않아요. 꽤 달라진 거죠. 문을 조금만 세게 닫아도 물에 빠진 병아리처럼 화들짝 놀란다니까요. 벤윅이 종일 시를 읽어주거나 속삭이듯 말을 건네면서 곁을 지키고 있습니다."

앤은 웃음이 절로 나왔다. "제부의 취향과 다르죠? 그래도 저는 그분이 좋은 사람이라고 믿어요."

"그럼요. 그걸 의심하는 사람은 없죠. 그나저나 제가 남들에게 똑같은 취향과 기호를 강요하는 편협한 사람이라고 생각하는 건 아니시죠? 저도 벤윅을 높이 평가한답니다. 일단 말문이 터지면 말을 정말 잘하는 친구죠. 책만 읽는다고 뭐라 할 수도 없어요. 해군 장교 출신이니 용맹함은 더 말할 것도 없죠. 지난 월요일에 그 친구를 다시 보게 되었는데, 오전 내내 아버지 집의 헛간에서 같이 쥐를 잡았거든요. 둘이 손발이 척척 맞아서 그때부터 그 친구가 더 마음에 들었답니다."

그들의 대화는 여기까지였다. 찰스도 월터 경과 엘리자베스 앞에서 거울과 도자기를 보며 찬사를 쏟아내는 일에 동참해야 했기 때문이다. 하지만 앤은 그에게서 어퍼크로스의 상황을 충분히 들을 수 있었고 모두 잘 지낸다는 소식에 진심으로 안도하며 기뻐했다. 그녀는 기쁨 속에서도 한숨을 내쉬었으나 그 한숨에 시기나 악의는 없었다. 자신도 그런 행복을 누릴 수 있기를 바랐으나, 그럴 수 없다고 해서 그들이 누리는 축복이 덜해지기를 바라지는 않았다.

그들은 화기애애한 시간을 보냈다. 메리는 집을 떠나 오랜만의 활력과 변화를 즐겼고 시대의 사두마차를 타고 왔다는 사실에도 대단히 만족해했다. 그녀는 친정의 도움을 받지 않아도 되는 자신의 독립적인 위치가 너무나 뿌듯했기 때문에 캠든 플레이스의 자랑거리가 설명되는 동안 기꺼이 감탄하는 태도를 보여주었다. 그녀는 아버지나 언니에게 바라는 것이 전혀 없었고, 그들의 멋진 응접실 덕분에 자신의 위상이 더 높아지는 느낌이 들었다.

엘리자베스는 잠시 깊은 고민에 빠졌다. 머스그로브 부인과 일행 모두를 만찬에 초대하는 것이 마땅했으나, 그렇게 하면 켈린치의 엘리엇 가문보다 언제나 아래로 보았던 사람들 앞에서 하인의 수가 줄고 생활방식도 예전만 못한 모습을 고스란히 보여줄 수밖에 없었다. 그건 참을 수 없는 일이었다. 예법과 허영 사이에서 갈등했으나 결국 허영이 승리했고 그녀는 마음의 평정을 되찾았다. 그녀는 속으로 이렇게 자신을 설득했다. '그런 식의 환대는 촌스럽고 케케묵은 거야. 이곳에서 우리는 원래 만찬을 베풀지 않았고 바스의 관습도 그래. 알리시아 부인은 자기 언니의 가족이 와서 한 달을 머물렀는데도 만찬을 베풀지 않았잖아. 머스그로브 부인도 속으로는 불편할 거야. 그런 자리가 익숙하지 않아서 별로 오고 싶은 생각이 없을 거라고. 우리와 같이 있는 게 얼마나 불편하겠어. 차라리 다과를 나누며 담소를 나누는 모임에 초대하는 게 낫겠어. 오히려 그게 색다른 경험일걸. 응접실이 두 개인 집은 본 적이 없을 테니까. 내일 저녁에 부르면 다들 좋아할 거야. 요란하지 않지만 우아한 분위기의 모임이 되겠지.' 이렇게 생각하자 엘리자베스는 흡족해졌다. 그 자리에서 초대를 받으며 일행의 초대도 약속받은 메리 역시 완전히 만족스러웠다. 그녀는 특히 엘리엇 씨를 만나게 될 뿐만 아니라 달림플 부인과 카트릿 양에게 소개될 기회가 있으리라는 사실에 한껏 기대감에 부풀었다. 엘리엇 양은 그날 오전 중 예의를 갖춰 머스그로브 부인을 방문할 예정이었으나, 앤은 곧바로 동생 부부와 함께 머스그로브 부인과 헨리에타를 보러 갔다.

러셀 부인을 만나 조용히 이야기를 나누려던 계획은 조금 미뤄야 했다. 세 사람은 리버스가에 잠시 들러 러셀 부인에게 인사를 건넸다. 앤은 러셀 부인과의 긴 대화는 하루 미루기로 하고 지난가을 많은 일을 함께 겪은 벗들을 다시 만나러 화이트 하트 호텔로 발걸음을 옮겼다. 그들이 찾아갔을 때 호텔에는 머스그로브 부인과 헨리에타만 있었다. 앤은 두 사람의 따뜻한 환대를 받았다. 헨리에타는 앞날의 부푼 기대와 새롭게 돋아나는 행복감에 젖어 이전에 조금이라도 좋아했던 사람이라면 누구에게든 호의와 관심을 보일 준비가 되어 있었고, 머스그로브 부인은 루이자의 사고로 힘든 시기를 보내고 있었을 때 앤이 보여준 헌신을 기억하며 그녀에게 각별한 애정을 드러냈다. 머스그로브 부인의 따뜻하고 진심 어린 환대는 슬프게도 집에서는 느껴보지 못한 행복감을 앤에게 안겨 주었다. 앤은 가능한 한 많은 시간을 함께해달라는 부탁과 함께 매일 와달라는 초대를 받았고 그들의 가족이나 다름없는 대접을 받았다. 앤 역시 전과 다름없는 관심을 보이며 찰스가 자리를 뜬 뒤에는 머스그로브 부인으로부터 루이자의 근황을, 헨리에타로부터는 그녀의 이야기를 들으며 실용적인 조언을 건넸고 어디에서 무엇을 사야 할지도 친절하게 알려주었다. 그 사이사이 메리의 온갖 요구도 들어주어야 했는데, 리본을 다시 다는 일에서부터 장부 정리와 열쇠를 찾고 장신구를 골라 정리하는 일, 그리고 자신이 부당한 대우를 받고 있다는 동생의 항변을 들어주는 것까지 그녀는 모두 감당했다. 메리는 펌프 룸*의 입구가 내려다보이는 창가에 자리를 잡고 나름 재미있게

---

* Pump Room, 귀족과 상류층 인사들이 온천 치료와 사교 활동을 위해 모인 바스의 대표적인 사교 장소.

시간을 보냈지만, 그러는 중에도 틈틈이 자신이 부당한 대우를 받고 있다고 느끼는 순간은 찾아왔다.

오전의 번잡스러움은 예견된 일이었다. 호텔에서 일행의 수가 많으면 으레 상황은 급변하며 어수선해지기 마련이다. 몇 분 간격으로 편지와 소포가 배달되었고 앤이 도착한 지 30분도 채 지나기 전에 널찍한 식당은 어느새 사람들로 절반 이상이 채워졌다. 머스그로브 부인의 오랜 지인들이 그녀의 곁에 둘러앉았고 찰스가 하빌 대령과 웬트워스 대령을 데리고 돌아왔다. 웬트워스의 갑작스러운 등장에 앤은 깜짝 놀랐으나 동요하지 않으려 마음을 다잡았다. 두 사람이 공통으로 아는 이들의 모임이 결국 그들을 마주치게 하리라는 것은 예상된 바였다. 지난번 만남에서 웬트워스는 그의 감정을 드러냈고 앤은 설레는 확신을 얻을 수 있었다. 하지만 다시 만난 그의 표정은 여전히 연주회장에서 그를 서둘러 떠나게 한 그 오해에서 벗어나지 못했음을 보여주고 있었다. 그는 그녀와 대화를 나눌 수 있을 만큼 가까이 다가오려 하지 않았다.

앤은 담담해지려 애썼고 모든 일을 순리에 맡기기로 했으며 자신의 이성적인 확신에 마음을 붙들어 두려 했다. '만일 서로에 대한 마음이 변치 않았다면 머지않아 두 마음은 마주하게 될 거야. 우리는 어린 소녀와 소년이 아니야. 한순간의 오해나 변덕스러운 감정에 휘둘려서 우리의 행복을 저버릴 나이는 아니야.' 하지만 몇 분 뒤 그녀는 같은 공간에서 어정쩡하게 서로를 의식하는 이런 상황이 오히려 실수와 오해를 키울 수 있다는 불안감을 느꼈다.

"언니!" 창가에 앉아 있던 메리가 소리쳤다. "저기 가로수 아래 서 있는 사람, 클레이 부인 아니야? 어느 신사분도 같이 있어. 방금 바스가 모퉁이에서 같이 돌아 나오는 걸 봤어. 둘이 꽤 심각하게 이야기를 나누는 것 같은데, 누구지? 이리 좀 와봐. 세상에! 누군지 알겠다. 엘리엇 씨야!"

"그럴 리가 없어." 앤이 말했다. "엘리엇 씨는 내일까지 다른 약속이 있어서 오늘 아침 아홉 시에 바스에서 출발했어."

이렇게 말하는 동안 그녀는 웬트워스 대령이 자신을 바라보고 있음을 의식하고는 난감한 기분이 들었다. 별 얘기가 아니었음에도 자신이 엘리엇 씨에 대해 많은 걸 아는 사람처럼 보인 것이 후회스럽기만 했다.

자신이 친척도 못 알아보는 줄 아느냐며 메리는 엘리엇 가문 남자들의 특징적인 얼굴 생김새에 대해 열변을 토했고, 단언컨대 가로수 아래에 서 있는 사람은 엘리엇 씨가 분명하다고 주장했다. 그녀는 앤에게 직접 와서 보라고 역정을 냈으나 앤은 자리에서 꿈쩍도 하지 않고 애써 무관심한 척했다. 하지만 머스그로브 부인의 지인 두어 명이 의미심장한 미소와 눈빛을 주고받는 것을 보고는 다시 마음이 불편해졌다. 마치 그들은 뭔가 비밀을 알고 있다는 듯한 표정이었다. 앤에 관한 소문이 이미 퍼졌음이 분명했고, 이어진 짧은 침묵은 그 소문이 더 멀리 퍼질 것임을 보증하는 것 같았다.

"언니, 직접 와서 보라니까." 메리가 소리쳤다. "지금 안 오면 늦어. 저봐. 헤어지려고 악수하잖아. 이제 돌아서고 있어. 내가 엘리엇 씨를 어떻게 못 알아보겠냐고. 언니야말로 라임에서 있었던 일을 다 잊은 거야?"

앤은 메리를 진정시키기 위해, 어쩌면 자신의 당혹감을 감추기 위해 조용히 창가로 다가갔다. 그리고 믿기 어려운 광경이었으나 그녀는 그 남자가 엘리엇 씨임을 확인할 수 있었다. 그는 한쪽 길모퉁이로 사라졌고 클레이 부인은 반대 방향으로 재빠르게 걸어가고 있었다. 이해관계가 완전히 상반되는 두 사람이 그토록 다정하게 대화를 나누는 모습은 분명 놀라운 일이었지만, 그녀는 침착하게 말했다. "그래, 엘리엇 씨가 맞네. 출발 시각이 변경되었나 보다. 내가 잘못 알았을 수도 있고. 신경 써서 들은 게 아니라서 말이야." 앤은 내심 자신의 혐의가 벗겨졌기를 바라며 태연하게 의자에 돌아와 앉았다.

머스그로브 부인의 지인들이 작별 인사를 했고, 찰스는 예의를 갖춰 그들을 배웅하고 돌아와서는 귀찮은 일을 해치웠다는 듯 익살스럽게 얼굴을 찡그렸다.

"자, 어머니, 오늘 제가 어머니를 위해 특별히 준비한 게 있답니다. 오는 길에 극장에 들러서 내일 밤 공연의 박스 객석*을 예약했어요. 어때요, 잘했죠? 어머니께서 연극 좋아하시는 걸 제가 잘 알잖아요. 우리 다 같이 들어갈 수 있어요. 아홉 명이 앉을 수 있는 자리거든요. 웬트워스 대령도 초대했어요. 처형도 싫어하지 않을 거예요. 다들 연극 좋아하잖아요. 저 잘했죠, 어머니?"

머스그로브 부인은 헨리에타를 비롯해 모두가 좋다면 기꺼이 연극을 보러 가겠다고 기분 좋게 말하려 했는데, 이때 메리가 흥분해서 끼어들었다.

"찰스, 진짜 너무 하네요. 이런 게 어딨어요? 내일 밤 공연 좌석을 예약했다고요? 내일 밤 캠든 플레이스에 가기로 한 약속을 잊었어요? 내일 약속은 달림플 부인과 그분의 따님, 그리고 엘리엇 씨 같은 중요한 친척분들을 만나기 위해 특별히 마련된 자리잖아요. 어떻게 그걸 잊을 수 있어요?"

"쳇," 찰스가 대답했다. "차 한 잔 마시는 모임이 뭐 그리 대단하다고 그걸 기억해야 해? 당신 아버지께서 우리를 정말 보고 싶으셨다면 만찬을

---

* box, 가족 단위 또는 상류층 일행이 공연을 함께 관람할 수 있도록 일반 객석과 분리되어 무대 측면의 공간에 만들어진 객석

준비해서 초대하셨겠지. 당신이나 가요. 나는 연극을 보러 갈 테니."

"아, 찰스, 가겠다고 약속해 놓고 당신 정말 너무하네요."

"아니, 난 약속한 적 없어요. 그냥 억지로 웃으면서 고개만 까딱했을 뿐이지, 약속 따위는 하지 않았다고."

"무조건 가야 해요. 약속을 깨는 건 용납되지 않아요. 우리가 초대받은 건 중요한 분들을 소개받기 위해서잖아요. 달림플 가문과 우리 집안은 오래전부터 유대가 깊었어요. 한쪽에 무슨 일이 생기면 곧바로 다른 쪽에 알릴 만큼 돈독한 사이라고요. 아주 가까운 친척이라는 걸 당신도 알잖아요. 엘리엇 씨도 그래요, 당신이 꼭 알고 지내야 할 분이잖아요. 엘리엇 씨는 우리가 모든 예우를 다 갖춰야 할 분이라고요. 생각해 보세요. 그분은 아버지의 후계자이자 장차 우리 가족을 대표할 사람이에요."

"나한테 후계자네 대표네 그런 말 하지 말아요." 찰스가 소리쳤다. "나는 현재 힘 있는 사람을 외면하고 새로 떠오르는 태양 앞에 굽실거리는 그런 사람이 아니오. 당신 아버지를 보러 갈 생각도 없는데 그 후계자 때문에 간다고 하면 남들이 욕해요. 엘리엇 씨가 나랑 무슨 상관인데?"

그 무심한 한마디 덕분에 앤은 숨통이 트이는 것 같았다. 그녀는 웬트워스 대령이 이 상황을 주의 깊게 보고 듣고 있음을 알고 있었다. 그리고 찰스의 마지막 말에 그의 시선이 탐색하듯 찰스에게서 그녀 자신에게로 옮겨지는 것이 느껴졌다.

찰스와 메리는 여전히 티격태격하고 있었다. 찰스는 반쯤은 진지하게, 반쯤은 농담조로 연극 관람 계획을 고수했고 메리는 시종일관 흥분해서 반대의 뜻을 밝혔다. 그녀는 자신은 캠든 플레이스에 반드시 갈 것이며, 자기를 빼놓고 다들 연극을 보러 간다면 자기를 멸시하는 것으로 알겠다는 말도 빠뜨리지 않았다. 결국 머스그로브 부인이 개입했다.

"연극 관람을 미루는 게 좋겠어. 찰스, 극장에 가서 예약 날짜를 화요일로 바꾸도록 하렴. 우리끼리 갈라지는 것도 좋지 않고, 아버지의 집에 모임이 있으면 앤 양은 거기에 가야 할 텐데 헨리에타와 나는 앤 양이 같이 가지 않으면 연극을 보고 싶은 생각이 없어."

앤은 부인의 따뜻한 배려에 진심으로 감사했고, 덕분에 자신의 의사를 분명하게 밝힐 수 있게 된 것도 감사했다.

"만일 제 뜻대로 할 수만 있다면, 부인, (메리를 생각하지 않아도 된다면) 캠든 플레이스의 저녁 모임은 전혀 신경 쓸 일이 아니에요. 저는 그런 자리를 별로 좋아하지 않아서 기쁜 마음으로 여러분과 연극을 보러 가는 쪽을 택했을 거예요. 하지만 아무래도 그렇게 하지 않는 게 좋겠죠."

그녀는 그렇게 말하면서 떨고 있었다. 그 말이 누구의 귀에 닿을지 의시한 까닭에 감히 그 반응을 확인할 엄두조차 내지 못했다.

곧 화요일로 연극 관람을 미루기로 모두 동의했으나 찰스는 여전히 아내를 약 올리려는 듯 다들 가지 않겠다면 자기 혼자라도 연극을 보러 가겠다고 능청을 떨었다.

웬트워스 대령이 자리에서 일어나 벽난로 쪽으로 걸어갔다. 아마도 그것은 곧장 앤 곁으로 가기보다 조금 눈에 덜 띄게 다가가기 위함이었을 것이다.

"바스에 오신 지 오래되지 않아서," 그가 말했다. "이곳의 저녁 모임에 가본 적이 없으시겠군요."

"아, 네, 그런 모임이 저하고는 잘 맞지 않아요. 카드놀이를 좋아하지도 않고요."

"예전에도 그러셨죠. 카드놀이를 좋아하지 않으셨죠. 하지만 세월이 지나면 많은 것이 변하기 마련입니다."

"저는 별로 변한 게 없어요." 앤은 이 말을 내뱉자마자 입술을 깨물었다. 자신이 한 말이 어떻게 해석될지 두려웠기 때문이다. 잠시 침묵이 흐른 뒤 웬트워스가 복받치는 감정을 누르기 힘든 듯 말했다. "긴 시간이었습니다. 8년 반이면 긴 시간이죠."

과연 그의 말이 더 이어질 수 있었을지는 앤의 상상에 맡길 수밖에 없었다. 그녀가 그의 말에 귀 기울일 때, 갑자기 헨리에타가 한가한 틈을 타서 외출이나 하자며 다른 방문객이 들이닥치기 전에 서둘러야 한다고 재촉했기 때문이다.

그들은 자리에서 일어나야 했다. 앤은 외출 준비가 이미 되어 있다며 아무렇지 않은 표정을 지어 보였다. 하지만 그 자리에서 일어나는 것이 얼마나 아쉽고 힘들었는지 헨리에타가 알았더라면, 찰스 헤이터의 애정을 확인하기까지 애를 태웠던 헨리에타 자신이 앤의 마음을 헤아렸더라면, 그녀는 앤에게 큰 연민을 느꼈을 것이다.

그러나 그들의 외출 준비는 중단되고 말았다. 밖에서 인기척이 들리더니 문이 활짝 열렸고 월터 경과 엘리엇 양이 들어왔기 때문이다. 그들의 등장으로 방에는 일순간 냉기가 돌았다. 앤은 숨이 탁 막히는 느낌이었고 다른 사람들도 모두 같은 느낌인 듯했다. 실내에 가득했던 편안함과 자유로운 활기는 사라지고 차가운 침묵과 무표정, 그리고 무미건조한 대화가 그 자리를 채웠다. 그녀의 아버지와 언니의 차가운 우아함에 실내의 공기는 달라졌다. 앤은 그런 분위기가 당혹스러웠다.

하지만 그녀의 긴장된 시선도 한 가지 점에서는 위안을 얻었다. 웬트워스 대령은 아버지와 언니의 인사를 받았고, 언니는 전보다 그를 더 정중하게 대했다. 심지어 그에게 한 차례 말을 걸기도 했고 한두 차례 눈길을 주기도 했다. 사실 엘리자베스에게는 나름의 계획이 있었다. 이어진 행동은 그것을 분명히 보여주었다. 몇 마디 의례적이고 무의미한 말을 건넨 뒤 그녀는 머스그로브 가족의 몫으로 남겨둔 모든 예우를 짧은 초대의 말로 처리했다. "내일 저녁, 몇 분 모시는 자리를 마련했습니다. 격식을 차린 자리는 아니에요." 이 말은 우아하게 전달되었고 그녀가 준비해 온 초대장이 탁자 위에 놓였다. 그녀는 모두를 향해 공손한 미소를 지은 뒤, 별도의 미소와 별도의 초대장을 웬트워스 대령에게 건넸다. 사실 엘리자베스는 바스에 오래 머물면서 새삼 그와 같은 풍채와 외모를 지닌 인물의 중요성을 깨닫게 되었다. 과거는 중요하지 않았다. 자신의 응접실에서 자리를 빛내줄 수 있는 사람이라면 그것으로 충분했다. 초대장은 분명한 의도와 함께 건네졌고 월터 경과 엘리자베스는 곧바로 자리에서 일어났다.

그들의 방해는 짧았으나 그 여파는 컸다. 그들이 떠나자 다들 편안함과 활기를 되찾았지만, 앤은 그러지 못했다. 그녀는 조금 전 목격한 초대의 장면과 그것이 받아들여진 방식을 생각할 뿐이었다. 그것은 기쁨이라기보다는 당혹스러움에, 수락이라기보다는 정중한 응대에 가까웠다. 그녀는 그를 잘 알았다. 그의 눈빛에는 경멸이 담겨 있었다. 그가 과거에 겪은 온갖 무례를 보상받겠다고 그런 초대를 받아들일 리는 없었다. 그녀의 마음은 무겁게 가라앉았다. 그들이 떠난 뒤에도 그는 초대장을 손에 쥔 채 깊은 생각에 잠긴 모습이었다.

"큰언니가 모두를 초대하다니!" 메리는 모두가 들을 수 있을 만큼 큰 소리로 속삭였다. "웬트워스 대령님이 기뻐하시는 것도 당연하지. 손에서 초대장을 내려놓지 못하시는 것 좀 봐."

앤과 그의 시선이 마주쳤다. 그의 뺨이 붉어지고 입가에 경멸의 표정이 스치는 것을 본 그녀는 고개를 돌렸다. 더 보고 더 들으며 괴로워지고 싶지 않았다. 잠시 후 신사들은 신사들대로, 숙녀들은 그들대로 각자의 일을 찾아 흩어지며 두 사람은 자리를 더 함께할 수 없었다. 그녀는 저녁때 다시 와서 식사를 함께해달라는 요청을 받았으나 너무 오래 긴장하며 감정을 억누른 탓에 오로지 집에 돌아가 마음껏 침묵하고 싶은 생각밖에 없었다.

앤은 다음 날 오전을 함께 보내겠다고 약속한 뒤 고단한 걸음으로 캠든 플레이스로 향했다. 그녀는 엘리자베스와 클레이 부인이 분주하게 다음 날의 모임을 준비하는 소리를 들으며 그날 저녁을 보냈다. 그들이 바스 최고의 우아한 모임을 만들기 위해 초대한 사람들의 수를 몇 번씩 확인하며 세부적인 사항을 준비하는 동안 앤은 웬트워스 대령이 과연 올 것인지, 그 하나의 질문으로 끊임없이 자신을 괴롭히고 있었다. 그들은 그의 참석을 당연하게 여겼으나 앤은 끊임없는 걱정과 불안으로 단 5분도 마음을 가라앉히지 못했다. 그가 올 것이라고, 오는 것이 당연하다고 생각하면서도 그것이 꼭 그의 의무나 분별 있는 선택이라고 할 수도 없었기 때문에 그녀는 정반대의 상황을 배제할 수 없었다.

앤은 그런 불안에서 벗어나기 위해 클레이 부인에게 세 시간 전에 바스를 떠난 줄 알았던 엘리엇 씨가 그녀와 같이 있는 모습을 보았다고 말했다. 클레이 부인이 그 만남에 대해 무슨 말이라도 하기를 기다리다가 아무런 언급이 없자 먼저 말을 꺼낸 것이었다. 그녀의 말을 듣는 동안 클레이 부인의 얼굴에 죄책감의 기색이 언뜻 비치는 듯했다. 앤은 그 찰나의 표정에서 어떤 계략이 꼬였기 때문이든 아니면 엘리엇 씨의 권위에 짓눌렸기 때문이든 (아마도 반 시간을) 그녀가 마지못해 그의 훈계를 들었으리라는 것을 읽을 수 있었다. 하지만 클레이 부인은 별일 아니라는 듯 태연하게 말했다.

"맞아요. 그랬어요, 엘리엇 양. 저도 바스가에서 엘리엇 씨를 마주치고는 얼마나 놀랐는지 몰라요. 그렇게 놀란 적이 없었다니까요. 그분이 발길을 돌려서 펌프 야드까지 저와 같이 가주셨어요. 무슨 사정이 생겨서 손베리로 떠나려던 계획이 미뤄졌다고 하셨는데 제가 바빠서 제대로 듣지 못했고 기억도 잘 안 나네요. 하지만 지체하지 않고 돌아오겠노라 분명히 말씀하셨어요. 머릿속에 '내일' 생각밖에 없으신 것 같았어요. 저도 마찬가지고요. 아까 돌아와서 내일 모임이 예상보다 커졌다는 사실에 신경을 쓰다 보니 그분과 마주쳤다는 사실을 까맣게 잊고 있었네요."

23

    스미스 부인과 이야기를 나눈 지 하루밖에 지나지 않았으나 앤에게는 이제 더 절실하고 중요한 일이 있었다. 스미스 부인에게 끼친 영향을 제외한다면 엘리엇 씨의 행실은 이미 그녀의 관심사가 아니었다. 그러므로 이튿날 아침 리버스가에 찾아가서 러셀 부인과 대화를 나누려던 계획이 미뤄진 것도 당연한 일이었다. 그녀는 아침부터 저녁까지 머스그로브 가족과 함께하기로 약속이 되어 있었다. 그 약속은 지켜져야 했고, 엘리엇 씨의 본색도 셰에라자드*처럼 하루 더 연명할 수 있었다.

    그녀는 궂은 날씨로 제시간에 출발할 수 없었다. 처음에는 기다리고 있을 이들을 생각하며 굵은 빗줄기를 원망했으나 차츰 자신의 상황이 절박하게 느껴지면서 그녀는 길을 나섰다. 화이트 하트 호텔의 예약된 응접실에 도착했을 때 그녀는 약속 시간에 늦었고 다른 사람들은 이미 도착해 있었다. 머스그로브 부인은 크로프트 부인과, 하빌 대령은 웬트워스 대령과 이야기를 나누고 있었다. 메리와 헨리에타는 더 기다리지 못하고 비가 그치기 무섭게 외출했으나 곧 돌아올 거라며 자신들이 돌아올 때까지 앤을 꼭 붙들어 두라는 말을 남겼다고 했다. 앤은 자리에 앉아 차분한 모습을 보이려 애썼다. 하지만 오전이 다 지날 무렵에야 겪게 되리라 예상했던 불안과 동요에 곧장 빠져들었다. 잠시의 유예도 없이 그녀는 고통스러운 행

---

* Scheherazade, 같이 하룻밤을 보낸 처녀를 모두 죽이는 술탄에게 매일 밤 재미있는 이야기를 들려주며 목숨을 부지했고 마침내 그의 마음을 얻어 결혼에 이르게 된 『천일야화』의 주인공.

복감 혹은 행복한 고통에 잠기고 말았다. 그녀가 도착한 지 2분이 채 되지 않았을 때 웬트워스 대령이 말했다.

"아까 얘기하던 그 편지를 쓸까 하네. 하빌, 펜과 종이 좀 주게."

펜과 편지지가 탁자 위에 놓였다. 그는 탁자로 가서 등을 돌리다시피 하고는 편지를 쓰는 데 몰두했다.

머스그로브 부인은 크로프트 부인에게 맏딸의 약혼에 얽힌 사연을 들려주고 있었는데, 짐짓 속삭이는 척하면서도 목소리는 모두에게 들릴 정도로 컸다. 앤은 자신이 끼어들 대화가 아니라고 생각했으나 하빌 대령마저 깊은 생각에 잠긴 채 대화를 나눌 뜻이 없어 보였기 때문에 어쩔 수 없이 듣지 않아도 될 이야기를 듣게 되었다. "남편이 저의 제부 헤이터 씨를 만나서 얼마나 자주 이야기를 나눴는지 몰라요. 그런데 제부가 무슨 제안을 하면 다음 날은 남편이 다른 제안을 하고, 제 동생이 한 가지 생각을 하면 애들이 바라는 건 또 다르고, 저도 처음엔 절대 안 된다고 했던 게 시간이 지나면 괜찮아 보이고 그러는 거예요." 그녀는 이렇게 속에 있는 얘기를 털어놓았다. 그런 시시콜콜한 이야기는 아무리 섬세하고 품위 있게 전달하더라도 당사자가 아니면 재미있게 듣기가 어려운 법인데, 심지어 머스그로브 부인에게는 그런 말솜씨조차 기대하기 어려웠다. 그러나 크로프트 부인은 너그러이 경청하며 간간이 분별 있는 대답을 내놓았다. 앤은 신사들이 각자의 일에 몰두하며 이를 듣고 있지 않기만을 바랐다.

"그래서 말이에요, 이모저모 따져본 끝에," 머스그로브 부인이 쩌렁쩌렁한 목소리로 속삭였다. "우리의 기대에 미치지 못해도 더 반대해서는 안 되겠다고 생각했답니다. 찰스 헤이터는 아주 안달복달했고 우리 헨리에타도 다르지 않았거든요. 그래서 차라리 걔들을 빨리 결혼시켜서 남들처럼 한번 살아보라고 하는 게 낫겠다 싶었어요. 어쨌든 제가 그랬죠, 약혼 상태로 시간만 보내느니 차라리 빨리 결혼시키는 게 낫다고요."

"제가 드리려던 말씀이 바로 그거예요." 크로프트 부인이 말했다. "젊은 사람들이 당장은 수입이 적더라도 같이 어려움을 극복하면서 살아가는 것이 약혼 상태로 시간을 끄는 것보다 훨씬 낫다고 생각해요. 제 생각에는 서로 …"

"아이고, 크로프트 부인," 머스그로브 부인이 말을 가로챘다. "젊은 사람들은 약혼 기간이 길어지는 걸 질색하잖아요. 저는 애들한테도 늘 그렇게 얘기했답니다. 약혼하는 건 좋은데, 6개월이나 아무리 길어도 1년 안에는 확실히 결혼할 수 있어야 한다고 말이죠."

"맞아요, 부인." 크로프트 부인이 말했다. "미래가 불확실하거나 시간을 오래 끌 수 있는 약혼이라면 말려야겠죠. 언제 결혼이 가능할지조차 모르는 상태에서 약혼하는 것은 너무 위험하고 현명하지 못한 일이라고 생각합니다. 부모라면 그런 일은 어떻게든 막아야죠."

앤은 이 대목이 문득 흥미롭게 느껴졌다. 그것이 자신에게도 적용될 수 있는 이야기라고 생각하자 설렘과 불안이 뒤섞인 전율이 온몸에 느껴졌고 그 순간 본능적으로 탁자 쪽으로 눈길이 갔다. 웬트워스 대령의 펜이 움직임을 멈췄다. 그는 고개를 들고 잠시 귀를 기울이는 듯하더니 몸을 돌려서 그녀를 바라보았다. 짧은 순간이었으나 그녀를 의식한 시선이었다.

두 부인은 서로 동의한 이야기를 되풀이했고 그와 반대되는 상황에서 목격한 불행을 예로 들며 자신들의 주장이 옳다는 것을 확인했다. 그 모든 말이 앤에게는 무의미한 웅얼거림에 불과했다. 마음이 혼란스러웠다.

이 대화를 전혀 듣고 있지 않았던 하빌 대령이 자리에서 일어나 창가로 다가갔다. 앤은 그를 바라보는 듯했으나 사실은 완전히 멍한 시선을 그쪽에 두고 있을 뿐이다. 그러다 문득 그가 자신에게 가까이 오라고 눈짓을 보내고 있음을 깨달았다. 그는 미소를 지으며 '이리 와보세요. 드릴 말씀이 있습니다'라고 말하듯 가볍게 고갯짓을 보냈다. 꾸밈없고 편안한 그의 태도가 오랜 친구 같은 느낌을 주며 그 초대를 마다할 수 없게 했다. 앤은 정신을 차리고 그에게 다가갔다. 하빌 대령이 서 있는 창가는 두 부인이 앉은 자리의 맞은편 끝이었고 웬트워스 대령이 앉아 있는 탁자에서도 조금 떨어져 있었다. 그녀가 다가서자 하빌 대령의 얼굴은 원래의 진지하고 생각 많은 표정으로 돌아갔다.

"이거 좀 보세요." 그가 손에 든 꾸러미를 펼쳐 조그마한 초상화를 꺼내 보이며 말했다. "누군지 아시겠습니까?"

"그럼요. 벤윅 함장이시네요."

"그러면 이 초상화가 원래 누구에게 가야 했는지도 짐작하실 수 있겠죠. 하지만," 그가 낮은 목소리로 말했다. "제 여동생은 이걸 보지도 못했네요. 엘리엇 양, 라임에서 함께 산책하면서 벤윅의 처지를 안타깝게 생각하던 일을 기억하시죠? 지금의 상황을 그때는 예상하지 못했지만, 뭐 어쩔 도리가 없죠. 이 초상화는 희망봉에서 그려진 겁니다. 그 친구가 그곳에서 재능 있는 젊은 독일 화가를 만났고, 제 여동생에게 한 약속을 지키기 위해 초상화를 의뢰했다고 합니다. 그런데 패니에게 주려고 했던 그 초상화에 이제 액자를 새로 끼워 다른 누군가에게 주어야 하고 그 일이 제게 맡겨졌습니다. 그런데 저로서는 그 일만큼은 하고 싶지 않았습니다. 다른 사람에게 넘길 수만 있다면 기꺼이 그렇게 하고 싶었죠. 결국 저 친구가 그 일을 맡아주었습니다." 그가 웬트워스 대령을 바라보며 말했다. "지금 그 일로 편지를 쓰는 중입니다." 그는 떨리는 목소리로 덧붙였다. "가엾은 패니, 그 애라면 이렇게 빨리 잊지 못했을 겁니다."

"그래요." 앤이 안쓰러운 듯 말했다. "저도 그렇게 생각해요."

"천성적으로 그 애는 잊지 못했을 겁니다. 그 친구를 너무 사랑했으니까요."

"여자는 진정으로 사랑했던 사람을 잊지 못하죠."

하빌 대령은 '여자들만 그렇다는 뜻인가요?'라고 말하는 듯한 표정으로 엷은 미소를 지었다. 앤도 미소를 지으며 말했다. "여자들은 남자들처럼 그렇게 쉽게 잊지 못해요. 그건 아마 여자들의 장점이라기보다는 운명 같은 거라고 해야겠어요. 어쩔 수가 없는 거예요. 우리는 집에 조용히 갇혀 있으니 스스로 감정의 먹잇감이 되곤 하죠. 반면 남자들은 좋든 싫든 밖에 나가 활동해야만 하잖아요. 직업이 있고 맡은 일이 있으니 어떻게든 세상으로 돌아가기 마련이죠. 그리고 그런 끊임없는 일과 변화가 기억을 희미하게 만들어주고요."

"세상이 남자들을 그토록 빨리 망각하게 만든다는 당신의 주장을 인정하더라도 (저는 인정하지 않습니다만) 벤윅은 그런 경우라고 볼 수 없습니다. 직업이나 바깥 활동에 매이지 않았으니까요. 그 친구는 전쟁이 끝나자마자 바로 돌아왔고 이후로는 줄곧 우리 가족과 함께 지냈습니다."

"맞아요." 앤이 말했다. "전적으로 맞는 말씀이에요. 제가 그 점을 잊고 있었네요. 그렇다면 이제 뭐라고 말씀드려야 할까요? 변화가 외부 환경에서 비롯된 게 아니라면 그건 내면의 문제겠죠. 벤윅 함장님의 경우 본성이, 남자의 본성이 그런 변화의 이유라고 해야겠네요."

"아니요, 그건 아닙니다. 남자의 본성 문제가 아닙니다. 남자가 여자보다 사랑하는 혹은 사랑했던 사람을 더 쉽게 잊는 게 본성 때문이라는 건 인정할 수 없습니다. 저는 오히려 그 반대라고 생각해요. 저는 우리의 육체적 구조와 정신적 구조에 유사성이 있다고 봅니다. 여자보다 남자의 신체가 더 강하듯 감정적으로도 더 강해서 힘든 상황을 더 잘 견뎌내고 거친

풍랑도 잘 헤쳐 나가는 거죠."

"감정적으로 남자가 더 강할지도 모르죠." 앤이 대답했다. "하지만 같은 유사성의 관점에서 여자의 감정은 더 섬세하다고 할 수 있어요. 그리고 남자가 여자보다 강하다고 해도 수명이 더 길지는 않잖아요. 저는 바로 그 점이 남자의 애정이 갖는 성격을 잘 보여준다고 생각해요. 만일 남자의 감정이 여자처럼 섬세하다면 그건 당신들에겐 너무 가혹한 일일 거예요. 남자들은 온갖 위험과 곤경에 노출된 채 수많은 어려움과 상실 속에서 살아가야 하잖아요. 집과 고향과 친구들을 두고 멀리 떠나 있어야 하고 시간과 건강과 목숨마저 온전히 자기의 것이라 할 수 없죠." 앤은 조금 더듬거리며 말을 이었다. "이 모든 것에 여자의 감정까지 더해진다면 너무 가혹할 거예요."

"이 문제에 대해서는 우리의 생각이 일치하기 어려울 겁니다." 하빌 대령이 이렇게 말문을 열었을 때 웬트워스 대령이 앉아 있는 쪽에서 작은 소음이 들리며 두 사람의 시선이 그쪽으로 향했다. 그의 펜이 바닥에 떨어진 것이었는데 앤은 자신이 생각했던 것보다 그의 자리가 가까웠다는 사실에 놀랐고, 어쩌면 그가 자신들의 대화에 귀를 기울이다가 펜을 떨어뜨린 것인지도 모른다는 느낌이 들었다. 하지만 그가 대화의 내용을 정확하게 듣기는 어려웠으리라 생각했다.

"편지는 다 썼는가?"

"아니, 몇 줄 남았는데 5분 안에는 끝날 것 같네."

"서두르지 말게. 나는 급하지 않으니 말일세. 지금 내가 정박 중인 항구가 아주 훌륭하다네." (앤을 향해 미소를 지어 보이며) "보급도 잘 되고 부족한 게 하나도 없으니 출항 명령을 너무 서둘러 내리지는 마시게." 그는 목소리를 낮춰 말을 이었다. "아까 말씀드린 것처럼 우리는 아마 이 문제에 대해서는 서로 동의하기가 힘들 겁니다. 어떤 남녀든 마찬가지일 겁니다. 하지만 역사를 봐도 그렇고, 모든 소설이나 시를 봐도 당신의 주장과는 반대예요. 제가 벤윅처럼 기억력이 좋으면 제 주장을 뒷받침할 인용구를 오십 개는 족히 댈 수 있을 겁니다. 제 평생 여자의 변심이 등장하지 않는 책은 본 적이 없습니다. 노래도 속담도 모두 여자의 마음은 쉽게 변한다고 하죠. 아마 당신은 그 모든 게 남자가 썼기 때문이라고 하겠죠."

"아마 그러겠죠. 그래요. 그러니까 부디 책에서 예시를 들지는 말아 주세요. 남자들은 언제나 자신들의 이야기를 할 수 있었잖아요. 교육도 훨씬 많이 받을 수 있었고 펜도 항상 그들의 전유물이었어요. 그러니 뭔가를 입증하기 위해 책을 근거로 삼는 건 인정할 수 없어요."

"그럼 어떻게 입증해야 할까요?"

"입증할 수 없는 거죠. 이런 문제에 대해서는 입증이라는 걸 기대할 수 없어요. 견해의 차이에서 비롯된 문제인 만큼 증거로 따질 게 아니에요. 어쩌면 우리는 자기 성별에 유리한 쪽으로 처음부터 편향된 시각을 가졌는지도 몰라요. 그리고 우리의 주위에서 일어나는 모든 일을 그런 편향에 끼워 맞추며 사는 거죠. 그런 일들, 아마도 우리에게 가장 인상적이었던 그런 일들은 누군가와의 신뢰를 저버리지 않고는 꺼낼 수 없는 이야기일 수도 있고, 또 어떤 면에서는 애초에 말해서는 안 되는 이야기일 수도 있겠죠."

"아!" 하빌 대령이 깊은 감정이 담긴 목소리로 말했다. "남자가 아내와 아이들을 배에 태워 보내며 그들이 탄 배가 시야에서 완전히 사라질 때까지 우두커니 지켜보다가 마침내 돌아서서 '우리가 다시 만날 수 있을지는 하느님만 아시겠지'라고 중얼거리는 그 순간의 심정이 어떤지 당신에게 이해시킬 수 있다면, 그리고 일 년 후 돌아오며 다른 항구에 정박할 때 얼마나 빨리 가족을 불러올 수 있을지 계산해 보고는 '그날까지는 못 올 거야'라고 중얼거리면서도 속으로는 반나절 일찍 도착하기를 기대할 때, 그러다 마치 하늘이 날개를 달아 준 것처럼 훨씬 일찍 도착한 가족과 재회할 때 그의 영혼을 환히 비추는 빛을 당신에게 보여줄 수 있다면, 그리고 그런 보물과도 같은 가족을 위해 남자가 얼마나 많은 일을 해내고 견딜 수 있는지 당신에게 설명해 드릴 수 있다면 얼마나 좋을까요. 저는 진심을 가슴에 품은 남자들의 이야기를 전해드리는 겁니다." 그는 감정에 겨운 듯 가슴에 손을 얹고 말했다.

"아," 앤이 진심을 담아 말했다. "대령님께서, 그리고 대령님 같은 분들이 느끼는 감정을 제가 온전히 이해할 수 있기를 바랍니다. 누군가의 뜨겁고도 한결같은 마음을 가벼이 여기는 일은 결코 있어서는 안 되겠죠. 그리고 진정한 사랑과 변치 않는 마음이 오로지 여자들에게만 있다고 생각한다면 저는 비난받아 마땅할 겁니다. 저는 남자들이 결혼 생활에서 위대하고 선한 모든 일을 할 수 있다고 믿어요. 또한 세상이 맡긴 중요한 책무와 가정에서의 너그러움을 모두 감당할 수 있다고 믿어요. 다만 어떻게 들릴지 모르겠지만, 오로지 대상이 존재할 때만 그렇다는 겁니다. 그러니까 사랑하는 여자가 살아있고 그녀가 헌신적일 때만 그렇다는 것이죠. 제가 여자만의 특권이라고 주장하는 것은 (부러워하실 만한 게 아니니 탐내실 필요는 없겠습니다만) 사랑하는 사람이 떠나고 모든 희망이 사라졌을 때도 끝끝내 사랑할 수 있는 마음입니다."

그녀는 이 말을 마치고는 말을 더 잇기 힘들었다. 수많은 감정이 뒤엉키며 숨조차 제대로 쉬기 어려웠다.

"당신은 정말 좋은 분이십니다." 하빌 대령이 그녀의 팔에 다정하게 손을 얹으며 말했다. "당신 같은 분과 어떻게 논쟁을 할 수 있겠습니까. 벤윅을 떠올리면 뭐라 드릴 말씀이 없습니다."

그들은 다른 사람들에게 주의를 돌렸다. 크로프트 부인이 작별 인사를 하고 있었다.

"프레더릭, 나 먼저 일어날게." 그녀가 말했다. "하빌 대령과 할 일이 있다고 했지? 저녁에 보자꾸나." (앤에게 고개를 돌리며) "저녁에 다시 뵐 수 있어서 기뻐요. 어제 언니분으로부터 초대장을 받았답니다. 제 남동생도 받았다고 들었습니다. 제가 직접 본 건 아니고요. 프레더릭, 저녁에 다른 약속 없는 것으로 아는데, 그렇지?"

급하게 편지지를 접고 있던 웬트워스 대령은 대답을 제대로 할 수 없었거나 하고 싶지 않은 눈치였다.

"그래요." 그가 말했다. "누님 먼저 일어나도록 해요. 하빌과 나도 곧 뒤따라갈게요. 하빌, 30초만 기다려 주게. 자네도 가야 한다는 거 아는데, 30초만 더 시간을 주게나."

크로프트 부인이 먼저 자리를 떴고 웬트워스 대령도 급하게 편지를 봉인하고는 떠날 준비를 했다. 그는 어쩐지 허둥대며 초조해하는 기색마저 있어서 빨리 그 자리를 벗어나고 싶은 눈치였다. 앤은 그의 그런 모습을 어떻게 해석해야 할지 알 수 없었다. 하빌 대령이 그녀에게 "좋은 시간 보내세요"라고 작별 인사를 했지만, 그는 말 한마디, 눈길 한 번 건네지 않았다. 그는 뒤를 한 번 돌아보지도 않고 그대로 나가버렸다.

앤이 그가 편지를 쓰고 있던 탁자로 천천히 다가가고 있을 때였다. 문쪽으로 되돌아오는 발소리가 들리더니 이내 문이 열렸고 그가 다시 들어왔다. 그는 장갑을 두고 갔다며 양해를 구하고는 탁자 쪽으로 다가갔다. 그는 탁자 위에 흩어져 있는 종이 사이에서 편지지 한 장을 집어 들어 앤에게 내밀었다. 그는 짧은 순간 간절한 눈빛으로 그녀를 바라본 뒤 서둘러

장갑을 챙겨서 방을 빠져나갔다. 머스그로브 부인은 그가 들어왔다는 사실을 알아차리지도 못했을 만큼 이 모든 일이 순식간에 벌어졌다.

　이 짧은 순간이 앤의 마음을 형언할 수 없을 만큼 뒤흔들었다. 알아보기 힘든 글씨로 'A. E. 양에게'라고 수신인의 이름이 적힌 그 편지는 조금 전 그가 황급히 접고 있던 바로 그것이었다. 벤윅 함장에게 편지를 쓰고 있던 그는 그녀에게도 편지를 남긴 것이었다. 그녀가 이 세상에서 얻을 수 있는 모든 희망이 그 편지의 내용에 달려 있었다. 그녀는 뭐든 할 수 있었다. 기다림만 아니라면 그것이 무엇이든 상관없었다. 머스그로브 부인은 자리에 앉아 뭔가를 정리하는 일에 몰두해 있었고 앤은 그 덕분에 방해받지 않고 편지를 읽을 수 있기를 바랐다. 그녀는 그가 앉아 있던 의자에 몸을 묻고 눈으로 편지를 집어삼킬 듯 읽어내려갔다.

　더는 조용히 듣고만 있을 수 없습니다. 이제는 어떻게든 당신에게 말씀드려야겠습니다. 당신은 제 영혼을 깊숙이 찌르고 있습니다. 절반은 고통 속에, 절반은 희망 속에서 이 글을 씁니다. 부디 너무 늦었다거나 그 소중한 감정이 영원히 사라졌다고 말하지 말아 주십시오. 8년 반이 지났으나 당신이 저를 비탄에 빠뜨린 그때보다 지금 제 마음은 더 확고하게 당신의 것이 되었습니다. 남자가 여자보다 더 쉽게 잊는다고, 남자의 사랑이 더 빨리 식는다고 말하지 말아 주십시오. 제가 사랑한 사람은 오로지 당신밖에 없습니다. 제가 이해심이 부족했는지도 모릅니다. 우유부단하고 원망에 사로잡힌 적이 있었는지도 모릅니다. 하지만 제 마음이 변한 적은 없습니다. 제가 바스에 온 것도 오로지 당신 때문이었습니다. 당신을 위해서만 저는 생각하고 계획합니다. 당신의 눈에는 보이지 않으셨나요? 저의 소망을 알아차릴 수 없으셨나요? 당신이 제 마음을 꿰뚫어 보았듯이 제가 당신의 감정을 읽을 수만 있었다면 이렇게 열흘이 지나도록 기다리지 않았을 겁니다. 이 순간 글을 쓰기가 어렵습니다. 저의 마음을 벅차오르게 만드는 말이 들려옵니다. 당신이 낮은 목소리로 말씀하시는 동안 다른 사람들이 흘려들을 그 어조를 저는 알아들을 수 있습니다. 당신은 너무나 선하고 뛰어난 사람입니다. 당신은 남자에게도 깊은 애정과 변치 않는 마음이 있음을 믿어주셨습니다. 그 열렬하고 굳건한 마음을 품은,

F. W.

저의 운명이 어떻게 될지 알지 못한 채 가야만 하는군요. 하지만 가능한 한 빨리 이곳으로 돌아오거나 당신의 일행을 따라가겠습니다. 단 한 마디, 단 한 번의 눈길이면 충분합니다. 그것으로 제가 오늘 저녁 당신 아버지의 집을 방문하게 될지, 아니면 영원히 그곳에 발을 들이지 못하게 될지가 결정될 것입니다.

이런 편지를 받고 쉽게 평정을 되찾는다는 것은 불가능했다. 30분 정도 혼자 조용히 생각을 정리할 수만 있다면 마음이 가라앉을지도 모르는 일이었다. 하지만 이처럼 온갖 제약이 따르는 상황에서, 다른 일행이 도착하기까지 10분 남짓한 시간으로는 할 수 있는 게 없었다. 오히려 시간이 지날수록 심장 박동은 더 빨라졌다. 그것은 억누를 길 없는 행복감이었다. 그러나 그 격정의 첫 물결이 다 지나가기도 전에 찰스와 메리, 헨리에타가 들이닥쳤다.

그녀는 어떻게든 태연한 모습을 보이기 위해 안간힘을 썼으나 이내 포기할 수밖에 없었다. 주위에서 오가는 이야기가 한마디도 들리지 않았다.

결국 그녀는 몸 상태가 좋지 않다는 핑계를 대고 자리를 뜨려고 했다. 그제야 그녀의 창백한 안색을 살피게 된 사람들은 놀라고 걱정되는 마음에 그녀를 혼자 두려 하지 않았다. 끔찍한 일이었다. 그들이 그녀를 혼자 두고 모두 나가준다면 그것이 그녀에게는 가장 좋은 약이었을 것이다. 사람들이 그녀를 에워싸고 있는 상황이 그녀의 마음을 더욱 어지럽게 했다. 그녀는 절박한 심정으로 집에 돌아가겠다고 말했다.

"그래요." 머스그로브 부인이 말했다. "가서 쉬도록 해요. 그래야 저녁 모임에 기운을 차리고 참석하지. 새라가 여기 있었다면 낫게 해줬을 텐데. 나는 환자를 돌보는 일은 할 줄을 몰라서 말이야. 찰스, 종을 울려서 마차를 좀 부르렴. 앤 양이 걸어가게 할 수는 없지."

절대로 마차를 불러서는 안 되었다. 그건 최악이었다. 혼자 조용히 걸어가다가 (그를 만날 수 있으리라 거의 확신했으므로) 웬트워스 대령에게 몇 마디 건넬 가능성을 놓친다는 것은 생각조차 할 수 없는 일이었다. 앤은 마차를 극구 사양했다. 머릿속에 단 하나의 병명을 떠올린 머스그로브 부인은 근심스러운 얼굴로 앤에게 혹시 낙상 사고를 겪지 않았는지, 최근에 넘어져서 머리를 다친 일은 없었는지 물었다. 앤이 그런 일이 없었다고 대답하자 그녀는 안도하는 표정으로 저녁이 되면 나을 거라며 밝게 작별 인사를 했다.

일이 잘못되지 않도록 신중에 신중을 기울이며 앤이 말했다.

"죄송하지만, 부인, 확실히 전달되지 않은 것 같아서 부탁드려요. 이 자리에 안 계신 두 신사분께도 오늘 저녁 모임에서 꼭 뵐 수 있기를 바란다고 전해주세요. 혹시라도 전달에 착오가 있었을까 걱정되어서요. 하빌 대령님과 웬트워스 대령님께 꼭 뵙고 싶다고 전해주세요."

"전달이 잘 되었으니 걱정하지 말아요. 하빌 대령이 꼭 가겠다고 했답니다."

"그래요? 그래도 걱정이 돼요. 혹시 못 오시면 섭섭할 것 같아서요. 두 분을 보시게 되면 꼭 전해주시겠어요? 오늘 오전 중에 그분들을 다시 보실 테니까요. 부디 그렇게 해주시겠다고 약속해 주세요."

"약속하다마다요. 찰스, 혹시 하빌 대령을 만나거든 앤 양의 말을 꼭 전해드리렴. 앤 양, 너무 걱정하지 않아도 돼요. 하빌 대령은 꼭 가겠다고 했다니까요. 내가 장담해요. 웬트워스 대령도 아마 마찬가지일 테고."

앤은 더 할 수 있는 일이 없었다. 이 완전한 행복에 찬물을 끼얹는 일이 생길 것 같은 불안한 마음도 있었으나 그렇다 한들 그런 불안은 오래가지 않을 것이었다. 그가 캠든 플레이스에 오지 않는다면 하빌 대령을 통해 그가 알아듣도록 분명한 뜻을 전달하면 될 일이었다.

그런데 또 한 번 난감한 일이 생겼다. 찰스가 진심 어린 배려심으로 그녀를 집까지 바래다주겠다고 나선 것이다. 사양해도 소용없었다. 이 상황은 잔인하기까지 했다. 하지만 호의를 계속 거절할 수는 없었다. 찰스는 총포상에 들르기로 한 약속을 미루면서까지 그녀를 도우려 했다. 앤은 겉으로나마 감사를 표하며 그와 함께 길을 나섰다.

그들이 유니언가에 이르렀을 때였다. 뒤에서 빠른 걸음으로 다가오는 익숙한 발소리가 들렸다. 그녀가 웬트워스 대령과 대면할 마음의 준비를 하는 동안 마침내 그가 그들 곁으로 다가섰다. 그는 같이 걸을지 아니면 그냥 지나쳐갈지 마음을 정하지 못한 듯 물끄러미 그들을 바라보았다. 앤은 그와 눈을 마주칠 수 있을 정도로 평정을 유지하고 있었다. 창백했던 그의 뺨에 홍조가 돌았고 엉거주춤하던 걸음은 결연해졌다. 그는 그녀와 나란히 걸었다. 그때 찰스가 갑자기 떠오른 생각이 있는 듯 말했다.

"웬트워스 대령님, 어느 쪽으로 가십니까? 게이가 쪽인가요, 아니면 그

위쪽까지 가십니까?"

"잘 모르겠습니다." 뜻밖의 질문에 당황하며 웬트워스 대령이 대답했다.

"그러면 벨몬트 쪽이십니까? 혹시 캠든 플레이스 근처까지 가세요? 그러시면 제 처형을 저 대신 집까지 바래다 달라고 부탁드리려고요. 처형이 지금 몸이 안 좋아서 그 먼 거리를 혼자 걸어가게 할 수는 없거든요. 사실 제가 시장에 있는 총포상에 가봐야 합니다. 근사한 총이 한 정 팔렸는데 구매한 사람에게 발송하기 전에 저에게 한번 보여주겠다고 해서요. 제가 갈 때까지 포장하지 않고 기다리겠다고 해서 지금 가지 않으면 기회가 없을 것 같습니다. 총포상의 설명을 들어 보면 전에 윈스로프에서 사냥할 때 대령님께 내드렸던 제 총과 비슷한 중형 더블배럴 엽총인 것 같습니다."

거절할 이유가 없었다. 겉으로는 적당하고 정중한 수락으로 비칠 뿐이었으나 속으로는 황홀감이 춤을 추고 있었다. 곧바로 찰스는 유니언가 방향으로 사라졌고, 두 사람은 같이 걷기 시작했다. 잠시 후 그들은 좀 더 조용하고 한적한 자갈길을 택해 걷기로 했다. 이 길에서 대화를 나눈 축복받은 시간은 훗날 두 사람에게 가장 찬란한 순간으로 기억될 것이었다. 길을 걷는 동안 두 사람은 한때 모든 것을 안겨줄 것 같았던, 기나긴 이별에 가로막혀 있던 그 감정과 약속을 다시 나누었다. 그들은 과거로 돌아가 어쩌면 처음 그 약속을 주고받았을 때보다 더 깊은 행복감을 느꼈다. 그들은 더 애틋하고 더 단단해졌으며, 서로의 성격과 진심과 애정을 확실히 이해하게 된 까닭에 더 당당하고 더 대등하게 행동할 수 있었다. 그들은 완만한 오르막을 천천히 걸으며 주위의 그 누구도 신경 쓰지 않았다. 산책 나온 정치인도, 분주한 하녀들도, 실없이 농을 주고받는 아가씨들도, 유모와 아이들도 눈에 들어오지 않았다. 두 사람은 그동안의 일들을 돌아보며 속 얘기를 털어놓았고, 특히 조금 전 그들이 거리에서 마주치기 직전까지의 애가 탔던 상황을 서로에게 설명했다. 일주일 동안 일어난 이런저런 일들과 지난 이틀 사이에 벌어진 일들의 이야기가 끝없이 이어졌다.

그녀가 오해한 것이 아니었다. 그가 뒷걸음치며 의심하고 괴로워했던 것은 엘리엇 씨에 대한 질투심 때문이었다. 그 질투심은 그가 바스에서 그녀를 처음 만났을 때 시작되어 잠시 잠잠해지는 듯했다가 연주회장에서 다시 끓어오르며 지난 하루 동안 그가 했던, 혹은 하지 않았던 모든 말과 행동에 영향을 끼쳤다. 그러나 그녀의 표정과 말과 행동에 힘입어 그는 조금씩 희망을 되찾게 되었고, 그녀와 하빌 대령이 나눈 대화에서 그녀의 생각과 감정을 확인한 순간 주체할 수 없는 감정에 휩싸여 편지 한 장에 자신의 온 마음을 쏟아낸 것이었다.

그가 편지에 쓴 구절 가운데 취소하거나 고칠 것은 하나도 없었다. 그는 그녀만을 사랑해왔다고 단언했다. 그녀를 대신한 사람은 단연코 없었고 그녀와 견줄 만한 사람을 만날 수 있으리라 생각해 본 적도 없었다. 다만 그는 그녀에 대한 마음이 변치 않았던 것이 자신의 의지나 의도에서 비롯된 것이 아님을 인정할 수밖에 없었다. 그는 잊으려 했고 또 실제로 잊었다고 믿었다. 스스로 덤덤해졌다고 생각했으나 사실은 분노에 휩싸여 있었다. 그녀의 진정한 미덕을 애써 외면했던 것도 그것을 직시하기가 괴로웠기 때문이다. 이제 단단함과 부드러움이 가장 사랑스럽게 조화를 이룬 그녀의 성품은 그의 마음속에 완벽 그 자체로 자리 잡게 되었다. 하지만 그가 그녀를 있는 그대로 바라보게 된 것은 어퍼크로스에서였고, 자신의 마음을 제대로 이해하기 시작한 것은 라임에서였다. 그곳에서 그는 많은 것을 깨달았다. 엘리엇 씨가 스쳐 지나가며 앤에게 보낸 찬탄이 새삼 그의 감정을 깨어나게 했고, 콥과 하빌 대령의 집에서 목격한 일들은 그녀의 빼어난 미덕을 그의 마음에 새삼 확인시켜 주었다.

성난 자존심 때문에 루이자 머스그로브에게 마음을 주려고 했던 일에 대해서도 그는 그것이 처음부터 불가능한 일이었으며 그녀를 사랑하지도, 사랑할 수도 없었다고 단언했다. 그는 사고가 일어난 그 날, 그리고 이후 고요한 성찰의 시간을 보내면서 비로소 루이자는 비교의 대상이 될 수 없을 만큼 빼어난 한 사람이 자신의 마음을 사로잡고 있음을 깨달았다. 그곳에서 그는 견고한 원칙과 완고한 아집의 차이를, 그리고 분별없는 만용과 침착한 결단력의 차이를 알게 되었다. 그곳에서 그는 자신이 놓친 한 여자를 찬탄해야 하는 모든 이유를 목격했다. 그리고 자신의 터무니없는 자존심과 어리석은 분노 때문에 다시 나타난 그녀를 되찾으려 하지 않았던 것을 후회하기 시작했다.

그때부터 그의 자책은 깊어졌다. 루이자의 사고 이후 며칠 동안 그를 괴롭힌 두려움과 후회에서 벗어나 살아 있음을 느끼게 되자 그는 자신이 살아 있되 자유롭지 않다는 것을 깨달았다.

"하빌은 제가 루이자와 약혼한 것으로 알고 있었습니다." 그가 말했다. "하빌과 그의 아내는 루이자와 제가 서로 사랑하는 사이라고 확신했습니다. 저는 그저 놀라고 당혹스러울 뿐이었습니다. 그 자리에서는 어느 정도 부인할 수 있었지만, 그녀의 가족, 어쩌면 그녀 자신도 그렇게 여기고 있을지 모른다는 생각이 들자 그때부터 뭘 어떻게 해야 할지 알 수 없었습니다. 그런데 그녀가 그렇게 믿고 있다면 명예를 저버리지 않는 한 저는 책임을 져야 했습니다. 제가 부주의했던 탓입니다. 그때까지는 그런 일에 대해 진지하게 생각해 본 적도 없었고, 지나친 친밀감이 여러모로 나쁜 결과를 낳을 수 있다는 점도 미처 헤아리지 못했습니다. 좋지 않은 소문이 퍼질 위험이 있는데도 두 자매 가운데 누구에게 감정이 생기는지 시험하듯 그렇게 행동할 권리가 저에게 없다는 사실도 깊이 생각하지 못했습니다. 저는 너무나 경솔했고 그 대가를 치러야만 했습니다."

그는 자신이 궁지에 몰렸다는 사실을 너무 늦게 깨달았다. 그리고 루이자에게 전혀 마음이 없다는 확신이 들었을 그 시점에, 하빌 부부의 생각처럼 그녀가 그를 마음에 두고 있다면 자신은 그녀에게 속박된 처지라고 생각할 수밖에 없었다. 이 때문에 그녀가 완전히 회복될 때까지 그는 라임을 떠나 다른 곳에 가 있기로 했다. 그는 자신에 대한 그녀의 감정이나 주변의 억측을 누그러뜨릴 수 있는 정당한 방법이 있다면 그것이 무엇이든 기꺼이 시도해볼 작정이었다. 그래서 형의 집에서 머물다가 얼마 후 켈린치에 돌아와 상황을 지켜보며 행동할 생각이었다.

"형과 함께 여섯 주를 보냈습니다." 그가 말했다. "형은 행복해 보였습니다. 저의 가장 큰 즐거움은 그런 형을 바라보는 것이었고 다른 즐거움은 누릴 자격이 없다고 느꼈습니다. 형이 당신의 안부를 자세히 물었습니다. 제 눈에는 당신이 조금도 달라지지 않았다는 것을 모르고 당신의 외모가 많이 변했는지 묻더군요."

앤은 말없이 미소를 지었다. 그렇게 유쾌한 착각을 나무랄 수는 없었다. 스물여덟의 나이에 예전의 매력을 조금도 잃지 않았다는 말을 듣는 것은 그 자체만으로도 특별했지만, 그것이 그의 감정이 되살아난 이유가 아니라 결과라는 점에서 그런 찬사는 앤에게 형언할 수 없을 만큼 소중하게 느껴졌다.

그는 슈롭셔에 머물며 자신의 자존심이 얼마나 맹목적이었는지, 그리고 자신의 판단이 얼마나 어리석었는지 뼈저리게 후회하고 있었다. 그때 루이자가 벤윅과 약혼했다는 놀라운 소식이 전해졌고 이로써 그는 그녀로부터 풀려나게 되었다.

"그렇게 해서," 그가 말했다. "최악의 상태는 끝났습니다. 그때부터는 적어도 행복해지기 위해 스스로 뭔가를 할 수 있게 되었으니까요. 아무것도 할 수 없는 상태에서 그저 불행한 결과를 기다리기만 해야 하는 시간은 끔찍했습니다. 그 소식을 듣고 5분도 지나기 전에 저는 다짐했습니다. '수요일에 바스로 간다.' 그리고 행동으로 옮겼습니다. 시도해 볼 가치가 있다는 생각으로 일말의 희망을 품고 이곳을 찾아온 게 용서받을 수 없는 일이었을까요? 당신은 미혼이고, 어쩌면 저처럼 예전의 감정을 간직하고 있을지도 모를 일이었습니다. 그리고 제가 용기를 얻게 된 일도 있었습니다. 당신이 다른 남자들의 구애를 받고 있으리라는 사실은 예상했거니와 적어도 저보다 더 나은 조건을 갖춘 어떤 남자를 거절했다는 사실을 알게 된 겁니다. 저는 '그게 나 때문이었을까?' 하고 생각하지 않을 수 없었습니다."

두 사람은 밀섬가의 제과점에서 우연히 마주친 일에 대해 할 얘기가 많았지만, 연주회장의 일에 대해서는 할 얘기가 더 많았다. 그날 저녁은 극적인 순간의 연속이었다. 그녀가 옥타곤 룸에서 그에게 말을 건네려고 다가왔던 순간, 엘리엇 씨가 나타나 그녀를 데려가 버린 순간, 그리고 이후 되살아난 희망과 깊어진 절망의 순간들이 생생하게 떠올랐다.

"결코 저의 편이 되어주지 않을 사람들과 함께 있는 당신을 보았을 때," 그가 말했다. "당신의 친척이 미소를 지으며 당신에게 말을 건네는 모습을 보았을 때, 그와 당신이 결혼 상대로 서로 최적이겠다는 생각이 들었을 때, 그리고 설령 당신은 내키지 않거나 관심이 없더라도 당신에게 영향을 미칠 수 있는 모든 이가 그 결합을 바라고 그를 강력하게 지지하리라는 생각이 들었을 때, 제가 그렇게 바보처럼 행동한 것도 그럴 만했다고 생각되지 않습니까? 그런 모습들을 보면서 어떻게 아프지 않을 수 있겠습니까?

당신이 의지하고 따르던 그 친구분이 당신의 뒷자리에 있는 모습을 보는 순간, 과거에 그분이 당신에게 어떤 영향을 끼쳤는지, 그분의 설득으로 어떤 일이 일어났는지, 그 모든 지난 일들이 아프게 떠올랐습니다."

"달라진 점을 보셨어야죠." 앤이 대답했다. "지금의 저를 그렇게 보지 않으셨어야 해요. 상황이 달라졌고 저도 이제 어린 나이가 아니니까요. 제가 한때 설득을 따른 것이 잘못이었다면 위험 대신 안전한 쪽을 택하라는 권고를 따른 것이 잘못이었겠죠. 그때는 그 권고를 따르는 것이 도리라고 믿었지만, 이제는 그 어떤 도리도 저의 선택에 영향을 미칠 수 없어요. 저에게 특별한 감정이 없는 사람과 결혼한다면 그것이야말로 온갖 위험을 떠안는 일이고 모든 도리를 저버리는 일이 되겠죠."

"그 점을 제가 헤아려야 했습니다." 그가 말했다. "하지만 그러지 못했습니다. 당신에 대해 새로 알게 된 것들로부터 얻은 게 있어야 했는데 그러지 못했습니다. 이성은 과거의 쓰라린 감정에 파묻혀 있었고, 저는 당신을 다른 사람의 설득에 넘어가 저를 포기한 사람, 저 아닌 다른 누군가의 말에 흔들린 사람으로만 거듭 생각했습니다. 그리고 당신 곁에는 그 참담했던 해에 당신을 이끌던 분이 여전히 있었습니다. 그분의 영향력이 줄어들었으리라고 생각할 근거는 없었습니다. 오히려 오랜 관계의 익숙함만 더해졌으리라 생각했습니다."

"저의 태도를 보셨다면," 앤이 말했다. "그렇게 생각하지 않으셨어야 해요."

"아니요. 당신의 태도는 누군가와 약혼한 사람의 여유로 보일 수도 있었죠. 저는 그렇게 믿으면서 그 자리를 떠났습니다. 하지만 당신을 다시 만나보겠다는 생각은 확고했습니다. 다음 날 아침 저는 다시 기운을 차렸고 여전히 이곳에 머물러야 할 이유가 있다고 생각했습니다."

마침내 집에 도착한 앤은 누구도 상상하지 못할 만큼 행복한 사람이 되어 있었다. 그날 아침의 놀람과 걱정과 다른 모든 고통스러운 감정은 이 대화로 사라졌다. 너무나 행복해서 이 행복이 지속될 수 없을 것 같은 불안감에 억지로 감정을 가라앉혀야 할 정도였다. 이토록 고조된 행복감을 가라앉혀준 것은 감사에 찬 조용한 묵상이었다. 그녀는 방으로 올라가 벅찬 기쁨 속에서도 담담하고 흔들림 없는 평정을 되찾았다.

저녁이 되면서 응접실에 불이 밝혀졌고 손님들이 모여들었다. 처음 만나는 이들과 너무 자주 만난 이들이 섞여 있는 흔한 사교 모임이었다. 친밀감을 느끼기에는 참석자가 많았고 새롭고 특별한 분위기를 느끼기에는 참석자의 수가 적었다. 하지만 앤에게는 이날 저녁이 너무 짧게 느껴졌다. 벅찬 감정과 행복감으로 환하게 빛나며 기대하지 않은 찬사를 많은 이에게서 받은 그녀는 너그러우면서도 다정한 마음으로 주위의 모든 이를 대했다. 엘리엇 씨도 그 자리에 있었다. 그녀는 그를 외면하면서도 연민을 느꼈다. 월리스 부부의 속마음을 읽는 즐거움도 느꼈다. 달림플 부인과 카트릿 양에게는 특별히 신경을 쓸 이유가 없었다. 클레이 부인에게는 관심이 없었고, 아버지와 언니는 손님들을 대하며 얼굴을 붉힐 모습을 보이지 않았다. 그녀는 머스그로브 집안사람들과 더할 수 없이 편안한 담소를 나누었고, 하빌 대령과는 남매지간처럼 다정한 대화를 주고받았다. 러셀 부인과도 이야기를 주고받았으나 마음속의 달콤한 비밀 때문에 대화를 잇기가 어려웠다. 그녀는 남다른 친밀감과 열렬한 관심이 생겨난 크로프트 제독 부부에게도 같은 이유로 감정을 드러내지 않으려 애썼다. 마지막으로 웬트워스 대령과는 잠깐씩 대화할 기회가 이어졌는데, 그녀의 마음은 그와 더 많은 대화를 나누고 싶은 소망과 그가 늘 곁에 있으리라는 기대로 가득했다.

온실에서 옮겨진 아름다운 화초들을 각자 감상하는 척하며 두 사람이 다시 마주쳤을 때, 앤이 조용히 말했다.

"과거를 가만히 돌아보면서 치우침 없이 잘잘못을 따져봤어요. 저의 잘잘못을 말씀드리는 거예요. 그 결정으로 많은 고통을 겪어야 했지만, 그래도 저는 당시 옳은 결정을 했다고 믿어요. 당신도 지금보다는 앞으로 그분을 더 좋아하게 되겠지만, 제가 그분의 조언을 따른 것은 전적으로 옳았어요. 그분은 저에게 어머니나 다름없는 분이셨어요. 오해하지는 마세요. 그분의 조언이 옳았다는 뜻이 아니에요. 그런 조언은 나중에 가서야 옳고 그름이 드러나는 경우였을 거예요. 물론 저라면 비슷한 상황에서 그런 조언을 하지 않았을 거예요. 다만 제가 드리고 싶은 말씀은, 그분의 생각을 따르는 게 옳았고, 만일 그러지 않았다면 약혼을 유지하는 것이 저로서는 더 고통스러웠으리라는 거예요. 확신이 없는 약혼이 양심을 괴롭혔을 테니까요. 그런 감정이 인간의 본성에 허락된 것이라면, 저는 자책할 일이 없다고 생각해요. 그리고 제가 잘못 판단하는 게 아니라면, 도리를 중시하는 마음은 여성이 지닌 소중한 덕목이에요."

그는 앤과 러셀 부인을 번갈아 보다가 차분한 어조로 입을 뗐다.

"아직은 아니지만, 시간이 지나면 그분을 용서할 수 있을 겁니다. 머지않아 제 마음도 누그러지겠죠. 저 역시 지난 일을 돌이켜보면서 한 가지 자문하게 된 것이 있습니다. 그분보다 더 큰 적은 저 자신이 아니었을까 하는. 그래서 궁금합니다. 제가 수천 파운드를 손에 쥐고 영국으로 돌아와 라코니아호 함장으로 임명된 1808년에 편지를 보냈다면 당신은 답장을 해주셨을까요? 그때라면 혹시 저와 약혼해 주셨을까요?"

"혹시라고요?" 그녀는 그렇게 되물었으나 그 어조에 담긴 뜻은 분명했다.

"맙소사," 그가 소리쳤다. "그러셨군요. 저도 그럴 생각이나 바람이 없었던 게 아닙니다. 그것만이 저의 다른 모든 성공을 의미 있게 만드는 것이었으니까요. 하지만 자존심 때문에, 몹쓸 자존심 때문에 그 생각을 행동으로 옮기지 못했습니다. 당신을 이해하지 못했고, 눈을 감은 채 이해하려 하지도 않았습니다. 바로 그 기억이 다른 누구보다 저 자신을 용서할 수 없게 합니다. 6년의 이별과 고통은 어쩌면 피할 수 있는 것이었는지도 모릅니다. 그 고통이 저에게는 낯선 것이기도 했습니다. 저는 지금까지 제가 누리는 모든 축복이 저의 노력으로 얻어진 것이라는 자부심이 있었고, 명예로운 수고에 합당한 보상을 받고 있다는 사실을 자랑스럽게 여기며 살아왔습니다." 그가 미소를 지으며 덧붙였다. "하지만 이제는 온갖 역경을 견뎌낸 위인들처럼 저도 제 운명을 받아들여야겠습니다. 이렇게 과분한 행복을 견뎌내는 법을 배워야 할 테니까요."

24

 이후 어떤 일이 펼쳐졌는지 의심하는 이는 없을 것이다. 두 젊은 남녀가 결혼하겠다는 뜻을 품으면 설령 가난하거나 경솔하다고 해도, 혹은 안락한 미래에 궁극적인 도움이 될 것 같지 않을 때도 그들은 자신들의 뜻을 끝까지 밀고 나가기 마련이다. 이것이 도덕적으로는 바람직한 결론이 아닐지 모르나 나는 그것이 옳다고 믿는다. 그리고 그런 이들이 결혼에 성공할 수 있을진대, 정신적으로 성숙하고 자신들의 선택이 옳다는 확신이 있으며 경제적으로도 자립한 웬트워스 대령과 앤 엘리엇이 이겨내지 못할 반대가 무엇이었겠는가? 사실 그들 앞에 대단한 장애물이 놓여 있지는 않았다. 정작 그들이 겪은 어려움은 열렬한 관심과 지지를 받지 못했다는 정도였다. 월터 경은 반대하지 않았고 엘리자베스는 냉담하고 무관심한 태도를 보였을 뿐이었다. 재신이 2만 5천 파운드에 이르고 자신의 노력과 능력으로 해군에서 확고한 지위를 다진 웬트워스 대령은 누구도 무시할 수 없는 인물이 되어 있었다. 세습된 지위를 지키는 데 필요한 분별력이나 원칙조차 없이 그저 어리석고 씀씀이만 헤픈 준남작의 딸에게 청혼할 자격이 그에게 충분했던 반면, 정작 준남작은 딸의 몫 1만 파운드 중에서 극히 일부만 내줄 수 있는 형편이었다.
 사실 월터 경은 앤을 특별히 아끼지도 않았고 이 결혼으로 자신의 허영심이 채워지는 것도 아니었기 때문에 진심으로 기뻐할 이유는 없었다. 그렇다고 이 결혼이 앤에게 불리하다는 생각이 들지는 않았다. 그는 웬트워스 대령을 여러 차례, 그것도 밝은 대낮에 만나본 뒤 그의 훌륭한 외모에 깊은 인상을 받았고, 그 정도의 외모라면 딸의 우월한 신분에 견주어도 그리 불공평하지 않겠다는 생각이 들었다. 해군 대령이라는 그의 직책도 썩 불만스럽지는 않았으므로 월터 경은 마침내 『준남작 명부』에 이 결혼에 관한 친필 기록을 추가하기로 했다.

가까운 이들 가운데 반대가 걱정된 유일한 인물은 러셀 부인이었다. 앤은 러셀 부인이 엘리엇 씨의 정체를 알고 그를 포기하면서 크게 상심했고 웬트워스 대령을 제대로 평가하고 진심으로 받아들이기 위해 고통스럽게 노력하고 있다는 것을 알고 있었다. 그러나 그것은 어쨌든 러셀 부인이 감당해야 할 일이었다. 그녀는 자신이 두 사람 모두를 잘못 보았다는 사실을 인정해야 했다. 그녀는 겉모습에 치우쳐 공정하지 못한 판단을 내렸고 웬트워스 대령의 태도가 자신의 사고방식에 맞지 않는다는 이유로 그를 성급하고 위험한 사람으로 오판했음을, 그리고 엘리엇 씨의 예의 바르고 정중한 태도가 마음에 든다는 이유로 그를 올바른 생각과 뚜렷한 원칙의 소유자로 속단했음을 인정해야 했다. 그녀는 이제 자신이 거의 전적으로 틀렸음을 인정하고 새로운 관점과 희망을 받아들여야만 했다.

사람의 됨됨이를 빠르고 정확하게 알아보는 남다른 통찰을 지닌 이들이 있다. 이는 경험으로 얻을 수 없는 타고난 자질인데, 이 점에서 러셀 부인은 그녀의 젊은 벗에 미치지 못했다. 그러나 그녀는 본디 선량한 사람이었고, 지각 있고 올바른 판단을 내리는 것보다 앤의 행복을 지켜보는 것이 늘 우선인 사람이었다. 그녀는 자신의 판단력보다 앤을 더 사랑한 까닭에, 처음의 어색함이 사라진 뒤 앤을 행복하게 해줄 남자에게 어머니 같은 애정을 품는 일이 그리 어렵지 않았다.

가족 중에 이 결혼을 가장 반긴 사람은 아마 메리였을 것이다. 언니의 결혼이 자신의 평판에도 도움이 되었고, 가을에 언니를 곁에 잡아둔 자신이 이 결혼에 결정적인 역할을 했다고 우쭐댈 수도 있었기 때문이다. 언니가 시누이들보다 더 좋은 조건의 남자를 만났다는 사실과 웬트워스 대령이 벤윅 함장이나 찰스 헤이터보다 부자라는 사실도 무척 만족스러웠다. 언니가 집안에서 높은 지위를 차지하고 예쁜 2인승 마차까지 소유하게 된 모습을 보면서 다소 기분이 안 좋아지기도 했지만, 그래도 미래를 내다보며 마음의 위로를 받을 수 있었다. 어퍼크로스의 저택과 거기에 딸린 땅 그리고 가문을 대표하는 지위는 언니의 몫이 아니었으므로 웬트워스 대령이 작위를 하사받지 않는 한 언니를 부러워할 이유는 없었다.

집안의 장녀는 자신의 처지에 만족하는 게 좋을 것이었다. 뾰족한 변화가 있을 것 같지 않았기 때문이다. 얼마 지나지 않아 엘리엇 씨는 발길을 끊었고, 이후 그와 함께 사라진 헛된 기대를 다시 불러일으킬 만한 적당한 조건의 남자는 그녀 앞에 나타나지 않았다.

앤의 약혼은 엘리엇 씨에게 전혀 예상하지 못한 일이었다. 행복한 가정을 위한 그의 원대한 계획은 무너졌고 사위의 권한을 앞세워 월터 경을 독신으로 남게 하려던 계획도 물거품이 되었다. 하지만 실망과 좌절 속에서도 그는 여전히 자신의 이익과 쾌락을 꾀할 방도를 찾았다. 그는 곧 바스를 떠났고, 이어서 클레이 부인도 자취를 감추더니 얼마 지나지 않아 그녀가 그의 보호 아래 런던에 머무르고 있다는 소문이 들려왔다. 이로써 그가 어떻게 이중적으로 행동했는지, 그리고 적어도 한 여자의 간계에 당하지 않겠다는 그의 의지가 얼마나 확고했는지가 드러났다.

클레이 부인은 자신의 이익보다 연정을 따랐다. 그녀는 월터 경을 노리는 장기적인 계획을 포기하는 대신 이 젊은 남자를 선택했다. 하지만 그녀에게는 연정 못지않은 간계가 있었기 때문에, 그녀의 간계와 그의 술수 가운데 어느 쪽이 최후의 승리를 거둘지는 아직 알 수 없었다. 엘리엇 씨는 그녀가 월터 경의 아내가 되는 것은 막아냈지만, 그녀의 아첨과 유혹에 결국 그녀가 '윌리엄 경'의 아내가 되는 것까지 막을 수 있을지는 알 수 없었다.

누구보다 가까이 지낸 클레이 부인을 잃었을 뿐만 아니라 그녀에게 속기까지 했다는 사실을 알게 된 월터 경과 엘리자베스가 큰 충격과 모욕감을 느낀 것은 당연한 일이었다. 물론 그들의 대단한 친척이 큰 위로가 되어줄 수도 있겠지만, 일방적으로 아첨과 추종을 바치고도 제대로 대접받지 못하는 삶이 얼마나 초라한지 그들은 오랫동안 느껴야 했다.

한편 앤은 생각보다 일찍 러셀 부인이 웬트워스 대령에게 정을 붙이려 애쓰는 모습에 마음이 놓였다. 완벽한 행복을 바라보는 그녀의 기대감에 유일하게 섞여든 불순물은, 결혼과 함께 분별 있는 남자가 마땅히 가져야 할 소중한 인척이 그에게 생기지 않으리라는 자각에 있었다. 바로 그 점에서 그녀는 자신의 열등함을 뼈저리게 느꼈다. 소유한 재산의 차이는 아무 문제도 되지 않았다. 그녀는 한 번도 그 문제로 주눅이 들지 않았다. 하지만 그녀의 가족 중 그를 따뜻하게 맞이하고 제대로 평가해주는 이가 없다는 사실이, 그의 형제자매가 자신에게 보여준 진심 어린 환대와 호의를 그에게 온전히 되돌려줄 가족이 자신에게 없다는 사실이 이토록 지극한 행복 속에서도 날카로운 아픔으로 남았다. 그녀가 그의 인생에 더해줄 수 있는 인연은 단 두 사람, 러셀 부인과 스미스 부인뿐이었다. 하지만 그는 마음을 열고 그들에게 다가가고자 했다. 지난날 러셀 부인의 모든 과오에도 불구하고 그는 이제 진심으로 그녀를 존중했다. 그들을 헤어지게 만든 오래전의 판단이 옳았다고 동의할 수는 없었으나 그 외의 모든 면에서 그는 기꺼이 그녀의 의견을 존중했다. 스미스 부인에 대해서도 그는 그녀의 여러 가지 미덕을 한눈에 알아보고 오래도록 호의를 가지게 되었다.

앤을 위해 큰 역할을 한 스미스 부인은 그들의 결혼으로 한 친구를 잃은 것이 아니라 두 친구를 얻게 되었다. 그녀는 그들이 가정을 꾸린 뒤 제일 먼저 찾아온 손님이 되었고, 웬트워스 대령은 용기 있는 남자이자 결연한 친구로서 그녀가 서인도 제도에 있는 남편의 재산을 되찾을 수 있도록 편지를 쓰는 일부터 그녀를 대신해 온갖 자잘한 문제들을 처리하는 것까지 최선의 노력을 다함으로써 그녀가 자신의 아내에게 베풀었거나 베풀려고 했던 모든 호의에 충분히 보답했다.

스미스 부인은 수입이 늘고 건강이 다소 회복되었으며 함께할 수 있는 친구들이 생겼다. 하지만 그녀의 유쾌한 기질은 그런 변화가 없었더라도 그대로였을 것이고 더 큰 세속적 성공 앞에서도 사라지지 않을 것이었다. 처음부터 대단한 부와 건강을 지니고 있었다고 해도 그녀는 여전히 행복한 사람이었을 것이다. 이처럼 그녀의 행복이 유쾌한 기질에서 비롯되었다면, 앤의 행복은 따뜻한 마음에서 빚어졌다. 앤의 성품은 다정다감 그 자체였고 웬트워스 대령의 사랑 안에서 그 성품은 온전히 가치를 인정받았다. 그녀의 친구들이 그녀가 마음을 덜 쓰기를 바란 유일한 것은 그의 직업이었다. 그녀의 햇살을 가릴 수 있는 것은 언젠가 다시 닥칠지 모르는 전쟁의 공포밖에 없었다. 그녀는 해군 장교의 아내가 된 것을 자랑스럽게 여기면서도 그 직업이 가져다주는 불안을 세금처럼 치러야만 했다. 그녀는 가능하다면 그의 미덕이 국가를 위해 쓰이는 일 없이 가정에서만 빛나기를 바랐다.